3.0

Questo libro è un'opera di finzione. Qualunque riferimento a eventi storici, persone o luoghi reali è usato in modo fittizio. Altri nomi, personaggi, luoghi ed eventi sono prodotti dell'immaginazione dell'autore e qualunque somiglianza con eventi, luoghi o persone reali, viventi o defunte, è puramente casuale.

Titolo originale: *Tiffany Blues*

Traduzione dall'inglese di Nello Giugliano e Clara Nubile
Prima edizione: maggio 2019

ISBN 978-88-227-2735-0

www.newtoncompton.com

Realizzazione a cura di il Paragrafo, Udine
Stampato nel maggio 2019 da Puntoweb s.r.l., Ariccia (Roma)

M.J. Rose

La famiglia Tiffany

Newton Compton editori

A Carolyn Reidy

Parli sempre di quanto sei fiera e orgogliosa
perché noi scrittori ti affidiamo i nostri libri.
In verità, per me conoscerti è un grande onore.
L'entusiasmo con cui mi hai sempre appoggiata
mi dà la libertà di sognare sulla carta,
e di questo ti sono immensamente grata.

L'espressione della bellezza. Era questa la mia impresa.

Louis Comfort Tiffany

Nota dell'autrice

Nel 1902, Louis Comfort Tiffany cominciò a costruire Laurelton Hall sulla Gold Coast di Long Island, non molto lontano da dove, anni dopo, F. Scott Fitzgerald avrebbe posizionato la villa immaginaria del grande Gatsby.

Con una superficie complessiva di 580 acri a Laurel Hollow, la costruzione di questo palazzo da ottantaquattro stanze durò tre anni interi, e costò a Tiffany due milioni di dollari – che al cambio odierno equivalgono a circa cinquantaquattro milioni di dollari. Laurelton Hall fu il suo tentativo di dare vita a una visione che incarnasse tutti gli aspetti del suo amore per la bellezza, dalle finestre istoriate e i mosaici che lui stesso aveva progettato, alle stanze dedicate agli oggetti rari giapponesi, della tradizione nativa americana o provenienti dall'India che aveva collezionato nel corso di una vita intera, per finire con più di sessanta acri di giardini curati ad arte nei quali erano liberi di vagare i pavoni appositamente importati.

Nel 1918, Tiffany creò la Louis Comfort Tiffany Foundation con sede a Laurelton Hall per dare sostegno agli artisti, che venivano finanziati personalmente da lui oltre a potersi giovare del palazzo e dei suoi contenuti.

Due anni dopo, otto studenti frequentarono la prima sessione estiva. Erano due artigiani dell'argento, uno scultore, un designer e quattro pittori.

Per il resto della vita di Tiffany, fino alla morte sopraggiunta nel 1933, gli artisti ebbero la possibilità di alloggiare a Laurelton Hall e frequentare le sessioni estive da otto settimane, durante le quali avevano il tempo per immaginare e creare, circondati e ispirati dalla natura e dalla bellezza che Tiffany aveva coltivato e donato al mondo.

Dopo la sua dipartita, l'istituto faticò ad andare avanti, e il palazzo cadde in disuso. Nel 1949 vennero vendute alcune parti di questa grande struttura, mentre l'abitazione principale e i tre acri circostanti vennero acquistati da Thomas H. Hilton per una cifra che oggi corrisponderebbe a circa centomila dollari. Negli otto anni successivi, Hilton non fece nulla per restaurare la villa, che rimase praticamente abbandonata.

Il 6 marzo 1957, alle cinque del pomeriggio, un vicino notò le fiamme che venivano da Laurelton Hall. L'incendio durò fino alle due del mattino, con nuove vampe che andarono avanti per giorni. La magione, insieme a quel che restava dei giardini, venne distrutta.

La causa di quell'incendio risulta ancora oggi ignota.

Sin dall'infanzia sono stata intrigata dalla storia di Louis Comfort Tiffany. La casa dei miei bisnonni a Brooklyn conteneva una finestra Tiffany piena di lussureggianti rose rosse con un bordo di splendide foglie verdi. Adoravo guardare i riflessi variopinti che si spostavano lungo il pavimento in legno di quercia, man mano che il pomeriggio diventava sera.

Mia madre, che ha sempre incoraggiato e coltivato il mio interesse per le arti, cercò altre finestre Tiffany a New York, e andammo ad ammirarle tutte.

Nel 1978, quando il Metropolitan Museum ospitò la loggia di Laurelton Hall rimessa insieme con i pezzi recuperati dal palazzo di Long Island, mia madre e io fummo tra i primi visitatori, e nelle pagine del catalogo di questa mostra lessi per la prima volta della magnifica magione di Tiffany e della sua sorte.

Non credo sia mai passato più di un mese senza che facessi una sortita al Metropolitan Museum, e mi fermo sempre nella sezione dedicata alla storia americana, per sedermi di fronte alla vetrata di Laurelton Hall e riposare un po', circondata da cotanta bellezza.

È facile, guardando tutti i manufatti provenienti da Laurelton Hall, chiedersi come doveva essere studiare sotto l'egida di Tiffany. Chi erano i fortunati? Cosa riuscirono a creare? E quanto furono influenzati dall'ambiente e dal padrone di casa?

Ma, soprattutto, come mai tutta la struttura venne divorata dalle fiamme?

E, di conseguenza, la mia mente creativa è partita: e se un'estate ci fosse stato qualcuno che…

Ho scritto *La famiglia Tiffany* guardando il mondo attraverso gli occhi di Jenny Bell, una giovane artista che, nell'estate del 1924, studiò presso la rinomata Louis Comfort Tiffany Foundation.

Mentre Jenny e le sue vicende sono frutto dell'immaginazione, il signor Tiffany e la storia della sua famiglia e del marchio cui ha dato il nome, con le famose finestre, con la sua estetica e la sua personalità, il palazzo e la fondazione sono reali. Se ho aggiunto qualche nome famoso, questi era in effetti coinvolto in tali vicende. Per esempio, Thomas Edison era davvero un amico del signor Tiffany e stava davvero lavorando a un telefono spiritico. Il fantastico artista Paul Cadmus frequentò le lezioni presso Laurelton nell'estate del 1924. Stanley Lothrop fu il direttore della fondazione, Sarah Eileen Hanley fu davvero la compagna del signor Tiffany (in ogni possibile senso del termine, secondo alcuni). La Art Students League, l'Institute of Psychic Research, e Gertrude Vanderbilt Whitney e il suo studio sono tutti esistiti davvero.

Quanto più spesso possibile, i dialoghi del signor Tiffany sull'arte, l'architettura e la sua filosofia personale sono, se non riportati alla lettera, quanto meno influenzati dai suoi discorsi registrati su lettere, libri o articoli di giornale. E lo stesso vale per le spiegazioni di Edison riguardo alla propria ideologia.

In altre parti del romanzo, invece, la realtà e la finzione si mescolano. Mentre è vero che Tiffany ebbe molti nipoti, Oliver Comfort Tiffany è una mia creazione. La storia delle tavole ouija è come l'ho riportata, ma la famiglia Garland e il reverendo sono mia invenzione, come Minx e la sua famiglia, Edward Wren e Ben Montgomery.

Tutte le città grandi e piccole che vengono menzionate sono reali, ma la chiesa del reverendo, il cimitero di Weber Falls e il mausoleo di Fond du Lac sono frutto della mia immaginazione.

E così io – scrittrice affascinata dall'arte e dalla storia e dal modo in cui si sovrappongono – offro *La famiglia Tiffany* come tentativo di risposta alla persistente domanda su chi appiccò l'incendio a Laurelton Hall nel 1957 che distrusse tanta bellezza, e perché. Spero che tramite la mia eroina, Jenny, i lettori possano vivere l'esperienza fatta da ospiti e studenti presso Laurelton Hall durante il suo periodo d'oro negli anni Venti, un'esperienza progettata dallo stesso Tiffany affinché racchiudesse ciò che ogni sua creazione esprimeva: la bellezza. E mentre questo libro è un omaggio alla ricchezza e alla bellezza che sono state il lascito di Tiffany, è anche un tributo al potere che ha l'arte di superare anche il peggiore dei dolori.

Prologo

13 marzo 1957
Laurelton Hall, Laurel Hollow
Oyster Bay, New York

Il mio cuore andò perduto assai prima che il fuoco ne annerisse i contorni. Avevo ventiquattro anni quell'estate di tanto tempo fa, quando conobbi l'amore. Un amore che mi aprì una porta per un mondo nuovo. Una profusione di verdi, sfumature porpora, tutto lo spettro di giallo, arancione e rosso, e il blu… oh, quante variazioni di blu.

Non immaginavo di poter tornare un giorno a Laurelton Hall, ma ero sicura che l'avrei trovata sempre lì, se mai fossi riuscita a farle di nuovo visita. Ora non sarà più possibile, perché di quella vera e propria arcadia non restano che macerie fumanti, dalle quali si levano odori sgradevoli.

Da qualche parte in quest'ammasso di alberi carbonizzati, piastrelle distrutte e vetri infranti c'è il mio bracciale di platino con il ciondolo con i due cuori, l'uno racchiuso dentro l'altro, decorati con i diamanti e le pietre blu lavanda. Il mio cuore bruciò insieme alla casa piena di magia, la foresta primordiale, la vegetazione lussureggiante e i magnifici fiori? Non so dirlo. Il platino è un metallo resistente. E il diamante è ancor più coriaceo. O si è forse sciolta solo l'incastonatura? E che ne è stato dell'uomo che ghermì quel bracciale? Ormai, la sua carne e i suoi muscoli saranno già marciti. Ma le ossa? Le ossa bruciano? All'epoca in cui tutto accadde, non ci fu alcuna notizia riguardo a un artista scomparso.

Faccio qualche timido passo verso le rovine della casa. I frammenti di vetro scintillano al sole. C'è il lampo di una scheggia di rubino; un altro, più cupo, è ametista. Mi chino e ne raccolgo un pezzo grande quanto la mia mano, per poi ripulirne la superficie dalla fuliggine. Con un sobbalzo, riconosco i temi del ricamo.

I temi ricorrenti, disse una volta il signor Tiffany, che si ritrovano negli eventi, nella natura o persino nelle stelle del firmamento, sono la prova di come la storia si ripeta. Se ci pare di cogliere un andamento casuale, è solo perché non ne abbiamo ancora colto lo schema.

Quindi non dovrebbe sorprendermi che, tra tutti i possibili oggetti, abbia trovato proprio questo. Un pezzo della vetrata della stanza di Oliver, istoriata con tralci di vite. Ricordo come la luce filtrava da quelle finestre, irradiando il colore come facevano le gemme usate dal signor Tiffany per i suoi gioielli. Ricordo quando, in quella luce così viva, noi ci baciammo, e il mondo si aprì davanti a me come un'ostrica, offrendomi una perla luminosa e perfetta. E a quel bacio ne seguì un altro, e cento altri ancora. Scoprimmo a vicenda i nostri gusti e odori. E ci lasciammo coinvolgere entrambi dalla reazione alchemica delle nostre passioni che prendevano fuoco, bruciavano ed esplodevano, cambiandoci per sempre.

Aggrappata a questo ricordo prezioso, continuo ad aggirarmi tra le immense macerie, muovendomi con cautela su questi tesori distrutti. Tendo l'orecchio in attesa di suoni familiari, il cinguettio degli uccelli, l'acqua che gorgoglia nelle tante fontane, e lo scroscio infinito della cascata artificiale che io facevo sempre di tutto per evitare.

Ma qui ogni cosa è muta. Non sono più tornati neanche gli uccelli.

Ho saputo dell'incendio sette giorni fa. Ero a casa mia, a Parigi, e facevo colazione con un croissant e un café crème mentre leggevo l'«International Herald Tribune». Il titolo mi è saltato agli occhi come fosse il necrologio di un vecchio amico col quale avevo da tempo perso i contatti.

INCENDIO AL VECCHIO PALAZZO DI TIFFANY

La casa, otto piani e venticinque bagni, apparteneva in origine al defunto Louis Comfort Tiffany, dell'omonima ditta di gioielli. All'epoca le sue proprietà coprivano 1.500 acri di terreno boschivo e corsi d'acqua.

Non mi sono resa conto che mi tremava la mano finché non ho visto una macchia di caffè espandersi sulla tovaglia bianca.

La villa ha poi ospitato la Tiffany Art Foundation, che offriva corsi estivi per gli artisti.

Il giornalista proseguiva scrivendo che un vicino, a spasso con il cane, aveva notato le fiamme che salivano dalla torre dell'orologio della casa padronale. Nel giro di qualche ora, l'intero palazzo era avvolto dal fuoco. Intervennero i pompieri da caserme lontane come Hicksville e Glen Cove. I vigili del fuoco attinsero a tutte le piscine della zona, usando l'acqua per contenere il propagarsi dell'incendio. Portarono i tubi per circa un chilometro fino al Long Island Sound per aspirare anche il canale. Si arrivò ad avere anche 435 pompieri impegnati tutti insieme contro quell'inferno, ma il fuoco continuò a divorare ogni cosa per cinque giorni, vanificando i loro tentativi. Chi viveva nei paraggi dichiarò che il cielo era nero come metallo, e bruciavano ovunque legno, fogliame, arredi e tessuti.

Qui, ora, il cielo non è più nero, ma l'odore del fuoco ancora persiste. E non c'è da stupirsi, considerando quanto è durato l'incendio.

Quando il presente diventa passato, non ci restano che i ricordi. Certo, talvolta possiamo tornare nei luoghi che abbiamo visitato, rivedere il fantasma di noi stessi e rivivere i momenti decisivi della nostra vita. Vedere l'ombra dell'uomo che amavamo. Degli amici più cari. Del mentore che cambiò ogni cosa. I ricordi diventano molto specifici. Il terrier che giocava lungo il litorale, correndo con gioia nella sabbia. Riusciamo a ricordare il profumo delle rose. Guardare le acque azzurre e veder scintillare il sole sulla sponda opposta mentre sospese nell'aria si sentono ancora alcune note di musica jazz. "Se tu fossi l'unica ragazza al mondo", così diceva la canzone... Fissando resti e macerie, vedo i fantasmi dei giardini e dei boschi, il gazebo, le terrazze, le stanze rischiarate dalle finestre variopinte: tutti i posti in cui passeggiavamo, parlavamo, ci baciavamo e piangevamo. A occhi chiusi, rivedo ogni cosa nella mia mente, ma quando li riapro è tutto sparito, divorato dalle fiamme.

Il signor Tiffany una volta mi rivelò che c'è bellezza anche in ciò che è distrutto. Ripensandoci, non ho alcun dubbio che fu proprio quella lezione a rendermi l'artista che sono. Ma lui sarebbe davvero riuscito a rinvenire bellezza anche in una tale devastazione?

No, proprio non immaginavo di poter tornare a Laurelton Hall. Il luogo dove raggiunsi la maturità, sia come donna sia come pittrice. Dove scoprii i desideri del mio cuore e la potenza della mia tavolozza di colori. Dove la depravazione sbocciava lungo aiuole e campi in fiore, dove la creatività e il male scorrevano con l'acqua di tante fontane. Dove il sole splendeva sul mare tranquillo e gli infidi cristalli di rocca riflettevano arcobaleni nel patio di marmo. Dove la luce gloriosa che si riversava dalle maestose finestre istoriate del signor Tiffany illuminava gli abissi dell'oscurità che mi permeava l'anima, salvandomi dalla disperazione. E dove trovai l'amore che mi sostenne e mi restò nel cuore, anche dopo che io e Oliver ci separammo.

Qui, in piedi, con questo lezzo acre nel naso, davanti agli occhi gli alberi caduti con la corteccia bruciata, le pietre carbonizzate e le intelaiature di metallo distorte che un tempo erano le finestre della stanza padronale, il disastro fumoso e deforme dove in passato sorgeva una delle dimore più maestose della Gold Coast di Long Island, so che non rivedrò mai più questa villa, non come la vidi in quella magica, orribile estate del 1924.

Qua e là si sente ancora il calore del fuoco, e il ramo di un albero si spezza. Vengo distolta dalle mie fantasticherie. Stormire di foglie. Le macerie si smuovono. Crepitare di vetri. I rametti che schioccano. Poi un sussurro.

«Jenny».

Ma non è possibile. Sarà uno scherzo del vento che soffia nel tronco cavo di qualche albero. Che m'inganna, mi fa illudere di aver sentito la sua voce di zaffiro, i toni profondi e vellutati.

Mentre ascolto il ripetersi di quel sussurro – «Jenny» – mi rendo conto che sto alzando una mano per asciugarmi le lacrime, e mi dico che sono i tizzoni ancora ardenti a irritarmi gli occhi. I pendenti sul mio bracciale tintinnano quando abbasso il braccio. E di nuovo il sussurro... di nuovo il mio nome... «Jenny».

Capitolo 1

20 marzo 1924
New York

Non mi aspettavo di trovare una cascata nel mezzo di Central Park. Anche lì, così lontano da casa e dalla scena della tragedia, lo scroscio dell'acqua che si abbatteva sulla roccia mi fece rabbrividire. Le cascate di Ithaca e Hamilton erano potenti, meravigliose forze della natura, ma ero arrivata a detestarle.

«Jenny, di sicuro questo scenario primaverile ti spingerà a utilizzare qualche colore», disse Minx, mentre disponevamo i cavalletti.

Insieme a una decina di altri iscritti al corso del professor Robert Pannell presso la Art Students League di New York ci eravamo sparsi intorno al laghetto, pronti a trascorrere il pomeriggio dipingendo en plein air secondo la tradizione degli impressionisti. A piedi, ci eravamo spostati dalla scuola sulla Cinquantasettesima Ovest fino al parco, e da lì avevamo proseguito lungo i sentieri ben curati fino a quest'area più selvatica e romantica.

«Il vostro compito è dipingere non quello che vedete, ma ciò che sentite. Ritraete l'atmosfera», ci aveva istruito il professor Pannell. Ci esortava sempre a spingerci al di là delle convenzioni.

Dopo mezz'ora, faticavo ancora a consegnare qualcosa di

dignitoso alla mia tela. L'incessante scrosciare della cascata mi distraeva e mi metteva ansia.

«Quindi non hai intenzione di usare neanche un po' di colore?», insisté Minx. Nome di battesimo "Millicent", si era guadagnata in tutto e per tutto il soprannome di Minx, impudente. Crescendo aveva creato un gran numero di rogne ai genitori, essendo audace, civettuola e assai scaltra, ma grazie alle sue capacità di seduzione era riuscita sempre a farla franca.

Mi costrinsi a rivolgerle un debole sorriso, ma non dissi nulla. Non ce n'era bisogno. In realtà non voleva una risposta, aveva piuttosto espresso per l'ennesima volta la propria sorpresa per quanto io fossi poco ispirata dalle cose che invece commuovevano lei.

«Lo so che a te interessano le forme degli alberi e la loro alternanza con gli spazi vuoti, ma ci sono dei colori là fuori, Jenny. Guarda i colori. I sempreverdi invernali e i primissimi boccioli della primavera».

Erano mesi che Minx si opponeva alla mia riluttanza a usare i colori, e sapeva che nulla – primavera o autunno, fiori o tessuti – poteva ispirarmi in tal senso. Malgrado la mia immutabile scala di bianchi, neri e grigi lei era convinta di potermi aiutare, e non voleva arrendersi. Le volevo bene per questo, per la sua grande generosità.

Questa giovane donna di mondo era una rampolla dei Deering, famiglia arricchitasi con i trasporti navali che aveva contribuito a fondare la Banca di New York. I genitori, Eli ed Emily, l'avevano sempre viziata e, di conseguenza, Minx viziava tutti i suoi amici. Per una vita intera aveva visto come il padre mostrava affetto e superava i rammarichi facendo doni; e così, per lei, esprimere i propri sentimenti significava inondare gli altri con la propria munificenza. E, in quanto sua amica e coinquilina, mi ritrovavo spesso a beneficiare di cotanta generosità.

La famiglia di Minx era ricca e famosa. Lei era cresciuta in un vero e proprio palazzo all'incrocio tra la Sessantaduesima Strada e Madison Avenue, a New York. La prima volta che mi portò a casa sua per cena, rimasi attonita. Certo, avevo già visto l'opulenza di musei, teatri e edifici governativi, ma mai nell'abitazione privata di una famiglia.

I Deering erano anche dei grandi collezionisti d'arte, caratterizzati da gusti assai eclettici. Sulle pareti della loro magione campeggiavano opere di Renoir, Manet, Monet, Rembrandt, Tiziano e artisti del Rinascimento. C'era persino un disegno color seppia di Leonardo da Vinci. Sui piedistalli di marmo erano in esposizione bronzi del diciassettesimo e diciottesimo secolo. Le mensole erano piene di monili ingioiellati creati da Fabergé, Cartier e Tiffany. Tutte le piante erano in vasi di maiolica. Divani e poltrone erano rivestiti solo di seta e damasco. Non c'era un angolo che non custodisse un tesoro, una parete che non sfoggiasse un capolavoro.

«Signorina Deering, sta dipingendo sulla sua tela o su quella della signorina Bell?», la rimproverò il professor Pannell.

Minx fece uno sguardo esasperato e, nel tornare al proprio dipinto, raccolse un rametto di agrifoglio e se lo infilò dietro un orecchio. Al sole, le foglie luccicavano come giada.

Persino lì, al parco, con il camice per dipingere, Minx era conturbante. Ogni volta che entrava in una stanza tutti si voltavano a guardarla. Tutto in lei emanava luce, dai capelli biondi a caschetto agli abiti di alta sartoria nelle sfumature più chiare di beige, rosa, champagne, topazio e citrino.

Come Minx, anch'io portavo i capelli a caschetto. Ma, diversamente da lei, non riuscivo mai a tenerli lisci e in ordine, esplodevano sempre in una nuvola di ricci che mi ricadeva sulla fronte. Mi facevano sembrare una bohémien raffazzonata mentre Minx, con quel taglio di capelli, aveva un'aria di elegante raffinatezza.

Quando Minx si muoveva, la seta e il raso dei suoi vestiti parevano una fiamma liquida di candela. Il rossetto così scuro da sembrare quasi marrone era intenso come fuoco. Persino il suo profumo, Ombre Rose, scintillava. Conteneva minuscole schegge d'oro, e a volte se ne intravedevano i riflessi sulla pelle, dove veniva cosparsa la fragranza ricca e speziata.

Malgrado tutti i vestiti e gli imbellettamenti, coglievo sempre una nota di frenesia nei suoi occhi color verde elettrico, il desiderio di qualcosa cui lei per prima non riusciva a dare un nome, e che non sapeva come trovare. Dotata di grande talento sia nella pittura sia nella scultura, cercava di appagare questo desiderio misterioso tramite l'arte. E quando non lo faceva attraverso un quadro o una statua, ricorreva a troppi bicchieri di champagne o finiva a letto con uomini che non conosceva mai abbastanza bene. Come tanti della nostra generazione, pur non essendo state al fronte, eravamo segnate dalle conseguenze della guerra, e una come Minx si sforzava di mandare via la tristezza in ogni modo possibile: alcol, droga, la frivolezza di teatro, letteratura e musica, una gioia forzata o tanto sesso.

Dopo un'altra mezz'ora, lanciai un'occhiata alla sua tela. Aveva catturato alla perfezione il fascino romantico di quella vallata. Eravamo in una zona del parco chiamata Rambles, una regione particolarmente lussureggiante realizzata da Frederick Law Olmsted in modo da ricordare un bosco naturale. Dopo essersi infranta sui massi, la cascata si riversava in un laghetto circondato da alberi e cespugli la cui disposizione non pareva guidata dall'uomo, pur essendo artificiale.

Nelle tre ore che trascorremmo al parco, il professor Pannell continuò ad aggirarsi tra di noi per esaminare i nostri lavori, pronunciando le critiche con la sua famigerata cadenza serrata e discontinua, accompagnata da un esagitato gesticolare delle braccia. Portava sempre con sé il suo pennello, e spesso lo intingeva nelle nostre tavolozze, senza neppure chiedere scusa, per correggere gli errori che rilevava sulle nostre tele.

Arrivò da Minx e studiò la sua opera ancora non terminata.

«Pigra, pigra. Può fare meglio di così. Lei è meglio di così. Ma questo…». Si interruppe, e alzò le braccia al cielo.

Con Minx era più duro che con gli altri perché, come ripeteva spesso, lei era più promettente. E ogni volta faceva in modo di dirlo a voce abbastanza alta perché tutti lo sentissimo. Era convinto che ci facesse del bene mettendoci uno contro l'altro, cosa che lo rendeva inviso a molti allievi. Eppure era uno dei professori più popolari dell'accademia, perché una volta superato l'ostacolo dei suoi metodi, scoprivi di poter imparare davvero tanto dalle pennellate che applicava alle tue tele.

«Più profondità, signorina Deering», disse mentre intingeva il pennello nella pittura a olio bianca e, con appena due o tre colpi, creava l'illusione di uno spazio più profondo sulla superficie bidimensionale del dipinto.

Staccatosi da Minx, si fermò accanto a Edward Wren. Pur non essendo molto alto, Edward emanava un'energia vibrante. Aveva capelli castani, fronte alta e occhi color nocciola, spesso socchiusi. Era alla League da più tempo di me e Minx. E mentre aveva seguito già diversi corsi con la mia amica, era la prima volta che frequentavamo tutti e tre le stesse lezioni. Di recente mi era capitato più volte di notare che i due si scambiavano occhiate, e a casa Minx parlava spesso di lui. La cosa mi stupiva. Col suo aspetto da figlio della classe operaia, Edward non aveva la grazia dei gentiluomini dell'alta società coi quali lei era cresciuta, né l'estetica degli artisti bohémien con i quali passava gran parte del suo tempo. Certo, erano molti i ribelli che si dedicavano all'arte, ma pochi di loro avevano cicatrici sulle guance o sulle nocche. Eppure Edward le aveva. Con i suoi trentun anni, era più grande e burbero degli altri ragazzi del nostro corso, e assai meno cortese. Di tanto in tanto appariva lontano, distaccato, come se avesse tutt'altro per la testa. Non sapevo praticamente nulla di lui, se non quello che vedevo nei quadri che dipingeva: un talento potente e acerbo, spesso rovinato dalla poca pazienza nel dedicare alle varie opere il tempo necessario per completarle. Forse era questa sua ruvidità a ricordarmi i giovani con i quali ero cresciuta a Hamilton, in Ontario. Figli di braccianti e ferrovieri. Ragazzi ai quali mia madre teneva lezione nella speranza di poter scoprire tra loro un artista pronto a sbocciare.

Quando ebbe finito di recensire il lavoro di Edward, il professor Pannell venne a piazzarsi accanto a me. Non si era mai mostrato soddisfatto di nessuno dei lavori che avevo eseguito per il suo corso, e a giudicare dal grugnito col quale esaminò la mia interpretazione del laghetto, la tendenza era immutata.

«Signorina Bell, è questo che prova guardando questo scenario?»

«Sì, è questo».

«Ebbene, signorina Bell, allora lo guardi meglio. Prenda in esame il lavoro della signorina Deering. Noti i colori che ha utilizzato. Malgrado l'assenza di dimensionalità dei suoi scogli, si concentri sui sentimenti che ha espresso. Non si rende conto che la sua ostinazione a non voler utilizzare alcun colore le pone dei limiti? Perché vuole intralciare in questo modo il suo stesso operato?».

Guardai la tela della mia migliore amica, e poi la mia. Avevamo ritratto entrambe la stessa scena, ma laddove lei vedeva la primavera che donava vita verdeggiante al boschetto, io vedevo una foresta degna delle favole dei fratelli Grimm. Un bosco nel quale nessuna ragazzina si sarebbe avventurata, un'imponente cascata dalla quale fuggire.

«Signorina Bell», proseguì il professor Pannell, «guardi questo scenario, questa giornata, questa luce di primavera. E dipinga le sensazioni che tutto questo le fa provare». Poi passò a ispezionare il lavoro di un altro studente.

Spostai lo sguardo dal mio quadro alla cascata, il laghetto, gli alberi e l'erba. Poi tornai a guardare il quadro. Poi l'acqua che scorreva. E di nuovo il quadro. E ancora l'acqua. Certo, riuscivo a vedere i colori, ma non erano il centro della mia attenzione. Erano in realtà una distrazione dal vero soggetto dell'opera. Optavo per la monocromia perché volevo catturare la luce, mostrare come rischiarava l'acqua e metteva in ombra gli alberi. Volevo padroneggiare l'arte del chiaroscuro. Da Vinci, Rembrandt e Caravaggio sapevano bene che le forme che vediamo sono solo il risultato dell'effetto della luce, di come le colpisce. È la luce che conta. Senza la luce, non ci sarebbero forme. Eppure la luce era così sfuggente. Se solo fossi riuscita a catturare quel semplice frammento di...

All'improvviso, vidi un lampo azzurro rotolare lungo il bordo della cascata. Erano indumenti: di un bambino, a giudicare dalla taglia.

Poi sentii la voce stridula di una donna: «Jeffrey!».

«C'è un bimbo in acqua!», urlai, per poi lasciar cadere pennello e tavolozza, mettendomi a correre. La corrente era molto forte. Un bambino finito in quelle acque sarebbe stato trascinato fino alla cascata e da lì schiantato contro gli scogli. Se qualcuno non lo salvava abbastanza in fretta, sarebbe annegato.

Arrivai alla sponda del laghetto. Non sapevo quanto fosse profondo, ma non m'importava. Se c'era un bimbo in pericolo, se bisognava salvare una vita, dovevo provarci comunque.

«Jeffrey, ragazzaccio. Guarda cos'hai combinato, la giacca è tutta bagnata!».

C'era esasperazione in quella voce, ma non il panico.

Una giacca?

Feci il giro dello specchio d'acqua e vidi una donna con un maltese dal pelo assai curato tenuto a un guinzaglio di pelle color verde chiaro. La donna andò verso la riva e guardò il capo d'abbigliamento ancora mosso dalla corrente.

«Jeffrey!», chiamò a gran voce. «Vieni a vedere cos'hai combinato!».

A quelle parole un ragazzino di sette o otto anni uscì dal bosco. Si fermò accanto a lei, smuovendo il terreno con un piede, e guardò contrito la giacca a mollo, e poi la madre. A quel punto si sporse e fece per recuperare il capo di abbigliamento.

«No, Jeffrey! Stai fermo. Potresti cadere, e a quel punto ti bagneresti anche tu. Vediamo di trovare un ramo per trascinarla a riva». Prima di andare via, si girò a guardarmi. «Grazie», disse.

Risposi con un cenno del capo, poi feci un gran respiro. Anche se il ragazzino stava chiaramente bene, avevo ancora il cuore in gola quando tornai al mio cavalletto. Avevo visto la giacca ed ero saltata alla conclusione che un bambino stesse per annegare. La mia interpretazione era stata distorta, dunque. Influenzata da quello che mi era successo in passato. Giunta ormai all'età di ventiquattro anni, vedevo da tanto tempo il mondo attraverso una lente ben precisa, che eliminava da ogni immagine il colore affinché potessi concentrarmi sulla luce e il modo in cui creava gli effetti di chiaroscuro. Il modo in cui le ombre davano vita alla profondità. E, in tutto questo processo, non mancavo mai di notare le possibilità di grandi tragedie e immani sofferenze.

Non potevo farci niente, proprio come Minx, che guardava il mondo attraverso i suoi occhi scintillanti, e ci vedeva soltanto bellezza.

Capitolo 2

Pur caratterizzata dalla sua peculiare combinazione di luce e colori e da una varietà di forme, la mia infanzia era stata modesta. Era cominciata nella zona settentrionale dello Stato di New York. I miei genitori erano entrambi studenti. Mia madre, Faith Garland, studiava arti figurative presso l'Ithaca College, e mio padre, Robert Fairburn, seguiva i corsi di architettura della Cornell. Per pagarsi le rette scolastiche, lavoravano tutti e due di notte nella stessa caffetteria, la Westoff su State Street, che era anche il luogo in cui si erano conosciuti. Si sarebbero sposati meno di quattro mesi dopo, e lei rimase incinta poche settimane dopo il matrimonio; o era successo prima della cerimonia?

Il tragico destino volle che mio padre non completasse mai gli studi. Morì in un incidente mentre era in bici durante una nevicata notturna, un mese prima che io nascessi, quando scivolò su una lastra di ghiaccio e, cadendo, si ruppe il collo. Mia madre, all'epoca diciannovenne, vedova e incinta, si trasferì dalla sorella, mia zia Grace, che a venticinque anni era una suffragetta nubile e una spiritista.

Pochi anni prima, la zia Grace aveva ereditato il lavoro paterno presso la Kennard Novelty Company, e vendeva tavole ouija. Era quasi inaudito che una donna facesse la venditrice a quei tempi, ma mia zia era una convinta fautrice della parità dei sessi. E, quando andammo a stare da lei, la zia Grace ebbe l'idea di realizzare tavole speciali dipinte da mia madre, articoli assai ambiti che poteva vendere a un prezzo maggiorato.

La nostra storia di famiglia con le tavole ouija risaliva a mio nonno, Harold Garland, che aveva lavorato nella fabbrica della Kennard dal 1891 fino all'ultimo dei suoi giorni. Amava le tavole ouija, ma non per il fantomatico potere paranormale. Gli piacevano perché gli permettevano di condurre un'esistenza agiata.

Grace e Faith erano cresciute insieme a diverse versioni della "tavola parlante", e adoravano le storie delle persone che comunicavano con i defunti. Mi raccontavano anche dei loro tentativi di utilizzarle. Mia madre non ci era mai riuscita. Ma, alla fine, la zia Grace aveva imparato a usare quel misterioso strumento grazie alle lezioni di Helen Peters, attivista per i diritti delle donne e presunta medium, il cui cognato, un avvocato specializzato in brevetti, aveva contribuito a immettere le tavole sul mercato. Alcuni credevano che la parola "ouija" significasse "buona fortuna", ma altro non era che un nome misterioso inciso in un ciondolo d'oro che Helen aveva scovato in un negozio di antiquariato, innamorandosi delle curiose sonorità di quell'insieme di lettere.

Man mano che le tavole ouija diventarono sempre più popolari, le reazioni del pubblico si fecero più intense. Molti spiritisti credevano che funzionassero davvero e si opponevano alla vendita. Insistevano che fosse necessario utilizzarle nel modo giusto, altrimenti potevano causare danni a chi se ne serviva. Alcuni devoti cristiani le vedevano come strumenti del demonio, mentre gli scienziati le consideravano frottole infondate che nessuno avrebbe dovuto prendere sul serio.

La zia Grace non si lasciava condizionare da nessuna di queste opinioni. Le piaceva lavorare con le tavole ouija. Intenta ad aiutare gli amici in lutto a connettersi con i cari estinti, organizzava sedute esclusive.

E ogni piccolo guadagno extra tornava più che utile, visto

che mia madre, oltre a prendersi cura di me, stava cercando di terminare gli studi presso l'Ithaca College, così da poter poi trovare impiego come insegnante. Alla fine lo ottenne, ma a Hamilton, in Ontario.

La zia non voleva che ce ne andassimo, e neanche io volevo partire: eravamo un trio decisamente eccentrico; e la mia infanzia era stata felice nella casa in stile barocco inglese su Eddy Street, con le torri e le torrette e le stanze abbandonate piene di mobili spaiati e oggetti d'antiquariato.

La casa si trovava proprio lungo la linea del tram che risaliva State Street diretto al campus della Cornell. In inverno, quando il lago Beebe era ghiacciato, prendevamo i pattini e ci univamo alla folla. C'erano anche le slitte, e a quelle gite partecipavano sia mia madre sia mia zia.

Ricordo ancora i capelli di mia madre che sventolavano da sotto il berretto mentre lei sfrecciava giù per la collina a bordo di una slitta. Aveva cominciato a insegnarmi a dipingere non appena ero stata in grado di impugnare un pennello, elogiava ogni mio scarabocchio e schizzo di colore e mi assicurava che avevo talento ogni qualvolta i miei desideri erano superiori alle mie capacità e mi sentivo frustrata.

Anch'io, come mia madre, ero timida, eppure avevo ideali romantici e non mi mancava la cocciutaggine. Come la zia Grace, avevo gli occhi di uno strano colore tra il blu e il porpora, occhi color pavone; braccia e gambe lunghe e la passione per la musica e il teatro.

Come mia madre e mia zia, sviluppai da subito una ferrea etica del lavoro, ed ero ben decisa a lasciare un segno nel mondo. Avrei solo voluto che mia madre fosse un po' meno ansiosa di vivere da sola e separarsi dalla sorella maggiore.

Comunque, malgrado le proteste mie e della zia Grace, la mamma sentiva che avevamo bisogno di trovare un posto tutto per noi, almeno per un po'. Mia madre avrebbe continuato a dipingere le tavole ouija, e con la zia Grace potevano scriversi e incontrarsi tutte le volte che volevano. In fondo, per arrivare a Hamilton ci voleva solo mezza giornata di viaggio.

Oh, le conseguenze devastanti di quella singola decisione. Se io e mia madre non ci fossimo spostate a nordovest, oltre il confine e le tuonanti cascate del Niagara, le nostre vite sarebbero state assai diverse.

Non ero l'unica ad aver conosciuto scossoni e turbamenti durante l'adolescenza. Anche Minx aveva avuto i suoi problemi. Ma nel suo caso erano dovuti a genitori convinti che l'indulgenza potesse compensare la mancanza di attenzione quando dovevano viaggiare, fare feste o raddoppiare le ricchezze ereditate. L'appartamento che condividevo con lei sulla Nona Ovest, nel Greenwich Village, era un esempio della loro generosità.

Ero arrivata a Manhattan un anno prima, direttamente da Ithaca, dove ero tornata per stare con la zia Grace una volta compiuti i diciotto anni, intenta, come mia madre, a studiare arte presso l'Ithaca College. Dopo cinque anni, quando mia zia era morta di polmonite, avevo scoperto che aveva ipotecato la casa per potersi dedicare alla sua causa di suffragetta e pagare la mia istruzione, lasciandomi quindi solo una piccola eredità: appena sufficiente per farmi arrivare a New York, affittare una stanza e coprire tre mesi di corsi presso l'accademia. Appena sufficiente per farmi cominciare una nuova vita con un nuovo nome: Jenny Bell, in memoria del soprannome datomi da mia madre perché aveva sentito suonare le campane la mattina della domenica in cui ero nata.

Frequentavo la Art Students League cinque mattine a settimana e per il resto della giornata, ma spesso anche la sera, lavoravo nella sala da tè della signora Bullard, al Greenwich Village. Avevo trovato una pensione a Hell's Kitchen. La stanza puzzava di olio da cucina, e dalle finestre entravano spifferi di aria gelida. Sul soffitto c'erano macchie di umidità. Peggio ancora, c'era un solo bagno, nel corridoio, da condividere con altre sei ragazze. Ma, in verità, nulla di tutto ciò aveva importanza: ero finalmente a New York, e studiavo in una delle accademie d'arte più prestigiose di tutto il Paese.

Conobbi Minx durante un corso di pittura della figura umana, quando ci ritrovammo sedute una accanto all'altra e ci rendemmo conto che eravamo le sole due donne in aula che non ridacchiavano nervose mentre ritraevano un uomo nudo. Non era neanche nudo per davvero, aveva un panno a coprire i genitali. Minx portò a termine la sua opera con una tale facilità che mi ritrovai a fissarla, affascinata dalle sue rapide pennellate, dalla sua sicurezza.

«È meraviglioso», sussurrai, indicando il quadro con un cenno del capo.

«Grazie», mi rispose, come fosse abituata a certi complimenti, poi si sporse a esaminare il mio disegno.

«E la tua idea è perfetta», bisbigliò di rimando.

«La mia idea?»

«Lasciarlo incompiuto. È geniale. È una dichiarazione di intenti molto forte, mentre tutti gli altri si sforzano di cogliere ogni singolo dettaglio. L'hai trasformato in una specie di eroe, nella tua opera».

Guardai il ritratto che avevo lasciato a metà, cercandovi il significato che lei ci vedeva e che a me sfuggiva.

Dopo la lezione quel giorno, mentre rimettevamo in ordine le nostre cose, Minx m'invitò a bere qualcosa in una mescita clandestina poco lontana dall'accademia.

«Fanno un Sidecar che è la fine del mondo. E malgrado

siano in un quartiere sciccoso, non faranno neppure caso al nostro abbigliamento». Indicò i pantaloni che entrambe portavamo. Le donne che lavoravano durante la guerra avevano cominciato a indossare i pantaloni, ma quando il conflitto era finito e gli uomini erano tornati a reclamare i loro mestieri, in molte avevano ripreso gonne e abiti interi. I pantaloni, però, restavano una scelta possibile, e quasi tutte le studentesse di belle arti li preferivano.

«E se anche hanno da ridire per un paio di pantaloni Coco Chanel, dovranno arrangiarsi», disse Minx, indicando il proprio completo per poi agitare una mano a mezz'aria con grande noncuranza.

Sapevo già chi fosse la stilista francese che aveva nominato: non potevi leggere una rivista di moda senza trovare il disegno di una qualche sua creazione, e scorrendo le cronache mondane dei giornali finivi sempre per imbatterti nella notizia di un personaggio importante che vestiva Chanel. Fino a quel momento avevo immaginato che Minx venisse da una famiglia agiata per via del modo in cui parlava, per il taglio e il tessuto delle sue giacche, e perché le sue scarpe non erano mai consumate. Ma se davvero indossava un completo Chanel, allora apparteneva decisamente all'alta società.

Percorremmo un isolato verso nord, poi andammo a est. Il crepuscolo a New York poteva apparire romantico o inquietante, a seconda del filtro attraverso il quale guardavi il mondo. Io, per esempio, scrutavo sempre tra le ombre. Superammo una fila di condomini sulla Cinquantottesima Strada, tra la Settima e l'Ottava Avenue. A quell'ora, non si vedevano chiaramente i recessi sotto le scale esterne dei grandi caseggiati di arenaria che sorgevano tutto intorno. Ma l'uomo che balzò fuori da uno di quegli spazi seminterrati non ebbe alcun problema a vedere noi.

Colta di sorpresa, Minx non era pronta ad affrontarlo ma io, sempre all'erta, mi accorsi del suo arrivo e notai il suo scatto. Non appena fece per afferrare la borsetta della mia amica, la tirai indietro, fuori dalla sua portata. Prima che potesse riprovarci, gli diedi un gran calcio su uno stinco. Il mascalzone inciampò sul marciapiede e cadde in ginocchio.

«Al ladro!», urlai. «Polizia! Al ladro!».

La canaglia si alzò.

«Al ladro!» urlai, ancora più forte.

Dalla direzione opposta, qualcuno chiese a gran voce: «Ci sono problemi?».

Il malvivente decise che non valeva la pena di essere beccato per la borsetta di Minx e andò via, correndo verso ovest, con il rumore dei passi che ricordava raffiche di mitra sull'asfalto.

Guardammo entrambe la sagoma in fuga che spariva verso il tramonto, mentre il gentiluomo che aveva assistito all'incidente ci raggiungeva dalla direzione opposta. «State bene?», chiese, mentre cercava di riprendere fiato.

«Sì. Grazie per averci aiutato», risposi.

«Non siete ferite?».

Minx si massaggiò il braccio, mi guardò e sorrise. «Solo una piccola ammaccatura, dove mi ha afferrato la mia cara amica».

«Sarò lieto di accompagnare entrambe al commissariato o in ospedale», propose l'uomo.

Minx gli rispose che non ce n'era bisogno, non ci avevano rubato nulla e stavamo bene, ma quel tipo insisté per poterci scortare lungo il cammino.

Due isolati più a sud, attese con noi all'ingresso del bar finché il proprietario non ci lasciò entrare.

«Sicura di star bene?», chiesi a Minx.

«Ma certo», rispose lei, anche se mi rendevo conto che era ancora scossa.

Una volta all'interno, ordinammo i nostri Sidecar e ne bevemmo un gran sorso quando arrivarono.

«Meglio?», chiesi.

«Alla grande, grazie a te. Tra l'altro, è la mia borsetta preferita. Sono in debito con te». Si mise la borsetta in grembo e la accarezzò come fosse un cucciolo.

«L'importante è che non ti abbia fatto male», dissi.

«No, non mi ha neanche sfiorata. Sono ancora un po' agitata, ma la soluzione è già qui in questo bicchiere. Tu come stai?»

«Quel tizio era tutto muscoli. Mi sento come se avessi preso a calci un muro di mattoni».

Minx si chinò sotto il tavolo per dare un'occhiata al mio piede destro.

«Gli hai dato un gran bel calcio, vero? Mi hai stupita, con tutto quel coraggio». Tornò dritta e mi studiò a lungo. «Anche tu sei una creaturina, eppure l'hai affrontato. Da dove ti viene tutta questa forza d'animo?».

C'erano così tante differenze, tra noi. Io ero sempre molto sospettosa. Di solito le persone dovevano faticare a lungo per guadagnarsi la mia fiducia. Minx, invece, malgrado l'aria mondana, era un'adorabile ingenua. Era convinta che ricchezza e prestigio bastassero a tenerla fuori dai guai. Qualcuno era sempre giunto in suo soccorso. A me non era mai successo, nessuno mi aveva mai aiutato, neppure il fantasma di mio padre.

Dopo la "storia della borsetta", come prese a chiamarla Minx, cominciammo a sederci sempre una accanto all'altra durante le lezioni, e passavamo insieme gran parte del tempo libero. Andavamo ai musei o uscivamo a pranzo e di tanto in tanto, se non ero troppo stanca dopo il lavoro per la signora

Bullard, seguivo Minx in un club, un teatro di varietà o un bar clandestino.

A volte, quando restavamo fuori fino a tardi, dormivo a casa sua, al Greenwich Village. Il quartiere era perfetto per Minx. Oltre a studiare disegno e pittura all'accademia, era anche apprendista della celebre scultrice Gertrude Vanderbilt Whitney, nel suo studio sull'Ottava Strada. La signora Whitney apparteneva senza dubbio all'alta società – la vera aristocrazia di New York – ma per quanti tra noi lavoravano e vivevano al Village era per prima cosa un'artista, poi una benefattrice e infine una ricca ereditiera.

Io servivo ai tavoli della sala da tè ogni pomeriggio, e facevo i doppi turni per potermi pagare colori e pennelli, mentre Minx usciva in città e girava per feste, jazz club e musical di Broadway.

Non provavo alcun rancore nei suoi confronti, perché venivamo da mondi diversi. Il fatto stesso che le nostre strade si fossero incrociate dimostrava che, dopo tutto, un po' di fortuna ce l'avevo anche io.

Eravamo amiche da sei settimane quando finalmente Minx vide dove abitavo. Qualche giorno dopo, eravamo sedute nel suo soggiorno al Greenwich Village a bere il suo cocktail preferito: champagne versato su una zolletta di zucchero. Prima di incontrare lei, non avevo mai neppure assaggiato lo champagne.

«Questo posto è troppo grande per me», disse, indicando i divani, i tavoli eleganti e il camino. Tutto in sfumature ramate, che facevano risaltare il suo colorito. Persino il soffitto e le pareti luccicavano per i filamenti di metallo mescolati alla vernice. Le finestre rivolte a ovest erano coperte da elaborate tende in seta color ruggine, che arrivavano fino al pavimento coperto di moquette.

L'arredatore della signora Deering si era occupato dell'appartamento al civico 5B senza tralasciare un singolo dettaglio. Il bagno tracimava di soffici asciugamani e vassoi di saponi costosi, lozioni e profumi. Pentole e padelle di ottima fattura penzolavano dai ganci sopra i fornelli nella piccola cucina, più che adatta a Minx, che non cucinava mai e aveva in frigo più champagne che cibo. I pasti venivano consumati nel foyer, a un tavolo laccato munito di quattro sedie. C'era persino una stanza per gli ospiti, con complesse decorazioni alla finestra per distogliere l'attenzione dal condotto d'aerazione di là dal vetro.

«Dovresti trasferirti qui da me. Ce la spasseremmo davvero. E i miei genitori non solo sono d'accordo, ma insistono per non farti pagare l'affitto. Detestano a tal punto pensarmi qui da sola che probabilmente ti pagherebbero loro per stare con me».

«Non posso lasciare che mi offrano l'affitto, Minx».

«Sì che puoi. Sono più ricchi di Creso. E tu lavori troppo. Pensa, potresti dire addio alla signora Bullard».

«Ma il mio lavoro non è poi così male. La signora Bullard adora gli artisti, sia quelli che frequentano il locale sia quelli ai quali dà impiego. Quando non ci sono clienti, mi lascia volentieri seduta in un angolo a disegnare. E le persone che entrano ed escono trasformano ogni cosa in una specie di avventura. La settimana scorsa è venuta Edna St. Vincent Millay».

«Fai orari troppo lunghi. Se non dovessi faticare così tanto, potresti uscire con noi la sera. Ti stai perdendo un sacco di occasioni, Jenny. Un sacco di jazz club. Hai mai fatto un giro di tutti i bar clandestini?». La sua risata era identica allo scintillio ramato che regnava nella casa.

Quando ero piccola, mia madre e io facevamo un gioco nel quale assegnavamo colori ai suoni. La voce di un vicino, il cinguettio di un pettirosso, lo starnazzare di un'anatra, l'abbaio di un cane, il rumore della pioggia, il tuono, le campane, il pianto di un bambino, la legna che veniva tagliata, i vetri infranti: avevamo un colore per tutto. Per forza dell'abitudine, attribuivo ancora una tinta ai suoni che trovavo interessanti o affascinanti, curiosi o inquietanti. A volte mi aiutava a ricordare mia madre. Erano bei ricordi, risalivano a prima che cominciassero i guai.

Minx continuò a tentarmi. «E se esci con me più spesso, tra feste e teatri, chissà chi potresti incontrare. Non solo artisti morti di fame che non possono neanche offrirti da bere. Ma uomini con lavori ben remunerati, che ti ricopriranno di bracciali e cappelli, ti regaleranno orchidee e ti porteranno a Broadway a bordo di macchine con l'autista».

«Te ne occupi già tu, tranne per i bracciali e le orchidee», risposi. «E di quelli posso fare a meno».

«Ti sto parlando di storie d'amore, Jenny. Di uomini che possano sedurti».

Scossi il capo mentre passavo le dita sul bracciolo in velluto della poltrona color ruggine, sentendo il morbido tessuto contro la pelle.

«Non posso accettare la carità», dissi.

«Non si tratta di carità. Mi faresti compagnia. I miei genitori saranno grati di sapere che qualcuno mi tiene d'occhio. Se solo li lasciassi fare, manderebbero qui la mia vecchia tata».

Per me era comunque carità. E non volevo più trovarmi in quella posizione. Quando mia madre sposò il reverendo, ci ritrovammo a vivere almeno in parte della generosità parrocchiale. E vidi le conseguenze sul suo orgoglio e sul suo onore. Vidi come le persone, anche quando donavano spontaneamente, finivano per avere dei risentimenti, che alla fine le spingevano a rivoltartisi contro.

«Sei troppo cocciuta, Jenny», proseguì Minx, che era diventata piuttosto brava a interpretare i miei silenzi. «Facciamo così. La stanza degli ospiti è grande quanto un francobollo. Puoi pagare una parte ridotta dell'affitto. La stessa cifra che spendi in quella tua pensione».

E così mi trasferii. Ma continuai a lavorare per la signora Bullard, e negli otto mesi che seguirono Minx divenne ancora più brava a leggere le mie espressioni e i miei stati d'animo.

Quel pomeriggio di primavera, mentre tornavo al cavalletto lungo le sponde del lago a Central Park, Minx mi raggiunse di corsa e guardò la madre del ragazzino che recuperava la giacca e la strizzava.

«Jenny, che succede?», mi chiese, con la fronte aggrottata e gli occhi velati dalla preoccupazione.

«Non è niente», risposi.

Lei mi mise un braccio intorno alle spalle. «Non è vero. Sei bianca come un lenzuolo. Forse dovresti sederti».

«No, sto bene. Ho solo pensato che...», cominciai a spiegare.

«Lo so, hai anche urlato. Pensavi che un bambino stesse per annegare. E volevi tuffarti in acqua e salvarlo, non è vero?»

«Be', qualcuno doveva pur fare qualcosa».

«Sei davvero una persona speciale, lo sai?».

Forse lo ero, ma non nel senso che intendeva lei. Mi strinsi nelle spalle, e stavo per rispondere quando arrivò Edward Wren.

«Stai bene?», mi chiese.

«Certo», mentii.

«Ti ho vista correre, sembravi convinta che qualcuno stesse per annegare». Si accigliò, chiaramente preoccupato.

Feci di nuovo spallucce. «Be', per un momento l'ho pensato davvero».

«Annegare». Edward scosse il capo. «Deve essere un modo orribile di morire. I polmoni che si riempiono d'acqua... non riesci a respirare...».

«Edward, non essere macabro! Jenny si è appena presa uno spavento. Non peggiorare le cose».

«Ma certo. Scusami», mi disse lui. La sua voce non evocava un colore vivido e profondo, era più come cenere annacquata, e sentirgli usare quel tono grave mi colpì molto. Stava per aggiungere altro, quando arrivò il professor Pannell e ci spronò a occuparci dei nostri dipinti.

Edward si avviò verso il suo cavalletto, io e Minx tornammo ai nostri.

«Un giorno», disse la mia amica, «mi dovrai spiegare cosa ti è successo in passato, cosa ti ha portato a essere sempre così nervosa».

«Non sono nervosa, Minx».

«Tu non ti vedi con lucidità. Io sì. Quello che è appena successo ti ha spaventata».

Cercai di rispondere in tono leggero. Mia madre una volta mi disse che avevo una voce argentata, che si scuriva quando non le raccontavo tutta la verità.

«Sono cresciuta vicino a una cascata. So quanto possono essere pericolose». Malgrado i miei sforzi di apparire disinvolta, capii dall'espressione di Minx che senza volerlo avevo infittito ancor più il mistero.

Capitolo 3

New York era viva, ogni giorno portava con sé la variopinta esplosione dei boccioli sugli alberi e dei tulipani che fiorivano nelle piccole aiuole lungo i marciapiedi che percorrevo diretta all'accademia. Per Minx, tre chilometri erano un tragitto troppo lungo al mattino per non prendere un treno o chiamare uno dei tanti taxi disponibili, ma a me piaceva passeggiare e guardare la città che si svegliava.

Qualche giorno dopo l'escursione a Central Park, ero nei pressi dell'incrocio tra la Cinquantasettesima Strada e la Quinta Avenue quando il vento divenne più forte e si incanalò nel tunnel creato dagli edifici tutto intorno. Da sempre sensibile al freddo, rabbrividii mentre attraversavo e aumentai l'andatura. Quando arrivai al civico 40 della Cinquantasettesima Ovest, mi accorsi che c'era un gran clamore. Passavo davanti a quell'edificio almeno cinque volte a settimana, lungo il tragitto verso l'accademia, e sapevo che ospitava l'Institute for Psychic Research.

La madre di Minx era tra i finanziatori di quella struttura e spesso, quando cenavo con i Deering, ci raccontava delle scoperte più recenti. Una volta arrivò addirittura a proporre con insistenza che io e la figlia la accompagnassimo lì per sottoporci a dei test. Uno degli studiosi credeva che ci fosse un legame tra il talento artistico di una persona e il suo collegamento con altri livelli della psiche. La signora Deering non poteva sapere che non avevo bisogno di quegli esami per capire di essere legata al regno degli spiriti. O quanto meno di avere una via di accesso, tramite mia zia Grace.

Fuori dall'istituto c'era un uomo vestito interamente di marrone che parlava a un gruppo di giornalisti, intenti ad appuntarsi ogni sua parola. Riuscii a insinuarmi tra la folla per dare un'occhiata. Non mi capitava spesso di assistere alla nascita di un articolo di giornale.

«Sono riuscito a leggere il messaggio scritto da Marjorie», dichiarò l'oratore con un forte accento straniero. Ipotizzai che fosse tedesco, ma il mio non era un parere attendibile. L'uomo era magro e stempiato, e aveva i baffi.

Tirai fuori matita e un blocco da disegno dalla borsa a tracolla e, disegnando rapidamente per non perdermi i dettagli della sua espressione, affidai alla carta le impressioni che ricevevo da quell'individuo.

«Sì, la polizia mi ha dato il permesso di rivelarvi le mie scoperte. Credo che la persona che ha firmato quel messaggio, Marjorie, non fosse affatto una donna, ma un uomo».

Qualcuno alle mie spalle sussultò.

«Come fa a sapere che era un uomo?», gridò un giornalista.

Le macchine fotografiche scattavano tra le esplosioni dei flash. Io, nel frattempo, continuavo a disegnare. I risultati non erano pessimi, ma sentivo di non essere ancora riuscita a riportare sulla carta ciò che stavo cercando.

«Sì, Marjorie era senza dubbio un uomo che si fingeva una donna. Un uomo inebriato dall'alcol, a dirla tutta. Di questo sono sicuro». L'uomo lo asserì con un fare teatrale che io cercai di riprodurre nel mio quaderno.

«Posso vedere?». Una voce maschile alle mie spalle. Nel suo timbro, intravidi un lampo di verde foresta. Il colore dell'agrifoglio in estate quando le foglie lucide sono in pieno rigoglio.

L'uomo sembrava avere all'incirca la mia età, non era particolarmente bello se non per l'emozione nei calorosi occhi castani che continuavano a spostarsi da me al disegno.

E poi inclinò il mio quaderno verso di sé.

«Ehi», feci io, riprendendomelo.

«No, no, per favore. Mi lasci dare un'occhiata. Sono davvero belli. L'ha ritratto meglio lei in un disegno di quanto riesca a fare io con questa», disse, indicando la macchina fotografica che portava appesa al collo.

Senza che riuscissi a fermarlo, mi strappò il quaderno dalle mani e cominciò a sfogliare le mie serie di disegni.

«Non ha alcun diritto...». Provai a riprendermelo, ma lui lo teneva stretto con forza.

«La prego, accetti di venire in ufficio con me. Voglio mostrarli al mio capo. Sono sicuro che vorrà comprarne almeno uno».

«Ufficio? Capo?»

«Lavoro presso il "New York Herald Tribune"».

Sentii che il cuore accelerava i battiti. «No, no», risposi. «Devo andare. Devo seguire i corsi. E lei si sta comportando in maniera davvero maleducata!». Tesi una mano, per riavere il mio quaderno.

Me lo restituì con un sorriso imbarazzato.

Infilai il quaderno nella borsa e mi preparai ad andare via.

«Ma sono sicuro che il giornale vorrebbe...».

Scossi il capo. «Sono davvero in ritardo, e la cosa non mi interessa affatto». Mi avviai, non volevo sapere cos'altro aveva da dire quel tizio.

Il mio ultimo rapporto con la stampa risaliva a quasi nove anni addietro. Abbastanza perché me ne facessi una ragione, ma non per portar via il dolore o cancellare i ricordi. Non importa quanto sembrassero gentili i suoi occhi, era chiaramente un giornalista, e per esperienza personale sapevo che non c'era da fidarsi. La stampa cercava una cosa soltanto: un articolo che, con il solo titolo, facesse vendere tante copie.

Proseguii di gran carriera verso ovest, quasi correndo, superai la Sesta e poi la Settima Avenue, e alla fine mi fermai al civico 215 della Cinquantasettesima Ovest. Salii i gradini due alla volta, spalancai la porta e feci un gran respiro.

Mi sentivo al sicuro nei corridoi sacri dell'accademia che istruiva da cinquant'anni uomini e donne. Il miscuglio degli odori di pittura a olio, trementina, vernici di base, argilla, segatura, polvere di marmo e sigaretta era un aroma irripetibile. Non era possibile riprodurlo, neanche nella migliore delle profumerie.

Salii due rampe per arrivare all'aula, sistemai le mie cose e cacciai via dalla mente tutti i pensieri riguardanti la scena vista in strada e quel giornalista rude. Mi dedicai invece al tentativo di riprodurre la posizione della modella sul podio.

Io e Minx seguivamo corsi diversi al mercoledì, e poi avevo un turno alla sala da tè, quindi non la rividi finché non tornai al nostro appartamento alle sette e mezzo di sera.

Mentre giravo la chiave nella toppa sentii alcune voci, cosa non del tutto insolita. Minx riceveva spesso le visite dei suoi amici. Mi chiedevo sempre come faceva a essere tanto solerte sul lavoro e avere comunque una vita sociale così piena. Se non fosse stato per lei, avrei passato tutte le serate libere a casa, con la radio e un libro, senza mai incontrare nessuno. Minx, invece, adorava circondarsi di gente. Preferiva anche dipingere e scolpire con altri artisti intorno. Sosteneva di avvizzire se restava da sola troppo a lungo.

Misi chiavi e borsa sul tavolo dell'ingresso ed entrai.

«Be', salve, non credevo che saresti più tornata a casa», mi salutò a gran voce la mia amica quando arrivai nel soggiorno.

Era all'estremità opposta della sala, vicino alle finestre, la zona che usavamo per i nostri lavori d'arte. Il suo spazio era sulla sinistra, dove realizzava i quadri e le sculture di dimensioni ridotte – le opere più grandi le creava dalla signora Whitney –, e il mio sulla destra, dove disegnavo e dipingevo. I due angoli erano in forte contrasto tra loro. Il suo era ingombro e luminoso, con quadri dai colori audaci e decine di statuine in argilla che si protendevano, si allungavano, danzavano e saltavano, nessuna in posizione di riposo. Il mio, invece, era tutto una monocromia di neri, bianchi e grigi. I miei tristi abbozzi a matita di rami spogli, pietre, foglie e ghiande, insieme agli studi sulla figura umana che si concentravano su una mano, un piede, metà viso, erano tutte disamine di come la luce rivelava le sue tante dimensioni.

C'erano anche dei quadri, e ritraevano tutti la cripta di marmo bianco che scoprii al cimitero Weber Falls di Hamilton quando ero una ragazzina. Continuavo a dipingerla, sempre nel tentativo di riprodurre la luce sfuggente che filtrava dalle finestre in vetro colorato, riversandosi sulla panca di pietra e sul pavimento. Luce sacra che mi ricadeva sulle mani. Per me, la luce era cobalto, rubino e ametista, ma le mie tele restavano monocromatiche. Sin da quando avevo sedici anni, non avevo provato a ritrarre la finestra e la sua sarabanda di colori. Non ero pronta. Non ancora.

«Stavo solo mostrando il nostro studio a Ben», disse Minx, indicandomi un uomo quasi del tutto nascosto dietro il suo cavalletto.

«Ben Montgomery», si presentò lui mentre mi porgeva la mano e veniva avanti, permettendomi così di vedere il suo viso.

Era il giornalista rude che avevo incontrato davanti all'istituto di ricerca.

«Come ha fatto a trovarmi?», chiesi, e seppur con riluttanza gli strinsi la mano.

«Be', ho fatto le mie indagini. Avevo visto il nome sul quaderno, e mi è bastato scavare un po' qua e là...».

Ero perplessa. Lui se ne accorse, e mi spiegò cosa intendeva.

«Negli archivi del giornale, voglio dire, dove ho trovato il suo nome collegato a una mostra collettiva presso la galleria della signora Whitney. Io e Minx siamo amici di lunga data, e so che lei lavora per la signora Whitney, quindi le ho fatto uno squillo e ho chiesto informazioni. Mai e poi mai avrei immaginato che abitaste insieme. È stato un gran colpo di fortuna, non le pare?»

«N-no», balbettai. Nessuna fortuna. Non per me.

«Be', io direi di sì. Non riuscivo a smettere di pensare a quanta vitalità potrebbe aggiungere al mio articolo con i suoi disegni. Voglio davvero mostrarli al mio direttore. Sono sicuro che li comprerebbe». Ben mi rivolse un sorriso incoraggiante, che gli fece spuntare qualche ruga intorno agli occhi.

«Non è emozionante, Jenny?», chiese Minx, e senza lasciarmi pronunciare una parola proseguì lei il racconto. «Quando Ben mi ha parlato dei tuoi disegni, ho insistito perché venisse qui in modo da parlare di persona. Jenny, se l'"Herald Tribune" vuole comprare i tuoi disegni, glieli devi vendere. E l'offerta è meravigliosa, cinque dollari al pezzo, più di quanto guadagni una settimana servendo ai tavoli per la signora Bullard. In un paio di mesi, potresti risparmiare abbastanza per andare a Parigi».

Non aveva torto, dovevo ammetterlo. Studiare all'accademia era stato il mio sogno sin da quando avevo tredici anni e mia madre me ne aveva parlato. E ci ero riuscita. Ora stavo puntando al prossimo, grande obiettivo: andare a Parigi per imparare dai maestri. Quando Minx aveva scoperto che condividevamo lo stesso sogno, aveva cominciato a progettare il nostro anno all'estero. Voleva partire quanto prima possibile, e si era offerta di pagarmi il viaggio. Ma, proprio come per l'affitto, io non ero disposta ad accettare la carità. Mettevo qualcosa da parte ogni settimana, ma la cifra aumentava lentamente. Vivere in città era costoso; non guadavo molto alla sala da tè, e i materiali artistici costavano una fortuna.

Minx si fermò a versarmi un bicchiere dell'onnipresente champagne. Sprofondai in una poltrona e bevvi un lungo sorso del liquido delicato, cercando di concentrarmi sulle bollicine che mi scoppiavano sulla lingua invece di pensare al mio improvviso attacco di nervi.

Mi dissi che non avevo motivo di agitarmi, mentre bevevo ancora e cercavo di placare la respirazione, come mi aveva insegnato la zia Grace quando mi facevo vincere dal panico. "Calmati, inspira, calmati, espira, calmati, inspira".

Mentre Minx continuava a chiacchierare, bevvi un altro sorso di champagne. Eppure ero nervosa, eccome. Non volevo che Ben o chiunque altro cercasse informazioni sul mio conto. E, malgrado tutto il mio impegno, ricordavo il terzo, grande evento della mia infanzia, quello che mi avrebbe drasticamente cambiato la vita: il primo era stato la morte di mio padre, il secondo il trasloco a Ithaca da casa della zia Grace, e il terzo il nuovo matrimonio di mia madre.

Poco prima che io compissi quattordici anni, in quello che dovette essere uno dei suoi momenti di maggiore debolezza, mia madre sposò il reverendo William Haddon, che lavorava presso la St Theresa, la scuola dove lei insegnava.

Sulle prime, fu facile capire come lui l'avesse sedotta: era un uomo istruito di quarantaquattro anni, alto e con le spalle larghe, dai capelli ondulati color castano chiaro e gli intensi occhi castani che parevano quasi neri. La sua voce scarlatta poteva persuadere e placare quando si sedeva a parlare di una crisi spirituale, o poteva esaltarti e farti gioire quando saliva al pulpito. All'epoca mia madre era ancora giovane, aveva appena trentadue anni, e aveva passato da sola gli ultimi dodici. Mi rendevo conto di quanto fosse lusingata dalle attenzioni di un uomo così rispettato, e di quanto le piacesse sentirsi corteggiata.

Il reverendo ci faceva sentire entrambe speciali e benvolute; non solo portava fiori e dolcetti a mia madre quando veniva a prenderla per uscire, ma aveva sempre un piccolo bouquet e un libro anche per me. Mia madre si meravigliava di quanto fosse adorato dal gregge dei suoi fedeli. Ammiravano la profondità dei suoi sentimenti.

Ma quando lasciammo la nostra cara villetta per trasferirci nell'umida, antica casa parrocchiale, le cose cominciarono a cambiare. Considerando il suo salario, lo stipendio del reverendo e l'alloggio gratuito, mia madre era convinta che avremmo avuto più denaro a disposizione, e non meno. La vita sarebbe diventata più semplice. Ma non fu così. L'avrei scoperto solo anni dopo, ma il reverendo si appropriava dei fondi della chiesa per comprare i libri rari che collezionava e teneva chiusi a chiave in biblioteca, nonché per procurarsi il vino e il brandy costosi che apprezzava fin troppo.

Non c'era mai stato un uomo nella nostra vita, per me e mia madre, né avevamo mai convissuto con un uomo, e fu un cambiamento drastico. Il reverendo aveva la mania dell'ordine e della puntualità. Voleva mangiare allo stesso orario ogni mattina e ogni sera. Io e mia madre, invece, non avevamo mai seguito orari fissi. Né quando stavamo dalla zia Grace né quando vivevamo da sole. Mia madre e la zia Grace erano troppo creative. Un mazzo di fiori non era più bello se qualche petalo cadeva sulla tavola? Un libro lasciato aperto era più invitante di uno chiuso. E adoravamo parlare, suonare il piano e chiacchierare. Ma il reverendo aveva bisogno di lunghe ore di silenzio per lavorare ai suoi sermoni la sera, e ciò significava che spesso io e mia madre dovevamo muoverci in punta di piedi.

La vita libera e colorata che avevamo sperimentato insieme diventava sempre più distante. In quei primi giorni mia madre era sembrata un po' sconvolta. E poi arrivò l'orrore, quando il reverendo ricadde nelle vecchie abitudini. Come mi spiegò mia madre, lui aveva pensato di riuscire a smettere di bere grazie alla sua presenza. Aveva riposto in lei la sua fede. Ma mia madre non era una maga. Non sapeva come zittire i suoi demoni o combattere ciò che lo spingeva verso la bottiglia sera dopo sera. Il reverendo le attribuiva la colpa della propria dissolutezza e la faceva soffrire per ciò che considerava un suo fallimento. E io, che avevo sempre fatto tutto insieme a mia madre, soffrivo insieme a lei.

Nell'appartamento sulla Nona Strada, il passato era assai lontano, e lo sapevo. Avevo messo anni, chilometri e un nuovo nome tra me e quell'altra Jenny. Per Ben Montgomery non ero altro che l'ennesima artista che cercava di sbarcare il lunario. Non avevo bisogno di dargli altri motivi per interrogarsi sul mio conto. Dovevo stare al gioco e comportarmi come tutti gli altri quando si vedevano offrire cinque dollari per un disegno mediocre realizzato in pochi minuti.

Mi costrinsi a sorridere e mandai giù la mia apprensione insieme alle bollicine dorate.

«Mi ha colto di sorpresa, in strada. Non sono abituata a vedermi prendere il quaderno dei disegni da uno sconosciuto».

«Le chiedo scusa. Dico davvero. Ma ero così emozionato

per aver visto la vitalità dei suoi disegni. La prego, accetti la mia proposta».

Scossi il capo. «Ho bisogno di un po' di tempo per pensarci».

Minx e Ben sembravano stupiti.

«Non troppo tempo, spero. Voglio uno di quei disegni per il mio prossimo articolo».

«Di che articolo sta parlando? Chi era quell'uomo?», gli chiesi, cercando di sembrare disinvolta.

«L'uomo che ha ritratto è Rafael Scherman, sensitivo polacco ed esperto grafologo. La sua ipotesi – quella di un uomo che si finge donna – è un nuovo indizio nel caso Ewell, da tempo giunto a un punto morto. Se Scherman ha ragione, potrebbe essere il pezzo mancante per risolvere un misterioso omicidio che da quattro anni tiene in scacco gli investigatori. Di questo mi occupo: omicidi, crimini famosi e reati gravi».

A quelle parole, abbassai lo sguardo sul calice, studiai la lunga fila di bollicine, e bevvi un altro abbondante sorso.

Capitolo 4

Quando il mattino seguente uscii dalla mia stanza per la colazione, Minx era già a tavola e leggeva il giornale. Davanti a sé aveva la bottiglia di champagne della sera prima, o forse era un'altra.

«Minx, sono solo le sette e mezzo. L'hai appena aperta?»

«Sì. Mia madre dice sempre che è peccato non festeggiare ogni vittoria».

«Che vittoria puoi aver mai conseguito mentre te ne stai ancora in pigiama?»

«L'articolo di Ben», mi rispose. «Vieni a dare un'occhiata».

«Ma perché il suo pezzo dovrebbe...».

«Dai un'occhiata».

Guardai da sopra la sua spalla la prima pagina del «New York Herald Tribune». Al centro dell'articolo principale c'era un mio disegno, che la sera prima non avevo venduto a Ben Montgomery.

«Allora, vale o non vale la pena festeggiare?», disse Minx, sollevando la bottiglia per versare due coppe di champagne.

«Ma come...».

Mi passò un bicchiere. «Dobbiamo brindare al tuo primo compenso da vera e propria artista», disse. «E al fatto che ci mancano cinque dollari in meno per il viaggio a Parigi».

Il fatto che fosse davvero il primo assegno che ricevevo per una mia opera mi distolse da ogni altra domanda. Avevo esposto soltanto un quadro in una mostra collettiva – quella della signora Whitney – e nessuno l'aveva comprato, e a differenza di tanti nostri amici che esibivano i loro lavori nelle vie del Village, non avevo mai provato a adescare un turista coi miei disegni.

Minx inclinò verso di me il bicchiere. «Cin cin, Jenny. Sei ufficialmente arrivata, adesso!».

Brindai con lei, ma non potei fare a meno di cercare chiarezza. «Minx, non l'ho venduto io quel disegno a Ben. Non avevo accettato di incontrare il suo direttore. Com'è andata?»

«Quando ieri sera ti sei assentata per incipriarti il naso, mi sono presa la libertà di passare uno dei tuoi schizzi a Ben affinché potesse mostrarlo al direttore e pubblicarlo, se lo apprezzava abbastanza. Non potevo permetterti di sprecare un'occasione del genere».

«Hai agito alle mie spalle?»

«Non esagerare. Sono solo disegni, Jenny. Ne fai dieci al minuto. Che c'è di male? Perché non venderli? A volte proprio non ti capisco».

Sin da quando eravamo diventate amiche, Minx mi aveva aiutato più di quanto avesse mai fatto chiunque altro, tranne mia zia. Mi aveva mostrato una gentilezza che non sapevo come accettare o ricambiare. E ora mi stava facendo una domanda che richiedeva una risposta. Che però non ero in grado di fornirle.

Ero riuscita a organizzarmi una vita a New York che era del tutto separata da quello che era successo a Hamilton quasi nove anni prima, ed ero ben decisa a proteggerla. E così feci ciò che più detestavo al mondo, usando un talento nel quale ero diventata ben più abile di quanto non fossi con pittura e disegni.

Mentii.

«Quando ero piccola, il padre della mia migliore amica, il

signor Oates, rimase coinvolto in un brutto affare. Ancor prima che il caso finisse in tribunale, la stampa lo processò con un'infinità di articoli volgari, alcuni semplicemente esagerati, altri del tutto menzogneri». Sentii che mi tremava la voce. Sembravo troppo emozionata? O non abbastanza?

«So che il signor Oates fece una cosa sbagliata», proseguii, con minore intensità, «ma il modo in cui lo trattarono i giornali fu di gran lunga peggiore. Lo crocifissero e gli rovinarono la reputazione. Il signor Oates si suicidò, Minx. Perse ogni speranza e si uccise. La vita della mia amica e della madre era rovinata».

Non appena mi accorsi che stavo stringendo furiosamente le mani che tenevo in grembo, allentai le dita e mi costrinsi a respirare a fondo e più piano.

«La stampa sfrutta le nostre vite per vendere più giornali, ignorando che siamo esseri umani. I giornalisti si comportano come se non avessero responsabilità delle loro bugie, delle loro esagerazioni. E infatti non ne hanno. Anche se mentono, al massimo rischiano di dover pubblicare una ritrattazione in una pagina interna, a caratteri minuscoli. Ma intanto il danno dei titoloni è fatto. Abbiamo bisogno della carta stampata, è ovvio. Ma la vita della gente non è una forma di intrattenimento. O almeno non dovrebbe esserlo. Ma farlo capire a giornalisti e redattori non è facile».

Minx versò altro champagne e bevve un sorso prima di offrirmi la sua risposta. «Non sono tutti così, Jenny. Di sicuro sono meglio di chi commette i reati dei quali scrivono sui giornali. Sono sicura che sia stato orribile per la famiglia Oates», aggiunse, prendendomi la mano, «e mi dispiace tanto per la tua amica. Ma i criminali vanno denunciati».

Bevvi un sorso, concentrandomi di nuovo sulle bollicine nel mio bicchiere. «Ma è un gioco sanguinario. Non capisci? Più la storia fa scalpore, più i giornali ne approfittano».

«Si direbbe che i colpevoli se lo meritano».

«Solo che i "colpevoli" non sono sempre colpevoli. Malgrado il verdetto di un tribunale. Anche gli innocenti vengono annientati».

«Jenny, stai piangendo!». In effetti, era vero. «Ti chiedo scusa per aver venduto il disegno, se non volevi che lo facessi. Pensavo fossi contrariata perché Ben ti aveva rintracciato, e non volevo che ti perdessi quest'occasione».

Misi giù il bicchiere e andai nella mia stanza, dove presi un fazzoletto e mi asciugai gli occhi, e ciò mi diede tempo per calmarmi. Non volevo che le mie reazioni esagerate destassero sospetti.

Ma Minx mi aveva seguito, ed era ferma sulla soglia. «Mi dispiace davvero», disse, e adesso piangeva anche lei. «Ti prego, non avercela con me».

Le diedi un fazzoletto. «Andiamo a fare colazione. Non ce l'ho con te. Dico davvero. Non potevi sapere come mi sarei sentita, ma ho sensazioni contrastanti sull'idea di far parte di una realtà che mi suscita tanti dilemmi etici».

A braccetto, tornammo in cucina, dove Minx preparò il caffè e io il pane tostato.

«Be', avrai un sacco di problemi, allora, perché il direttore vuole altri tuoi disegni. Mi ha telefonato Ben. Il direttore vuole assumerti affinché ti occupi dei processi. È vietato scattare fotografie in tribunale, e...».

«No. Non potrei mai».

«Cinque dollari per ogni disegno pubblicato, Jenny».

Scossi il capo.

Lei versò il caffè e io aspettai che il pane fosse ben cotto, poi ci mettemmo a tavola.

«Almeno pensaci, per favore». Prese una fetta di pane, la cosparse di marmellata di mirtilli, me la diede e se ne preparò una usando il doppio della marmellata per soddisfare la sua voglia di dolce.

«A tua madre verrebbero i brividi se vedesse cosa stai per mangiare», dissi, cercando di cambiare argomento.

«A mia madre vengono i brividi per tutto quello che faccio, non trovi?». Minx addentò il pane. «Jenny, dico davvero. Pensaci. Lavori davvero troppo in quella sala da tè. Se accetti l'offerta del giornale, potrai dedicare più tempo alla pittura e mettere da parte i soldi necessari per il nostro viaggio in men che non si dica. In un lampo».

Avevo assicurato a Minx che non ero più adirata con lei per la sua interferenza, ma non era vero. Dopo aver trascorso il pomeriggio in accademia, tornai a casa a cambiarmi, lieta che lei non ci fosse. Uscii alle cinque per andare dalla signora Bullard. Mentre sulla città scendeva il crepuscolo, i lampioni in strada presero vita, illuminando la sera con pozze di calda luce gialla. Alcune persone trovavano deprimente questo momento della giornata, ma l'oscurità imminente mi faceva sentire libera. Potevo nascondermi tra le ombre. Potevo vedere senza esser vista.

Tante volte a Hamilton, in sere come quella, uscivo furtivamente dalla canonica, mi insinuavo nel cimitero della vicina Weber Falls, e mi nascondevo nel mausoleo di Fond du Lac, seduta a osservare il buio che prosciugava la tomba di tutti i riflessi smerigliati. Restavo lì finché non credevo che il reverendo fosse abbastanza ubriaco da perdere i sensi, e solo a quel punto tornavo a casa.

Il mausoleo non era mio, eppure, durante quegli anni, le sole orme tra la polvere appartenevano a me. Ogni volta che ci andavo, temevo di trovare la porta chiusa a chiave, ma non accadde mai. Non era la cripta più grande, e nei dintorni ce n'erano altre decorate con finestre in vetro colorato e fregi elaborati. Ma il mausoleo di Fond du Lac era l'unico con una porta aperta in quel pomeriggio d'estate, quando avevo quattordici anni e mia madre mi disse sussurrando che dovevo uscire di casa, in fretta.

Vivevamo nella canonica da quasi un anno. Sapevo a quel punto che il reverendo beveva troppo, e questo lo rendeva cattivo. All'inizio si ubriacava da solo, chiuso in una stanza, e lui e mia madre cercavano di nascondermi la verità. Ma li sentivo litigare. Lei lo accusava di essersi comportato bene quando la corteggiava, ingannandola per trovarsi un corpo caldo a letto e per tenerla in cucina e nel salotto a servire il tè ai parrocchiani. Il reverendo reagiva urlandole insulti volgari e minacce. Le discussioni di solito finivano con lui che beveva ancora di più, fino a svenire in biblioteca.

Di sabato, teneva lezioni sulla Bibbia tutto il pomeriggio, e non tornava a casa prima delle cinque. Poiché disapprovava lo spiritismo o il fatto che le donne sposate lavorassero, mia madre approfittava di quelle tregue per insegnare gratuitamente arte ai figli di alcuni operai o rimettersi in pari con le tavole ouija commissionate dalla zia Grace per i suoi clienti. Con ogni probabilità il reverendo credeva che lei avesse smesso con le tavole quando gliel'aveva ordinato, ma mia madre mi aveva spiegato che era una pretesa irragionevole. Aveva lasciato l'insegnamento quando si erano sposati, e ciò doveva bastargli. Non aveva intenzione di violare la promessa fatta alla zia Grace o di rinunciare a quei guadagni in nome del suo volere.

Ma un sabato pomeriggio, alle due, la porta della cucina si spalancò all'improvviso ed entrò il reverendo. Si appoggiò barcollando al bancone e si guardò intorno: le vernici, i pennelli e le tavole ouija.

«Ti ho detto che non voglio queste stregonerie nella mia casa, ricordi?», tuonò, strascicando le parole.

«Non posso deludere Grace, e…».

«E così hai deciso di mentirmi e agire alle mie spalle? Cos'altro mi nascondi? Eri una sgualdrina prima di conoscere me, e dovevo immaginarlo che saresti rimasta una sgualdrina». Mosse due passi incerti e con una sola sbracciata gettò a terra i colori e tutto il resto. In piedi tra il caos di vernici, trementina e olio di semi di lino, levò i pugni al cielo. «Non nella mia casa. Non nella casa di Dio. Stai fornicando con il demonio, donna. Te lo proibisco!». Raccolse la tavola e la abbatté contro un angolo del tavolo. Si spezzò in due. Una metà cadde sul pavimento. L'altra gli rimase stretta in mano, puntata contro mia madre come un'arma.

«Non te l'avevo detto? Non mi sono preso cura di te?».

Io scattai in avanti, a braccia protese, nel tentativo di togliergli la tavola di mano e difendere mia madre. Lei si alzò in un istante e mi spinse via.

«Vai in camera tua», mi disse.

Il reverendo non mi prestò la minima attenzione. Allungò la mano libera, afferrò mia madre per una manica e la tirò a sé.

«Jenny, ti ho detto di andare in camera tua!», gridò lei.

Io non volevo lasciarla da sola con quell'uomo. Non mi mossi.

«Jenny, vattene».

Nella mia stanza, appoggiai l'orecchio alla porta, tremante di paura. Ero troppo giovane e ingenua per comprendere la natura dei suoni che provenivano dalla cucina. Ma sentivo che c'era qualcosa di sbagliato. Aprii con cautela la porta, uscii nel corridoio senza far rumore, e rimasi a bocca aperta.

Mia madre era china sul tavolo, il vestito raccolto intorno ai fianchi, sul volto una maschera di paura e disgusto. Il reverendo, con gli occhi chiusi e la testa spinta all'indietro, era alle sue spalle e si muoveva avanti e indietro con un ritmo scattoso.

Avanzai di un passo, pronta a fare di tutto per difenderla. Non avevo mai visto piangere mia madre. Non l'avevo mai vista spaventata o sofferente. Ma prima che potessi agire, lei scosse il capo e, muovendo le labbra senza emettere suono, formulò due parole: "Vattene subito".

Io volevo restare lì e aiutarla, ma la sua espressione non ammetteva repliche, e non me la sentii di disobbedire. Così tornai nel corridoio, attraversai il salotto e uscii dalla canonica. Scesi di corsa i gradini. Superai il cortile. Varcai i cancelli e arrivai al cimitero. Passai davanti a file e file di tombe, addentrandomi sempre più, finché non scivolai su un sasso e finii a terra. Dopo un istante di stupore, mi alzai e mi guardai alle spalle. Ero da sola. Nessuno mi stava dando la caccia. Mi spazzai la polvere dai vestiti. Non avevo mai esplorato il cimitero prima di quel pomeriggio d'estate, ma per mezz'ora rimasi a vagare tra le file di lapidi, leggendo nomi, date e frasi di commiato, nel tentativo di dimenticare ciò che avevo visto in cucina. C'erano alcuni mausolei, e sbirciai al loro interno. Quando arrivai alla cripta di Fond du Lac, notai una striscia di luce blu cobalto che veniva da sotto la porta. Attratta da quel colore, mi misi in ginocchio e ne toccai il riflesso. Mi avvolse le dita. Incantata, mi alzai e provai ad aprire la porta. Immaginavo fosse chiusa, ma se c'era la possibilità di vedere la fonte di quel colore, dovevo fare almeno un tentativo.

Quando scoprii che era invece aperta fu una tale sorpresa che per qualche istante rimasi immobile sui gradini d'ingresso. Non appena varcai la soglia, smisi di tremare. Il sole del tardo pomeriggio, che si riversava attraverso una finestra in vetro colorato, riempiva tutto lo spazio con una chimera di luce che mi inondò, e per la prima volta nella mia vita vidi davvero la luce. La riuscii a capire.

La decorazione della vetrata era diversa da tutte le altre che avevo visto fino ad allora. Rose color rubino si arrampicavano su un cancello in metallo in primo piano, che si apriva su un laghetto circondato da giaggioli e gigli gialli. Sullo sfondo, nuvole rosa opalescenti fluttuavano in un cielo arancione sopra un panorama liquido e colline distanti.

Ricordo che trattenni il fiato mentre ammiravo quella magia. Volevo entrare in quel paesaggio, visitare quella regione, sedermi lungo le sponde del laghetto, sentire lo scroscio dell'acqua sopra le rocce e il canto degli uccelli.

Sull'etichetta di metallo in un angolo della finestra era scritto "Tiffany Glass Co.". All'epoca, ancora non conoscevo il nome dell'artista che aveva realizzato un tale miracolo ma, nella sua opera, quella che sarebbe potuta essere una melensa descrizione del paradiso diventava un glorioso messaggio dall'aldilà.

In un istante dimenticai le urla, i pianti e il volto terrorizzato di mia madre. Ero circondata da una serena maestosità. L'autore di quella vetrata aveva previsto esattamente come si sarebbe riflesso il sole sul pavimento, le pareti e la panca, riconoscendo l'effetto lenitivo di quella luce colorata per chiunque la vedesse, anche per una ragazzina che si nascondeva dal mondo. Estasiata ed esaltata dalla scoperta, cominciai a piegare le mani da una parte e dall'altra, guardando come mutavano e cambiavano i colori. Volevo assorbire tutta la luce, diventando uno di quei fasci di blu, rosso, viola, giallo e rosa. E poi il desiderio mutò. Volevo essere io l'artefice di quella meraviglia, per avere sugli altri lo stesso incantevole effetto che aveva su di me l'autore della vetrata. Volevo essere io ad ammaliare e sedurre, a creare un'opera che generasse sensazioni come quelle che stavo provando.

La tomba di Fond du Lac divenne più di una via di fuga. Più di un nascondiglio perfetto. Divenne il mio studio. Con gli acquerelli, la carta e i pennelli, usavo il mausoleo come una fonte di ispirazione in cui sparire, e creare arte.

Mesi dopo, lessi un articolo sul restauro di una chiesa in un paese vicino. Il giornalista scriveva che le vetrate erano opera della sede newyorkese della Tiffany Glass Co. Chiesi a mia madre se potevamo andare a vederla una volta terminati i lavori, e lei mi promise di sì. Mi raccontò che quando viveva a Ithaca era stata in una chiesa con le vetrate di Tiffany, e la sua amica Martha Samuels aveva una lampada da tavolo realizzata da quella ditta. Col volto illuminato dai ricordi, mi descrisse la meraviglia di quell'opera in vetro, e mi parlò dell'artista che l'aveva realizzata: il signor Louis Comfort Tiffany, che aveva mosso i primi passi come pittore. Mi disse che un giorno saremmo andate a New York per visitare il suo studio e la bottega che il padre aveva aperto nel 1837. Nato come negozio di cancelleria, ora vendeva le opere in vetro, ceramica e argento create dal figlio, che aveva inoltre prodotto alcuni tra i gioielli più belli del mondo.

Diversi anni più tardi, quando dopo la morte di mia madre mi trasferii a New York, mi ripromisi di visitare tutte le chiese nei paraggi che avessero vetrate di Tiffany: quella di St Michael's nell'Upper West Side, la Middle Collegiate Church in centro, sulla Settima Strada, e tante altre. Non ci andavo mai quando celebravano riti o funzioni, per evitare di incontrare preti o altri membri del clero. Non era mia intenzione fare visita a Dio, volevo solo pregare all'altare dell'arte.

Ovviamente, feci un pellegrinaggio anche al negozio di Tiffany sulla Trentasettesima Strada, nella speranza di trovare una vera e propria mostra delle famose vetrate. Anche se rimasi incantata dai gioielli, dalle ceramiche iridescenti, la luminosa argenteria e le lampade variopinte, appresi con delusione che le vetrate venivano realizzate su ordinazione e non era possibile vederle senza un appuntamento.

Tuttavia, scoprii preziose novità sul signor Tiffany quando mi ritrovai una sera a cena a casa dei Deering. Nella loro impressionante biblioteca, annidata tra centinaia di rare prime edizioni, c'era niente meno che la biografia dell'artista. Il signor Tiffany l'aveva commissionata all'ex critico d'arte del «New York Times», Charles De Kay. Esistevano soltanto cinquecentodue copie di *The Art Work of Louis C. Tiffany*, una pubblicazione privata del 1914, richiesta da figli e amici. Il libro, con la sua intricata copertina – lamina d'oro su rilegatura in cartapesta rossa – era stato progettato dallo stesso Tiffany, e conteneva ventuno tavole a colori e quarantadue fotoincisioni. Minx me lo diede senza esitazioni, e per mesi studiai avidamente la copia numero 368. Il signor Deering, che aveva dimenticato di averlo prestato alla figlia o forse gliel'aveva regalato, non chiese mai di riaverlo. E così, rimase sul mio comodino.

Mentre percorrevo l'ultimo isolato per arrivare alla sala da tè, ricordai che Minx aveva chiesto il libro al padre solo per farmi contenta, e mi sforzai di cacciar via la rabbia che provavo nei suoi confronti. Aveva agito in buona fede. Solo che a volte si lasciava prendere troppo dall'entusiasmo.

Passai due ore a servire ai tavoli. Intorno alle sette ci fu un momento di fiacca, quindi mi presi una pausa e mi rintanai nel retrobottega per disegnare. Quando la punta della matita passò attraverso la carta, mi resi conto che stavo ancora pensando a Minx. Aveva solo provato ad aiutarmi. A condividere con me ciò che aveva. A migliorare la mia situazione. Ma restava il fatto che si era appropriata di un mio disegno senza chiedere il permesso. Anche se ci avevo ricavato cinque dollari, era comunque un'ingerenza.

«Jenny?», mi chiamò dalla sala la signora Bullard.

Alzai lo sguardo su di lei, alta, con una folta chioma di capelli bianchi, gli occhi neri e gentili e il tipico abbigliamento eccentrico. Anche se il colore e lo stile dei singoli capi non erano quasi mai in armonia, riusciva sempre a trovare combinazioni perfette. Quel pomeriggio, indossava un kimono giapponese in seta color pesca e verde, abbinato a orecchini azzurri e argentati e una collana proveniente dal Messico. Su una spalla era appollaiato Rudolf, il pappagallo, con lo splendido piumaggio rosso e viola a cozzare con i colori dei vestiti. In confronto alla signora Bullard, la mia gonna nera e la camicetta bianca apparivano banali, ma non ero lì per fare scena.

«Jenny?», gracchiò Rudolf.

Spesso ripeteva le ultime parole della signora. All'inizio, quando avevo cominciato a lavorare alla sala da tè, ci avevo messo un po' a capire che non dovevo far caso alle ordinazioni doppie, richieste una volta dalla signora Bullard e poi anche dal pappagallo.

La donna era famosa tra gli artisti, come lo era il suo locale tra i turisti che desideravano l'autentica atmosfera del Village. Spesso ci dava da mangiare quando non potevamo permetterci il prezzo di un panino, chiedendo in cambio solo un disegno. Nel corso del tempo, le pareti della sala da tè si riempirono di questi pagamenti. A volte, quando non c'era troppo da fare, studiavo quei fogli appesi uno sopra l'altro, opere di artisti come George Bellows, Edward Hopper, Max Weber e Georgia O'Keeffe, un tempo sconosciuti e ora, dieci o venti anni più tardi, autori di quadri che venivano acquistati a prezzi esorbitanti nelle gallerie del centro.

«C'è una persona che chiede di te, cara», annunciò la signora Bullard, indicando la porta. «Non ha voluto che mi occupassi di lui. Dice che siederà a un tavolo solo se accetti di fargli compagnia. Lo conosci, o è solo un donnaiolo?».

Mi affacciai a dare un'occhiata e scoprii che era Ben Montgomery, col cappello di feltro in mano.

«Non mi sembri felice di vederlo. Vuoi che lo mandi via?»

«Vuoi che lo mandi via?», ripeté il pappagallo.

«No, non c'è problema», risposi, e misi giù il quaderno. «Meglio risolvere questa situazione una volta per tutte, se non le dispiace».

«Certo, siediti pure con lui a un tavolo, cara. Prendi la sua ordinazione. A quest'ora, verso la chiusura, va sempre tutto a rilento».

«Grazie, signora Bullard».

Non saprei dire chi era più in imbarazzo, se io che andavo verso Ben o lui che mi aspettava.

«La signora Bullard mi ha detto di invitarla a prendere posto», esordii, indicando uno dei tavoli vuoti, «e di chiederle se desidera qualcosa».

«Vorrei un caffè. Senza panna, grazie».

Andai in cucina. Tazze e utensili erano tutti spaiati; come per l'abbigliamento della proprietaria, l'aspetto eclettico del locale piaceva molto ai clienti. Scelsi una grossa tazza bianca per me, di quelle che usava sempre la zia Grace. Per Ben, ne presi una color verde foresta, con un leggero bordo argentato. Versai il caffè e misi le tazze su un vassoio, insieme a zucchero e panna.

Tornata in sala, appoggiai il vassoio sul tavolo, tirai verso di me una sedia in stile Mission e mi sedetti di fronte a Ben, che ne occupava una a schienale rigido con la seduta di vimini. Proprio come le porcellane, l'argenteria e la biancheria, tavoli e sedie erano tutti diversi. Faceva parte dell'atmosfera di libera creatività che spingeva gli artisti a preferire la sala da tè della signora Bullard.

«Volevo chiederle scusa». Ben reggeva la tazza con entrambe le mani, quasi traesse conforto dal tepore del caffè. «Temo di averla offesa».

Feci una risata sardonica. «Lei e Minx, sì».

«E non voglio partire col piede sbagliato».

«Non stiamo partendo con nessun piede, signor Montgomery».

«Be', conosco Minx da un'eternità, e ora che sono tornato a New York per forza di cose ci vedremo più spesso, e vorrei evitare che lei mi guardasse in cagnesco ogni volta che ci incontriamo».

«Va bene, non lo farò».

«In una conversazione normale, dovrebbe chiedermi dove sono stato prima di tornare a New York, e vorrebbe sapere come ho conosciuto Minx».

«Signor Montgomery, questa non è una conversazione normale. Quando l'altro giorno in strada si è messo a guardare il mio quaderno, non le ho dato alcun motivo di credere che volessi continuare a parlare con lei. Né le ho dato il mio indirizzo, o uno dei miei disegni. Né l'ho invitata qui. Continua a impormi la sua presenza».

Lui rise. «Lei è decisamente schietta, non è vero?».

Non ricambiai la risata. «Sì, e non è molto di moda, lo so. Ma le alternative sono una gran perdita di tempo».

«E a lei non piace perdere tempo, giusto?»

«O rispondere alle domande».

«Vede… sono partito col piede sbagliato», disse.

Dopo la sua visita, Minx mi aveva chiesto se mi ero accorta di quanto fosse affascinante. Non me ne ero accorta. La mia amica aveva la tendenza a circondarsi di uomini intriganti e donne belle e interessanti, ma ciò non implicava che facessero sempre la cosa giusta o meritassero indulgenza quando commettevano errori.

Giocherellai con la tazza e rimasi in silenzio.

«Perché la metto a disagio?», mi chiese il giornalista.

«Cosa glielo fa pensare?»

«Si sta gingillando con quella tazza, continua a battere col piede sinistro sul pavimento e si rifiuta di guardarmi negli occhi per più di un millisecondo. Cosa ho fatto di così grave, se non ammirare le sue opere?».

Con le mie reazioni avevo esacerbato la situazione, e l'ultima cosa che volevo era farlo incuriosire e spingerlo a pensare che nascondessi un segreto.

«Mi innervosisce intrattenere rapporti di cortesia mentre sono al lavoro».

«Il locale è vuoto».

«Questo non significa che non abbia altre cose da fare».

«Quando sono entrato, stava disegnando», insisté.

«E di lì a poco avrei lavato i piatti».

«E questo è l'altro motivo per il quale sono venuto a parlarle».

«I piatti?».

Lui sorrise, increspando gli occhi. «Lei è una ragazza misteriosa, non è vero?»

«Sono tutto, fuorché misteriosa».

«Invece sì. Sono un grande esperto».

«È più che altro un gran chiacchierone. Allora, di cosa è venuto a parlarmi?»

«Di lavoro. Se accettasse qualche incarico dal giornale, non dovrebbe più lavare stoviglie. O servire ai tavoli. I suoi disegni hanno destato un certo clamore. C'è un importante processo per omicidio, e abbiamo bisogno di un ritrattista in tribunale. Sa che i fotografi non sono ammessi. Il mio direttore è disposto a offrirle un compenso quotidiano, più cinque dollari per ogni disegno pubblicato e...».

«Non posso».

«Perché mai? È una cosa che fa già... disegnare».

Mi alzai e presi la mia tazza. «Mi dispiace, signor Montgomery. Non potrei mai starmene seduta in un'aula di tribunale. Non voglio seguire nessun processo per omicidio».

Lui mise le mani sul tavolo, sopra il mio quaderno da disegno. «Pensi ai soldi. Almeno due pubblicazioni al giorno, per due o tre settimane. E poi ci sarebbero altri processi. Può almeno fermarsi a riflettere? Non ha senso rifiutare un'occasione del genere. Minx mi ha detto che ne ha bisogno, le serve un modo più veloce per risparmiare abbastanza e poter fare il viaggio a Parigi che avete in programma. E non dovrebbe neanche lasciare l'accademia. Tutti i docenti tengono lezioni serali».

«Quindi avete pensato proprio a tutto?». Lo guardai dall'alto in basso. Fumante di rabbia.

«Minx le vuole bene. Dice che è come una sorella per lei. Perché questo la sconvolge?». Piegò la testa e mi fissò con attenzione.

Feci un lungo respiro. Non potevo permettere che la conversazione si chiudesse così. La mia posizione era immotivata, e Ben si sarebbe senza dubbio incuriosito.

Tornai a sedermi e mi ripetei che non ero più in Canada. Non avevo più sedici anni. Nessuno sospettava di niente. Ero un'artista ventiquattrenne a New York, e quell'uomo mi stava offrendo una grande occasione.

«Sto esagerando», ammisi. Bevvi un sorso della bevanda ormai tiepida, per prendere tempo mentre cercavo una spiegazione plausibile per le mie reazioni.

«È perché non può accettare l'aiuto di Minx?», chiese Ben. «Mi ha spiegato che è fin troppo orgogliosa».

Eccola, la mia scusa. Me l'aveva servita lui stesso, con la medesima naturalezza con la quale io gli avevo servito il caffè.

«Immagino di sì. È sempre così generosa, e io non ho alcun modo per ripagarla».

«Conosco Minx da un bel po' di tempo. Non si aspetta nulla in cambio, se non la sua amicizia. Aiutare gli altri fa parte della sua natura. A volte li aiuta anche troppo. E troppo a lungo».

Adesso ero intrigata.

«Troppo? Troppo a lungo?»

«La prima volta che l'ho incontrata, frequentava la Radcliffe. Io ero a Harvard, e lei si vedeva con un mio amico. Erano molto presi uno dall'altra, ma lui era una vera canaglia, la pecora nera di una buona famiglia. Minx era convinta di poterlo aiutare a cambiare. La mettemmo tutti in guardia, le spiegammo che era una causa persa, ma lei era decisa a salvarlo da sé stesso prima che venisse espulso dalla scuola. E nulla poté farle cambiare idea. Gli prestò del denaro quando finì per indebitarsi a causa del gioco d'azzardo. Impegnò persino un anello che le aveva regalato la nonna quando lui ebbe un incidente in macchina, affinché potesse ripararla prima che il padre venisse a saperlo e lo ritirasse dalla scuola».

Ero stupita che Minx non mi avesse mai raccontato questa storia. Adorava parlare dei guai in cui continuava a cacciarsi.

«Come andò a finire?»

«Una sera si ubriacò e finì fuori strada. Minx non era in macchina. Al posto suo, c'era una ragazza del luogo. Non la conoscevamo; lavorava in una taverna. Venne sbalzata fuori dal veicolo, e per miracolo rimase incolume. Ma Timothy non se la cavò altrettanto bene».

«Perse la vita?».

Ben annuì. «Per Minx fu un gran colpo. Non solo perché Timothy era morto, ma perché era con un'altra».

Malgrado lo stupore per questa storia sulla mia amica, mi ritrovai a fare a mia volta una confessione. «Mia madre era così. Troppo fiduciosa». Non appena ebbi pronunciato quelle frasi, mi resi conto di avergli dato troppe informazioni.

«E come se la passava?»

«Oh, sa... come tante altre donne». Mi sforzai di parlare con leggerezza, e tornai a pensare a Minx. Mi aveva raccontato di recente che, al pari di molti uomini del suo ceto sociale, suo padre aveva diverse relazioni amorose. L'amante attuale era una ballerina di Broadway di ventotto anni.

Ben stava studiando il mio volto. Non mi piaceva essere osservata. Ero io quella che scrutava gli altri. Che guardava come le persone si muovevano e parlavano, cosa nascondevano e cosa mostravano. Le analizzavo per disegnarle, e cercavo di vederle come forme, sagome ed espressioni, svuotate della loro umanità, così da non esserne condizionata.

«Ha una visione assai cupa della vita, signorina Bell».

«Crede? Mi conosce a malapena».

«Sono molto bravo a capire le persone».

Bevvi un altro sorso di caffè.

«La maggior parte delle ragazze mi avrebbero chiesto perché mi credo bravo».

«Ma io sono...».

Ben m'interruppe. «Certo, lei è senza dubbio diversa dalla maggior parte delle ragazze. Come lo è Minx. Immagino faccia parte dei motivi per i quali siete così legate. Lei è molto ambiziosa, vero?»

«Moltissimo», risposi. Sollevata, forse, di passare a un argomento del quale potevo parlare apertamente e con sincerità.

«E qual è la meta che vuole raggiungere più di ogni altra?»

«La bellezza, signor Montgomery. Voglio creare bellezza».

«Ma lo ha fatto già. Ho visto il suo quadro nel soggiorno».

«Vuole dire il quadro di Minx».

«No, il suo. Quello scuro, quasi senza colori, quello della luce».

Per la prima volta, non mi dispiaceva che stessimo conversando.

«Lo trova bello?»

«Sì», confermò il giornalista, alzando un po' la voce, senza togliermi gli occhi di dosso. «Sa come mai ha un così cocente desiderio di creare bellezza, signorina Bell?»

«Certo. Anch'io ho letto gli scritti del professor Freud. Voglio tenere lontano tutto ciò che è brutto. E non ci vuole un esperto della psiche per vedere quanta bruttura ci circonda».

«Decisamente no. "Bellezza è verità, verità è bellezza, questo solo sulla Terra sapete, ed è quanto basta". Condivide questa poesia, signorina Bell?»

«No, non sono d'accordo con Keats. Credo che la bellezza possa essere anche una grande menzogna. A volte è la più grande delle bugie».

«Ma questo non sminuisce l'importanza che ha per lei?»

«No, anzi, al contrario. La rende ancor più interessante».

Lui alzò la tazza, a mo' di brindisi. «Be', allora, alla bellezza. Alle sue verità e bugie».

Capitolo 5

Mentre tornavo a casa quella sera, dopo una lunga mattinata all'accademia seguita da un pomeriggio ancor più lungo alla sala da tè, non potei fare a meno di pensare al lavoro che mi aveva offerto Ben. Sarei stata capace di entrare in un tribunale, guardare l'imputato e i suoi accusatori e trattenere le mie reazioni? Il denaro in ballo era senza dubbio più di quanto ne avrei mai guadagnato dalla signora Bullard, con ogni probabilità era più di quanto incassava lei in un giorno.

Minx non era a casa, ma mi aveva lasciato un messaggio per dirmi di raggiungerla al Blue on Blue, su Bleecker Street. Tuttavia, l'idea di andare in un jazz club a fare quattro chiacchiere non esercitava su di me alcun fascino.

Con tutto l'appartamento a disposizione, aprii le finestre. Al quinto piano, eravamo abbastanza in alto perché il lezzo delle strade cittadine non entrasse insieme alla brezza.

Mi preparai una tazza di tè, aggiunsi un cucchiaino di miele e mi ritirai nella mia parte di studio, dove ad attendermi sul cavalletto c'era la tela malinconica. Ben aveva detto di trovare bello il mio quadro. Avrei voluto lo fosse davvero, ma non credevo di essere riuscita a creare la bellezza. Faticavo ancora a riprodurre il fascino e la mistica della luce con le mie pennellate di pittura a olio trasparente.

Dipingevo la luce che si insinuava tra le foglie delle querce e degli aceri di Central Park o che sguazzava tra le acque dell'East River all'alba. La luce che si appesantiva per il fumo di un club oppure che filtrava dal vetro colorato del mausoleo di Fond du Lac.

Dipingere la luce non era come realizzare un ritratto o una natura morta. Le persone e gli oggetti occupano lo spazio, hanno una dimensione e un peso. Io potevo dar vita alla luce solo in contrasto con altre forme. Potevo unicamente mostrare come alterava ciò che aveva intorno.

Minx mi chiedeva spesso perché riproducessi di continuo le stesse scene. E io non avevo mai una buona risposta da darle. Sapevo che era diventata per me un'ossessione ricreare la luce del mausoleo, il mio luogo segreto, il mio santuario personale. E riproporla sulla tela, di volta in volta, rappresentava una sfida ma anche una consolazione.

Le mie opere erano diventate più astratte da quando studiavo all'accademia. In parte, credevo, come conseguenza degli insegnamenti del professor Pannell, che insisteva affinché non dipingessimo solo ciò che vedevamo, ma anche il modo in cui ci sentivamo nel vederlo. Per i miei compagni di corso, anche quando le loro creazioni si facevano più sfumate, l'intento era sempre riconoscibile. Quanto a me, ero così vicina al mio obiettivo, mi concentravo a tal punto sulla luce che le opere si trasformavano in astrusi studi monocromatici. I disegni a matita erano tutta un'altra cosa. In quel caso, lo scopo non era la luce: volevo solo catturare l'idea del movimento. E gli elogi che ricevevo erano pari alle critiche che venivano rivolte invece ai quadri.

Continuai a esaminare il dipinto incompiuto sul cavalletto. Qualcosa mi fece tornare alla memoria una versione precedente di quella stessa scena, e decisi di paragonare le due opere.

Rovistai tra i miei quadri impilati a ridosso della parete. Quello che cercavo non c'era, però era impossibile che fosse sparito, allora li tirai fuori uno per uno e li esaminai con attenzione, per assicurarmi che non mi fossi confusa o ricordassi male.

No, il dipinto al quale volevo dare un'occhiata non era più lì.

Mi resi conto che non avevo mai esaminato tutte le mie tele insieme. E più attentamente le guardavo, più mi convincevo della mia mediocrità. Non ero abbastanza brava, e con ogni probabilità non lo sarei mai diventata. Avevo studiato la storia dell'arte e sapevo che, arrivati alla mia età, quasi tutti i grandi nomi erano già ben più capaci di quanto lo fossi io. Incupita, pensai che forse stavo inseguendo il sogno sbagliato. O magari dovevo smetterla di sognare in generale. Forse le belle arti erano una meta troppo ambiziosa. Dovevo limitarmi ad accettare il lavoro offertomi dal direttore di Ben. Aveva ragione Minx. Solo un pazzo avrebbe rifiutato la proposta di cinque dollari a disegno.

Mi sembrava di sentire nella testa la voce di mia madre, quando mi diceva che avevo un talento che alla fine, e nonostante tutto, mi avrebbe salvato. Che sarei riuscita a sopportare ogni difficoltà fintanto che, in fondo al cuore, fossi rimasta fedele all'intento di creare bellezza con i pennelli e la pittura. Ma lei non era riuscita a sopportare ogni cosa. Dopo tutto, il suo amore per i colori non l'aveva salvata.

La zia Grace mi ripeteva spesso che quando mi sentivo schiacciare dal dolore e dalla rabbia non dovevo fare altro che alzarmi e dipingere quei sentimenti, così da tirarli fuori. Bevvi un lungo sorso di tè al miele e presi un pennello.

Diverse ore dopo, sentii girare la chiave nella serratura e mi voltai. Minx entrò in casa, si tolse sciarpa e cappello, posò la borsa sul tavolino all'ingresso e, appoggiata allo stipite del soggiorno, osservò la scena che aveva davanti.

«È per questo che non ci hai raggiunti?», chiese.

Era bellissima, ma i segni violacei sotto gli occhi tradivano l'ora tarda. Il rossetto era tutto sbafato, e il vestito senza maniche era scivolato giù dalle spalle. Si accasciò sul divano, con la gonna di seta color champagne che ondeggiava a ogni suo movimento. Portava intorno al collo un lungo filo di perle color panna che si avvolgeva quattro volte su sé stesso, e le perle che pendevano dai suoi lobi perfetti dondolavano avanti e indietro.

Dopo essersi tolta le scarpe di raso e aver allungato le gambe sul divano, si stese come se la lunga notte l'avesse prosciugata di ogni energia. Aprì la borsetta e tirò fuori il portasigarette d'oro e l'accendino.

«Ne vuoi una?».

Scossi il capo. Non ero una gran fumatrice. «Com'è andata la serata?», chiesi, mentre la raggiungevo sul divano.

«Una follia. Troppo alcol. Suzanna era ubriaca marcia e ha vomitato prima di riuscire ad arrivare alla toilette. A quel punto ci ha raggiunto anche William, e la situazione si è fatta ancor più concitata».

William, il docente più giovane dell'accademia, preferiva fraternizzare con gli studenti piuttosto che con i colleghi, con gran disappunto dell'amministrazione. Per circa un quarto d'ora, Minx mi intrattenne con numerosi pettegolezzi e aneddoti.

«C'era anche Edward», annunciò raggiante.

«E a giudicare dall'espressione che hai, la cosa ti ha fatto un gran piacere».

«È molto più maturo dei nostri compagni di corso. Credo sia dovuto soprattutto al fatto che è cresciuto in povertà e poi è stato in guerra. Ho provato a fargli raccontare le cose orribili che ha visto, ma lui semplicemente si rifiuta. Dice che stare con me lo aiuta a dimenticare tutta quell'oscurità, e l'ultima cosa che vuole fare è riviverla. È anche per questo che non gli importa di un sacco delle sciocchezze che succedono nel nostro gruppo. Ha superato di peggio».

«Ho l'impressione che a te importi molto di lui».

«Forse mi sto davvero innamorando». Fece un piccolo sospiro.

«Be', direi che è stata una serata parecchio vivace».

«E non è tutto. Come ciliegina sulla torta, si è fatto vivo anche Ben Montgomery». Minx mi guardò da sotto le lunghe ciglia nere, come faceva sempre quando doveva dimostrarmi qualcosa.

«Finché non mi sono imbattuta in lui, non te l'ho mai sentito neanche nominare, e adesso non fai altro che parlarne», dissi, cercando di restare calma.

«Ben era lontano, Jenny, in California, per scrivere un romanzo, e ora è tornato e lavora al giornale di suo zio».

«Il giornale appartiene allo zio?»

«Adesso sì. L'aveva fondato il nonno di Ben. Poi l'ha ereditato suo padre. Ma il signor Montgomery non è più tra noi. A proposito di scandali, il suo è stato uno dei più grandi nel settore giornalistico. A quanto pare, si lasciò corrompere e pubblicò notizie false su un famoso politico. Gli avvocati dissero che era tutta una montatura, ma ormai il danno era fatto. Durante il processo, le vendite del giornale colarono a picco, si sfiorò il fallimento. Lo zio di Ben provò a risollevarne le sorti. Ma a quel punto il giornale aveva una pessima fama».

«Che ne è stato del padre di Ben?»

«Due giorni dopo che il giudice annullò il processo, il signor Montgomery decise di fare una passeggiata fuori dalla finestra del suo ufficio, al ventiduesimo piano».

Rabbrividii. «Quanto tempo fa?»

«Circa un anno e mezzo».

«Ora una sigaretta la prendo volentieri», dissi.

Lei aprì l'astuccio d'oro, me ne offrì una e, dopo che l'ebbi presa, ne tirò fuori un'altra per sé. Fece scattare la rotella dell'accendino e si sporse verso di me, per poi accostarlo all'estremità della sua sigaretta. Tornò ad appoggiarsi allo schienale del divano, fece un gran tiro e soffiò il fumo. Poi, con fare vezzoso, si tolse una briciola di tabacco dal labbro inferiore.

«Ben sta aiutando lo zio nella missione di restituire credibilità al giornale».

Pensai a mia madre. Quindi Ben e io avevamo qualcosa in comune: cercavamo entrambi di salvare una causa persa.

«Credo che Ben si sia preso una cotta per te, per questo si è fatto vivo stasera, sperando che ci fossi anche tu. Mi ha raccontato di esser passato alla sala da tè, per convincerti ad accettare il lavoro. Sono sicura che il direttore voglia davvero i tuoi disegni, ma diciamoci la verità, bimba mia, i ritrattisti non sono poi una merce così rara in questa città».

Avevo rifiutato quel lavoro e adesso, per la prima volta, mi sentivo in ansia all'idea di perderlo.

«Lui ti piace almeno un po'?», mi chiese Minx.

«Vai troppo di fretta. Ci siamo appena conosciuti». Mi strinsi nelle spalle. «Inoltre, non voglio pensare a nessuno: mi interessa solo lavorare sodo, mettere soldi da parte e andare a Parigi».

«Ed è per questo che dovresti accettare l'incarico, sciocchina».

«È una buona occasione, lo so, ma non voglio passare del tempo in tribunale».

«Una buona occasione? È l'occasione della vita».

Minx si alzò e si versò due dita di brandy in uno dei bicchieri Baccarat lasciati lì dalla madre. Mentre tornava verso di me, si concentrò di nuovo sulla mia parte di studio.

«Che stavi facendo con tutti quei quadri?»

«Ne cercavo uno in particolare. Volevo confrontarlo con quello nuovo… ed è questa la cosa assurda, Minx: non lo trovo. Mi chiedo se non ho solo immaginato di dipingerlo».

Mi alzai e cominciai a rimettere in ordine le tele. Le guardai attentamente una a una per l'ultima volta, per assicurarmi di non averne chissà come saltata una, per quanto fosse impossibile.

Lanciai un'occhiata a Minx, che mi stava fissando.

«Che c'è?», chiesi. «Hai una strana espressione».

«Strana?»

«Sì, come se avessi appena assaggiato qualcosa di marcio».

«Troppo brandy troppo in fretta». Si stiracchiò, poi si mise in piedi. «Sono stanca morta. Allora, colazione domani, prima delle lezioni?».

Di solito mangiavamo insieme nei giorni in cui andavamo all'accademia. E per il giorno seguente avevamo i corsi di pittura.

«Certo. Come sempre. Perché me lo chiedi?»

«Oh, così. Per essere sicura».

Lasciò soprabito, scarpe e borsetta nel soggiorno e andò nella sua stanza, mentre io rimasi lì a metter via i miei quadri, chiedendomi come potevo averne perso uno.

C'erano due possibilità, che dovevo vagliare. Negli ultimi mesi, sia la signora Whitney sia l'accademia avevano organizzato delle mostre collettive. E io avevo proposto i miei quadri a entrambe. Sapevo esattamente quali. Dopo tutto, erano stati esibiti ed erano tutti e due di nuovo nello studio. Ma era possibile che ne avessi mandati due, dimenticandone uno? Non riuscivo a immaginarmi così distratta o superficiale, ma doveva pur esserci una risposta a quel mistero.

A un tratto ripensai all'armadietto nel corridoio. Di sicuro non ricordavo di averci mai messo un quadro, ma valeva la pena fare un tentativo. In piedi su una pila di libri, controllai sull'ultimo scaffale in alto. No, il mio quadro non era lì, ma c'era una delle tavole ouija illustrate da mia madre. Rabbrividii al solo contatto con la confezione. Detestavo quell'oggetto, per i ricordi che risvegliava.

Quando mia zia venne a trovarci a Hamilton per il mio quattordicesimo compleanno, decise che era arrivato il momento che conoscessi il vero potere delle tavole ouija. Non mi erano mai interessate granché: non erano niente di esotico, per me; avevo sempre visto mia madre decorarle con i pennelli.

Semmai mi spaventavano. Dopo esserci trasferite dal reverendo, avevo sentito come le descriveva lui: strumenti del demonio per far cadere in tentazione le persone disperate che desideravano parlare con i propri cari estinti. Oggetti malvagi di eresia.

La zia Grace approfittò di un pomeriggio in cui mia madre era fuori casa per le lezioni gratuite e il reverendo era in parrocchia. Ci sedemmo in cucina e lei aprì una tavola decorata con la luna e le stelle in un cielo di cobalto, nuvole bianche e argentei corpi celesti.

«Noi non comprendiamo il mondo al di là di questo, ma credo che siano proprio simili misteri a rendere magiche le nostre vite. Ci danno speranza e consolazione». Spinse verso di me la planchette di legno, che era decorata con gli stessi motivi della tavola.

«Pronta?», mi chiese.

Ero nervosa. Stavamo per fare una cosa che il reverendo aveva proibito. E, quando parlai, mi tremò un po' la voce. «Sì, zia Grace».

«Per prima cosa, appoggia piano le dita sul tuo lato della planchette, e io farò lo stesso dal mio lato. Trascriverò anche le lettere che ci verranno indicate; a volte succede tutto troppo in fretta per capirne il senso».

Feci come mi aveva chiesto, ma notai che il mio lato della planchette si era inclinato.

«Non devi premere così forte», mi spiegò la zia Grace.

Alleggerii la mano.

«Ora, fai una domanda agli spiriti».

«Cosa dovrei chiedere?»

«Di solito si comincia scoprendo chi viene a farci visita».

Sussurrai la domanda nell'etere, e non sapevo se mi sentivo impaurita o sciocca.

La planchette non si mosse.

«A volte ci vuole più di un tentativo. Alcuni spiriti hanno bisogno di esser persuasi, vogliono essere sicuri che ci stai davvero mettendo il cuore».

«C'è qualcuno?», provai ancora.

A un tratto la planchette si mosse e andò dritto verso la parola "Sì".

Guardai la zia Grace.

«Chiedi chi è», mi spronò lei.

Lo feci. La planchette partì di nuovo, si spostò rapida tra le lettere, fermandosi per un secondo tra una e l'altra. La zia Grace annotò quelle che venivano indicate.

S-T-A-I-A-T-T-E-N-T-A

Guardai di nuovo mia zia, in cerca di aiuto.

«Chiedi chi è lo spirito», disse.

Feci la domanda.

T-U-O-P-A-D-R-E

Terrorizzata, tolsi la mano dalla planchette e richiusi di scatto la tavola, rischiando quasi di stritolare le dita di mia zia.

«No, no, Jenny. Non devi aver paura». Lei riaprì la tavola. «Rimetti le dita. Dobbiamo portare a termine quello che abbiamo cominciato, e alla fine ricordati sempre di ringraziare lo spirito per essere venuto e poi chiudi il portale».

Malgrado i miei timori, le diedi retta. La planchette ripartì senza che facessi un'altra domanda, e con la mano libera la zia Grace si affrettò a fissare sulla carta le lettere selezionate.

Ho ancora con me quel ritaglio, dove sono conservate lunghe sfilze di lettere. Affinché avessero senso, la zia Grace aveva separato le varie parole con una linea obliqua.

TROVERAI/CONSOLAZIONE/MA/NON/SUBITO/DOVRAI/SUPERARE/TANTE/PROVE/SII/FORTE

Tenni con me il pezzo di carta. Non perché pensassi che lo spirito di mio padre mi aveva parlato, perché non ci credevo, ma ero convinta che la zia volesse a tal punto che avessi un portafortuna da mentire pur di darmene uno. Una promessa, un motivo per andare avanti. Un ricordo di quel pomeriggio, prima che cominciassero i problemi, la prima e ultima volta che mai toccai una planchette.

Capitolo 6

Il dipinto sparito non era all'accademia. Dopo le lezioni, Minx e io andammo nel fantastico studio della signora Whitney sull'Ottava Strada, e la famosa signora della fiorente scena artistica di New York mi lasciò rovistare nel deposito, dove venivano custodite le opere delle mostre recenti finché autori o acquirenti non passavano a riprenderle. Ma la mia tela non era neppure lì.

Minx e io andammo via insieme. Arrivate all'incrocio con la Sesta Avenue, lei cercò un taxi.

«Non torni a casa per fare un bagno e cambiarti?», le chiesi. Di lì a poche ore saremmo tornate dalla signora Whitney per una festa.

«Non subito. Voglio solo fare una capatina in centro a comprare due o tre cose».

Non mi aveva chiesto se volevo farle compagnia in quel giro di compere, ed era strano. Malgrado non potessi permettermi i negozi che frequentava lei, non mi stancavo mai di guardare tutti quegli abiti e accessori meravigliosi. Era una delle cose più belle di New York: non tutte le opere d'arte della città erano esposte in una galleria o in un museo.

«Come preferisci», le risposi.

Arrivai a casa pochi minuti dopo, grata per la quiete ma ancora turbata dalla scomparsa del dipinto. Forse avevo soltanto immaginato di realizzarlo. Appesi la giacca, misi la borsa a tracolla sulla scansia nel corridoio e andai in cucina. Mi ero appena preparata una tazza di caffè e seduta al tavolo quando sentii suonare il campanello.

Guardai dallo spioncino e vidi la madre di Minx, con le braccia cariche di pacchi.

Dopo aver aperto la porta la aiutai a liberarsi di quel carico e togliersi il soprabito, una costosa giacca di visone color cioccolato che accarezzai con le dita prima di appenderla.

La signora Deering si lisciò l'abito di seta, della stessa sfumatura ricca della pelliccia, e risistemò il filo di luminosi topazi che le girava due volte intorno al collo prima di scendere fino alla cintura. Con dita esperte, lisciò lo chignon che le teneva raccolti i capelli, color biondo oro come quelli della figlia.

Annusò l'aria. «Potrei uccidere per una tazza di caffè. Ho passato tutta la giornata a fare shopping».

Minx prendeva in giro la madre per quella che definiva la sua "vocazione". «Quella donna ha sentito la voce sacra degli acquisti compulsivi, proprio come certe donne sentono la chiamata a farsi suore», aveva detto una volta.

Versai il caffè in una delle eleganti tazze in porcellana di Limoges e la misi su un piattino. Poi sistemai sul tavolo zuccheriera e lattiera abbinate, insieme a un cucchiaio d'argento. Le porcellane francesi e l'argenteria inglese venivano dalla collezione privata della signora Deering. Nel rivederle, le guardò come fossero vecchie amiche.

Mentre si preparava il caffè, con tanta panna e zucchero, dolce e leggero un po' come la sua personalità, prese a chiacchierare della giornata di escursioni.

«Ho trovato questi deliziosi reggilibri e ho pensato che sarebbero stati perfetti per quella libreria, e tovaglioli di lino da cocktail ricamati con dei motti graziosissimi per il bar. Voglio mostrarvi tutto. Quando torna Minx?»

«Tra un po', credo. Stasera siamo attese allo studio della signora Whitney per una festa».

«Be', allora possiamo chiacchierare mentre la aspettiamo. Hai ancora quei biscotti che vi ho mandato sabato?»

«In realtà no, sono finiti».

«Tutti?». Mi guardò di sottecchi.

La signora Deering era alta e magra, e non badava a spese per il proprio aspetto, tanto per la figura quanto per il volto. Comprava le creme più costose e assumeva massaggiatori, manicuristi, parrucchieri e acconciatori assai esosi. Aveva un elegante chef francese a casa, e si assicurava di fare abbastanza esercizio fisico giocando a tennis, cavalcando e seguendo lezioni di danza, così da tenere a bada il peso. L'idea che avessimo divorato tutti quei biscotti la faceva inorridire.

«Non da sole, signora Deering. Abbiamo ospitato alcuni amici».

«Questo mi solleva. Siete entrambe attraenti… ma d'altronde non avete neanche trent'anni. La vera battaglia non è ancora cominciata». Dopo aver portato le dita della mano sinistra sopra la destra tirò la pelle, che a me sembrava liscia. Ripensai ancora una volta alle tresche del marito. Minx mi aveva spiegato che persino per una bella donna come sua madre, non era facile arrivare sulla soglia dei cinquant'anni e sapere che il marito se la spassava con ragazzine assai più giovani.

La signora Deering raccolse la tazza e bevve un secondo sorso con gesti misurati e precisi, facendo attenzione a poggiare le labbra nello stesso punto in cui aveva già lasciato una macchia di rossetto.

«Hai detto che avete ricevuto degli amici?». Giocherellò col cucchiaio, passando le dita intorno al bordo ovale.

Non capivo bene se fossero solo chiacchiere o se voleva

andare a parare da qualche parte. Con un cenno del capo, le risposi di sì.

«Gli amici di Minx dai tempi della Radcliffe?». Sempre senza posare il cucchiaio.

«No, alcuni studenti dell'accademia e altri artisti».

«Hai conosciuto il suo ex, Gerald? È stato qui?». Un altro sorso di caffè.

«Non in mia presenza. Non ho incontrato nessuno con quel nome».

Quando la signora Deering si alzò e andò nel soggiorno, ricordai quello che mi aveva raccontato Ben la sera prima sull'ex fidanzato di Minx iscritto a Harvard.

La donna si fermò davanti al camino e risistemò tutte le foto con le cornici d'argento sopra la mensola. «Così va meglio; erano storte», disse.

Rimase con una mano ancora sul ripiano, ma adesso era girata verso di me. E non eravamo abbastanza lontane perché non mi accorgessi che quella mano tremava leggermente.

«Se mai Gerald dovesse tornare nella vita di Minx…». La frase rimase sospesa.

«Sì?».

Lei andò verso l'ingresso, poi in cucina. Da dove ero seduta, la guardai che si avvicinava alla finestra. Prima spostò di cinque centimetri a sinistra un portavasi di ceramica che conteneva un albero di giada. Poi lo rimise al posto di prima.

«Non voglio trasformarti in una mia spia», disse.

«Meno male, perché non mi sentirei a mio agio a parlarle dei fidanzati di Minx a sua insaputa, signora Deering, se è questo che mi sta chiedendo. Se ha dubbi e domande, dovrebbe discuterne con sua figlia». Sapevo che rischiavo di sembrare troppo schietta – caratteristica che mi aveva già messo nei guai in passato – e temevo di aver varcato un confine.

E avevo ragione, a giudicare dall'espressione stizzita della signora Deering.

«Mi dispiace, ma...».

Lei interruppe le mie scuse. «Non è così semplice, Jenny».

«Allora temo di non aver capito».

«Gerald ha chiesto del denaro a Minx, e non gliel'ha mai restituito. Ha rubato più di metà dei suoi gioielli e poi li ha venduti».

«È finito in galera?».

La donna scosse il capo. «No, Minx si è rifiutata di denunciarlo».

«Allora perché...».

«Mia figlia ti ha raccontato di quando l'anno scorso è stata per un po' a Greenwich, nel Connecticut?»

«No, mai».

«Hai mai sentito parlare di Blythewood?».

Scossi il capo. La signora Deering, ancora davanti alla finestra, cominciò ad armeggiare col suo orologio d'oro e diamanti, aprendo e richiudendo la fibbia.

«Non voglio rivelare segreti, ma per me e mio marito è importante che tu sappia cosa è successo, così se ti giunge qualsiasi notizia su Gerald o vedi qualcosa di sospetto in Minx potrai contattarci».

Sentii che mi si serrava lo stomaco per il nervosismo. Qualcosa di sospetto? Minx aveva qualche problema?

«È malata?»

«Non nel senso che intendi tu, no». Guardò i fornelli. «C'è dell'altro caffè? Anzi, no. Avete del Lillet?».

Il nostro armadietto dei liquori era sempre pieno. Le flotte del signor Deering contrabbandavano quanto c'era di più pregiato tra vini, aperitivi e brandy. Mentre le navi erano ormeggiate nel porto di New York, con i passeggeri che sbarcavano e recuperavano i bagagli, uomini vestiti da scaricatori si occupavano di far sparire bauli ben precisi. Sebbene gran parte dei torcibudella – come Minx definiva scherzosamente i pregiati vini francesi – finisse nelle mescite clandestine sparse in giro per la città, a lei spettava sempre una generosa consegna.

«Sì, certo, gliene verso un po'».

Presi un bicchiere da vino in cristallo Baccarat dal secondo ripiano dell'apposito carrello, aprii la bottiglia dell'aperitivo francese e lo versai. Quando lo diedi alla madre di Minx, ne bevve un gran sorso, si fermò, poi bevve ancora.

«Siediti», mi disse, battendo una mano sulla poltrona di fronte al divano, in diagonale.

La accontentai.

Lei si portò di nuovo il bicchiere alle labbra e bevve un altro sorso di aperitivo. Dopo aver messo giù il bicchiere, fece un gran respiro come per farsi forza, quasi stesse cercando il coraggio per parlarmi del "piccolo problema" di sua figlia.

«Minx frequentava la gente sbagliata al college, Jenny. Si innamorò di un giovane che morì in un incidente d'auto. Resa vulnerabile da quel dolore, perse subito la testa per un altro ragazzo: Gerald Tanner, che tra le sue altre orribili caratteristiche era, o è tuttora, un fumatore d'oppio». La signora Deering si fermò, chiuse gli occhi per un istante, rabbrividì da capo a piedi, bevve ancora e poi riprese.

«Spinse anche Minx a fare uso di quella sostanza. Andò avanti per più di un anno prima che lo scoprissimo. Non avevamo scelta, fummo costretti a prendere certe decisioni. Lei era così giovane e talentuosa. E si stava buttando via». La signora Deering si sporse in avanti e finì il suo racconto con la voce ridotta a un sussurro. «Dovemmo rinchiuderla in una casa di cura. Blythewood, a Greenwich, nel Connecticut. Ci è rimasta per metà anno, e ne è uscita sedici mesi fa, ormai. Adesso sta bene, ma sono sempre preoccupata per la sua debolezza. So che molti artisti si dedicano a queste droghe orribili. E Madame Zakine», proseguì la signora Deering, riferendosi alla sensitiva che lei e le sue amiche consultavano con regolarità, «sostiene che c'è qualcuno nella vita di Minx che è collegato agli stupefacenti. Io... noi... io e il padre di Minx non possiamo sopportare di vederla di nuovo distrutta. Per questo speravo di trovarti da sola in casa, oggi».

Credevo si fosse fermata solo per far visita alla figlia, ma in quel momento mi resi conto che era stata tutta una farsa. Voleva parlare con me, in assenza di Minx. Mi sentii usata, e al contempo provai pena per la signora Deering, anche se mi dispiaceva ancor più per la mia amica. Avevo già sentito due tragiche storie sul suo conto in altrettanti giorni.

«Io e suo padre siamo disposti a fare di tutto per lei e per te, se vorrai tenerla d'occhio. Mi sembri una gran brava ragazza, e un'amica meravigliosa per nostra figlia. Ti prego, se noti anche il minimo segnale che potrebbe essere di nuovo invischiata in qualcosa di preoccupante, avvisaci. Siamo sempre in pensiero, e Madame Zakine dice...».

Il rumore della chiave nella serratura fece trasalire entrambe, e ci voltammo all'unisono verso la porta dalla quale entrò Minx. La mia amica fece un altro passo. Notò il bicchiere da vino e la bottiglia di Lillet.

«Perché sei sempre così preoccupata, mammina?», chiese.

La signora Deering mentì e le disse che era in pensiero perché Madame Zakine aveva avuto un brutto presagio sul fatto che la figlia uscisse da sola di notte. Poi diede a Minx tovaglioli e reggilibri, e andò via con uno sfarfallio di baci di commiato.

Dopo aver chiuso la porta, Minx aspettò di sentire l'ascensore che arrivava al piano e ripartiva, poi mi chiese: «Okay, Jenny, vuota il sacco. Di cosa ti ha parlato veramente mia madre?»

«Mi ha davvero detto che lei e tuo padre sono in pensiero perché vai in giro di notte da sola. Soprattutto dopo essersi consultata con Madame Zakine».

«Detesta il fatto che a volte torniamo a casa a piedi, e senza essere accompagnate, dopo esser state nei club, ma le ho raccontato di te e della storia della borsetta». Minx scosse il capo. «Inoltre, lo sanno anche i criminali che noi artisti, scrittori e musicisti siamo al verde! Loro se la prendono con quei turisti che ci guardano come se fossimo animali in uno zoo. Gliel'ho assicurato una decina di volte che non porto un cartello con su scritto che i miei genitori sono assurdamente ricchi, e che le perle che indosso sono autentiche».

Ridacchiai, mio malgrado.

«Per fortuna sono figlia unica», continuò lei. «Impazzirebbero, se fossimo in tre o quattro di cui doversi preoccupare. Ora vieni in camera mia, così possiamo cercare nell'armadio qualcosa da farti mettere per questa sera».

Mi sentii sollevata perché non aveva dubitato della mia risposta. Ma, d'altro canto, ero un'esperta bugiarda. L'avevo imparato da mia madre, insieme ai rudimenti sull'arte della pittura.

La menzogna detta a Minx non era pericolosa. Era solo una "bugia innocente", come l'avrebbe definita mia madre. Di quelle che lei raccontava al reverendo quando si lamentava perché spendevamo troppo per i miei vestiti, per i libri o per il materiale artistico. O quando gli diceva che no, non c'erano tavole ouija in casa, e che aveva smesso di dipingerle.

Inoltre, avevo dei motivi validi per mentire a Minx. Non avevo chiesto di conoscere quel suo segreto, ma ora che ne ero al corrente l'avrei tenuta d'occhio. L'oppio era una sostanza assai pericolosa, non andava preso alla leggera. Lo champagne e i cocktail erano tutt'altra storia, niente di così grave. E Minx era la mia più cara amica. L'unica. I suoi genitori volevano che fosse al sicuro, e lo volevo anch'io.

Ci mettemmo davanti al suo armadio a rovistare tra le grucce di raso in cerca del completo giusto per me.

«Dove sei finita oggi pomeriggio?», le chiesi.

«Mi sono fermata un attimo da Tiffany a prendere il portacarte in argento che ho fatto incidere per il compleanno di mia madre».

Prima che potessi chiederle come mai non mi aveva proposto di accompagnarla – sapeva quanto adorassi il negozio e quanto mi piacesse ammirare tutti gli splendidi articoli in mostra –, lei tirò fuori un vestito senza maniche in seta scarlatta.

«Direi questo», sentenziò, accostandomelo al viso mentre entrambe guardavamo il mio riflesso nello specchio. Avrei voluto poter comprare anch'io capi così belli, ma con la mia paga non potevo permettermi alcun lusso. Il mio guardaroba era ben misero: tutto quello che riuscivo a racimolare finiva in materiale artistico. Possedevo solo abiti pratici neri e marroni, pantaloni e camici per la scuola, un po' di gonne, maglioni e camicette per il giorno; un solo abito elegante nero e un paio di scarpe di raso per la sera.

Poiché avevo già indossato l'abito in cinque occasioni, Minx si rifiutava di vedermelo di nuovo addosso.

«L'hai usato così spesso che il tessuto comincia a diventare lucido, e non è fatto di raso, ma di crespo», disse con finto sdegno, in una perfetta imitazione della madre. «E davvero, Jenny, è così antiquato che ti fa sembrare una vecchia zitella, non un'artista del Greenwich Village. Dove l'hai comprato?»

«Da nessuna parte. Era di mia zia».

Lei mi rivolse un'occhiata assai significativa come a dire che, infatti, non era adatto alla mia età.

Mi infilai il vestito di Minx dalla testa e sentii la fresca carezza della seta sulla pelle, rammaricandomi perché la zia Grace non poteva vedermi. Adorava tutto ciò che era bello, e si premurava sempre di dirmi quanto fossi graziosa. La sensazione di quel tessuto mi fece pensare ai tanti uomini che avevo incontrato vivendo lì e agli sguardi che mi lanciavano, malgrado mi fossi ripromessa di concentrarmi sullo studio, senza distrazioni. Per il momento, nulla era più importante della mia carriera. Di sicuro nessun uomo. Un uomo che, a dispetto di tutta la gentilezza e le parole dolci, era capace di ingannarti, tradirti e cambiarti.

Minx era fortemente avversa all'idea di arrivare a un evento mondano in anticipo, o anche in orario. Così, dopo esserci vestite, aprimmo una bottiglia di champagne, e ci preparammo i nostri cocktail.

Alle sette e mezzo uscimmo di casa e, per la seconda volta quel giorno, percorremmo a piedi i due brevi isolati che ci separavano dallo studio della signora Whitney. Il Village era pieno di macchine e pedoni diretti a ristoranti, club e locali di vaudeville. Arrivavano turisti da ogni dove, anche da fuori città, per fare esperienza di una controcultura all'insegna di arte, sesso e disprezzo per la ricchezza. Sin dalla fine della guerra i prezzi avevano continuato a salire, e diventava sempre più difficile per gli artisti abitare nel quartiere, ma restava comunque il centro del nostro mondo.

Quando arrivammo, la festa era già cominciata da un pezzo. Gli eventi della signora Whitney in occasione dell'inaugurazione di una mostra erano sempre assai elaborati. Ben Montgomery ci rivolse un cenno di saluto quando ci vide entrare, poi venne verso di noi.

«Sei qui per scrivere un pezzo sulla prima?», gli chiese Minx.

Lui scosse il capo. «Non scrivo mai di cronaca mondana». Indicò qualcuno tra la folla. «Se ne occupa Alan Green. È qui con un fotografo. Io ho la serata libera».

Passò un cameriere con un vassoio di champagne e Ben ne prese due calici, ne diede uno a Minx e uno a me, e ne prese infine un terzo per sé.

Poiché ne avevo già bevuto un bicchiere a casa, il secondo mi diede subito alla testa. Ma era meglio così, perché avrei fatto fatica a guardare le opere da sobria. L'artista, Jock Alexander, un texano alto dalla parlata lenta e lo spirito indomito che con i suoi lavori si spingeva spesso oltre i limiti, aveva dipinto una serie di nudi femminili estremamente sensuali, donne che si davano piacere. Avevo già visto i disegni erotici di Klimt e Rodin, ma non conoscevo di persona quei pittori o le modelle. Libera di esaminare con distacco le loro opere, non mi ero lasciata condizionare troppo. Ma Jock lo conoscevo. Era un amico di Minx, veniva spesso a casa e faceva parte della comitiva con cui girava per club e ristoranti. Osservare quei ritratti fin troppo personali e intimi di donne nude con le mani tra le gambe, la testa all'indietro, gli occhi chiusi, perse nelle loro fantasie, mi dava i brividi. Per realizzare tali opere, Jock doveva aver usato delle modelle. Mi spostai da un quadro all'altro, chiedendomi se ero arrossita, col timore di poterne riconoscere qualcuna.

E poi accadde per davvero: ero sicura di guardare un ritratto di Minx. Non sapevo neppure che era stata con Jock, ma eravamo amiche da meno di un anno. Nel suo passato c'erano con ogni probabilità diversi uomini dei quali ero all'oscuro.

I nudi che disegnavamo e dipingevamo durante le lezioni erano neutrali, asessuali. Il fatto stesso che i modelli o le modelle posassero per noi, che seduti o in piedi in un'aula spartana ne studiavamo le forme, contribuiva a neutralizzarne la nudità. Questo sguardo intimo su una donna che conoscevo mi sconvolse.

«Non è un po' eccessivo?», chiese Minx, che mi aveva intanto raggiunta.

«Quindi sei tu?».

Lei fece l'occhiolino. «Conosciamo altre bionde naturali?».

Avrei dovuto aspettarmelo, che fosse così disinibita al riguardo. Avevamo parlato a lungo di sesso. La sua esperienza era nettamente superiore alla mia. Avevo avuto qualche breve relazione a Ithaca, con ragazzi del college convinti che fosse facile sedurre una lavoratrice con cene eleganti e parole dolci. La mia unica storia seria, con Lawrence Rice, docente presso la scuola d'arte della Cornell, durò poco più di due mesi. Lawrence d'estate dava lezioni al di fuori del contesto universitario, e io mi ero iscritta ai suoi corsi. In quelle otto settimane, la nostra passione bruciò con grande intensità. Mi chiesi addirittura se mi ero innamorata, poi mi resi conto che gli interessava solo che ammirassi il suo talento e avessi cura di lui, ma non prese mai sul serio la mia carriera.

Ovviamente, non sarei comunque rimasta con Lawrence. Sin da quel fatidico pomeriggio, quando vidi il reverendo distruggere una delle tavole ouija di mia madre e poi minacciare di usarla per farle del male, quando infine assistei al suo stupro, seppi con certezza che non avrei mai permesso a un uomo di svilire ciò che facevo. Non mi sarei mai lasciata soggiogare, anche se questo implicava rimanere da sola. Seguivo il consiglio della zia Grace, che aveva preferito la solitudine all'asservimento. «Trovati sempre un amante, Jenny, e mai un padrone», mi diceva. «Io ho vissuto seguendo questa regola, e non me ne sono mai pentita».

Minx inclinò il bicchiere verso la tela. «Allora, che te ne pare?»

«Come hai fatto a trovare il coraggio per farti ritrarre così?», chiesi.

«Mi conosci da tanto tempo, e ancora ti fai certe domande? Per sconvolgere il prossimo, Jenny. Per l'espressione sul tuo viso. Per questo momento».

«E se lo vede Edward?».

Lei fece un sorriso malizioso. «È esattamente quello che voglio; dovrebbe essere qui a momenti».

«Sei davvero una ragazzaccia», le dissi. «E se lo vedono i tuoi genitori?».

Lei alzò gli occhi al cielo. «Se non si trova in una galleria sulla Quinta Avenue, non lo vedranno mai. Inoltre, non mi somiglia poi tanto».

«Io ti ho riconosciuta».

«No, tu hai indovinato. E solo perché hai la sensibilità di una pittrice».

«Jock è stato un tuo amante?»

«Per una manciata di minuti, l'anno scorso. Ma a parte i suoi quadri, in realtà è davvero noioso». Scolò lo champagne che le era rimasto, mi prese a braccetto e mi tirò via. «Vediamo di farti sbronzare. È una festa, Jenny. Non devi per forza startene così composta. Se ti ho fatto mettere quel vestito è unicamente perché, quando ti rilasserai, ti scivolerà giù una spallina, e tutti i ragazzi finalmente capiranno quanto sei attraente».

Al bar, Minx impallidì quando un affabile signore piuttosto maturo si animò tutto non appena la vide. «Sono qui perché sto valutando di rappresentare Jock», disse. «Che te ne pare? Ma, per prima cosa, presentami alla tua nuova amica».

Minx mi prese una mano e la strinse con forza.

«Monsieur Vallain possiede una meravigliosa galleria su rue La Boétie a Parigi», mi spiegò. «Si occupa di Matisse, Vlaminck e Juan Gris. E i miei genitori», aggiunse, stringendomi ancor più forte la mano, «sono suoi assidui clienti». Si sforzò di non scoppiare a ridere. Aveva dato per scontato che i genitori non avrebbero mai visto il quadro di Jock. Sapevo che adesso si stava chiedendo cosa sarebbe successo se monsieur Vallain avesse davvero deciso di accogliere le opere del texano nella sua galleria.

Il francese era un uomo molto gentile e, con un interesse che mi parve sincero, s'informò sul mio lavoro.

Minx non mi diede neanche il tempo di rispondere.

«È troppo timida per dirle la verità. Ma Jenny realizza degli studi monocromatici di grandissima intensità. Severi e assai realistici. Quasi sconvolgenti, in realtà. Vuole compiere l'impresa di riprodurre la luce».

Il mercante d'arte mi fece qualche domanda sugli artisti che mi avevano influenzato e io risposi come meglio potevo, citando molti dei grandi nomi. Lui ascoltò con attenzione, poi volle conoscere la mia opinione sull'uso della luce di Rembrandt rispetto a quello di Caravaggio, mi chiese perché seguivo un approccio di tipo rinascimentale e non uno dei maestri più moderni, e infine mi domandò come sarebbe apparso il lavoro degli impressionisti sulla luce, se privato del colore. Più di una volta durante l'erudita conversazione sentii di essere in acque troppo profonde per me ma, a giudicare da come monsieur Vallain mi ascoltava con attenzione, si sarebbe detto che mi prendeva abbastanza sul serio.

Minx si era messa in disparte, sorseggiava champagne e

sembrava felicissima. Si lamentava spesso perché facevo una pessima pubblicità a me stessa, e sosteneva che finché non avessi imparato a essere audace e parlare del mio lavoro e delle mie ambizioni, non sarei mai arrivata da nessuna parte come artista. Pur essendo d'accordo con lei, avevo comunque delle remore a parlare troppo del mio passato. Quando arrivò il momento di spiegare a monsieur Vallain da dove fosse nato questo mio interesse per la luce dovetti fare molta attenzione, soprattutto perché la mia principale fonte di ispirazione si trovava a Hamilton, luogo della tragedia.

Minx era sparita durante l'ultimo scambio di frasi con il mercante d'arte, ma tornò poi a braccetto con Edward, per presentarlo al francese con grande entusiasmo.

«Ed ecco un altro artista che dovrebbe conoscere: Edward Wren. Le sue tele sono così reali, così crude, una perfetta risposta ai nostri tempi».

Edward strinse la mano a monsieur Vallain con la solita aria di distacco: non capivo se era davvero poco interessato a gran parte della gente o se si comportava così per nascondere altre emozioni. Come per i suoi dipinti, c'era molto da scoprire in lui, soprattutto sotto l'immediata superficie.

Poiché il mercante d'arte era adesso impegnato con Edward, ne approfittai per andare a fare due chiacchiere con gli altri studenti dell'accademia che non avevo ancora salutato.

Ero alla festa da circa un'ora quando mi ritrovai a guardare l'atrio e notai un nuovo arrivo. La signora Whitney andò incontro a un uomo, lo prese a braccetto e si avviò allegramente con lui verso il bar, senza mai smettere di chiacchierare.

Mi sembrava familiare. Dopo averlo osservato qualche istante, ero sicura di non averlo mai incontrato, eppure sentivo di conoscerlo. Poi mi resi conto che, per quanto impossibile fosse, mi sentivo attratta da lui. Somigliava davvero tanto a una statua di marmo in stile classico che avevo visto e provato a disegnare. Ce n'era una copia nella scuola d'arte a Ithaca, mentre l'originale era esposto al Metropolitan Museum. E adesso era lì, davanti a me, il Perseo di Antonio Canova in carne e ossa. Alto e magro, camminava con una grazia fluida e il vago accenno di una zoppia. I capelli corvini gli ricadevano in onde intorno al viso, incorniciando lineamenti pronunciati, gelidi occhi azzurri e una bocca che mi colpì per quanto sembrava morbida. Provai l'impulso di andare da lui e toccarlo, per vedere se era reale, per scoprire se la pelle era calda. In quel momento, non esisteva nulla che desiderassi di più della possibilità di stargli semplicemente vicino.

Era una strana esperienza, e mi fece ripensare a come la zia Grace mi raccomandava che quando succedeva qualcosa di insolito o di speciale, anche se non eravamo in grado di capirlo del tutto, dovevamo viverlo a fondo ed esserne grate.

«Lo stai fissando, Jenny. Lascia che te lo presenti». Minx si incamminò con me verso l'estraneo, che ci guardò arrivare con un sorriso sul volto. «È il nipote di...».

La mia amica stava per rivelarmi la sua identità quando si udì un forte schianto, un urlo e uno strillo.

Nella galleria, una delle sculture della signora Whitney – la statua di una graziosa bambina alta circa un metro – era caduta dal piedistallo e si era distrutta. Il piedistallo si era capovolto, finendo sul piede di Jock. A giudicare dalle urla e dall'espressione di dolore, il pilastro di pietra doveva avergli rotto qualche osso. Celia Beacon, una delle nostre compagne di corso, era immobile a ridosso di una parete, e continuava a strillare. Il suo fidanzato, Sam Framingham, altro iscritto all'accademia, incombeva su Jock, con la giacca e la cravatta tutte stazzonate, il naso sanguinante, l'aria sconvolta mentre cercava di valutare l'entità del danno.

A un tratto partirono i flash, poi sentii l'otturatore di una macchina fotografica. Il giornalista che Ben ci aveva indicato tra la folla al nostro arrivo scattò un'altra foto, poi tirò fuori un taccuino e iniziò a scrivere in tutta fretta.

Dietro di me, Ben sussurrò: «Peccato che lei non abbia immortalato la scena con un disegno, Jenny. Farebbe un lavoro assai migliore di qualche foto sgranata».

Tra gli ospiti della galleria calò un silenzio tombale quando la signora Whitney arrivò sul posto, guardando l'alto texano che faceva del suo meglio per non ululare e i pezzi di intonaco sparpagliati sul pavimento di legno tirato a lucido.

Per un istante, il volto della donna si scompose in una smorfia di dolore, quasi il piedistallo fosse caduto sul suo piede. Non credo fosse una forma di compassione per Jock, quanto l'orrore per una sua statua distrutta. Io avrei provato la stessa angoscia: mesi di lavoro, un grande risultato, un pezzo della sua anima ridotto in frantumi in quella che doveva esser stata una rissa tra due amanti gelosi e ubriachi.

Per qualche breve istante, la signora Whitney rimase sconvolta dall'incidente. Poi la ragione ebbe la meglio sulle emozioni e lei si mise subito all'opera, esprimendo dispiacere e preoccupazione per l'artista ospite della galleria e occupandosi del suo piede.

Come scoprimmo in seguito, Jock e Celia avevano fatto coppia in passato, e all'epoca lui l'aveva usata come modella. Il suo corpo nudo era appeso alla parete non molto lontano da quello di Minx. Sam l'aveva riconosciuta all'istante, e aveva perso le staffe per quel dipinto lascivo. Furente, aveva chiesto a Jock di tirare giù il quadro e, al suo rifiuto, aveva sferrato il primo pugno.

La signora Whitney stabilì che il texano aveva bisogno di andare in ospedale e incaricò due uomini di aiutarlo ad alzarsi e portarlo via, per metà sorreggendolo e per metà sollevandolo da terra. C'erano poi da raccogliere i frammenti della scultura, cosa della quale ci occupammo io e Minx. Celia andava rasserenata, e Sam venne accompagnato fuori.

Mentre rimettevamo ordine, mi guardai intorno in cerca dello sconosciuto che Minx non era riuscita a presentarmi, ma non lo vidi da nessuna parte. Avvertii una forte delusione, poi mi stupii delle mie reazioni. Una volta la zia Grace mi aveva spiegato che possiamo idealizzare l'ignoto con fin troppa facilità. È assai più difficile, ma anche più soddisfacente, trovare stupore e meraviglia in ciò che ci è familiare.

Mentre prendevamo da terra pezzi e schegge di intonaco, Minx mi confidò che l'opera era assai importante per la signora Whitney. Si interruppe e lanciò un'occhiata a Ben. «Serata libera, giusto?», gli chiese.

«Tutto quello che dirai resterà tra noi», rispose lui.

«È una storia molto triste, e non vorrei risultare fuori luogo. La signora Whitney aveva intenzione di mandare la statua in fonderia domani. La ragazzina di otto anni raffigurata nella scultura era una sua cugina, morta sei mesi fa. La statua era destinata alla tomba della bambina».

Quando finimmo di ripulire, Minx organizzò il gruppo e ci avviammo in massa verso un bar clandestino sulla Quarta Strada che proponeva sempre ottima musica jazz e alcolici non troppo annacquati.

Il mercante d'arte francese si unì alla squadra, e ci ritrovammo in dieci affollati intorno a un tavolo, compresi Ben e Edward. Di solito eravamo assai più chiassosi, ma quella sera non facemmo baldoria. Ascoltando il blues mentre sorseggiavamo bourbon, con l'aria densa di fumo di sigaretta e del dolce aroma della marijuana, parlammo della rissa, delle opere di Jock e di come l'arte fosse capace di smuovere i sentimenti. Ben accennò al romanzo al quale stava lavorando, spiegandoci come una delle tematiche portanti erano i rischi e le esaltazioni di quando il cuore aveva la meglio sulla mente.

Edward vuotò d'un fiato il suo bicchiere e ne chiese un altro con un cenno a un cameriere. Prese la mano di Minx nella sua e, dopo un istante, cominciò ad accarezzarla con ipnotica costanza. Non ricordavo di avergli mai visto fare una cosa del genere, eppure quel gesto mi risultava non solo familiare, ma inquietante. L'immagine solleticava il mio subconscio, ma non riuscii a ricordare se e quando avessi già visto qualcuno fare qualcosa del genere.

Ben dovette accorgersi della mia agitazione, perché mi cinse le spalle con un braccio. Mi accorsi con stupore che la sensazione mi dava un gran sollievo.

«Non riesco a togliermi dalla testa la faccia della signora Whitney quando ha visto la statua distrutta», disse Minx, incapace di dimenticare l'incidente alla galleria.

«Siamo un gruppo strano», dichiarai, mentre giocherellavo col tovagliolo sotto il mio bicchiere. «Non importa da dove veniamo, o quanto denaro abbiamo o non abbiamo, il nostro bisogno di creare annienta ogni altra cosa».

«Perché alcune persone sono così dedite a ricreare il mondo intorno a loro, a sintetizzare ciò che le circonda e ricrearlo secondo la propria prospettiva? Mentre altri accettano il mondo per come appare e ne sono soddisfatti?», chiese il mercante d'arte.

Era una bella domanda, e nessuno fu in grado di rispondere. Osservai i volti dei tre musicisti sul palco leggermente rialzato a un'estremità della sala. Avevano preso il mondo e lo sintetizzavano attraverso strumenti a fiato e a corda. Il blues che ne veniva fuori, riempiendo il club con la sua triste magia, era un riflesso della nostra epoca proprio come i quadri, le statue, i romanzi, le poesie e le opere teatrali.

New York nel 1924, come tante altre città in America ed Europa, era zeppa di gente che faceva di tutto per risospingere lontano, sullo sfondo, la guerra e i suoi orrori. Tutti conoscevamo qualcuno che era morto, o che aveva dovuto dire addio a una persona amata. Quelli di noi che erano sopravvissuti, in patria o al fronte, avevano ancora gli incubi. E io sapevo fin troppo bene come gli incubi tendevano a ripresentarsi. Come potevano condizionare le giornate. Avevo combattuto le mie battaglie, mentre i ragazzi andavano oltreoceano per affrontare i crucchi. Avevo conosciuto la morte restando a casa, mentre loro la vedevano sul fronte di guerra in Francia e Germania. La musica che si appellava alle loro afflizioni evocava allo stesso modo le mie pene. Quel posto, quella città, quella vita, era tutto assai diverso da ciò che mi circondava appena un anno prima. Ma con il trio che continuava a suonare, iniziai a chiedermi quanto lontano avrei dovuto spingermi per sfuggire davvero al mio passato.

Capitolo 7

Non avevo lezioni nel fine settimana, quindi il giorno seguente, sabato, lavorai alla sala da tè da mezzogiorno fino a sera. I weekend erano sempre caotici per via di tutti i turisti che venivano nel Village a guardare noi bohémien, per visitare jazz club e bar clandestini, vedere spettacoli di varietà o sperimentare un pomeriggio di provocante radicalismo.

Io servivo rinfreschi, panini e dessert, preparavo i conti, prendevo il denaro, davo il resto, rispondevo alle domande e fornivo indicazioni. Per quanto indaffarata fossi, di tanto in tanto pensavo al dipinto sparito. Non sapevo perché la cosa mi desse tanto fastidio. In ogni caso le mie tele non valevano granché, dal momento che non ne avevo mai venduta una.

Mentre portavo a una coppia di mezza età l'ordinazione di tè e panini all'uovo, non potei fare a meno di origliare la loro conversazione.

«Quella casa rappresenta tutta la mia vita, Billy. Ci sono nata. E ci sono tornata ogni volta che avevo bisogno di sentirmi al sicuro. È lì che sono custoditi tutti i miei ricordi».

L'uomo prese la mano della moglie. «Ma trasferirci da tua madre significa rinunciare alla nostra casa».

Quando mi allontanai, capii perché ero così turbata dal quadro sparito. Le mie opere erano la mia casa. La mia sicurezza. Gli altri tornavano in famiglia quando succedeva qualcosa di brutto, se si sentivano soli o volevano festeggiare un evento propizio. Andavano a trovare genitori e fratelli, zii, zie e nonni per ricordare le proprie radici.

Io non avevo una casa. E neppure una famiglia, da quando era morta la zia Grace. Mio padre era stato figlio unico, e c'era qualche lontano cugino da parte di mia madre, ma non li avevo mai incontrati e non avrei saputo come rintracciarli. I miei ricordi prendevano vita solo attraverso i dipinti.

Ero sola, e da sola. Minx era l'amica migliore che potessi desiderare, ma era comunque un'amica.

Alle sei di sera la folla iniziò a scemare e così mi avviai a fare le pulizie di fine giornata. Mezz'ora dopo, la signora Bullard girò il cartello da "Aperto" a "Chiuso", mi diede una confezione di ciambelle che non sarebbero rimaste fresche fino al lunedì e mi augurò la buona notte.

Uscii, andando incontro al fresco della sera.

«Ehilà». Ben Montgomery era appoggiato a un lampione.

Fui stupita di vederlo, e mi agitai un po'. «Be', salve. Immagino passasse di qui per caso…».

«No, stavo proprio aspettando lei», mi rispose. «Gran serata ieri, vero? Speravo che mi avrebbe permesso di portarla fuori a cena. In un contesto magari più tranquillo».

«Perché?».

Ben ridacchiò. «Ecco di nuovo la sua schiettezza». Si fermò quando vide che mi irritavo. «Speravo che mi permettesse di portarla fuori a cena perché ha lavorato tutto il giorno, come me, e pensavo che mangiare un piatto di spaghetti insieme potesse essere un modo carino di trascorrere la serata».

«Signor Montgomery, dopo il lavoro di solito io torno a casa e dipingo. Non ho molto tempo libero, e quel poco che riesco a ritagliarmi devo gestirlo con attenzione».

«Conosco un localino italiano poco lontano da qui, su Minetta Lane. Gli spaghetti migliori della città. La cena non durerà più di un'ora. Di sicuro dovrà mangiare. E di sicuro può concedersi un'ora».

«E perché dovrei? Lei non farà altro che assillarmi per quel lavoro. Tra l'altro, proprio non capisco perché le importi tanto».

Mi avviai verso ovest, e lui mi seguì. La verità era che cominciava a tentarmi.

«Non farò parola del lavoro che, per inciso, mi interessa perché voglio che il giornale venda più della concorrenza, e il direttore è d'accordo che i suoi disegni ci darebbero un gran vantaggio. E dai, Jenny, si tratta solo di una cena. Per conoscerci meglio». Piegò la testa di lato, divertito. «Sei una ragazza molto curiosa, lo sai?», disse passando a un tono più confidenziale.

«E questo non sempre gioca a mio favore», risposi.

Arrivammo alla Settima Avenue e aspettammo che il semaforo diventasse verde. Sì, Minx aveva ragione su Ben: era interessante e affascinante, ma io non stavo cercando un fidanzato. A differenza della mia amica e coinquilina, che non riusciva a vivere senza averne due o tre per volta, non volevo distrazioni. Mi ero ripromessa di evitare coinvolgimenti finché non fossi diventata una vera artista.

Il semaforo diventò verde. Ben mi prese a braccetto e attraversammo. Non volevo che mi toccasse, ma sapevo che spingerlo via sarebbe stato assai più complesso che limitarmi a seguirlo. Arrivammo a Greenwich Avenue. Da lì, per tornare a casa dovevo andare a est e poi a nord.

«Allora, cosa mi dici?», chiese il giornalista. «Le ragazze devono pur mangiare, giusto?».

Cosa mi spinse ad accettare? La lieve pressione sul braccio? Il modo in cui gli spuntavano le rughe intorno agli occhi? L'insistenza di Minx sul fatto che la solitudine non mi faceva bene?

«Non è così difficile, Jenny. Solo un piatto di spaghetti. Ti prometto che non sarò maleducato né mi sporcherò la camicia col sugo».

«E non mi metterai neanche sotto torchio?».

Ben piegò di lato la testa e mi rivolse uno sguardo perplesso. «Credi che faccia così con la gente? Be', immagino sia vero. Fa parte del mio lavoro, ma ti prometto che con te mi tratterrò».

«Va bene», risposi. «Certo, le ragazze devono mangiare».

E così ci avviammo verso sud.

«Minx mi ha detto che vieni da Ithaca», disse il giornalista.

«Già».

«Quanto è piccolo il mondo. Un mio amico, che lavora per il "Times", è cresciuto da quelle parti, a Cayuga Heights. Una volta sono andato a casa con lui per il Ringraziamento».

«Oh, quella è la zona ricca della città. Molto, molto lontano da casa mia». Mi resi conto di quanto dovevo sembrare amareggiata. «Tu dove sei cresciuto?»

«Qui, a New York».

«E poi sei partito per Harvard?». Lo sapevo già, ma volevo evitare che si tornasse a parlare di Ithaca.

«Abbiamo già affrontato questo argomento l'altro giorno».

«È vero. Cosa hai studiato a Harvard? Di questo non abbiamo parlato».

«Letteratura. Volevo seguire la tradizione di famiglia e diventare uno scrittore».

Arrivammo a MacDougal Street e ci dirigemmo a est.

Percorremmo mezzo isolato per poi fermarci a un palazzo di arenaria con un cancello in ferro battuto. Ben suonò il campanello. Aspettammo un istante, poi si sentì una sorta di ronzio. Ben spalancò il cancello e lo tenne aperto per me. Scendemmo tre gradini e ci trovammo davanti a una porta.

Lui bussò. Nello spioncino si intravide una luce, poi la porta si aprì.

«Signor Montgomery, che piacere vederla», disse il proprietario. «Benvenuto, benvenuto». Aveva il grembiule chiazzato di salsa, e odorava di aglio e origano. Avevo già l'acquolina in bocca.

Ben mi presentò al proprietario del locale, che si chiamava Sal. Questi mi strinse la mano, disse che era felice di conoscermi, e ci accompagnò in un tavolo d'angolo, appartato. Subito un cameriere ci portò bicchieri d'acqua e un cestino con pane, grissini e burro. Il giornalista ordinò del vino rosso.

«Allora, come mai avevi paura che potessi torchiarti?», chiese, dopo che ci ebbero portato la bottiglia. «Anche se fatico a immaginare che potrei farti domande su cose delle quali non vuoi parlare», proseguì. «Non sono uno di quei tizi curiosi sulla vita sentimentale delle donne. Mi auguro che tu ne abbia una. O che almeno la desideri. Ma è tutto qua».

Risi, mio malgrado. «Be', questo è un sollievo, perché la sfilza dei miei spasimanti è così lunga che temo di non ricordare tutti i loro nomi».

Ben ridacchiò, un suono di un denso color caramello che era caldo e invitante.

Arrivò il cameriere con i menu. Mentre scorrevo le proposte della casa, mi chiesi di nuovo cosa ci facevo in quel ristorante. Non dovevo starmene a casa a dipingere?

Poi sentii la voce di Minx nella testa: "Non ti fa bene startene a casa tutte queste sere a non fare altro che dipingere... sei già più coscienziosa di qualsiasi altro studente dell'accademia... ti meriti un po' di divertimento anche tu".

Ben alzò lo sguardo dal menu. «Hai deciso cosa vuoi?».

Gli dissi di sì, e lui fece cenno al cameriere perché si avvicinasse. Ordinai vitello alla parmigiana. Ben chiese la stessa portata, e in più un piatto di spaghetti e polpette. Il cameriere ci riempì i bicchieri e andò via.

«Allora, parlami dei tuoi dipinti. Dove hai studiato prima di venire a New York?», chiese.

Bevvi un sorso di quel vino fatto in casa, dal sapore forte e fruttato. Ben mi porse il cestello del pane, e io presi una soffice fetta di pane di semola. Ne prese una anche lui e la cosparse di burro.

«Non si era detto niente torchio?». Sapevo che non riusciva a farne a meno, ma davvero non avevo intenzione di sottopormi a un interrogatorio.

«Neanche sulla tua passione per l'arte?».

Scossi il capo.

«E va bene, che te ne pare se allora sei tu a fare le domande?»

«Oh, questa sì che è una bella idea». Ero grata di quella tregua, e apprezzavo la sua proposta. Era gradevole cenare con qualcuno che non fosse Minx. «Cominciamo da dove ti sei fermato tu. Parlami di quando eri studente. Qual è la cosa più bella che ricordi dei tempi di Harvard?».

Ben assunse un'aria nostalgica. «Lo adoravo il college. Ero uno degli iscritti più fortunati. Non dovevo lavorare per pagarmi gli studi. Mio padre mi finanziava e mi incoraggiava a scegliere gli argomenti che mi interessavano di più. Un sacco di ragazzi avrebbero voluto seguire i corsi di letteratura ma erano iscritti a giurisprudenza, medicina o economia, perché questo ci si aspettava da loro. Ma mio padre diceva che se fossi diventato uno scrittore, nulla sarebbe andato sprecato».

«Sei stato fortunato davvero. E scrivevi, quando eri a Harvard?»

«Sì. Trovai impiego come giornalista per il "Crimson", e feci carriera fino a diventare caporedattore».

«Cosa che, ovviamente, rese orgoglioso tuo padre».

«Molto». Ben si tirò leggermente su la manica e mi mostrò un elegante orologio d'oro con il cinturino di pelle nera. «Il suo regalo».

Se lo tolse, lo girò sottosopra e me lo passò.

"A Ben, mio figlio, il mio vanto". Passai le dita sulle lettere, pensando a mio padre e chiedendomi quanto sarebbe cambiata la mia vita se lui non fosse morto.

«L'ho sempre indossato», mi raccontò lui. «Anche quando non lo rendevo orgoglioso. E anche quando lui non rendeva orgoglioso me».

«In quale occasione non è stato orgoglioso di te?»

«Non gli ha fatto piacere quando sono tornato in California per lavorare a un romanzo dopo un anno passato con lui al giornale».

«Perché eri andato via?»

«Ti è mai successo qualcosa che proprio non sei riuscita a elaborare? Che era troppo più grande di te perché riuscissi a capire?».

Annuii. Non me la sentivo di dire nulla, per paura che l'emozione mi trasparisse dalla voce.

«Mio padre fu coinvolto in uno scandalo. Non riuscivo a credere che avesse fatto ciò di cui era accusato. Dovevo prendere le distanze da lui, dal giornale, dalla nostra vita».

«E cosa ti ha riportato indietro?».

Ben distolse lo sguardo. «Dopo la sua morte, dovevo occuparmi del giornale, che mio padre aveva adorato davvero, e che per me rappresentava uno strumento per sentirmi più vicino a lui. Volevo che mi perdonasse per essere andato via. Ma fu lui a sparire, una volta per tutte».

Il suo dolore fu così rapido, eppure tangibile, che mi sporsi oltre il tavolo per prendergli la mano.

«Mi dispiace. Io ho perso entrambi i genitori. So quanto può fare male».

Per qualche istante, nessuno dei due parlò.

«Credo di averlo superato», dichiarò poi Ben. «Ma...».

«Non credo che si possa superare davvero la perdita di un genitore». Bevvi un gran sorso di vino.

«Parlami dei tuoi genitori», mi disse.

Scelsi di raccontargli la parte facile, quella che avevo raccontato a Minx e alla sua famiglia, e a chiunque altro me l'avesse chiesto.

«Mio padre era un architetto, mia madre una pittrice: oltre ai graziosi quadri ad acquerello che ritraevano fiori e uccelli, decorava le tavole ouija per la Kennard Novelty Company. Che è di gran lunga la cosa più interessante della mia infanzia», mentii.

«Le tavole Ouija? Sembra davvero interessante. Hai parlato con molti spiriti?». Ben fece seguire alla domanda un ululato spettrale.

Lo ignorai. «La mia famiglia le vedeva per lo più come una forma di intrattenimento», dissi, senza fare accenni alle capacità della zia Grace.

Il cameriere ci portò da mangiare. Ben aveva ragione, era davvero buono. Il vitello era succulento, e nel sugo si mescolavano alla perfezione aglio e origano, con il cremoso formaggio sciolto che copriva ogni cosa.

«Questo è delizioso. Uno di quei piatti che uno sogna di mangiare», commentai.

«E tu cos'altro sogni?». Si allungò sul tavolo con un'espressione attenta sul volto gentile.

Rimasi in silenzio per un momento, chiedendomi se la domanda era sincera. «Andare a studiare arte a Parigi».

«Be', è proprio per questo che dovresti venire a lavorare

all'"Herald Tribune". Minx mi ha detto che potrete alloggiare dalla sua famiglia, quindi dovete mettere da parte solo i soldi per il viaggio in nave e le spese di ogni giorno. Se ti pubblichiamo cinque o sei disegni a settimana, potresti avere ciò che ti serve in pochi mesi».

Pensai ai miei miseri risparmi, e mi concessi di immaginare come potevano crescere in fretta.

«Parigi è una città veramente bella. Ci sei mai stata?», mi chiese Ben.

«No, ma mia madre aveva un libro sulla capitale francese, e quando ero piccola parlavamo di andarci insieme. Studiavamo le fotografie, scegliendo i musei e gli atelier degli artisti che avremmo visitato». Era da tanto tempo che non ripensavo a quelle conversazioni. Mi si serrò la gola.

E a questo punto fu Ben a stringermi la mano. «È davvero dura perdere le persone alle quali vogliamo bene».

«Lo è», sussurrai.

«Quando è morta tua madre?», mi chiese lui, con un tono gentile.

«Nel 1916».

«Come?»

«Dando alla luce un bambino che sarebbe dovuto essere mio fratello, ma nacque morto».

«E tuo padre? Quando lo hai perso?»

«Morì un mese prima che io nascessi».

Lui si accigliò. «Quindi hai un patrigno?».

Ben era un giornalista: dovevo stare attenta a ciò che dicevo.

«Il mio patrigno era solo un tipo qualunque in là con gli anni. Ho vissuto con mia zia dopo la morte di mia madre. Se non ti dispiace, preferirei parlare di quello che hai visto a Parigi. Io e Minx alloggeremo in un appartamento a Montmartre. Ci sei stato? Dove abitavi? Hai visto qualche artista?».

Ben fece una risatina, e prima che potesse svelarmi cosa trovava così divertente, arrivò il cameriere al tavolo per riempirci i bicchieri. Ben lo ringraziò, e poi io chiesi: «Allora, vuoi spiegarmi cosa ti fa tanto ridere?»

«Fai un sacco di domande, proprio come me. Dovresti diventare una giornalista».

Bevvi un altro sorso di vino. «I dettagli mi affascinano. Quando dipingo, cerco le infinitesimali differenze nella luce che possono cambiare radicalmente un quadro. Hai mai visto i covoni di Monet, le sue ninfee o gli scorci della Senna? Ha ritratto lo stesso, identico panorama venti o trenta volte, ogni quadro a un'ora diversa del giorno e con condizioni climatiche differenti. E sono tutte opere uniche, con una propria atmosfera e sensibilità. E questo grazie alle proprietà della luce».

«Diamine, la prendi molto sul serio l'arte, non è vero?»

«Lo dici come se ti sembrasse una cosa insolita».

«Immagino di sì. Dopo la guerra, tanti uomini e donne hanno smesso di prendere le cose sul serio. Un sacco delle ragazze che ho conosciuto e che si dichiarano pittrici, scrittrici o giornaliste stanno in realtà solo passando il tempo in attesa di sposarsi».

«È stato questo a farmi legare con Minx», gli risposi. «Per questo siamo grandi amiche. Nessuna di noi cerca un marito e dei figli. Siamo dedite alla nostra arte».

Ben sollevò il bicchiere. «Alle artiste».

Sentii di nuovo diffondersi in me il calore del vino, e così mi resi conto che in effetti avevo bevuto un altro sorso.

Finimmo di mangiare, e in un paio di occasioni mi ritrovai gli occhi di Ben addosso. Mi studiava come talvolta facevo io con i soggetti delle mie opere.

Alla fine, gli chiesi: «Ho della salsa sul naso o sulla camicetta?»

«No, no. Scusami. Stavo solo pensando a come ti descriverei, se dovessi scrivere di te».

Tutta la piacevolezza della conversazione e del vino venne sostituita da un brivido gelido d'ansia.

«Scrivere di me? Perché dovresti?».

Lui si accorse subito del cambio di umore. «Non in un articolo. Non in quel senso. Mi riferivo al mio romanzo. L'ho cominciato tre anni fa. E sono ben lontano dal finirlo. C'è una giovane artista, sorprendentemente simile a te, e stavo pensando di darle i tuoi colori. L'esatta sfumatura dei capelli simile a ruggine. E gli occhi. La pittrice sei tu: di che colore sono i tuoi occhi?»

«Mia madre diceva che sono color pavone», risposi, pensando alla piuma che dipinse una volta per farmelo capire. Avevo ancora il disegno, in una scatola, insieme agli altri pochi ricordi che mia zia era riuscita a recuperare quando era andata a Hamilton per ripulire la parrocchia.

«Color pavone», mormorò Ben. «Mi ritrovo sempre a cercare parole nuove per dire le cose. Questa dovrò ricordarmela». Tirò fuori un taccuino e una matita e si appuntò l'informazione.

Guardai il bicchiere e bevvi il sorso di vino rimasto sul fondo.

«Cos'hai paura che io possa scoprire sul tuo conto?», sussurrò, mentre rimetteva in tasca il taccuino.

«Un bel niente. È solo che mi hanno insegnato che ficcare il naso è cattiva educazione».

«Se lo tengo a mente, potrò rivederti?». Mi guardò negli occhi.

«Proprio non ti riesce di non fare domande, vero? È nella tua natura, giusto? È il tuo lavoro».

«È così, ma credo che ora come ora mi accontenterei di conoscerti e basta».

Non sapevo cosa dire, e sembrava che anche Ben fosse rimasto senza parole.

Aprì la bocca come per aggiungere qualcosa, ma invece si sporse in avanti e mi baciò.

Sentii il sapore del vino e un po' di sugo all'aglio. Invece che eccitarmi, come mi aspettavo da un primo bacio, mi sentii rasserenata. E non mi allontanai.

«Non mi dispiace di averlo fatto», disse lui, tornando a sedersi con un'espressione di grande malizia. «E credo che non sia dispiaciuto neanche a te... ma ti prego di notare che non te lo sto chiedendo».

Feci un sorriso nervoso, eppure sentivo che si era sciolta la tensione.

«Jenny Bell, sei davvero un enigma. Ma questo vale per tutti gli artisti. E io preferisco stare con una donna che non è sempre comprensibile, piuttosto che con una che è tutta apparenza e niente anima».

Capitolo 8

Alla fine, accettai l'incarico del giornale soltanto per realizzare il sogno di andare a Parigi e così poter studiare presso i grandi maestri. Spostai il corso di pittura al sabato, e per i ritratti della figura umana passai alle lezioni serali. Riuscii persino a conservare alcuni professori.

E fu così che, in un frizzante lunedì mattina, ad aprile, feci un gran respiro e salii i gradini del tribunale di New York. Percorsi gli austeri corridoi dai soffitti riccamente decorati fino ad arrivare a un'aula dove avrei seguito un processo per omicidio, realizzando disegni degli uomini e delle donne che andavano alla sbarra.

Mi aspettavo che la prima volta si rivelasse un'ordalia, e cercai di farmi forza e comportarmi da osservatrice distaccata. Ma non appena il giudice prese posto, con la sua severa toga nera, sentii arrivare il panico. Fin troppo familiare, la scena riportò alla memoria una raffica di ricordi. Il sudore mi colava lungo la schiena. Mi tremavano le mani. Faticavo a tracciare linee dritte. Nel frattempo, la mente continuava a tornare agli eventi che mi avevano portato in un'altra aula di tribunale otto anni prima a Hamilton, in Ontario.

Di notte, sentivo mia madre che piangeva e volevo proteggerla, ma il reverendo aveva cominciato a chiudere a chiave la porta della mia stanza, e a me non restava che scappare dalla finestra e correre, lontano dalla canonica, fino al cimitero e lungo i sentieri verso il mio santuario: il mausoleo e la vetrata di Tiffany.

Mia madre faceva di tutto per tenermi al riparo dalla sua miseria, e per tanti versi cercavamo di trarre il meglio dalle nostre vite, malgrado la presenza oscura del reverendo. Avevo degli amici a scuola con i quali mi piaceva passare il tempo. Di tanto in tanto, la zia Grace ci veniva a trovare, e scriveva tante lettere. Mia madre era sempre più impegnata con la comunità locale, tenendo lezioni di arte alle famiglie degli operai dall'altra parte della città.

Passarono altri diciotto mesi, e quando arrivai a sedici anni cominciai a vincere alcuni premi scolastici con i miei lavori in campo artistico. Mia madre continuava a incoraggiarmi, e io dipingevo con regolarità, sia nella cripta sia nei campi lussureggianti e nelle cascate nei pressi della canonica. Il mondo all'esterno era pieno di bellezza malgrado ciò che succedeva tra le mura di casa nostra. Mia madre alla fine aveva smesso di decorare le tavole ouija, con grande stupore e preoccupazione della zia Grace. E io conservavo l'unica rimasta sotto un'asse allentata del mio armadio. Ma gli abusi del reverendo diventavano sempre più violenti.

Quando mia madre rimase incinta, lui trovò orribile insozzare il figlio non ancora nato con il sesso.

E così decise che voleva me.

Non poté mai soddisfare questo suo desiderio. L'unica volta che ci provò, arrivò mia madre e lo trovò che torreggiava sul mio letto. L'urlo di mia madre mi svegliò. Guardai gli occhi iniettati di sangue del reverendo, e sentii il fetore orribile del suo alito. Mia madre riuscì non so come a mandarlo via dalla stanza e lo chiuse fuori.

Mentre lui smaltiva la sbronza dormendo nel cortile, mia madre rimase con me nella stanza buia e mi parlò del suo piano. Facendosi coraggio, aveva venduto molti dei regali ricevuti dal reverendo, e aveva messo da parte e nascosto abbastanza denaro perché potessimo andarcene da lì. Ed era arrivato il momento. Saremmo partite l'indomani stesso. Voleva che andassi a scuola come se niente fosse, come se non fosse cambiato nulla. Solo che non dovevo tornare a casa. Mi raccomandò di mettermi a dipingere al solito posto, vicino alla cascata, e aspettare finché non l'avessi vista sul ponte. Sarebbe stato quello il segnale. Saremmo partite da lì. Le sole cose che avrei portato con me erano gli abiti che indossavo e i pennelli e il materiale che stavo usando. Ma mi promise che saremmo state bene. Saremmo tornate a Ithaca a vivere con la zia Grace, che ormai sapeva delle brutture del reverendo. Mia madre era rimasta aggrappata all'orgoglio finché aveva potuto, ma poi aveva confessato la verità sulla nostra triste situazione alla sua cara e forte sorella.

E così, il giorno seguente, andai a scuola. Poi mi misi a dipingere ai piedi della cascata. Come mi aveva indicato mia madre, allestii il cavalletto nel mio posto preferito. Ero lì da quasi un'ora quando finalmente la vidi sul ponte. Misi a posto pennelli e colori e mi avviai lungo il sentiero per raggiungerla. Ma, prima di me, arrivò il reverendo. Doveva essersi insospettito, e l'aveva seguita. Vidi che la afferrava. Cominciarono a lottare. Le loro bocche si muovevano, ma il ruggito della cascata copriva il suono delle parole. Lui la prese a schiaffi. Per un istante mia madre si rannicchiò, poi qualcosa in lei prese vita e lo spinse via. E dopo, tutto accadde in un istante. Prima c'erano due persone sul ponte, e poi una soltanto.

Corsi quanto più veloce potevo e salii sul ponte. Io e mia madre restammo lì, tenendoci per mano, a guardare l'acqua che scagliava il corpo del reverendo sulle rocce.

Il sistema giuridico in Canada non era poi molto diverso da quello degli Stati Uniti, e nei miei primi due giorni di lavoro per l'«Herald Tribune» continuai a ricordare la battaglia legale che seguì la morte del reverendo. L'«Hamilton Spectator» l'aveva definito il "processo del secolo", anche se ebbe luogo soltanto nel 1916.

Mi ero già maledetta per aver accettato quel lavoro. Avrei dovuto seguire l'istinto, capire che il ritorno in un tribunale, qualsiasi tribunale, mi avrebbe riportata ai giorni più bui della mia vita.

Ma andai avanti, spinta dall'orgoglio e dal sogno di Parigi. Dopo gli iniziali attacchi di nervi, scoprii che disegnare mi distoglieva dal passato; mentre la matita si muoveva sulla carta non pensavo affatto a me, ma solo a catturare le espressioni delle persone coinvolte nel processo.

Gli eventi di quel giorno finirono in prima pagina nell'edizione dell'«Herald Tribune» del mattino seguente, e l'articolo comprendeva due miei disegni. Quando la giuria comunicò il suo verdetto, di venerdì, avevo pubblicato cinque disegni sul giornale e guadagnato un bel po' di denaro.

La settimana seguente cominciò il nuovo "processo del secolo", la città di New York contro Alfred Halstead. Il sordido omicidio vedeva coinvolto un famoso banchiere, la moglie, l'amante, la figlia e il fidanzato di quest'ultima. I testimoni chiamati alla sbarra dal difensore d'ufficio raccontarono una storia di avidità e passione. Stando all'avvocato, l'amante di Halstead e il fidanzato della figlia, un tennista di nome Adam Allen, avevano cospirato insieme per rubare più di un milione di dollari in gioielli e opere d'arte in casa Halstead.

Quando il banchiere aveva scoperto il furto, aveva indovinato chi ne fosse l'autore. Non si era mai fidato di Allen, e aveva subito ingaggiato un investigatore privato perché pedinasse il fidanzato della figlia e confermasse le sue peggiori paure.

Ma non aveva immaginato che Allen avesse una complice. Lo scoprì quando l'investigatore gli fornì il primo rapporto. L'indirizzo del tennista risultava essere la Sessantunesima Est, numero 112, appartamento 10E. Molto familiare al banchiere, perché era quello della sua amante.

Halstead stravedeva per la figlia, Dorothea, e non voleva che soffrisse. Decise di andare da Allen e minacciare di rendere tutto pubblico, rovinando così la reputazione del tennista, se quello non avesse restituito i gioielli per poi uscire dalla vita della ragazza.

Allen non era in casa, ma c'era l'amante di Halstead, Mildred Conners. Tra i due scoppiò una lite, al culmine della quale la donna estrasse una pistola. Ma il banchiere era armato a sua volta, poiché prevedeva che ci sarebbero stati problemi con Allen, e aveva il grilletto di gran lunga più facile.

Mildred morì. E Halstead finì sotto processo. Nel frattempo, nessuno sapeva dove fosse il tennista.

La moglie del banchiere era rimasta al suo fianco. Dorothea no. Rifiutandosi di credere che Allen fosse colpevole, aveva preso le parti del tennista. E tutta New York si era affezionata ai sensazionalismi del processo. Le descrizioni dei gioielli che erano stati rubati facevano gola a tutti i presenti nell'aula di tribunale. Vennero mostrate come prove le creazioni di Cartier, Van Cleef & Arpels e Tiffany & Co., e da dove ero seduta, in prima fila tra la platea, potevo ammirarne ogni dettaglio.

Credo mi piacesse disegnare tanto i gioielli quanto le persone. Non mi ero mai concentrata su oggetti del genere in passato, e mi appassionai al tentativo di riprodurre lo splendore dell'oro e lo scintillio delle gemme con tutte le varie tecniche di sfumature e punti luce.

«Può identificare questo reperto come uno degli articoli che le sono stati sottratti, signor Halstead?». L'avvocato mostrò un bracciale di Cartier in platino, rubini e zaffiri rosa.

Avevo imparato sin dal primo giorno che il modo migliore per ottenere i disegni più interessanti era concentrarmi sulla scena principale quanto più rapidamente possibile per catturare l'essenza delle espressioni dei soggetti, e aggiungere i dettagli durante un momento di stanca o alla fine della sessione di lavoro. Cercavo di non sprecare tempo concentrandomi su dettagli superflui, così avevo deciso di non distogliere lo sguardo dai personaggi del processo o dai giurati per più di un secondo di seguito.

«Sì», rispose il signor Halstead, senza la minima esitazione.

«Può dirci come fa a essere così sicuro?»

«Avevo chiesto al signor Cartier di realizzare quel bracciale per mia moglie il giorno del nostro anniversario. Per abbinarlo a una spilla che le avevo regalato in precedenza decorata con le stesse gemme e...».

In fondo al tribunale si spalancò la porta, e subito si sentirono delle urla. «Aspetti!», e poi «Fermo!».

Insieme agli altri spettatori, gli ufficiali della corte, la giuria, gli avvocati, mi girai e vidi sopraggiungere di corsa un uomo che brandiva una pistola. Due agenti lo rincorrevano nel tentativo di bloccarlo, ma quello aveva dalla sua il vantaggio iniziale e l'effetto sorpresa. Con la polizia alle calcagna, l'uomo puntò la pistola sul signor Halstead e gli sparò al petto. Una volta. Due. Infine tre.

Dopo che il suono assordante degli spari ebbe riempito l'aula, calò un cupo silenzio per due o tre secondi. Poi nel tribunale esplose il pandemonio. Le persone dietro di me cominciarono a urlare, gettandosi a terra per nascondersi, cercando riparo o correndo verso l'uscita.

In qualche modo, mi dissi che dovevo continuare a disegnare, rendendomi conto di quanto importante fosse catturare quei momenti. Non credevo di essere in pericolo; dopo tutto, avevo visto Adam Allen gettare via la pistola dopo l'ultimo sparo. E così andai avanti quando due guardie lo catturarono. E ancora quando lottarono con lui e alla fine ebbero la meglio. E quando il giudice batté inutilmente il martelletto, sconvolto. Stavo ancora disegnando quando la signora Halstead andò di corsa dal marito e la giovane Dorothea provò a raggiungere il fidanzato. Disegnai mentre le guardie cercavano di tenere tutti lontano dall'aula di tribunale, ordinavano agli spettatori di uscire assicurando che non erano più in pericolo.

Sapendo che avevo un lavoro da portare a termine, continuai a far scorrere la matita sulla carta durante l'intera tragedia e lo scontro, girando un foglio dietro l'altro, riempiendoli tutti con le scene che si svolgevano davanti ai miei occhi.

Qualche minuto dopo, entrò un gruppo di medici. La signora Halstead tenne il marito per mano mentre lo adagiavano su una barella. Poi lo portarono via.

Allen fu trascinato fuori dall'aula in manette. Dorothea rimase da sola, appoggiata a una parete, le mani e i vestiti sporchi del sangue di suo padre, a guardare la porta dalla quale i poliziotti avevano portato via il suo amato.

Dopo il drammatico incidente, gli agenti raccolsero le dichiarazioni della signorina Halstead, il giudice e i membri della giuria. Io ero ancora al mio posto, a ritrarre ogni cosa, ma alla fine arrivò il momento di andare via. Quando cominciai a metter via le mie cose, mi accorsi che, pur avendo finito di rispondere alle domande, la signorina Halstead non aveva ancora lasciato l'aula. Era seduta al tavolo della difesa, rivolta verso l'aula deserta dove pochi minuti prima aveva visto l'uomo che amava sparare a suo padre.

Mi restavano solo due ore per terminare le mie illustrazioni e andare a consegnarle al giornale, ma come potevo lasciare da sola quella donna devastata dopo ciò che aveva appena dovuto patire?

Quando mi alzai per andare da lei, le porte si spalancarono di nuovo e arrivò di gran carriera un branco di giornalisti urlando domande, le matite sui taccuini, in attesa delle sue risposte.

Terrorizzata dalla loro presenza, eppure portata per istinto a immortalare il momento, disegnai anche questa scena, cogliendo l'espressione sul volto terrorizzato della giovane quando i giornalisti calarono su di lei.

Non capivo se Dorothea non volesse rispondere o semplicemente non fosse in grado di farlo. Se ne stava invece lì seduta, una martire esposta alla loro curiosità, esaminando le chiazze di sangue che aveva sulle mani. Era chiaro che non si rendeva conto di cosa stava succedendo. Aveva bisogno di aiuto. E nessuno dei giornalisti sarebbe andato in suo soccorso.

Cercai tra i loro ranghi, ne trovai uno dell'«Herald Tribune», gli cacciai in mano il quaderno dei disegni e gli chiesi di consegnarlo in redazione insieme al suo articolo. Poi mi feci largo con forza fino ad arrivare accanto alla signorina Halstead. Le cinsi le spalle con un braccio e sussurrai che l'avrei accompagnata a casa.

Lei mi guardò. Nei suoi occhi vidi la paura, e provai a consolarla mentre la aiutavo ad alzarsi.

Aggrappata a me, la ragazza avanzò di qualche passo e scivolò sul sangue del padre. Feci in modo che non cadesse, ma non potevo impedirle di continuare a fissare la pozza.

Strinsi il braccio della signorina Halstead, e insieme ci facemmo largo tra i giornalisti, uscimmo dall'aula del tribunale, attraversammo il corridoio e ci ritrovammo tra la folla. I giornalisti continuarono a seguirci, sparando raffiche di domande che entrambe ignoravamo.

Lasciammo l'edificio, ma in cima ai gradini, prima che scendessimo, Dorothea mi guardò come se mi vedesse per la prima volta.

«Io non la conosco, vero?»

«No, non mi conosce».

«Allora chi è lei?»

«Lavoro come ritrattista per il "New York Herald Tribune". Mi chiamo Jenny Bell. La aiuterò a tornare a casa. Ha una macchina con un autista?».

La ragazza dovette concentrarsi. «Sì, ce l'abbiamo. Io e mia madre siamo venute qui insieme». Scrutò la strada sotto di noi, come se si aspettasse di trovarci madre e vettura.

«Non la vedo. Da nessuna parte», disse.

«Chiamiamo un taxi, allora».

«Ma dov'è la macchina?»

«Magari l'ha presa sua madre?».

Di nuovo quell'espressione stupita sul volto. «Mia madre? Sì, dov'è?»

«È uscita insieme ai medici. Forse è andata in ospedale con l'auto».

La signorina Halstead annuì come se la mia risposta fosse sensata. «Sì, l'ospedale», ripeté.

«Se mi dà il suo indirizzo, posso farla arrivare a casa».

«Non c'è bisogno che lei...», provò a rispondere la giovane, a voce bassa e debole.

«Credo sarebbe meglio. È ancora traumatizzata».

A quella parola, lei scoppiò a ridere: un suono intenso e squillante in contrasto con la voce. «Sono sempre traumatizzata. Questo è solo l'ennesimo di una lunga serie di traumi».

Stringendole forte il braccio, la accompagnai giù per i gradini di granito e, una volta arrivate al marciapiede, feci segno a uno dei taxi in attesa. Seguii la ragazza a bordo del veicolo, le chiesi di dare l'indirizzo al conducente, che si avviò quindi verso la parte più ricca della città.

Dorothea Halstead pianse in silenzio durante il viaggio dal tribunale, attraverso i grattacieli fino al West Side, nel quartiere residenziale vicino a Central Park.

Il tassista s'immise nel viale davanti al palazzo Dakota sulla Settantaduesima Strada, e lo pagai. Mentre lui mi dava il resto, arrivò un portiere in livrea e aiutò la signorina Halstead a scendere dal veicolo.

Al quarto piano, un maggiordomo aprì la porta di casa e una signora anziana uscì di corsa. A giudicare dallo chignon, dalla gonna lunga e nera, il cardigan scuro indossato su una camicetta bianca e la semplice croce d'oro che pendeva dalla catenina che portava al collo, immaginai che lavorasse per la famiglia. E a vedere come la giovane si accasciò tra le sue braccia, doveva conoscerla da sempre.

La donna la tenne a sé con un braccio, mentre con l'altra mano le toglieva i capelli dalla fronte.

«Adesso è di nuovo a casa, signorina Dorothea, è a casa. Le preparo un tè caldo, poi farà un bagno e andrà a letto».

La aiutò ad attraversare il pavimento di marmo bianco e nero.

Il maggiordomo fece per avviarsi con loro, poi si ricordò della mia presenza. «Ho saputo cosa è successo. Davvero terribile». Era affranto. «Per nostra fortuna lei era lì. Grazie, signorina...».

«Bell. Sono Jenny Bell. Mi trovavo in tribunale. Sono un'artista...», cominciai a spiegare, poi mi resi conto che non ce n'era motivo. «Forse la polizia vorrà fare qualche domanda alla signorina Halstead, ma non oggi».

L'uomo mi ringraziò per averglielo detto, poi mi chiese quanto mi doveva per la corsa in taxi.

«In realtà non ricordo quanto è costata», risposi. Ed era vero. Avevo infilato una mano nella borsetta per porgere alcune banconote al tassista, che mi aveva dato il resto, ma ero così preoccupata per la giovane Dorothea da non fare caso alla tariffa.

«Mi permetta di chiamare il portiere e chiedere se ha visto quanto ha pagato».

«No, non c'è problema» dissi. Anche se pareva un pensiero davvero volgare, avrei guadagnato dei soldi con i miei disegni una volta apparsi sul giornale. Potevo permettermi di perdere il prezzo della corsa in taxi.

Malgrado la mia risposta, però, il maggiordomo andò a telefonare al portiere. Nel frattempo, osservai la governante che accompagnava la signorina Halstead oltre una porta in fondo al corridoio. Pensai che Dorothea era fortunata ad avere qualcuno che la aiutasse, mentre ricordai un altro giorno, in un altro tribunale, e la solitudine che avevo provato in seguito. Anche nel mezzo di una tragedia del presente, il passato riusciva a chiamarmi a sé con la stessa ferocia di sempre.

Capitolo 9

Il giornale pubblicò quattro dei miei disegni nell'edizione della sera. Il signor Halstead si era spento durante la notte, e sul numero del giorno seguente ne apparvero altri quattro, circondati da una cornice nera all'interno dell'articolo in prima pagina. Per quei lavori, ricevetti la cifra esorbitante di quaranta dollari. La settimana seguente ero di nuovo in tribunale, quando Adam Allen venne accusato di omicidio e trattenuto senza possibilità di cauzione, rinchiuso ai Tombs, l'apposito carcere di New York destinato a chi attendeva la data del processo. Il giovedì della settimana successiva, il direttore mi assegnò un altro processo, un semplice caso di frode assicurativa che vedeva coinvolta una famosa donna dell'alta società e una parure di Cartier in rubini e diamanti.

Quel venerdì, Ben mi aspettava fuori dal tribunale quando finì la seduta, e mi chiese se volevo andare a bere qualcosa con lui. Accettai.

Mi portò in un bar clandestino vicino al tribunale, il locale preferito di avvocati e detective fuori servizio. Ordinò per entrambi un Gin Rickey, da qualche tempo il mio drink preferito per via dell'aspro sapore del lime.

«Il direttore mi ha chiesto di trasferirmi su a Albany per il resto della primavera e l'estate. Seguire la politica è il compito che ho sempre desiderato. Ma adesso… ho appena cominciato a frequentarti. Detesto l'idea di andare via».

Sulle prime, provai una gran delusione. In poche settimane,

eravamo passati dall'esserci appena incontrati alla sensazione di conoscerci da sempre. Ma ero anche sollevata. Ben investiva assai più di me nella nostra relazione, e non c'erano i fuochi d'artificio o i brividi, i mancamenti e i sogni a occhi aperti dei quali avevo letto nei romanzi o sentito parlare da Minx quando descriveva i suoi amori. La partenza di Ben mi avrebbe dato l'occasione di scoprire se sentivo la sua mancanza e, cosa ancor più importante, avrei potuto concentrarmi al cento percento sui miei dipinti. Avevo degli obiettivi e una scadenza, eppure i continui inviti a cena, a bere o a un qualche spettacolo mi tenevano lontano dalle tele.

Gli presi la mano. «In ogni caso, sono sempre più indaffarata ormai, tra il tribunale, le lezioni in accademia e i miei quadri. Farà bene a entrambi concentrarci sui nostri sogni. Inoltre, potrai scrivermi lettere d'amore. Non ne ho mai ricevute!».

«Neanche una?».

Scossi il capo.

Lui sollevò il bicchiere. «A quattro mesi di lettere d'amore», brindò.

Quando arrivai a casa, un'ora dopo, Minx era nel soggiorno con una bottiglia di champagne, un secchiello per il ghiaccio e due bicchieri di cristallo pronti sul tavolino.

«Chi aspetti stasera?», chiesi, lasciando la giacca e la borsa a tracolla vicino alla porta.

«Aspettavo te. Vieni qui, siediti».

Quando arrivai al divano lo vidi, appoggiato alla parete in fondo: il dipinto del mausoleo che avevo continuato a cercare, il quadro che con la sua sparizione mi aveva turbata per un mese intero.

«L'hai trovato! Sono così sollevata. Dov'era?»

«Be'…». La mia amica ridacchiò mentre stappava la bottiglia. «Tieni». Mi passò uno degli eleganti calici Lalique. «Per prima cosa beviamo, poi ti spiegherò tutto», disse.

«Va bene. A cosa brindiamo?»

«Alla nostra escursione estiva. Ci prenderemo otto settimane di pausa dal lavoro e dalle lezioni…». Scosse il capo quando vide che stavo per protestare. «No. Stammi a sentire. Vivremo un'esperienza seconda solo al viaggio a Parigi. A partire da metà maggio, passeremo otto settimane a Long Island nella colonia di artisti di Louis Comfort Tiffany, a dipingere, disegnare e scolpire, lasciandoci ispirare dalla natura».

Avevo già sentito nominare la Tiffany Foundation. Ce ne aveva parlato una sera in un club Edward Wren, davanti a diversi bicchieri. Per quanto fossi affascinata dal signor Tiffany, non avevo neppure immaginato di frequentarla, perché non potevo permettermi di stare otto settimane senza lavoro, e se anche avessi potuto temevo che la signora Bullard non mi avrebbe ripresa al ritorno.

Louis Comfort Tiffany aveva fondato la colonia nel 1918, nella sua grande proprietà di Laurelton Hall che si affacciava sulle acque del Long Island Sound. Si diceva che la grande villa e i terreni circostanti fossero costati più di due milioni di dollari e fossero un rinomato paradiso di luce e colore, arte e natura. Ogni stagione, una decina circa di associati – Tiffany si rifiutava di chiamarli studenti – erano invitati a stare lì e dedicarsi all'arte.

«Ma io non ho fatto richiesta… non mi avrebbero mai accettata…».

«Non ne avevi bisogno; ci ho pensato io al posto tuo. E ti hanno accettato, eccome. Non devi neanche pagare la retta nominale, perché il signor Tiffany accoglie sempre gratuitamente due giovani a ogni sessione».

«Come sei riuscita a fare richiesta al posto mio?». Spostai lo sguardo da lei al dipinto. «Hai preso il mio quadro senza chiedermelo e l'hai fatto valutare?»

«Edward è stato accettato, e mi ha incoraggiata a fare un tentativo, ma non volevo andarci senza di te. E se io mi posso concedere questa immersione nella natura, puoi farlo anche tu. Lavori anche più di me, e ti meriti una tale occasione. E, a quanto pare, la pensano così anche il signor Tiffany e il resto della commissione di valutazione. La nostra sessione comincia tra appena un paio di settimane, poco prima del tuo compleanno. I miei genitori copriranno la tua parte di affitto qui, come regalo anticipato».

Avevo smesso di ascoltare i dettagli. Minx aveva preso una mia opera senza chiedermelo e l'aveva mostrata al signor Tiffany e a un gruppo di sconosciuti incaricati di valutarla.

«Come hai potuto appropriarti di un mio quadro senza dirmi niente? E poi mentirmi quando non lo trovavo?»

«Ma ha funzionato tutto alla grande. Hai già messo da parte metà di quello che ti serve per il viaggio a Parigi. Quando torneremo da Laurelton Hall, ti ci vorranno solo altri due o tre mesi per guadagnare il resto. Saremo a Parigi entro gennaio».

«Qui non stiamo parlando di quanto mi vadano bene le cose con il giornale, Minx. Non puoi fare così. Non puoi decidere al posto mio. Mi dispiace, ma non posso venire con te».

Presi il quadro e lo portai con me in camera, dove appoggiai a una parete lo studio monocromatico della cripta con le vetrate di Tiffany e cominciai a camminare avanti e indietro. Non ero dispiaciuta perché la mia opera era stata esaminata. A sconvolgermi era stata la mancanza di rispetto nei confronti di una mia creazione. Sapevo che Minx non aveva rubato quel quadro, l'aveva solo preso in prestito. Ma, così facendo, mi aveva fatto sentire come se ci fosse bisogno di correggermi, di sistemarmi. Non avevo bisogno che Minx Deering mi salvasse. Non ero uno dei suoi amori turbolenti, né una statua caduta da un piedistallo. Odiavo essere compatita.

Anni addietro, in tribunale, mi ero ritrovata a fissare un mare di facce impietosite. Mentre gli altri guardavano e ascoltavano l'avvocato che costruiva la mia difesa – un'impalcatura che a ogni secondo sembrava più debole –, speravo e pregavo che qualcuno si alzasse per salvarmi. Ma, d'altronde, faceva tutto parte del piano. Un piano architettato da me.

Gli occhi fissi sul corpo del reverendo che spariva tra le cascate, mia madre si era portata la mano destra sul cuore che batteva all'impazzata e la sinistra sul ventre, gonfio per la gravidanza. E, in quel momento, io ero diventata adulta.

Il ponte era pienamente visibile, ancor più in quella splendida giornata di cielo sereno. Mentre dipingevo, avevo visto diversi passanti fermarsi ad ammirare la cascata. I pensieri si rincorrevano nella mente. La caduta del reverendo era stata un incidente, ma se qualcuno, vedendo la scena dalla valle, non l'avesse capito?

Se qualcuno li avesse osservati? Se nessuno avesse creduto che era stato un incidente, e mia madre fosse stata condannata e rinchiusa in prigione? Pochi anni prima, Lucy Moore, una donna del posto prossima a diventare madre, era stata scoperta a rubare. Aveva partorito in carcere, solo per vedersi portar via il bambino dallo Stato, che l'aveva messo in un orfanotrofio.

Restammo sul ponte, entrambe impaurite, a valutare le nostre opzioni. Mia madre doveva confessare? Era più sicuro così, piuttosto che aspettare di scoprire se c'era stato un testimone dell'incidente? Lei non voleva andare alla polizia. Secondo lei dovevamo proseguire con il progetto iniziale. Lasciare Hamilton. Andare a Ithaca.

Sin da quando avevo scoperto che il reverendo abusava di mia madre, volevo proteggerla. E ora, finalmente, potevo farlo. Appena qualche mese prima, avevo letto di una ragazza della mia età accusata e condannata per omicidio colposo, e rilasciata dopo due anni. Sapevo come fare per proteggere mia madre e mio fratello non ancora nato.

Eravamo entrambe alte un metro e sessantacinque. Avevamo i capelli della stessa sfumatura ramata, con acconciature assai simili. Indossavamo anche abiti scuri. Eravamo magre, poiché mia madre cominciava appena a mostrare i segni della gravidanza. Per chiunque fosse passato di là e avesse assistito all'incidente, potevamo essere la stessa persona. La persona che aveva desiderato che il reverendo morisse nella caduta quel giorno. O la persona che si era difesa dalla sua aggressione e l'aveva spinto con forza per tutti gli abusi che aveva subìto. In ogni caso, sapevo di dover andare alla polizia al posto di mia madre.

Se lei fosse stata condannata, sarebbe finita in prigione e lì avrebbe partorito. Del bambino si sarebbe occupato lo Stato. Io invece ero minorenne, come la ragazza dell'articolo, avevo appena sedici anni. Se anche mi avessero ritenuto colpevole di omicidio volontario, mi avrebbero mandata in riformatorio fino al diciottesimo compleanno. Sapevo che, il giorno del mio ritorno alla libertà, il mio fratellastro sarebbe stato ancora un bambino. Potevo riprendere la vita con mia madre e la zia Grace a Ithaca. Saremmo state tutte insieme, senza il reverendo.

Sotto gli spruzzi della cascata, mia madre si oppose e mi supplicò. Sapeva di averci messo nelle mani di un mostro, e non sopportava l'idea che pagassi un prezzo così alto per i suoi errori. Mi citò gli articoli che aveva letto sulle sofferenze patite dalle ragazze in certi riformatori. Giravano storie su esperimenti medici e violenze sessuali a opera delle guardie, per non parlare della pessima alimentazione e i vestiti scadenti. Venivano punite con lavori duri che erano costrette a svolgere all'aperto, in terribili condizioni climatiche. Alcune di quelle giovani si ammalavano, mentre altre morivano.

Mia madre mi pregò di non raccontare quella bugia, e minacciò di smentirmi se fossi andata avanti con il mio piano, ma ero inamovibile. Nella mia giovane mente, era ben salda la decisione di salvarla una volta per tutte. Le feci promettere, solennemente, che non avrebbe mai raccontato a nessuno la verità sul nostro piano. Neanche alla zia Grace.

Alla fine, lo stratagemma funzionò.

Ero seduta sul bordo del letto e piangevo, ripensando al giorno in cui avevo deciso di fare quel sacrificio, promettendomi di non dipendere mai da nessuno. Per quanto fossi grata a Minx, sentivo le emozioni del passato che tornavano in superficie. Tutti i sentimenti contrastanti che provavo per mia madre. Mia madre, che mi aveva insegnato a disegnare, a impugnare un pennello... che mi aveva spiegato come mescolare le vernici... che mi aveva aiutato ad amare i colori... che si congratulava sempre per i miei lavori e mi faceva credere di avere un talento speciale... che si prendeva cura di me, mi nutriva... che aveva amato mio padre, che mi raccontava le sue barzellette e mi parlava di quanto fosse talentuoso, e mi aveva confessato di aver pianto a tal punto per la sua morte da temere che il bimbo che portava dentro – che ero io – sarebbe nato segnato dalle sue lacrime. La mia dolce madre, che si era sentita lusingata dal reverendo ed era caduta vittima del suo incantesimo... che si era smarrita e aveva lasciato che la trattasse come una pezza da piedi... che mi aveva abbandonato prima ancora di avere la possibilità di rimediare nei miei confronti.

Minx bussò alla mia porta. «Jenny, posso entrare?».

Aprii.

Lei varcò la soglia, portando con sé entrambi i bicchieri di champagne. «Sei troppo orgogliosa. So che non vuoi sentirtelo dire, e che non la pensi così. Ma è vero, Jenny. E non te la puoi prendere con me. Proprio non puoi, perché questa è l'occasione di una vita. Accettano solo gli artisti più promettenti, e tu sei tra i migliori. Mio padre dice che per te la vita è più dura, perché sei stata da sola e hai perso tanto, e credi di dover essere forte e bastare a te stessa. Che non ti lasci aiutare da nessuno, perché chi in passato avrebbe dovuto aiutarti ti ha abbandonata. Ma è convinto che dobbiamo dimostrarti che di noi ti puoi fidare. Dobbiamo farlo, anche se non vuoi, perché hai bisogno di avere qualcuno vicino».

Bevve un sorso del suo champagne. «Quindi, ti prego, non avercela con me».

«Non avresti dovuto fare nulla di tutto ciò senza prima parlarmene. Se avessi voluto il tuo aiuto, te l'avrei chiesto».

«Ma è proprio questo il punto, Jenny. Viviamo insieme da quasi un anno, e non mi hai mai chiesto aiuto. Eppure ne avresti avuto bisogno davvero tante volte. Ed è la cosa che io faccio meglio, aiutare gli altri».

«Organizzare tutto senza consultarmi è un modo ben strano di aiutarmi».

«Perdonami prima, poi mi ringrazierai. Perché andremo a Laurelton Hall, e sarà magico».

Capitolo 10

Due settimane dopo, partimmo dalla Pennsylvania Station di New York e arrivammo a Cold Spring Harbor in meno di un'ora. Mentre seguivo Minx lungo la banchina, una brezza fresca mi soffiò i capelli negli occhi e fece sventolare la gonna intorno alle ginocchia. Inalai una mistura di aria salata, vapore e gas di scarico. Stavo per passare due mesi nelle proprietà di Louis Comfort Tiffany a Long Island, dove il mio unico dovere era affiancare il padrone di casa nella sua "ricerca della bellezza".

Il direttore del giornale non ne era stato felice, ma aveva detto che mi avrebbe ripreso nella squadra a luglio. Avevo la sensazione che Ben avesse mosso qualche filo, convincendolo a essere accomodante. Gli scrissi e glielo chiesi, ma lui glissò sulla domanda rispondendo che chiunque aveva visto i miei lavori sapeva che meritavo l'occasione di studiare a Laurelton.

La brezza soffiò di nuovo, questa volta schizzandomi addosso alcune gocce di pioggia. Avvertii un brivido di apprensione.

«Guarda, ecco l'autista», disse Minx, indicando un uomo in uniforme che si teneva il berretto in mano, fermo accanto a un'elegante Auburn bianca.

Insieme alla lettera di accettazione alla Tiffany Foundation, il direttore, il signor Stanley Lothrop, aveva inviato a Minx le informazioni e le indicazioni su come raggiungere la colonia. Ci aveva fornito gli orari dei treni, il nome dell'autista del signor Tiffany, una descrizione dell'auto che ci sarebbe venuta a prendere e suggerimenti su cosa mettere in valigia: per lo più abiti informali, adatti al lavoro artistico e la vita all'aperto, compresi capi per il nuoto, le escursioni e la vela, se ci interessavano tali attività. Spiegava che era prevista una cena formale ogni settimana, e almeno due serate di gala durante il nostro soggiorno. Sebbene ci consigliasse di portare i nostri materiali, presso la struttura erano conservati articoli di ogni tipo per la pittura, il disegno, la scultura, la fotografia e la creazione di ceramiche e gioielli. E, in caso di necessità, il personale del posto poteva procurarsi a New York qualsiasi cosa di cui avessimo bisogno.

L'autista si presentò come Smythson e ci aiutò con i bagagli.

Ero stata nell'auto del padre di Minx, ma questa vettura era ancor più lussuosa. Portavasi in argento, ciascuno con una rosa rossa e un giaggiolo color lavanda – due sfumature contrastanti che pure riuscivano a completarsi a vicenda – erano affissi a mo' di candelieri da parete alle superfici in legno ai lati del sedile posteriore. Il profumo dei fiori si mescolava a quello della pelle.

Ci sedemmo e ci rilassammo mentre Smythson guidava, informandoci sul percorso e sulla cittadina lungo il tragitto. Dopo dieci minuti, arrivammo a un semplice cancello con su affissa una piccola targa di ottone col nome della proprietà: "Laurelton Hall".

Smythson proseguì lungo una strada di ghiaia azzurra per più di un chilometro. Ai lati c'era una profusione di rododendri, azalee e alloro. Superammo un totem, laghetti e torrenti, serpeggiando attraverso un pergolato realizzato con i rami di grandi alberi e altri campi di alloro, fino ad arrivare al promontorio. Gli alberi si aprirono a mostrare una casa color panna con una torre moresca in lontananza. Quando percorremmo una zona dalle ombre misteriose, perdemmo di vista l'abitazione. Riecheggiò nell'aria il suono delle campanelle a vento, mentre davanti a noi si dischiudeva un altro panorama sfocato di distanti acque azzurre. A ogni curva c'era un nuovo scenario, una nuova sorpresa, il tutto a creare una sensazione di grande attesa. Ovunque guardassimo, il paesaggio offriva spettacoli variopinti: gigli gialli, giaggioli porpora, campi di fiori selvatici, cedri e aceri, betulle bianche e nere. Ovunque posassi lo sguardo, incontravo bellezza.

«A partire da oggi, potrete andare e venire usando le entrate che più vi aggradano», spiegò Smythson mentre guidava verso una maestosa *porte cochere*. «Ma il signor Tiffany preferisce che i suoi ospiti vedano Laurelton per la prima volta nel modo in cui lui l'ha immaginata».

E, quando l'auto avanzò ancora, la casa tornò nella nostra visuale: un palazzo chiaro dal tetto color smeraldo, con l'azzurro del canale sullo sfondo.

Smythson fermò la vettura e venne ad aprire le portiere per farci scendere. Fummo accolte da una leggera precipitazione, con l'odore della pioggia che si mescolava a quello dei fiori, e risalimmo verso la loggia.

Un paio di cani in ceramica turchese – manufatti cinesi che, avrei appreso in seguito, avevano più di trecento anni – ci diedero il benvenuto. Colonne di marmo, i capitelli decorati con fiori rossi e gialli, si stagliavano su un fregio di piastrelle iridescenti di cobalto decorate nelle tinte dell'oro, dell'ametista e del rosa.

Smythson ci presentò Graves, il maggiordomo, che ci scortò oltre il portone, che si apriva su un altro mondo. Il vestibolo suggeriva posti lontani. Ovunque guardassi, vedevo mosaici in splendide sfumature di blu, verde e lavanda, e una finestra alta e intricata incastonata nella parete e illuminata dal basso. Da lì, scendemmo una rampa di scale e arrivammo alla magica Corte delle Fontane.

Restai a bocca aperta. Colonne scanalate di marmo reggevano i piani superiori. Al soffitto a volta erano appese decine di globi in vetro, colorati di verde, azzurro e panna. Una bellezza che stordiva, e non era facile decidere dove concentrare lo sguardo. Oltre le finestre, le viti del glicine si abbinavano ai colori dei velluti e delle sete che ricoprivano poltrone e divani.

Eravamo entrati nella grotta di Ali Baba: ci trovavamo in una favola, in un teatro di magia, di luce, colore e bellezza mozzafiato. Nelle fantasie di un sognatore. Ogni centimetro era progettato da un artista, per esprimere la propria visione del mondo.

Sopra le nostre teste, il soffitto alto dodici metri disegnava una cupola lucente, colorata di oro e azzurro. Al centro della stanza, l'acqua fluiva in una piscina ottagonale fatta di piastrelle blu che riflettevano la luce, circondata da piante in vaso. Un'alta fontana di vetro mutò dal porpora al blu al rosa davanti ai nostri occhi. Le finestre in vetro colorato erano quasi troppe. Come i tanti mosaici che parevano fatti di gioielli. Le piastrelle color pavone. Le piante lussureggianti, i tappeti rari, i vasi delicati e le decorazioni sontuose. Custodite da due finestre alte sei metri, c'erano aiuole di fiori esotici, prati verdi, acri di giardini curati ad arte e, sullo sfondo, l'azzurro del canale e una sponda ancor più lontana.

Dopo esser rimasto qualche istante a guardarci mentre ce ne stavamo lì imbambolate, Graves si schiarì la voce. «Volete che vi accompagni di sopra?».

Andammo verso una maestosa scalinata. Le pareti fino al secondo piano erano coperte di acquerelli in cornice che ritraevano terre esotiche.

«Gli associati di sesso maschile alloggiano in un dormitorio vicino agli studi», spiegò, «mentre le donne restano nella casa principale, insieme alla famiglia. Siete invitate a consumare i pasti con gli altri associati nella sala da pranzo della Louis Comfort Tiffany Foundation. La domenica sera, cenerete tutti qui con il signor Tiffany. E, ovviamente, le signore possono fare colazione qui nella casa principale ogni giorno, se lo desiderano. Una volta che vi sarete sistemate non dovrete fare altro che avvisarmi, e dirò al signor Lothrop che siete pronte, così vi porterà allo studio per assegnarvi i vostri posti».

Graves aprì la terza porta a destra. «Signorina Deering, credo che lei starà qui, nella Stanza Narciso». Issò la sua valigia su un portabagagli.

«E i miei materiali?»

«Smythson li ha portati allo studio».

La stanza di Minx aveva tende e lenzuola abbinate in azzurro fiordaliso e giallo narciso. Ai due lati del letto, splendevano le lampade di vetro Tiffany decorate di narcisi. Sullo scrittoio campeggiavano altri accessori Tiffany: portalettere, calamaio, sottomano, portatimbri, tutto caratterizzato da un intricato disegno a ragnatela in bronzo su vetro color ambra.

«Avrete il bagno in comune». Graves aprì la porta. «Ci si accede da entrambe le stanze. Ora, se la sistemazione è di suo gradimento, signorina Deering, porterò la signorina Bell nella sua stanza, qui accanto».

«Di assoluto gradimento, grazie», rispose Minx, e mi fece l'occhiolino.

Graves tenne la porta aperta per me, così lo seguii nel corridoio. Percorremmo circa dieci passi, per raggiungere la porta successiva.

«Eccoci, signorina Bell, la Stanza Glicine». Aprì la porta, e malgrado mi fossi imposta di sembrare sofisticata, quando entrai trasalii. Il rampicante che dava il nome alla stanza abbelliva il portico di mia zia a Ithaca, e quel ricordo m'intristì, perché non potevo raccontarle più niente.

La camera era di un pallido colore blu lavanda, con vibranti sfumature di verde. Le finestre in vetro colorato decorate con il glicine si affacciavano sulla baia. Le tende di seta verde intrecciate di fili azzurri arrivavano fino alla moquette dello stesso colore. Le lampade da comodino tracimavano di petali di glicine color lavanda su foglie smeraldo. Gli accessori della scrivania avevano lo stesso schema a ragnatela della stanza di Minx, ma nella mia il vetro sottostante era verde.

Graves mise le mie valigie sul portabagagli e indicò l'altra porta. «Da lì può accedere al bagno», disse, mentre la apriva. Mi affacciai in una stanza dalle piastrelle azzurre, grande quanto la mia camera da letto a New York. La porta era ancora aperta dall'altro lato, e Minx passò dal bagno per venire a ispezionare il mio alloggio.

«Se va tutto bene anche qui, signorina Bell, farò sapere al signor Lothrop che vi siete entrambe sistemate, e tornerò tra un'ora per portarvi al fumoir e conoscere la struttura».

Avendo cominciato a studiare le opere del signor Tiffany dopo aver scoperto la sua vetrata nel mausoleo di Fond du Lac quando avevo quattordici anni, faticavo a credere che avrei vissuto lì per otto settimane.

Graves andò via. Minx e io ci spostammo in bagno a esaminare ogni cosa, dai grossi asciugamani e i mosaici del pavimento ai rubinetti di ottone a forma di viti in fiore.

«È davvero straordinario, non trovi?», fece Minx. «La signora Whitney si è rifiutata di descrivermi questo posto. Sosteneva che dovevamo fare quest'esperienza senza avere idee preconcette, e aveva ragione».

«È sconcertante… sembra di stare in un sogno».

«Ho visto alcuni palazzi grandiosi a Newport. Diamine, sono stata nelle ville di Francia e Inghilterra. Magari questa casa non è altrettanto grande, ma è di sicuro più sorprendente di tutte».

Ci ritirammo nelle rispettive stanze per disfare i bagagli. Misi i miei vestiti nel guardaroba e la biancheria nell'armadio. Tra le mie cose, avevo portato alcuni oggetti che mi facessero sentire a casa. Un libro di poesia, una foto incorniciata di me e mia zia in posa davanti casa sua, e la decina di lettere che Ben mi aveva inviato da quando era partito per Albany. Queste le misi in un cassetto dello scrittoio.

Alla fine, non mi aveva scritto lettere d'amore ma considerazioni divertenti, strane e intelligenti sul sistema legale, la politica e la vita nella capitale dello Stato. Le sue epistole erano piene di storie intriganti sui retroscena delle indagini e delle persone coinvolte nel caso di omicidio a sfondo politico che stava coprendo, nel quale un parlamentare dello Stato di New York era accusato di aver ucciso un detective privato che investigava su di lui per corruzione. Sembrava di leggere un poliziesco. Ogni lettera mi dava una maggiore comprensione di come funzionasse la mente di Ben, e mi dimostrava il suo talento di scrittore. Più mi scriveva, più lo ammiravo. Ma per quanto lo trovassi attraente e mi piacesse baciarlo, i miei sentimenti ancora non erano saturi di quelle emozioni che immaginavo fossero tipiche degli innamorati. E c'era poi la sua famelica curiosità, che si estendeva a ogni cosa, compreso il mio passato.

In una lettera, mi scrisse di essersi imbattuto nel suo amico Matt Flannery, che lavorava per il «Times», e che si trovava a Albany. E gli aveva parlato di me, dicendo che venivo da Ithaca. Matt gli aveva chiesto dove abitavo, quali scuole avevo frequentato. Voleva conoscere il nome di mia zia, qualora qualcuno nella sua famiglia l'avesse conosciuta.

Avevo ignorato quelle domande quando gli avevo risposto, parlandogli del processo di cui mi occupavo al momento, le lezioni e le avventure di Minx. Ma nella lettera successiva, Ben me l'aveva chiesto di nuovo. Scherzando, mi aveva definito "un enigma" e mi aveva detto che non avrebbe trovato riposo finché – sue testuali parole – "non avrò risolto il mistero chiamato Jenny Bell, del quale non parlerò ad anima viva. Voglio dimostrarti che ti puoi fidare di me".

Chiusi il cassetto. Per il momento, doveva accontentarsi di convivere col mio mistero.

«Sei pronta a esplorare questo paese delle meraviglie?», chiese Minx, affacciandosi nella mia stanza.

Chiusi la valigia vuota e la misi sul ripiano in alto del guardaroba, mentre Minx suonava il campanello per chiamare Graves, che arrivò nel giro di qualche minuto; quindi andammo a fare la conoscenza del signor Stanley Lothrop.

In fondo alle scale, il maggiordomo girò a sinistra verso la stanza che aveva definito "fumoir", ma che era anche una biblioteca. Al nostro ingresso, un uomo magro e pallido si alzò in piedi: era il signor Lothrop, che ci strinse la mano e ci diede il benvenuto.

«Accomodatevi», disse.

Le finestre nella sala ottagonale, alte dal pavimento al soffitto, si affacciavano su una terrazza dove erano piantati cespugli di ortensie blu e porpora. Sulla parete opposta, c'erano librerie piene di volumi rilegati in pelle. Il soffitto e le altre pareti erano decorate con una carta da parati di una lieve sfumatura d'argento. A dominare la stanza, c'era un quadro largo più di quattro metri e lungo quasi due. Ritraeva una scena di grande dissolutezza. Al centro, un uomo barbuto in vestaglia se ne stava adagiato su dei cuscini, una pipa d'oppio al suo fianco. Con aria di stupore, fissava un minaccioso drago alato. In fondo, a destra, un samurai in armatura completa fronteggiava un elefante. Un serpente strisciava in primo piano. Sullo sfondo, tre lascive donne nude danzavano e davano mostra di sé. L'atmosfera era satura di fumo, che alterava i colori.

«*The Opium Dream*», disse il signor Lothrop, indicando l'opera. «È sempre argomento di conversazione da queste parti. Alcuni ospiti esprimono indignazione, altri interesse, ma nessuno lo ignora». Non ci diede alcuna indicazione di quale fosse la sua opinione al riguardo.

Volevo lanciare un'occhiata a Minx per appurare la sua reazione, ma in teoria non avrei dovuto essere al corrente dei suoi problemi con quella sostanza. Mi concentrai invece sull'aspetto più bizzarro della sala. Appese alla parete accanto a una finestra, c'erano sei armature giapponesi complete, in metallo scuro. Nel guardarle lì sistemate, non mi sarei stupita se avessero preso vita.

«Ora prendiamo qualcosa, e potrò spiegarvi come funzionano qui le cose e farvi fare il giro di tutta la struttura».

Ci guidò verso un gruppo di sedie intorno a un tavolo e ci parlò di orari, programmi e aspettative, fermandosi solo quando arrivò una cameriera con un vassoio che conteneva piccoli tramezzini e *petits fours* al cioccolato.

Ero troppo nervosa per mangiare, ma assaggiai un pasticcino e bevvi del tè.

«Non ci sono regole, in quanto tali, poiché questa non è una scuola ma un ritiro, un luogo dove studiare ed espandere gli orizzonti del proprio talento. Dove abbandonare la tradizione, ignorare i limiti della propria specializzazione e cercare nuove ispirazioni. Il signor Tiffany ritiene che gli artisti perdano molto a causa dei metodi di lavoro e le tipologie di studi e laboratori. L'unica condizione, qui a Laurelton Hall, è che non si possono realizzare disegni o quadri figurativi basati su un modello. Il signor Tiffany vi chiede solo di immergervi nella bellezza che vi circonda e usare l'infinita ricchezza del mondo naturale come musa ispiratrice». Si fermò per bere un sorso di tè.

«Be', qui è tutto meraviglioso, su questo non ci sono dubbi», disse Minx.

Il signor Lothrop ci rivolse quel suo sorriso stretto, quasi le labbra fossero cucite insieme agli angoli. «Lo è. Gestisco la Tiffany Foundation sin dalla sua nascita, nel 1918, e ancora mi stupisce l'ambiente circostante. Le stanze sono di vostro gusto?»

«Una meraviglia», rispose Minx.

«Adorabile». "Diversa da qualsiasi stanza abbia mai immaginato", volevo aggiungere, ma non lo feci per paura di passare per una provincialotta.

Dopo aver preso il tè, il signor Lothrop ci fece cominciare il giro della struttura. Nel vedere alcune sale per la seconda volta, riuscii a cogliere maggiori dettagli. Notai come gran parte delle decorazioni riprendeva uno stile orientale. E che il signor Tiffany aveva portato la natura all'interno della casa: in ogni stanza c'era una profusione di piante e fiori in vaso, gigli bianchi, orchidee rosa e porpora, ortensie blu e lavanda. Frammenti di abalone e altre conchiglie opalescenti tempestavano le decine di finestre e pannelli di vetro colorato.

Ovunque andassimo, eravamo accompagnate dal suono dell'acqua che gorgogliava nelle fontane. In tutti quei fantastici ambienti era in mostra qualcosa di straordinario, che fosse una balconata in stile induista o un angolo che riprendeva le forme di una moschea islamica. C'erano fin troppi quadri e sculture per poterli studiare tutti a fondo.

«Il signor Tiffany crede che bellezza e mistero portino alla contemplazione e alla trascendenza. La grande arte, sostiene, è mistica, e gli artisti sono come alchimisti. Lo scopo dell'arte, come è solito rammentare a tutti noi, è ispirare meraviglia e stupore».

«Be', non c'è dubbio che qui ci sia riuscito», disse Minx.

Il signor Lothrop ci accompagnò su una loggia circondata da alte colonne scanalate in marmo bianco, con i capitelli adornati da vibranti fiori di ceramica: loto, peonia, papavero e magnolia. Al centro, una fontana spruzzava l'acqua verso il cielo. La guardai ricadere sui cristalli di quarzo che circondavano la pozza alla base.

«Crede anche che l'acqua», proseguì il signor Lothrop, «non sia solo l'elemento della vita, ma anche un simbolo di speranza. Abbiamo sette fontane, due all'interno e cinque all'aperto, più quattro piscine, diversi laghi e laghetti e una cascata.

«Più di centocinquantamila galloni d'acqua vengono pompati su per la collina e ridiscendono nei serbatoi sulla spiaggia». Indicò verso il basso, e vidi un minareto riccamente decorato. «Quella è la ciminiera della centrale che fa funzionare ogni cosa».

Scendemmo alcuni gradini di pietra verso una terrazza coperta da un pergolato di glicine bianco e porpora. Annusai il profumo dolce e pungente dei fiori e per un momento mi sembrò di essere di nuovo a Ithaca, sul portico di mia zia. Sul finire della primavera, ce ne stavamo spesso sedute lì fuori, solo per sentire quell'aroma.

Mi allungai a sfiorare la cascata di petali mentre ci passavamo accanto.

«Il glicine», annunciò il signor Lothrop, «è uno dei fiori preferiti del signor Tiffany. I viticci sono dappertutto, e sbocciano proprio in questa stagione».

Ci condusse giù lungo altri gradini fino a una terza terrazza, con una terza fontana; e anche in questa l'acqua fuoriusciva da grandi cristalli di rocca al centro. In lontananza, la visuale sul canale era ancora più ampia.

«Laggiù c'è il Long Island Sound, e all'altra estremità c'è il Connecticut», ci spiegò.

Lasciammo la terrazza e prendemmo un sentiero tra campi di fiori selvatici.

«Nel garage ci sono biciclette a vostra disposizione, e vi consigliamo di usarle se volete andare in città. Dista poco più di tre chilometri, e ci sono un emporio e una caffetteria assai graziosa. Ci auguriamo che non abbiate bisogno di fare escursioni molto lontano, ma se per qualche motivo doveste decidere altrimenti, vi basterà chiedere a me o a Graves per avere un'auto che vi accompagni alla stazione. Come ho detto prima, non ci sono regole, ma per questioni di decoro e per assicurarci il vostro benessere, di solito c'è una governante qui che vive con le associate di sesso femminile nella casa vera e propria. Purtroppo, la signorina Press è dovuta tornare a casa per un'emergenza familiare. Speriamo che ciò non sia causa di preoccupazioni per nessuna di voi due...».

Minx lo interruppe. «Viviamo da sole al Greenwich Village, signor Lothrop. Possiamo cavarcela senza uno *chaperon*».

«Questo è rassicurante, signorina Deering. Se avete altre perplessità, la signorina Hanley, che accompagna il signor Tiffany, è nei paraggi e si prenderà cura di voi».

Intendeva dire che era l'infermiera di Tiffany? La sua amica? L'amante? La segretaria? L'uomo era malato? Infermo? Non potevo che aspettare per appurarlo. Di sicuro mi auguravo che stesse bene, e che avremmo avuto modo di interagire con lui.

Il signor Lothrop proseguì: «Se avete bisogno di qualcosa, chiedete pure a uno di noi. Siete nostre ospiti, e vogliamo che vi sentiate quanto più possibile a vostro agio, così da poter creare le opere migliori durante il soggiorno».

Una volta conclusa l'introduzione, chiese: «Ora, avete qualche domanda?»

«Il signor Tiffany è qui?». Non ero riuscita a trattenermi. Desideravo conoscerlo da così tanto tempo, ringraziarlo per i capolavori che aveva creato e per il piacere e la consolazione che mi aveva donato. Adesso, ovviamente, avevo ancora più motivi per essergli grata.

«Sì, è arrivato ieri. Di solito, trascorre metà settimana a New York e metà qui alla colonia, e quando è in sede visita sempre lo studio, per vedere a cosa state lavorando. Adora essere coinvolto, quindi sentitevi libere di parlare con lui quando lo incontrate, va bene?»

«Lo farò», dissi.

Attraversando altri giardini e sentieri che passavano tra alloro, querce, pini e aceri, arrivammo a quelle che il signor Lothrop ci rivelò essere nate come stalle.

«Il signor Tiffany le ha fatte restaurare per realizzare il dormitorio degli uomini, il soggiorno e la sala da pranzo comuni, e gli studi dove lavorare alla vostra arte».

Lo seguimmo all'interno.

«Qui ci sono gli studi per la gioielleria, la scultura e le opere in vetro, un laboratorio di falegnameria, forgia e fornace elettriche, le attrezzature per gli smalti e uno studio di fotografia».

Ci condusse oltre la soglia di un grande spazio aperto con lucernari e finestre rivolte a nord. «E lo studio di pittura».

C'erano circa dieci ragazzi, vestiti con camice e pantaloni, tutti al lavoro.

«Ciascuno di voi ha un posto assegnato qui», proseguì il signor Lothrop. «Potete andare e venire a vostro piacimento, oltre a usare qualsiasi altro studio».

Dicemmo entrambe che avevamo capito.

«La cena viene servita di là». Indicò una porta. «Tutte le sere alle sette. Come forse sapete, c'è una gara in ogni sessione. Alla fine delle otto settimane, il signor Tiffany e io assieme ai docenti esterni che verranno durante il vostro soggiorno sceglieremo l'artista che vincerà un premio assai generoso. Oltre a questo, verrà organizzata una mostra a suo nome nella galleria del signor Tiffany a New York. In occasione di tale evento, anche gli altri associati esporranno un pezzo ciascuno, quelli che proporranno come tesi finale».

Subito si accese in me l'animo competitivo. Volevo vincere con tutta me stessa.

Il signor Lothrop entrò nello studio, e noi lo seguimmo. «Ora», disse, «lasciate che vi indichi i posti che vi hanno assegnato e vi presenti gli altri associati giunti qui ieri. Con voi due si è completato il gruppo di questa sessione».

Lo studio era diviso in sezioni tramite i cavalletti, i tavoli da disegno e gli sgabelli. Le pareti erano spoglie, non ancora coperte dalle opere che sarebbero state appese nei giorni a seguire.

Da quando eravamo arrivate, Laurelton e i suoi parchi e giardini non ci avevano offerto altro che bellezza e pace. Ma, per la prima volta, in quello studio, mi sentii in ansia. La luce calda si riversava dai lucernari. Lo spazio non era affatto cupo o ingombro. Non c'erano odori sgradevoli, solo quelli di colori a olio e trementina, a me tanto cari. Tutto quello che vedevo – tele, tavolozze, pittori in camice – mi era familiare. Questo era il mondo che amavo, eppure avvertivo l'incombere di qualcosa di sinistro. Era sospeso nell'aria, come un miasma. Lanciai un'occhiata a Minx, che stava chiacchierando allegramente col signor Lothrop.

Conoscemmo Paul Cadmus e Louis Pritchard, entrambi pittori; James Miller, un fotografo; e un altro pittore, Henry Goodson, che si stava presentando quando Minx lo interruppe sbracciandosi e chiamando a gran voce l'uomo all'altra estremità della sala.

«Edward!». Minx si allontanò da noi e andò verso l'angolo in fondo, dove si trovava Edward Wren, pennello alla mano, davanti al suo cavalletto.

La abbracciò come si fa con una vecchia amica, senza alcun accenno di romanticismo, e capii che era tutto voluto. Minx aveva sempre più di un fidanzato alla volta. Ma sapevo con certezza che da aprile e per tutto maggio aveva frequentato quasi esclusivamente lui, e mi aveva confessato che erano diventati amanti appena tre settimane addietro.

Il signor Lothrop mi guardò in cerca di chiarimenti, e gli spiegai che il giovane Wren era iscritto all'accademia e frequentava alcuni corsi con noi, ma non aggiunsi altro.

Minx mi chiamò a gran voce. «Jenny, vieni qui».

Mi avviai verso di loro.

Edward mi rivolse un gran sorriso, che però non mi sembrò sincero. Tra tutti gli uomini con i quali Minx era stata, faticavo a capire il suo continuo interesse per il giovane Wren. Edward era carismatico, ma distante. Di bell'aspetto, ma senza passioni. E un po' troppo volubile per i miei gusti. In alcune serate nei club, se ne stava tutto imbronciato senza quasi dire una parola, mentre tutto intorno a lui esplodeva la nostra ilarità. Minx diceva che era tutta colpa della guerra. Magari aveva ragione; io non avevo abbastanza esperienza per saperlo.

«Che bello vederti qui, Jenny», disse Edward. «Lo adorerete questo posto. I giardini sono stupendi. Gli alberi, i fiori, il panorama, i laghetti...». Aveva parlato a entrambe, guardando da una all'altra, ma si fermò a fissare me quando terminò la sua descrizione entusiastica: «E c'è persino una cascata».

Capitolo 11

Fui turbata dal commento di Edward, per certi versi minaccioso. Mi ricordò quello che mi aveva detto a Central Park, durante la lezione del professor Pannell. Quasi gli chiesi spiegazioni, ma dissi invece a Minx che volevo esplorare ancora Laurelton e così mi avviai da sola. La cena era prevista alle sette, quindi avevo ancora diverse ore a mia disposizione. Uscii, e mentre ammiravo la gloria di giardini e terreni, il disagio che provavo svanì.

La casa era costruita su una collina che scendeva verso la costa. Guardai in alto verso l'edificio, poi giù verso le acque, e decisi di imboccare un sentiero diverso da quello che avevamo seguito con il signor Lothrop.

Finii per vagare nei pressi di una grande struttura in vetro lunga quanto mezzo isolato cittadino e piena di decine di variazioni di palme e fiori da serra. Da lì, potevo vedere il minareto in spiaggia. Lo usai come punto di riferimento per scendere attraverso giardini pensili, una radura immersa tra i boschi e due piccoli laghi gemelli. C'era acqua ovunque. Scintillava, saliva verso l'alto, scendeva in ruscelli, rifletteva la luce, e donava energia e serenità.

Arrivai a una spianata: alle mie spalle, la slanciata torre moresca risplendeva nella luce del pomeriggio. Quando mi avvicinai, potei ammirare la superficie del minareto, coperta di iridescenti piastrelle Tiffany verdi e blu.

Uscita dal sentiero, mi ritrovai su un promontorio. Alla mia sinistra c'erano gradini che scendevano verso la spiaggia, una banchina con un panfilo dall'aspetto maestoso e diverse barche a vela di dimensioni più ridotte, e una semplice rimessa dal tetto in legno di cedro. In fondo alla scalinata, proseguii lungo la battigia e mi sedetti su un grande scoglio piatto. Le onde disegnavano delicate increspature in superficie. Nel cielo, i gabbiani lanciavano versi striduli mentre volteggiavano e scendevano a capofitto. Una piccola barca, le vele spiegate e gonfiate dalla brezza, attraversava lenta la baia. Incantata, la guardai arrivare all'insenatura e fino alla banchina. L'uomo che la manovrava la ormeggiò con movimenti esperti. Poi, portando con sé un piccolo cavalletto e materiali da pittura, scese dall'imbarcazione. Alto e magro, aveva la grazia di un atleta, ma quando si avviò sulla banchina mi accorsi che zoppicava leggermente.

Il marinaio era a venti metri di distanza quando mi vide. Si allontanò dalle scale e venne verso di me. Quando arrivò a metà strada, cominciai a chiedermi se non l'avessi già incontrato. Ancora non riuscivo a distinguere i lineamenti, ma qualcosa nell'altezza, il colore dei capelli e la figura alta e slanciata mi stuzzicava la memoria.

«Salve», mi salutò a gran voce.

«Salve», risposi.

«È una dei ritardatari della prima sessione?». Si fermò davanti a me, ma col sole che mi splendeva dritto in faccia, ancora non riuscivo a inquadrare il suo volto.

«Sì. La mia amica e io siamo arrivate un paio d'ore fa».

Lui mise giù il materiale artistico e mi porse la mano. «Sono lieto che ce l'abbiate fatta. Mi chiamo Oliver. Oliver Comfort Tiffany».

Mentre gli stringevo la mano, una nuvola si parò davanti al sole: era l'uomo che avevo visto alla festa della signora

Whitney per l'inaugurazione della mostra di Jock. Ora distinguevo chiaramente il suo viso, e scoprii che ne ricordavo ogni dettaglio.

«E, prima che me lo chieda, sì, sono il nipote di sua eccellenza», proseguì lui, con un sorriso diabolico e un sopracciglio inarcato.

«Oh», esclamai con un certo stupore, umiliandomi sia per la mia reazione sia perché non gli avevo ancora lasciato andare la mano. Ma anche lui continuava a stringere la mia, e per una scomoda manciata di secondi restammo lì, sulla spiaggia, a tenerci per mano.

Mi ritrassi per prima, e mi parve di cogliere un istante di delusione nel suo sguardo.

«Benvenuta a Laurelton, signorina…». La sua voce era il blu di un sassofono che suonava in un locale fumoso. Di una sfumatura più buia dei gelidi occhi azzurri che avevo notato da lontano alla galleria della signora Whitney.

Oliver piegò leggermente la testa verso sinistra e strizzò gli occhi, come se stesse cercando di riconoscermi. Il vento prese a soffiare con maggior forza e gli spostò i capelli corvini sul viso. Lui li spinse via, ma una ciocca ricadde sulla fronte.

La prima volta che l'avevo visto, avevo provato il desiderio di andare da lui e toccarlo. Per scoprire se era reale. Se la pelle era calda. Volevo dirgli quanto somigliava al Perseo in marmo realizzato da Canova che mi aveva tenuto compagnia in tanti lunghi pomeriggi. Adesso avevo sentito il tepore della sua pelle, e sapevo che era reale quanto i battiti del mio cuore. E, stupendo me stessa, mi resi conto che lo desideravo come mai avevo desiderato un uomo in vita mia.

«Non mi ha ancora detto come si chiama», fece. «E perché ho l'impressione di conoscerla? Ci siamo già incontrati?».

Venivo sempre sopraffatta dall'agitazione, quando qualcuno ipotizzava di avermi già vista in passato. La paura che mi riconoscessero grazie a una delle fotografie scattate durante il processo mi paralizzava. Dovevo ripetermi che gran parte di quelle foto mi ritraevano di spalle, o erano state scattate da una distanza tale da renderle inutili. Ma ce n'era una nella quale si vedeva più di metà del mio volto, mentre salivo i gradini del tribunale insieme a mia madre la mattina del primo giorno del processo. Avevo da poco compiuto sedici anni, ma sembravo più grande. Indossavo un abito nero quasi identico a quello che portava la mamma il giorno dell'incidente, e avevo i capelli legati sopra la testa, come li portava lei.

Ricordai il tono stentoreo dell'ufficiale giudiziario che chiamava mia madre alla sbarra perché testimoniasse su di me. Lei fece del suo meglio, piangendo per gran parte del tempo, ma sapevamo entrambe che era tutto inutile; all'epoca c'era una grande rabbia collettiva contro le donne che si macchiavano di omicidio, in seguito alle storie di Lizzie Borden, Lulu Johnson, Henrietta Bamburder e altre. E non feci granché per migliorare la mia situazione. Mi sforzavo di apparire calma e innocente, ma non ero un'attrice, ed era difficile fingere dopo aver assistito per quasi tre anni agli abusi che mia madre subiva dal mio patrigno.

Nessuno avrebbe mai creduto a una giovane furente piuttosto che alle testimonianze dei membri di una parrocchia che adoravano il loro pastore e lo vedevano come fulcro della comunità. In quattro vennero convocati, e tutti elogiarono il carismatico uomo di Dio che li aveva aiutati a superare difficoltà e dolori.

La signora Marshall, una vedova che aveva messo gli occhi sul reverendo prima che questi decidesse di sposare mia madre, andò alla sbarra e, quando le venne chiesto, raccontò alla giuria di quando lui le aveva confessato che non ero una "brava ragazza". E sebbene avessi un gran talento, nel guardare i miei quadri a volte temeva che fossi uno strumento del demonio.

«Si lamentava perché Jenny non era stata ben educata... con un'artista per madre e senza un padre. E diceva di darsi un gran da fare per crescerla nel modo giusto. Il reverendo, riposi in pace, mi raccontò che pregava per l'anima della fanciulla ogni mattina e ogni sera. E, in cambio di tutto ciò, cos'ha ottenuto? È finito ammazzato», disse la donna, per poi scoppiare in lacrime.

Il mio destino venne decretato con la convocazione di un testimone oculare. Lyman Templeton, trentatré anni. Mentre tagliava attraverso i boschi, di ritorno a casa dopo il turno al distributore di benzina in città, si era fermato ad ammirare il panorama e aveva visto un uomo e una donna fermi sulla passerella sopra la cascata. Il ruggito dell'acqua copriva le loro voci, ma Templeton era abbastanza vicino da poter interpretare il linguaggio del corpo. Descrisse quello che a suo dire sembrava un litigio, raccontando come, alla fine, l'uomo aveva mosso un passo verso la donna, con le mani protese, e lei l'aveva spinto via. Il colpo l'aveva fatto finire contro la ringhiera, che si era rotta facendolo cadere a testa in giù nella cascata. E la donna, o forse era una ragazza, non poteva dirlo con certezza, era rimasta lì a guardare, senza fare nulla per aiutarlo.

Quando tornai a Ithaca, dopo il riformatorio, ero dimagrita a tal punto che la zia Grace disse che nessuno mi avrebbe riconosciuto come "la ragazza sul ponte", soprattutto dopo che lei ebbe rinnovato il mio guardaroba con capi della nuova taglia, per poi portarmi dal parrucchiere, che diede un nuovo stile alla mia acconciatura.

Quando lei morì e mi trasferii a New York, feci dei cambiamenti ancor più radicali, tagliando i capelli corti e a caschetto, cominciando a usare rossetto, fard e mascara e indossando abiti più moderni, più eleganti. Somigliavo molti agli altri bohémien del Greenwich Village. Quando mi accostavo al viso la foto maledetta scattata al processo e mi guardavo allo specchio, ero certa che nessuno mi avrebbe collegato alla ragazza nella fotografia a Hamilton, in Ontario, sette anni prima. Di sicuro non nella casa di Louis Comfort Tiffany, di sicuro non l'uomo che ora sapevo essere suo nipote.

«Non ci hanno mai presentati, signor Tiffany, ma ci siamo già incontrati una volta. A marzo, a una festa presso la galleria della signora Whitney».

«E cosa ha potuto impedire una presentazione così importante?». I suoi occhi rilucevano come il mare.

«C'è stata una rissa».

«Jock Alexander?».

Annuii.

«Sì, mi ricordo. La mia famiglia è legata ai Whitney da un'amicizia di lunga data, e io ammiro molto le sue opere. Che sciagura, quella sera. La statua era davvero un capolavoro». Scosse il capo, e ancora una volta i capelli gli ricaddero sulla fronte e sugli occhi. Lui li spinse via e mi sorrise. «Mi dispiace che non siamo riusciti a conoscerci, ma almeno ora lei è qui».

Lo disse come se mi avesse aspettato, e avvertii una sorta di sommovimento in me, la sensazione che fosse tutto giusto così. Come se anche io lo avessi aspettato.

Ripensai al messaggio di mio padre, o della zia Grace, che avevo imparato a memoria tanto tempo addietro: "Troverai consolazione, ma non subito. Dovrai superare tante prove, sii forte".

Ero convinta di aver trovato, in effetti, consolazione in una finestra realizzata da Louis Comfort Tiffany. Ma adesso la parola assumeva un significato tutto nuovo…

«Sì, sono qui», dissi a Oliver.

«Le va di fare una passeggiata? Se è appena arrivata, posso mostrarle alcuni dei miei nascondigli segreti. Passo le estati qui sin da quando mio nonno ha costruito questo posto, e io avevo otto anni».

Depositò il materiale da pittura nella rimessa. Guardando la figura slanciata che tornava verso di me, sentii prudere le mani per il bisogno di ritrarla in un disegno, per tracciare le linee estetiche, per affidare alla carta i lineamenti aristocratici, il collo lungo e le eleganti fattezze.

«Per prima cosa dovrà vedere il nostro forte segreto». Oliver mi prese a braccetto come se fosse la cosa più naturale del mondo, e mi portò giù alla spiaggia. Nel punto in cui i nostri corpi si toccavano, avvertivo una calda pressione.

«Io e i miei cugini giocavamo qui per ore, da ragazzini. I terreni intorno a Laurelton Hall erano un paradiso per noi bambini. Adoravamo stare qui, tranne quando il nonno ci costringeva a travestirci per le sue feste di gala».

«Mia madre mi ha raccontato tutto su quei ricevimenti. Diceva che erano eventi di gran lusso. In città non si parlava d'altro. E che da allora nessuno ha più visto nulla del genere».

«È vero, ma ancora arrossisco per le foto di me a dieci anni vestito da chef, con tanto di pancione finto e un lungo grembiule, mentre servivo maiale arrosto. Non ho ancora perdonato mio nonno, né credo che l'abbiano perdonato i miei cugini».

Ero attratta dal suo senso dell'umorismo, mi stupiva e incantava.

«Tutti i nipoti dovevano travestirsi?». Non era solo curiosità sulla sua famiglia e la sua infanzia, avevo anche un gran bisogno che continuasse a parlare, volevo sentire la sua voce.

«Sì, e i costumi erano anche parecchio elaborati. Le ragazze, che servivano le portate a base di pavone, indossavano tutte abiti chiari e turbante, ciascuna con una torcia e un cestino pieno di petali di rosa».

«Eravate in tanti, vero?», chiesi ricordando che avevo letto qualcosa sulla famiglia del signor Tiffany nella biografia presa in prestito dalla biblioteca del signor Deering. Non mi ero concentrata su nessuno di quei nomi, ma di sicuro a un certo punto doveva aver menzionato anche Oliver.

«Sì, mio padre aveva sei fratelli, e io sono il nipote più grande».

«Ed è anche un pittore?»

«No», si affrettò a rispondere. «Sono un uomo d'affari, come mio padre. Era lui a dirigere le finanze della ditta. Difatti, è per questo che adesso passo tanto tempo qui. Mio padre e mio nonno vogliono che impari come funziona la Tiffany Foundation, in tutti i suoi aspetti. In autunno e inverno, mi sono concentrato sui laboratori di gioiellerie e poi su quelli dei vetrai, ora tocca a Laurelton Hall. Si aspettano entrambi che un giorno erediti tutto l'impero».

Lo conoscevo a malapena, ma mi accorsi della nuvola grigia che oscurava la sua fresca voce blu.

«E lei non vuole?».

Passeggiavamo tra l'erba, lontani dalla spiaggia. Oliver rallentò, si girò e mi guardò in volto come se stesse cercando qualcosa di preciso.

«Cosa glielo fa pensare?»

«Be'...». Non ne ero ben sicura, ma mi fermai un attimo a riflettere. «Tanto per cominciare, stava dipingendo sulla barca a vela. Ho visto il cavalletto e tutto il resto. Quindi deve piacerle. Poi, quando le ho chiesto se è un artista, l'ha negato subito. E poco fa, mentre parlava di affari, la sua voce è diventata piatta e grigia».

«Grigia?»

«Sì, è una mia strana abitudine. Mi piace assegnare colori ai suoni e alle voci della gente. E la sua è cambiata quando parlava di come la stanno instradando».

«E non in meglio?», chiese lui.

Scossi il capo. «No, non in meglio».

Oliver mi venne più vicino e parlò a voce bassa. «Di che colore è la mia voce?»

«Un blu profondo. Simile allo zaffiro».

Lui allungò una mano e mi spinse in su il mento. «Ed è diventata grigia?»

«Sì», risposi, in un sussurro.

«Non ho mai sentito dire nulla del genere. Come le è venuto in mente?»

«No, non è venuto in mente a me. Era un gioco che si inventò mia madre quando ero bambina, per insegnarmi i colori. E poi abbiamo semplicemente continuato a farlo».

«È stata fortunata ad avere una madre così creativa», mormorò Oliver.

Il commento mi parve strano, considerando chi era suo nonno, ma sentivo di non conoscerlo abbastanza bene da farglielo notare. In ogni caso, non c'era bisogno che lo facessi, come scoprii quando riprese a parlare.

«Mia madre è morta quando avevo appena sei anni. Mio padre si è sposato di nuovo diversi anni dopo, ma...». Si strinse nelle spalle. «All'epoca, passavo già in collegio gran parte del mio tempo. E le estati le trascorrevo qui».

Il sentiero erboso si fece più stretto nei pressi di una salita rocciosa, e percorrerlo richiedeva una certa concentrazione.

«Quando eravamo ragazzini, questa parte la affrontavamo di corsa; non vedevamo l'ora di arrivare al forte. In quei giorni, la guerra era un'idea assai lontana dalle nostre menti. Ora invece ha segnato la nostra generazione».

«È stato al fronte?»

«Sì. La mia unità collaborava con i *camoufleurs* in Francia».

«I *camoufleurs*?»

«All'inizio della guerra, i francesi istituirono un corpo militare i cui componenti, da civili, erano stati pittori, illustratori, architetti e scenografi. Usando i loro talenti, camuffavano navi e aerei affinché fossero difficili da individuare, nascondevano le postazioni di artiglieria con finti edifici, e realizzavano oggetti come alberi fasulli da dietro i quali i soldati potessero spiare il nemico. Nel 1917, il nostro governo formò il quattordicesimo reggimento dei genieri per aiutare i francesi. Non ho un vero talento come pittore, malgrado la mia discendenza, ma realizzo copie di gran precisione. Avevo appena diciotto anni e un animo ribelle, quando sentii parlare di questa unità. Con grande sgomento della mia famiglia, lasciai il college e mi unii ai loro ranghi per contribuire allo sforzo bellico».

«Quindi è stato al fronte fino alla fine della guerra?»

«Sì». Oliver scosse il capo, quasi volesse cacciar via il ricordo. «Non vedrò mai più qualcosa di così terribile. Ci sono stato per più di un anno, ed era un vero inferno». Si diede una pacca su una coscia. «Mi sono anche procurato un souvenir per il mio impegno. La scheggia di una bomba. E sono uno di quelli più fortunati. Non ho perso la gamba, e posso in pratica fare tutto tranne correre. Il nostro reparto, in teoria, era tra i più sicuri, ma la guerra non fa distinzioni. I soldati sono soldati, anche quando imbracciano un pennello». Si fermò. Eravamo arrivati in cima.

Guardai il paesaggio che si stendeva davanti a noi. Un fossato solcava il confine di una palude, circondato da una lieve altura. Com'era stata la guerra, per Oliver? Come aveva convissuto con quel sacrificio? Come aveva condizionato il suo talento? Quanto era grave la ferita? Volevo sapere tutto su di lui, e al contempo non m'importava nulla se non il fatto che fossimo lì, insieme.

«Le vede quelle pietre, lì e lì?». Indicò due parti di mura crollate che formavano un angolo, s'interrompevano e poi ricomparivano poco lontano. «Un tempo erano le pareti del forte».

Entrammo in quel perimetro discontinuo. Da un lato c'era una grande pila di conchiglie, schiarite dal sole.

«Gli indiani usavano i gusci per fare perline, e abbiamo trovato centinaia di conchiglie. Abbiamo trovato anche punte di freccia, ami da pesca fatti in osso e pipe di argilla». Si protese a raccogliere una manciata di conchiglie e me le versò nella mano. «Se guarda bene, probabilmente troverà ancora qualche perlina».

Ne prese altre per sé, ed entrambi rovistammo tra i gusci rotti.

«Era il nostro posto preferito per giocare, finché mio nonno mise fine a quelle escursioni».

«Cosa era successo?»

«Aveva saputo delle nostre scoperte da una mia zia, che aveva trovato un coltello di pietra in tasca a mio cugino. Affascinato dai possibili ritrovamenti, mio nonno inviò un archeologo a studiare il sito. Ci sono diversi forti come questo, su e giù per Long Island. Il nostro venne probabilmente costruito intorno al 1640, ed era usato come rifugio se c'erano conflitti e come stazione commerciale nei tempi di pace. Quando ne conobbe la storia, mio nonno ci vietò di tornarci, per timore che lo rovinassimo».

Oliver lanciò via le sue conchiglie e ne raccolse altre. «Aveva deciso di sovvenzionare degli scavi archeologici. Ma noi eravamo ragazzini, e le regole esistevano per essere infrante. Quando scoprimmo che questo era un forte indiano e che il nonno non ci voleva qui, divenne impossibile per noi stare alla larga. Come vedrà, mio nonno ha una notevole collezione di arte nativa americana a Laurelton Hall. Cominciammo a prendere i copricapi, i tamburi, i cesti e i tappeti, e li portavamo quassù nel cuore della notte per inventarci rituali e cerimonie. Alla fine, fummo scoperti e severamente puniti».

Per qualche motivo, avvertii una fitta di paura nel sentire la sua storia.

Oliver pescò qualcosa tra i frammenti di gusci che aveva in mano. «Ecco». Me lo diede.

La perlina rotonda e irregolare aveva un foro rudimentale al centro. Nel sole del pomeriggio, riluceva quasi come una vera e propria perla, ma con una sfumatura violacea.

«Questo è abalone, vero? Ho notato alcune conchiglie in casa».

«Sì, il nonno usa i gusci in alcune delle sue cornici di ottone, i calamai, i sottomani. Persino in qualche gioiello. Ho sempre preferito la madreperla alla perla, perché sulla superficie si riflettono tanti colori».

La sollevai verso il sole. «Ci infilerò una cordicella, così potrà indossarla a mo' di collana. Un ricordo del suo primo giorno a Laurelton Hall», annunciò Oliver, ancora con quel sorriso diabolico e il sopracciglio inarcato.

S'infilò la perlina in tasca, poi mi prese per mano. «Andiamo. Il sole comincia a tramontare, e presto farà freddo».

Volevo dirgli che non era importante, che il suo tocco mi stava scaldando ma, ovviamente, non lo feci. Mentre il sole si tingeva di una sfumatura rosa e lavanda, simile a quelle dell'abalone, lanciai un'occhiata a Oliver. Il sole al tramonto si rifletteva sulla sua pelle, facendolo apparire come una scultura ricavata da gusci di conchiglie, ma la sensazione delle dita che stringevano le mie, con intensità, quasi avesse bisogno di qualcosa cui aggrapparsi, era dolce e familiare. Chiusi gli occhi e cercai di consegnare il momento alla memoria. Con tutta la sua meraviglia e i colori.

Capitolo 12

Minx bussò alla mia porta e chiese se volevo scendere dabbasso per un bicchiere prima di andare a cena. Risposi di sì, ma prima dovevo cambiarmi. Lei si sedette sul mio letto mentre aprivo il guardaroba.

«Cosa hai fatto nel pomeriggio?», le chiesi mentre tiravo fuori un vestito e un maglione.

«Ho lavorato nello studio, poi insieme a Edward ho esplorato la zona».

«Ti stai davvero innamorando di lui?».

La mia amica si strinse nelle spalle. «Troppo presto per dirlo». Si sporse in avanti. Malgrado non ci fosse nessuno in giro, parlò in tono sommesso. «Non te l'avevo mai detto, ma quando non dipinge Edward guida il camion per un contrabbandiere. Porta l'alcol dal Canada». Era quasi senza fiato. «È tutto un gran segreto, ma non farò finta che non sia anche molto spaventoso, perché lo è. Jenny, Edward ha persino una pistola».

«Ma tu non puoi stare con qualcuno che…».

«Prima che ricominci a parlare come mia madre, Edward ha intenzione di smettere non appena avrà messo insieme abbastanza quadri per una mostra. Ecco perché questo periodo a Laurelton è così importante per lui. Se vince il primo premio, con tutta l'attenzione che ne riceverà, sarà in grado di sistemarsi in città con uno studio e una galleria tutti suoi, e cambierà ogni cosa. Prova davvero una gran passione per l'arte». Le si illuminarono gli occhi. «È passionale in tutto». Si morse il labbro inferiore.

«Ma tua madre ha ragione a preoccuparsi. Ti vuole bene. Dopo tutto quello che è successo, vorrebbe soltanto...».

«Tutto quello che è successo?», ripeté Minx. «A cosa ti riferisci?».

Non avrei dovuto dirlo. Avevo fatto allusione a un passato di cui lei non mi aveva mai parlato, ma ci aveva pensato sua madre a rivelarmelo. Prima che potessi rimediare a quel passo falso, lei insisté.

«Cosa, Jenny? Aspetta, aspetta... è stata mia madre, vero?»

«Solo perché non vuole che ti succeda niente. Non vuole che frequenti di nuovo le persone sbagliate rischiando così di cadere in tentazione».

Minx si allontanò da me e andò alla finestra. «E tu non mi hai detto niente?»

«Avrei voluto, ma... no, non l'ho fatto. Mi dispiace, Minx».

Lei si girò. «È successo quasi due anni fa, e non si ripeterà. Di sicuro non hai di che stare in pensiero, né mi devi tenere d'occhio. Non mi serve un guardiano».

L'invito a bere un bicchiere ormai dimenticato, Minx uscì di gran carriera dalla mia stanza. Rimasi per un'ora a temere che fosse troppo adirata per perdonarmi, ma alle sette meno un quarto lei tornò e mi chiese se ero pronta a scendere per la cena.

Quando arrivammo in sala da pranzo, molti associati avevano già preso posto. Saremmo rimasti insieme per due mesi, e questo era il nostro pasto inaugurale. Quattordici artisti, di età comprese tra i ventidue e i trent'anni. Dodici uomini, due donne. Nove pittori. Due scultori. Minx, che esercitava entrambe le discipline. Un fotografo e un vasaio. Mi ero chiesta se ci sarebbe stato anche Oliver, trovandosi a Laurelton per imparare a gestire la Tiffany Foundation, ma, poiché apparteneva alla famiglia del proprietario, con ogni probabilità mangiava nella casa con il nonno e chiunque altro alloggiasse lì.

La cena fu un evento quasi formale. Ci sedemmo tutti a un lungo tavolo in una sala rettangolare, con le finestre alte da pavimento a soffitto che abbattevano i confini tra interno ed esterno. Mentre mangiavamo, potevamo goderci la vista di boschi e prati, fiori e cielo. Quando con la sera calò l'oscurità, il panorama svanì, ma le minuscole luci intrecciate tra i rami degli alberi ci incantarono con una nuova magia.

Due camerieri si occuparono di noi, uno dei quali ci offrì del vino non appena ci accomodammo. Minx mi aveva già detto che Tiffany non era astemio, ma non mi aspettavo che ci accogliesse con tanta generosità. Ovunque guardassi, anche lì negli ambienti destinati alla Tiffany Foundation, erano in mostra la sua maestria artistica, l'eleganza e l'amore per la bellezza. Non stupiva quindi che la tavola fosse apparecchiata con le porcellane migliori, con i bordi color oro e blu cobalto e un profluvio di foglie verdi. Il tema di verde e blu proseguiva con i bicchieri color pastello per il vino e per l'acqua, coppa blu e base verde. E la decorazione a foglie si ripresentava sull'argenteria.

Il pasto da tre portate cominciò con funghi ripieni, seguiti da anatra arrosto con patate, carote e piselli bolliti, per finire con un pudding alla Nesselrode e biscotti al burro.

Le conversazioni furono impacciate all'inizio, come spesso succede tra estranei. Ma Minx non ci mise molto a rallegrare l'atmosfera, proponendo un gioco per conoscerci meglio.

«Faremo il giro di tutta la tavola», spiegò. «Per prima cosa, confessate cosa vi spaventa di più al mondo».

Se non fossi stata sua amica e non le avessi già visto prendere simili iniziative, mi sarei sentita a disagio al cospetto di quella sincerità forzata. Ma sapevo che almeno con me ci sarebbe andata leggera.

Dopo un momento di riflessione, Henry Goodson rispose le sabbie mobili. Paul Cadmus disse la povertà. Tra le altre risposte, ci furono la cecità e il fuoco. Io citai l'ingiustizia. Senza indugi, Edward Wren disse il fallimento.

Poi Minx ci chiese di cosa eravamo particolarmente fieri. Le risposte più comuni riguardavano premi e borse di studio. Minx disse che nel suo caso era fare l'assistente della signora Whitney. Per Alan Higgins, sopravvivere alla guerra. Per me, arrivare a New York da sola. Edward parlò della sua capacità di superare le difficoltà e avere successo.

La mia amica continuò a ravvivare la cena con le sue domande. Nel corso degli anni, avevo imparato a scansare gli argomenti che mi mettevano a disagio, ed ero convinta di cavarmela abbastanza bene in tal senso, finché Edward non mi mise pressione per due domande alle quali non avevo risposto.

«Jenny, tu che ci dici? Qual è il peggior ricordo della tua infanzia?».

Bevvi un sorso di vino. «La morte del nostro gatto», risposi. Non pensavo al gatto della canonica da più di otto anni, ma mi sembrava una di quelle risposte significative e al tempo stesso innocue, che avrebbero evitato altre discussioni sul mio passato.

E poi, tempo dopo, quando evitai il quesito sul mestiere dei nostri padri, Edward insisté: «Minx, cosa faceva tuo padre? Ti abbiamo saltato».

Dissi che era stato un architetto, e provai sollievo sapendo che presto la cena si sarebbe conclusa.

Mentre tornavamo verso la villa, Minx e io chiacchierammo

dei vari artisti e dell'impressione che ci avevano fatto. Per fortuna non parlammo più di Edward. Ero disposta a sopportarlo per il bene di Minx, ma cominciavo a trovarlo irritante.

Tempo dopo, da sola nella mia stanza, mi sedetti sulla panca vicino alla finestra. Sotto di me, i giardini di Laurelton Hall splendevano e scintillavano per tutte le luci appese tra gli alberi, lungo i sentieri, sulle terrazze, che rischiaravano le fontane e le eleganti sculture. I fiori notturni profumavano l'aria. Guardai oltre la struttura, verso il Long Island Sound. La mezzaluna faceva brillare le acque increspate.

La giornata era stata fin troppo intensa sotto ogni aspetto, eppure non ero per niente stanca. Avrei voluto chiamare la zia Grace e dirle che ero lì, alla Tiffany Foundation, con una borsa di studio, per passare otto settimane a lavorare senza pressione, alloggiando in una casa costruita niente meno che da Louis Comfort Tiffany. Già solo pensando a quel nome rabbrividii, ricordando di come a quattordici anni ero fuggita per la prima volta nel cimitero e avevo trovato la porta del mausoleo di Fond du Lac aperta, apparentemente solo per me.

Anche se non potevo chiamare la zia Grace, avevo promesso a Ben che gli avrei scritto non appena fossi arrivata a Laurelton Hall, per raccontargli ogni cosa. Seduta alla scrivania, usando i meravigliosi supporti per la scrittura in vetro e ottone del signor Tiffany, mi concentrai sulla lettera. Per un quarto d'ora, scrissi e feci piccoli disegni, parlandogli del viaggio e degli altri associati, ma soprattutto delle tante forme d'arte presenti nella struttura. Una volta finito, feci asciugare la lettera, la piegai e scrissi l'indirizzo sulla busta.

Aver messo nero su bianco i miei pensieri mi aveva aiutato a rilassarmi, e anche se appena un'ora prima avevo temuto di non riuscire più a addormentarmi, crollai all'istante.

Il mattino seguente mi svegliai col sole e, come facevo quasi sempre non appena aprivo gli occhi, pensai al luogo dove ero stata spedita dopo il processo. Poiché ero minorenne, mi avevano condannato a due anni nel famigerato riformatorio femminile di Toronto, l'Andrew Mercer. Il giudice aveva detto a mia madre che lì si sarebbero presi cura di me, assicurandole che era un posto accogliente per giovani ribelli.

Non lo era affatto.

Anche le altre detenute avevano meno di diciotto anni. Un miscuglio di madri non sposate e giovani ingestibili, come la caporeparto definiva le ragazze come me che avevano commesso un crimine o erano state falsamente accusate. Ci facevano lavorare troppo, ci davano poco da mangiare e ci imponevano abusi verbali e fisici senza il minimo rimorso.

Alcune ragazze, soprattutto quelle incinte, erano sottoposte a esperimenti medici, e tanti dei bambini che vennero alla luce durante il mio periodo di detenzione nacquero malati o morti.

Poiché ero stata rinchiusa lì per omicidio colposo, le guardie e le altre ragazze mi trattavano come se fossi un'assassina. Di un pastore cristiano, tra l'altro. Nessuna voleva essere mia amica. Mi evitavano come un'appestata. E mi vedevo assegnare sempre i lavori peggiori, pulivo le latrine per settimane di seguito in estate e spalavo la neve d'inverno.

Ero l'emarginata e, come appresi, tutte si divertivano a guardare le nuove arrivate soffrire per l'iniziazione a un inferno al quale mi ero volutamente condannata.

Alla fine, un mattino a svegliarmi fu il dolore, che si diffondeva dalla schiena in spasmi atroci. La caporeparto, la signora Clarkson, una donna magra con i capelli color lana di ferro e una voce di fango, incombeva su di me, brandendo il frustino col quale mi aveva appena colpito.

«Alzati, se non ne vuoi prendere un'altra», sibilò sprezzante. «Questo non è un albergo, tesoro. Tra tutte le donnacce, le indolenti sono le peggiori. Motivo per cui, finché sei qui, mi occuperò di inculcarti l'importanza del lavoro. Solo le vere fatiche possono riformarti, tesoro».

E, per buona misura, mi frustò di nuovo e poi mi mandò a lezione.

La mattina studiavamo: storia, geografia, letteratura, stenografia ed economia domestica; mentre le attività pomeridiane comprendevano il cucito, la cucina, l'uncinetto o le pulizie. Ogni giorno pareva durare una settimana. L'unico sollievo dalla noia giungeva alle quattro del pomeriggio, quando ci concedevano un'ora e mezza per l'esercizio fisico. Alla scuola non importava cosa facessimo, fintanto che restavamo in movimento. Malgrado il clima, passavo questi preziosi novanta minuti disegnando tra i boschi che facevano parte della scuola. Non avevo pennelli o vernici, pastelli colorati o quaderni. Gli unici attrezzi erano matite banali e i fogli di carta a righe che usavo per i compiti. Ma non mi importava. Potevo comunque immergermi nella mia ricerca della luce attraverso il modo in cui metteva in risalto alcuni oggetti e ne soffondeva altri.

Per i primi due mesi e mezzo, mia madre mi scrisse spesso, con parole di amore e gratitudine, raccontandomi del bambino che le cresceva in grembo e del giorno in cui saremmo tornate insieme.

Quando ci eravamo salutate dopo il processo, mi aveva detto che sarebbe andata a vivere a Ithaca dalla zia Grace per la durata della gravidanza, ma le lettere non recavano mai il timbro postale di quella città. Venivano invece da posti diversi: Burlington, Amherst, Boston, poi infine il Bronx.

Quasi un anno dopo la morte di mia madre, la zia Grace

mi inoltrò una lettera che aveva ricevuto. Mi scrisse che non era sicura che fosse il caso di mostrarmela, ma per lei era importante che capissi cos'era successo.

Cara Grace,

uno degli ultimi desideri di sua sorella era che le scrivessi per raccontarle cosa è accaduto. Era sicura che avrebbe voluto saperlo e si augurava che avrebbe capito, perdonandola per non essere tornata da lei.

Ho conosciuto sua sorella quando era ancora sposata con il reverendo. Ero più giovane di lei e studiavo arte. All'inizio, mi aiutava solo a raffinare il mio talento. Ma poi ci innamorammo.

Mi disse che ero un dolce sollievo dalle violenze che pativa per mano del marito. Furono queste le sue parole. Un dolce sollievo.

Non sapevamo se il bimbo fosse mio o del reverendo. In ogni caso, faceva parte di lei, e volevo salvarla, volevo aiutarla a lasciare Hamilton e abbandonare quell'uomo una volta per tutte. Il piano originale prevedeva che Faith e Jenny fuggissero insieme a Ithaca. Io sarei andato a New York, per trovare una casa. Faith mi avrebbe raggiunto, mentre Jenny sarebbe rimasta lì con lei.

Era questo il piano, solo che, ovviamente, il reverendo lo rovinò come aveva rovinato tutto il resto. O così sembrava. Finché io e Faith non abbiamo avuto una seconda opportunità, quando Jenny è finita al riformatorio e noi siamo andati via da Hamilton insieme. Siamo arrivati fino a New York, fermandoci in varie città, nelle quali dichiaravamo di essere novelli sposi di ritorno a casa dopo aver fatto visita alle nostre famiglie. Dovevamo stare attenti a celare l'identità di Faith, poiché la stampa le avrebbe dato la caccia dopo il processo. Era paranoica, credeva sempre che qualcuno ci avrebbe scoperto, un giornalista o un detective. Io volevo che ci sposassimo davvero. La amavo, e avrei fatto qualsiasi cosa per Faith, anche lavorare in fabbrica, per mantenere lei e il bambino. Ma sua sorella vedeva l'artista che è in me e voleva che avessi la possibilità di creare, voleva che andassimo a New York come avevamo progettato e che ci sistemassimo nel Village, mescolandoci agli altri artisti, agli attori e i bohémien, che non avrebbero battuto ciglio alla vista di una donna incinta insieme a un uomo più giovane.

Ma non siamo mai arrivati a Manhattan. Alloggiavamo in una pensione nel Bronx quando Faith ebbe le doglie prima del previsto. Sanguinava e provava un dolore terribile. Sapevamo entrambi che aveva bisogno di un dottore, ma lei insistette perché la lasciassi in ospedale e poi andassi via. Mi promise che avrebbe mandato qualcuno a chiamarmi alla pensione, non appena fosse nato il piccolo. Non voleva rischiare che qualcuno scoprisse che Faith Haddon, "la moglie del reverendo William Haddon, che era stato assassinato dalla figlia di lei, Jenny Fairburn", era arrivata in ospedale con un altro uomo.

Non ho più rivisto Faith. Non ho mai tenuto in braccio il bambino che avrebbe potuto essere mio figlio. Mi è rimasto soltanto il ricordo di lei, e il suo desiderio di vedermi diventare un artista di successo. Realizzare quel desiderio è diventata la mia ossessione, a qualsiasi costo. Ma quello che mi è successo non rientra nei suoi interessi. Le scrivo perché me l'ha chiesto Faith. Per dirle che in quelle settimane è stata felice. Piena di speranza. Come me.

Un amico

Mentre ero in riformatorio, la zia Grace mi scriveva almeno due volte a settimana. Ricevevo le sue lunghe lettere, cariche di storie, di notizie e delle sue meravigliose pillole di saggezza. Le lettere di mia zia furono la sola cosa che mi impedì di impazzire. Tranne il giorno in cui ricevetti questa missiva. Non avevo mai neppure immaginato che mia madre avesse un amante. Cos'altro non sapevo? Cos'altro non avrei mai saputo?

Il signor Lothrop ci aveva avvisato che la colazione veniva servita alle otto, così indossai pantaloni marroni e una camicetta bianca, misi intorno alle spalle un cardigan color ambra, presi matite e quaderno dei disegni e mi avventurai all'esterno.

Tutti i sentieri erano invitanti. Ne scelsi uno, e dopo pochi minuti mi ritrovai a passeggiare in una valle boscosa. Seguii un ruscello finché non si riversò in un laghetto circondato da ninfee e giaggioli, cespugli di bosso e salici piangenti. I grandi alberi di cedro sullo sfondo profumavano l'aria. Tutta la scena era un quadro che aspettava solo di esser consegnato alla tela. Ma non furono i colori a catturare la mia attenzione, quanto la luce che filtrava tra i rami.

Mentre giravo intorno al laghetto in cerca del punto esatto dove fermarmi, notai un uomo poco più avanti con un completo bianco, seduto su una panchina, che lavorava con gli acquerelli per dipingere il panorama. Lo riconobbi subito, ma prima che riuscissi a decidere cosa dirgli, lui mi rivolse la parola con una voce assai più amichevole di come l'avevo immaginata, dal colore di cioccolato caldo e agrodolce.

«Buongiorno», disse.

«Buongiorno, signor Tiffany».

«Immagino sia uno dei nuovi associati».

Ero arrivata da lui, e gli porsi la mano. «Sì. Sono Jenny Bell».

«Ah, la signorina Light».

«Mi scusi?»

«Light, luce, come quella del quadro che ci ha inviato. Il quadro sulla luce che passa attraverso il vetro e si riflette sulla pietra».

Non avevo mai pensato di darmi un soprannome, ma mi piaceva.

Anche lui allungò la mano, e quando gliela strinsi notai il colore dei suoi occhi. Ecco da chi l'aveva ereditato Oliver. Anche se gli occhi del signor Tiffany non erano così penetranti, erano dello stesso azzurro gelido.

«Facciamo una passeggiata», propose, alzandosi. «Mi tenga

compagnia. Ho bisogno di sgranchire le gambe. Sono rimasto seduto senza muovermi per quasi un'ora. Lasci pure qui il suo quaderno con le mie cose. Le spiegherò cosa penso della luce. Potremmo scoprire che abbiamo qualcosa in comune».

Girammo intorno al laghetto, insieme a una terrier color caramello che si chiamava Funny, come mi disse il signor Tiffany. Anche se usava un bastone da passeggio, aveva un'andatura energica, e non dovetti rallentare per stargli accanto.

«Ho cominciato a dipingere da ragazzo, perché ero affascinato dalla luce e dal colore. Scattavo fotografie nel tentativo di catturare la luce così da poterla studiare e riprodurre in un secondo momento. Ma solo quando ho cominciato a lavorare con il vetro ho avuto davvero l'impressione di comprenderne la natura».

Per qualche momento, continuammo a camminare senza parlare, accompagnati dai canti degli uccelli e dal rumore dei nostri passi che sgretolavano le foglie e spostavano le pietre.

«Scelsi di dipingere il più sfuggente dei soggetti, come lei, ma almeno nel mio caso il momento era quello giusto. Non invidio la sua impresa, ora che il mondo dell'arte si sta allontanando dall'impressionismo».

«Mi interessano di più le tecniche dei vecchi maestri», risposi. «Voglio capire cosa sapevano della luce».

«Ah, il chiaroscuro», disse lui, meditabondo.

Eravamo arrivati sull'altra sponda dello specchio d'acqua. La luce del sole passava tra i rami e proiettava riflessi colorati sulla superficie. Il signor Tiffany li indicò.

«Guardi quella magia. La luce era importante per Monet, Cézanne, Manet, ma ora Matisse si sta spostando verso un colore quasi piatto, e tutti lo seguono. E Picasso? Lui non si cura affatto della luce. Ma non si può avere bellezza senza luce, e la bellezza è la sola meta che valga la pena inseguire. Non perda il suo stile nel tentativo di diventare famosa».

Non sapevo come rispondere.

«Mi dica cosa ha ispirato il quadro che ha inviato per l'ammissione. Era un luogo reale?».

Incespicai, ma riuscii a non perdere l'equilibrio.

«Sta bene?». Il signor Tiffany allungò una mano per sorreggermi.

«Sì, benissimo, grazie. Ero troppo impegnata a guardarmi intorno per badare a dove metto i piedi».

«Errore che ho compiuto io stesso». Gli scintillavano gli occhi. Riprendemmo a camminare. «È difficile distogliere lo sguardo dalla luce che gioca con questo lago. È davvero spettacolare, non trova? Questo punto in particolare è al suo meglio alle prime ore del mattino. Scoprirà che diverse zone di Laurelton Hall prendono vita a orari differenti. Non c'è un momento, tuttavia, di giorno o di notte, in cui non troverà qualcosa che la delizi e la stupisca».

«Da quel che ho visto finora, non ne dubito».

«Grazie», proseguì il signor Tiffany, «ma ora torniamo al suo quadro. Ha dipinto la luce filtrata dalla finestra in vetro colorato di un mausoleo, è così?»

«Sì. Come fa a saperlo?»

«Anche in assenza del colore, l'ho capito grazie alla forma e la lunghezza delle ombre. La luce passa attraverso un vetro di spessore variabile e si riversa in un ambiente angusto. Ho ragione?»

«Ha ragione».

«La finestra era firmata?»

«Sì, sulla targhetta di metallo era inciso "Tiffany Glass Co."».

«Sono lusingato. Mi dica altro».

Non volevo mentire, ma non parlavo mai di Hamilton. Dal momento che ero nata a Ithaca e conoscevo bene la città, potevo ambientare lì tutta la mia vita prima di New York senza fare errori.

«La finestra è di un mausoleo a Ithaca. Un giorno, ho trovato la porta aperta, sono entrata e mi ha come ipnotizzata».

«Di recente?»

«No, avevo quattordici anni».

«E cosa ci faceva una ragazzina di quattordici anni a spasso in un cimitero?».

Non mi aspettavo quella domanda, ma avevo imparato a mantenere le mie bugie aderenti alla verità, quanto più possibile. In questo modo, c'erano meno probabilità di fare passi falsi.

Gli risposi che mia zia era in buoni rapporti con un reverendo e la moglie, mi aveva portato con sé quando era andata a trovarli, ma io mi ero annoiata ed ero uscita. La canonica si trovava accanto al cimitero, e così avevo fatto una passeggiata. Mossa dalla curiosità, avevo provato ad aprire una delle porte del mausoleo.

«Mi descriva la finestra, se non le dispiace. Ne abbiamo mandate un bel po' nel Nord dello Stato di New York».

Mi accorsi che stavo trattenendo il fiato e mi costrinsi a respirare e calmarmi. Non stavo parlando con Ben Montgomery, che doveva essere curioso per lavoro. Accanto a me c'era un uomo di settantasei anni che non poteva in alcun modo ricordare tutte le finestre che aveva venduto alle famiglie di ogni città. Oppure sì?

«Ritraeva una scena di grande serenità. Fiori che si arrampicavano su un cancello in primo piano. Nella parte centrale, c'era un lago molto simile a questo, con fiori tutto intorno. Una baia in lontananza, con basse colline sulla sponda opposta».

«Che tipo di fiori?».

La sua attenzione per i dettagli mi rese ansiosa. Sapevo esattamente quali fiori comparivano in quella finestra. L'avevo fissata più volte a settimana per quasi tre anni, trovando pace in quel paesaggio quando la vita era invece infernale. Dovevo mentire? Eppure la vetrata aveva rivestito una grande importanza per me: l'opera di quell'uomo era stata il mio santuario. Gli dovevo quanto meno la verità.

«Non sono sicura di ricordarli tutti, ma c'erano giaggioli, gigli gialli, delphinium e rose sul cancello».

«E le tonalità della finestra erano color pesca o viola? Sembrava di guardare l'alba o il crepuscolo?»

«Il crepuscolo».

Il signor Tiffany rifletté sulle mie risposte.

«Giaggioli, gigli gialli, fiori di delphinium, e rose su un cancello. Ne è sicura?»

«Credo di sì, ma non la vedo da anni».

Lui si accarezzò la barba, meditando e annuendo.

Cominciai subito a preoccuparmi: non avrei dovuto fornirgli dei riferimenti temporali, qualora avesse davvero ricordato dove e quando aveva venduto ogni finestra.

«Lo studio realizza molte vetrate in serie, basate su soggetti che riproduciamo più e più volte. Abbiamo anche ordini personalizzati, che prevedono le richieste di fiori specifici, alberi, edifici o tonalità cromatiche. A volte, quando facciamo una finestra su misura che si rivela di gran valore, la aggiungiamo ai modelli di base». Si accarezzò di nuovo la barba. «Mi pare di ricordarne una come quella. Credo di rammentare addirittura la donna che la commissionò per il luogo di sepoltura del padre. L'uomo coltivava rose, capisce? Sì, la ricordo più che bene, ora che ci penso».

Per un momento, il signor Tiffany si perse tra le proprie memorie. Io tenevo le mani strette lungo i fianchi, le dita affondate nella carne dei palmi. Speravo non mi facesse più domande su dove avevo visto la vetrata, perché se avesse rammentato il posto esatto, forse avrebbe ricordato anche gli articoli di giornale, il mio "processo del secolo". La storia della giovane Jenny Fairburn giudicata colpevole della morte del reverendo, associata con il cimitero dove sorgeva il mausoleo di Fond du Lac. E se il signor Tiffany avesse messo insieme tutti i pezzi e si fosse reso conto che l'unica differenza tra me e quella ragazza era il cognome, di sicuro mi avrebbe mandato via da Laurelton.

«Quella finestra era così bella da mozzarti il fiato. Era magica», sussurrai, senza neanche sapere se mi aveva sentito tra i rumori della brezza che soffiava fra gli alberi.

«Mi piace pensare al momento in cui le persone s'imbattono in una delle mie finestre e si ritrovano stupite o affascinate. Ora posso aggiungere alle altre la storia di una ragazzina che apre la porta di un mausoleo e grazie alla mia finestra avvia una storia d'amore con la luce che durerà per tutta la sua vita», disse lui. «È proprio per questo che ho cominciato a creare lampade e finestre, affinché più persone potessero conoscerne l'incanto. Vedere la bellezza. Solo questo conta. La ricerca della bellezza».

Avevamo completato il giro del laghetto, tornando al punto di partenza. Il mio quaderno era vicino ai suoi acquerelli. Il signor Tiffany si sedette, poi batté la mano sul posto accanto al suo, a mo' di invito.

«Adoro dipingere questo lago», disse.

Fui sollevata vedendo che non insisteva per avere altre

informazioni sulla finestra. E così potei accettare l'invito di accomodarmi al suo fianco e imparare dall'artista che era il mio idolo.

«In base all'ora», proseguì lui, «assume caratteristiche assai diverse. In questo momento sembra quasi sbarazzino, ma tra le ombre del crepuscolo appare decisamente imbronciato, e...».

La cagnolina abbaiò e si mise su due zampe.

«Cosa c'è, Funny?», chiese l'uomo mentre la accarezzava. «Forse un coniglio», disse, rivolto a me. «Funny è una cacciatrice di ratti, e se glielo lasciassi fare ora andrebbe ad ammazzare quella creaturina».

La cagnolina tornò ad acciambellarsi ai piedi del suo proprietario.

«Ora che abbiamo sventato una tale tragedia, mi dica pure, signorina Light: cosa ha intenzione di fare coi suoi quadri?»

«Voglio esibirli, ovviamente, e venderli».

«Un modo difficile per guadagnarsi da vivere. Ha in progetto di trovarsi un marito che la mantenga?»

«No». La parola mi volò fuori dalle labbra e sembrò assai più stridente di quanto avrei voluto.

Il signor Tiffany mi guardò di sottecchi. «L'idea del matrimonio la contraria? I suoi genitori erano infelici?»

«I miei genitori... no, in realtà loro erano molto felici. Fino alla morte di mio padre».

«Che lavoro faceva suo padre?».

Diversamente da Edward la sera prima, il signor Tiffany stava solo provando a essere gentile. E se non gli avessi risposto, sarei stata scortese.

«Era un architetto, e mia madre insegnava arte».

«Quanti anni aveva, quando lui venne a mancare?»

«Morì prima che io nascessi».

Distolsi lo sguardo e, come facevo fin troppo spesso, mi

chiesi quanto sarebbe stata diversa la mia vita se mio padre non se ne fosse andato così presto.

«La mia prima moglie morì quando i miei figli erano assai giovani». La voce del signor Tiffany si era fatta distante. «Hilda aveva appena cinque anni. E quando anche la mia seconda moglie passò a miglior vita, la più piccola, Dorothy, era solo tredicenne».

Per un momento si smarrì tra i propri ricordi, e rispettai quel silenzio.

«Mi ha fatto pensare un bel po' al passato, signorina Light».

«Le chiedo scusa».

«No». Lui fece un sorriso triste. «Alla mia età è più facile ricordare ciò che è successo tanti anni fa rispetto agli eventi della settimana scorsa. Mi dica, sua madre si è risposata?»

«Sì».

«E come è andata?»

«Non molto bene».

Mi augurai che non chiedesse altri dettagli. Non solo perché non volevo parlarne, ma perché non mi sembrava giusto pensare al reverendo in un luogo tanto pacifico. Il santuario del signor Tiffany era troppo bello per insozzarlo con i ricordi dell'uomo che aveva rovinato la vita di mia madre e cambiato per sempre la mia.

«Ed è per questo motivo che lei non è alla ricerca di un marito?»

«Non ci ho mai pensato in questi termini. Semplicemente, ho sempre visto il matrimonio come un lavoro, e non è il tipo di lavoro che desidero per l'immediato futuro. Inoltre, ci sono ormai così tante opportunità per le donne che non ho bisogno di sposarmi per sopravvivere. È l'unico cambiamento positivo apportato dalla guerra: le donne si sono rivelate capaci di superare grandi avversità».

«Ha senz'altro ragione. Venticinque anni fa, se una donna impiegata presso di me si sposava, doveva rinunciare al lavoro. È stato così che ho perso la migliore artista che abbia mai realizzato opere in vetro su mia commissione, Clara Driscoll. Ma quando il suo matrimonio finì, lei tornò da me». Aveva lo sguardo distante, come se stesse inseguendo un altro ricordo, poi tornò a concentrarsi su di me. «E l'amore, signorina Light? Non crede che il vero amore potrebbe farle cambiare idea sul matrimonio?».

Gli risposi di no.

Il signor Tiffany studiò il mio viso. «Ah, dice così perché non ha mai provato il vero amore, o mi sbaglio?».

Scossi il capo.

«Guardi», disse lui, indicando a un tratto il sentiero.

Due pavoni, un maschio e una femmina, avanzavano verso di noi. Il signor Tiffany mise una mano sul capo di Funny.

«Ferma», le ordinò, per evitare che li facesse scappare.

Li fissai, ipnotizzata dal loro incedere elegante.

«Ha mai visto un pavone aprire la coda?»

«No, ma ho un acquerello che ne ritrae una piuma. La dipinse per me mia madre, tanti anni fa».

«Magari avremo fortuna», disse lui, «e il maschio farà la ruota per la femmina, nella speranza che lo scelga come compagno. Lo sa che la disposizione degli occhi sulla coda di un pavone è unica per ciascun esemplare, ed è in base a essa che la femmina prende la sua decisione?»

«No, non so molto sui pavoni, a parte il fatto che hanno dei colori meravigliosi».

Restammo entrambi in silenzio mentre i due uccelli proseguivano lungo il loro tragitto fino a sparire tra i cespugli senza che il maschio facesse la ruota.

«Tutte le mie figlie sono sposate, ma portano comunque

avanti le loro carriere». Il signor Tiffany rimise gli acquerelli nell'astuccio. «Vogliamo tornare indietro?».

Mi alzai e raccolsi le mie cose.

«Come si mantiene, al momento?».

Il signor Tiffany usò il bastone da passeggio per allontanare dal sentiero un ramo caduto. La cagnolina corse avanti, poi si fermò ad aspettarlo.

Gli risposi che avevo lavorato in una sala da tè, ma di recente avevo trovato impiego come ritrattista in tribunale per l'«Herald Tribune».

«Non ci sono luce e bellezza in un'aula di tribunale, vero? Omicidi e follia non si prestano a disegni affascinanti».

«Decisamente no».

«Signorina Light, ho diversi buoni amici, uomini e donne, che credono nello spiritismo. Mi sono interessato alla materia da giovane, quando viaggiavo spesso in Africa. Sono stato influenzato dalle arti mistiche e meditative dell'antico Egitto e dell'India, e ho visto e sentito tante cose nella mia vita che la semplice fede non è in grado di spiegare. A volte avverto qualcosa, nelle persone, che non so ben definire, e spero vorrà perdonarmi per questa intrusione nella sua intimità, ma credo che lei abbia un compito da svolgere qui a Laurelton Hall, vale a dire sanare la sua anima e imparare a immergersi nella bellezza. Lei è ferita, e ha bisogno di guarire. La fatica di vivere può prosciugare le meraviglie della vita stessa. Le brutture di un uomo possono renderne un altro incapace di vedere la magia del mondo. Deve promettermi che, quand'anche non dovesse fare altro durante questo suo soggiorno, si concentrerà sul guardarsi intorno senza paura e si aprirà a ciò che è in lei e che la rende un'artista».

Cercai di nascondere le mie lacrime, ma lui se ne accorse.

«Non era mia intenzione sconvolgerla» disse, per poi passarmi il suo fazzoletto di lino, candido come la neve.

Lo presi e mi asciugai le guance. «Non mi ha sconvolto. Mi ha ricordato mia madre. È stata lei a insegnarmi come guardare il mondo e riconoscerne la bellezza, ma poi mi ha anche dimostrato che gran parte di questa bellezza è una menzogna». Era bello dire la verità a voce alta.

«Mi pare di capire che sua madre non sia più tra noi, giusto?»

«Sì, giusto».

«Prima suo padre, poi sua madre. Quanti anni aveva quando l'ha persa?»

«Sedici», risposi, e subito nella mente mi balenò l'immagine della caporeparto del riformatorio che veniva a cercarmi sul lavoro, mentre lavavo i piatti in cucina e mi comunicava con voce priva di qualsiasi forma di compassione che mia madre non era sopravvissuta al parto. Aggiunse che il bambino era nato morto, e poi mi diede una lettera della zia Grace.

Cara Jenny,

a questo punto la caporeparto ti avrà comunicato la terribile notizia. Avrei tanto voluto venire lì e dirti tutto di persona, ma il direttore del riformatorio non me l'ha permesso.

Sono ancora tante le cose che non so circa la dipartita di tua madre, ma lascia che ti racconti cosa è successo.

Cinque giorni fa ho ricevuto una telefonata dal Lebanon Hospital del Bronx, che mi informava che mia sorella aveva fatto il mio nome come parente più stretta, per poi comunicarmi che Faith Haddon si era spenta dando alla luce un bambino morto.

Neppure sapevo che tua madre fosse nel Bronx, credevo fosse ancora a Boston, a casa di amici.

Ho raggiunto l'ospedale quanto più in fretta possibile, e il giorno dopo ho recuperato la salma di tua madre e quella del piccino. Oggi li abbiamo sepolti insieme, lei abbracciata al figlio che non ha mai visto, che non l'ha mai vista, accanto ai tuoi nonni nel cimitero di Lakeview, qui a casa. Tanti dei vecchi amici di tua madre rimasti qui a Ithaca, insieme a tanti miei amici, sono venuti a porgerle omaggio e offrire una preghiera, anche se per le preghiere è ormai troppo tardi.

Speravo che la luce del sole lenisse il dolore, ma piove senza sosta. Oh, cara Jenny, che triste questa giornata, che tragica fine per la mia adorata Faith e quella povera creatura innocente.

Ho intenzione di scoprire esattamente cosa è successo a tua madre nelle settimane trascorse dall'ultima volta in cui ho avuto sue notizie, e ti metterò subito al corrente.

Nel frattempo, sono tante le cose che vorrei dirti, ma so che non ti saranno di grande consolazione. Tua madre è sangue del tuo sangue. Il corpo che ti ha dato la vita. Il cuore che ti ha dato l'anima. Gli occhi che ti hanno insegnato a vedere, e quanto bene te l'ha insegnato!

So che volevi un gran bene a Faith, e so a cosa hai rinunciato pur di salvarla. E a pensare che questi sacrifici abbiano portato a una fine così tragica mi si spezza il cuore.

Ormai siamo rimaste da sole, io e te, e ti prometto che non appena verrai rilasciata sarò lì, per portarti a casa con me. Per il momento posso soltanto ricordarti che tua madre ti amava con tutto il cuore e ti ha donato un grande talento, la capacità di riconoscere la bellezza di questo mondo e di riprodurla. E finché continuerai a riconoscerla e riprodurla, persino in quel posto orribile, tua madre vivrà dentro di te.

Resto sempre e per sempre
la tua affezionata zia Grace

«Non ha avuto una vita facile, malgrado la giovane età, vero?», mi chiese il signor Tiffany.

«Ho dovuto affrontare qualche sfida, qua e là», risposi, sperando di non lasciar trasparire il sarcasmo dalla voce.

«Le affronti con i suoi quadri. Non lasci che siano le difficoltà a definirla».

«Non credo di capire cosa intende».

«Lasci che bruttura e ingiustizia siano il vento, signorina Light. Se li metta alle spalle, lasci che la sospingano nella sua ricerca di una bellezza che non sia menzogna. Dimostri che ne ha le capacità. Che non l'hanno sconfitta».

Eravamo giunti alla casa immensa senza che mi accorgessi del percorso che avevamo seguito.

«Siamo arrivati, e con un po' di fortuna le sarà venuta fame per la colazione».

«La ringrazio di tutto cuore per la passeggiata…». Abbassai lo sguardo sul fazzoletto spiegazzato. «E per questo». Feci per renderglielo.

«Lo tenga pure. Quando non ne avrà più bisogno, lo dia alla lavandaia. E se vuole dipingere il laghetto delle ninfee, mi troverà lì ogni mattina alle sette meno un quarto, se sono qui. Sarei lieto se volesse unirsi a me tra i colori dell'alba».

Eravamo ormai al portico. Mi fermai all'ingresso, cercando di sfuggire al mio passato.

«Apra la porta, ed esca da quel mausoleo», disse lui. «Ci sono altri tipi di luce. Non ne abbia paura».

Capitolo 13

Un'ora dopo, Minx bussò alla mia porta per dirmi che sarebbe andata allo studio per fare colazione con gli altri borsisti e mi chiese se volevo unirmi al gruppo. Ci avviammo insieme pochi minuti più tardi.

Vassoi, brocche e scaldavivande sul buffet offrivano uova, pancetta, frittelle, formaggi, affettati, una varietà di succhi, pompelmi, composte di frutta, pane, panini dolci, burro e marmellate splendenti come gemme.

Quelle abbondanti offerte di cibo mi facevano sempre ripensare alla fame che avevo patito all'Andrew Mercer. Le caporeparto lesinavano sulle provviste e ci concedevano solo misere porzioni. Non eravamo mai sazie. A volte, mentre d'estate lavoravamo negli orti, riuscivamo a rubare una mela, qualche bacca o delle verdure, ma bisognava mangiarle in fretta, senza farsi vedere dalle guardie. Se ti scoprivano, venivi rinchiusa nel seminterrato buio e umido, con un plotone di ratti come tua unica compagnia.

Quando finalmente uscii dal riformatorio e andai a casa della zia Grace, i profumi della cena erano quasi troppo intensi. Non assaggiavo il burro da due anni, non ricordavo più cosa fossero il sale e il pepe o il pane bianco. I primi tempi, riuscivo a mangiare solo pochi bocconi per volta. I sapori erano troppo forti, dopo i pasti insipidi ai quali mi ero abituata. Quando raccontai alla zia Grace della farina d'avena annacquata, le sottili fette di pane stantio e gli striminziti pezzi di carne che ci gettavano nei piatti, lei si prese la testa tra le mani e scoppiò a piangere. La tragedia del mio sacrificio, e le morti della sorella e del nipote erano quasi incomprensibili per lei.

Ma adesso non ero più all'Andrew Mercer. Presi una fetta di pane tostato e un cucchiaio di marmellata di lamponi. Mi sentivo nervosa e in imbarazzo, mentre gli altri associati parlavano di starsene comodi dopo la prima giornata di lavoro. Anche se avevamo cenato tutti insieme la sera prima, ancora non riuscivo a fidarmi degli sconosciuti. Condividere fatti e informazioni sul mio conto mi agitava quando conoscevo due o tre persone nuove. Adesso ce n'erano dodici.

Minx, invece, era a suo agio: quando era tra la gente lei rifioriva, e per la seconda volta in altrettanti giorni, approfittai delle sue chiacchiere per eclissarmi sullo sfondo. Lei continuò a fare la conoscenza di tutti durante la colazione. Mentre loro conversavano, io mi guardavo intorno, assegnando un colore a ciascuna voce.

Edward Wren era grigio come nuvole di tempesta sin da quando l'avevo conosciuto alla Art Students League. Paul Cadmus era di uno splendente giallo limone. Luigi Lucioni era rosso rubino. Il blu scuro era perfetto per Edgar Imler. Verde chiaro per Tom Johnson. Verde oliva per Tristam Richards, mentre Michael Gernand era arancione scuro, Dudley Pratt terra di Siena bruciata, Peter Pierce foglia di tè e Henry Goodson verde pino.

Edward, seduto di fronte a me, stava guardando nel mio piatto. «Ti senti bene, Jenny? Con tutto questo cibo, prendi solo una fettina di pane tostato?».

Henry, che l'aveva sentito, si girò a guardare.

«È molto buono», ribattei.

«E non hai neanche parlato granché», continuò lui.

«Non sapevo che la colazione fosse un provino». Provai a fare una battuta, ma avevo la pelle d'oca. E poi Henry chiese a Luigi del premio di fine sessione. Edward, che aveva sentito la domanda, commentò, e lo stesso fecero prima Paul e poi Minx. La conversazione era attraversata da una corrente sotterranea di competitività.

Malgrado la rivalità, parevano apprezzare la reciproca compagnia. Mangiavano, scherzavano, parlavano dei loro lavori, la casa, i giardini e il cibo. Mordicchiai il pane tostato e cominciai a pentirmi di aver accettato la borsa di studio. Ero ambiziosa come tutti gli altri, ma la paura m'impediva di esprimerlo. Edward non sarebbe stato l'unico a provare a prendermi le misure. All'accademia era tutto diverso. Lì potevamo arrivare, fare il nostro lavoro e andarcene senza parlare con nessuno, se così ci pareva. Qui invece dovevamo condividere i pasti, lo studio e gran parte del tempo libero per otto settimane.

Poco dopo, arrivò Graves con la posta del mattino.

«Immagino che alcuni di voi abbiano già fornito il nostro indirizzo per ricevere qui la corrispondenza. Chi non l'ha fatto si accomodi pure. Sono già arrivate alcune lettere». Passò quindi a distribuire la pila di buste, dandone una anche a me.

Riconobbi la grafia di Ben. Ovviamente, l'avrei aperta dopo. Non potevo certo leggerla in quel momento, ma volevo dare almeno un'occhiata, fosse anche solo per assicurarmi che si era lasciato alle spalle l'argomento del mio "passato misterioso", come lo definiva lui.

Forse dovevo lasciare Laurelton e andare a Albany per convincere Ben a… a fare cosa? Come potevo dissuaderlo dai suoi istinti? Soprattutto quando aveva ragione. Magari se ci fossimo incontrati e gli avessi imposto una sorta di ultimatum, dicendogli che avrei posto fine alla nostra amicizia se non fosse riuscito a fidarsi di me, avrebbe smesso con tutte quelle domande.

All'improvviso, capii che dovevo andarmene da Laurelton. Anche se non mi fossi recata a Albany. Per quanto bramassi passare del tempo con il signor Tiffany e imparare da lui, non ero fatta per stare insieme a tanta gente. La serenità di quel luogo avrebbe dovuto calmarmi, invece stava solo esacerbando il mio terrore.

Sì, sarei partita alla volta di Albany. Lanciai un'occhiata a Minx. Spiegarlo a lei sarebbe stato complesso. Si era data un gran da fare per trovarmi un posto nella Tiffany Foundation, ma d'altronde non mi aveva neppure chiesto se volevo prendere parte all'iniziativa. Avrebbe dovuto accettare che me ne andavo.

Mi alzai in tutta fretta, stringendo la lettera in una mano. Minx si girò a guardarmi. Quel movimento repentino doveva averla messa in allarme.

«Jenny? Sei pronta per andare a disegnare?», mi chiese.

«In realtà, vorrei tornare alla casa, non credo...».

Lei si accigliò. «No, vieni a disegnare».

«Non ti preoccupare per me». Capii dalla costernazione che aveva in volto che era in pensiero. Per quanto mi fosse cara la sua amicizia, non potevo restare. Non potevo sobbarcarmi tanta fatica, tanti problemi, solo per lei.

Percorsi il corridoio e varcai la soglia, per avviarmi poi lungo il primo sentiero che incontrai, convinta che mi avrebbe portata alla casa. Avanzai per qualche metro, addentrandomi nel bosco abbastanza da potermi nascondere tra gli alberi casomai qualcuno mi stesse guardando, e poi aprii la lettera di Ben.

Mi aggiornava sul processo e sui suoi articoli che avevano successo. Mi chiedeva di Laurelton e mi augurava di essermi già sistemata e di lavorare con profitto. Poi arrivai all'ultimo paragrafo.

Jenny, mi rendo conto che non vuoi ti faccia domande sulla tua infanzia, ma il fatto stesso che l'argomento ti metta in agitazione indica che ti è successo qualcosa di brutto. Non ti rendi conto che se continuo a chiedere è perché voglio aiutarti? Lo faccio perché ti voglio bene. Sono fermamente deciso a dimostrarti che i tuoi segreti sono al sicuro con me. Altrimenti, come potrai mai concedermi la tua fiducia? E come farò io a fidarmi di te? Come potrai mai andare avanti con la tua vita e trovare la felicità? Sento davvero che io e te siamo fatti uno per l'altra. Immagini e parole. Siamo una coppia perfetta, cara ragazza, non te ne rendi conto? Quindi raccontami cosa ti è successo, e ti giuro sulla mia stessa vita che mi limiterò a stringerti tra le braccia e tenerti con la testa su una spalla, assicurandoti che chiunque o qualsiasi cosa ti abbia turbato un tempo non lo farà mai più.

Piegai la lettera e la infilai in una tasca dei pantaloni. Una parte di me desiderava dirgli tutto, dirlo a *qualcuno*. Ora che la zia Grace non c'era più, non avevo nessuno con cui parlare del passato. Ma, allo stesso tempo, non volevo più parlare del reverendo o del riformatorio Andrew Mercer.

So come reagiva la gente quando si veniva a sapere che ero stata accusata di omicidio colposo. Quando ero tornata a Ithaca avevo notato come mi fissavano le persone che lo sapevano, anche gli amici di famiglia. Non potevano farne a meno. Io provai a convincermi che lì potevo rifarmi una vita. Anche la zia Grace si sforzava di crederci. Ma c'era sempre qualcuno che non smetteva di guardarmi, che bisbigliava coprendosi la bocca con una mano, che mi indicava in strada. Non avevo vie di fuga dal passato.

Mia zia si era adattata come meglio poteva. I tentativi di

scoprire la verità sulla storia di mia madre erano stati infruttuosi. A parte quell'unica lettera anonima, gli ultimi mesi della vita di sua sorella restavano per lei un mistero. Aveva provato persino a contattarne lo spirito tramite la tavola ouija, ma senza successo. Sentiva di averla in qualche modo delusa, e di aver deluso me, e nulla di quanto dicevo poteva farle cambiare idea.

Mia madre aveva mantenuto la promessa di non parlare a nessuno, neppure alla zia Grace, della mia decisione di prendermi la colpa dell'incidente. Malgrado tutte le emozioni e i rimorsi espressi nelle lettere alla sorella, non rivelò mai la verità.

Una sera, quasi crollai e raccontai a mia zia cosa avevo fatto – e cosa non avevo fatto –, ma alla fine non ci riuscii: dovevo rispettare la memoria di mia madre. La zia Grace l'avrebbe vista come un mostro per aver acconsentito a quel piano, per quanto avessi insistito che era stata tutta una mia idea.

Sapevo che la zia Grace non aveva mai smesso di interrogarsi sulla morte del reverendo. Che fosse successo per legittima difesa o che si trattasse di omicidio, per lei non faceva differenza. Era solo felice che fosse uscito dalle nostre vite, una volta per tutte. E mi voleva bene, al di là di ogni cosa.

Agli inizi del mio periodo di detenzione presso il riformatorio, non mi ero pentita della decisione di prendermi la colpa per il crimine di mia madre. Ma dopo la sua morte, cominciai a chiedermi se non avessi commesso un errore. E, quando tornai a Ithaca, mi resi conto che ero come marchiata a fuoco, senza la possibilità di lasciarmi il passato alle spalle, e vidi l'ombra del dubbio velare persino gli occhi di mia zia: cominciai a essere sicura che non avrei dovuto mai farlo. Avevo creduto di essere abbastanza forte da poter rimediare agli errori di mia madre, ma mi sbagliavo.

Una sera, trovai mia zia seduta al buio nel salotto, affranta e depressa. Aveva aperto il suo album fotografico, e guardava le foto di loro due sorelle da giovani. Mi sedetti accanto a lei, mentre sfogliava le altre pagine. Davanti ai miei occhi, vidi scorrere la loro pubertà, i primi anni dell'età adulta e la gravidanza di mia madre. Poi tra le foto apparve una bambina: ero io. Dapprima un infante, poi una ragazzina al primo giorno di scuola, che leggeva, faceva vestiti per le bambole, dipingeva.

Mia zia allungò la mano ad accarezzare una delle immagini.

«Io e tua madre parlavamo spesso di quanto eravamo fiere di te, Jenny. Eravamo assai colpite dalla tua passione e dalla prontezza con cui correvi dei rischi per chi ti stava a cuore. Non importa cosa la vita ti riservi, non importa quali difficoltà dovrai affrontare, non perdere questa caratteristica. Promettimelo».

Malgrado i suoi tentativi di mostrarsi forte, sapevo che la zia Grace non aveva mai smesso di credere che avrebbe dovuto fare di più per salvare la sorella e, di conseguenza, proteggere anche me, e questa convinzione la stava corrodendo, le fiaccava lo spirito, tanto che quando si ammalò di polmonite, non ebbe l'energia di combatterla.

Senza la zia Grace a farmi da scudo, diventò ancor più difficile sopportare la vita a Ithaca. Per quanto mi sforzassi di cambiare la mia reputazione, per quella città sarei sempre rimasta Jenny Fairburn, la ragazzina che aveva ucciso il patrigno in uno dei primi "processi del secolo". Le parole potevano cambiare le persone.

E io non volevo veder cambiare il modo in cui Ben mi guardava. Se anche mi avesse creduto, qualora gli avessi raccontato tutta la storia, gli sarebbero sempre rimasti dei dubbi. Non c'erano prove. Le altre due persone che conoscevano la verità – mia madre e il reverendo – erano morte.

Nella mia mente, l'idea di arrestare le domande di Ben si sovrapponeva alla necessità di andarmene da Laurelton. A rendermi ansiosa adesso non erano più tutti quegli sconosciuti, ma il timore di perdere uno dei due punti fermi della mia vita.

Dovevo andarmene. Sì, mi sarebbe dispiaciuto non conoscere meglio il signor Tiffany, ma la possibilità di fare un'altra passeggiata mattutina con lui non era un contraltare sufficiente per il tumulto emotivo di cui ero vittima.

Per lasciare Laurelton Hall, dovevo chiedere a Graves o al signor Lothrop di accompagnarmi in macchina alla stazione, ma ciò significava dare spiegazioni. Non potevo arrivarci semplicemente a piedi? Quanto era distante?

Non avevo ancora formulato un piano concreto quando mi resi conto che avevo preso il sentiero sbagliato e non avevo la minima idea di dove fossi finita. Gli alberi erano troppo fitti perché potessi capire cosa c'era intorno a me. Sentivo il canto degli uccelli. Avvertivo l'odore del terreno argilloso. Faceva freddo, tra le ombre della volta di rami che oscuravano il sole. Dovevo tornare indietro o proseguire? Davanti a me, il sentiero si biforcava. Adesso ero ancora più confusa.

Ricordai che il signor Lothrop ci aveva raccontato che la casa sorgeva su un terreno di 580 acri, e che il signor Tiffany si era impegnato a lasciare quanto più intatta possibile la zona circostante. Quanti erano 580 acri? La casa di mia zia si trovava in un lotto troppo piccolo per quell'unità di misura. Non avevo punti di riferimento. Possibile che mi fossi davvero persa? A un certo punto, sarei comunque arrivata a una radura?

Presi il sentiero che andava verso destra, e dopo un po' le pietre che lo lastricavano lasciarono il posto a foglie e rametti schiacciati, ciottoli e sassolini. Mi sembrava che la temperatura stesse calando. Guardai in alto. Il cielo che s'intravedeva tra gli alberi era coperto da grigie nuvole cariche di pioggia. Avanzai ancora. Dopo qualche secondo, cominciarono a cadere le prime, gelide gocce d'acqua.

Continuai ad aggirarmi in quella che sembrava una foresta infinita fin quando, dopo circa dieci minuti, gli alberi si diradarono abbastanza per concedermi uno scorcio della distesa di acqua in lontananza. Finalmente, qualcosa per orientarmi.

Il sentiero mi condusse a un cancello. Aprii i battenti in ferro decorato e arrugginito, e oltre la soglia c'era una scala di pietra che portava verso la spiaggia. Mentre scendevo, guardai a sinistra, poi a destra, e riconobbi la banchina e la rimessa. Avevo chiaramente imboccato un sentiero diverso, ma ero comunque arrivata alla stessa striscia di sabbia chiara che avevo raggiunto il giorno prima.

Malgrado il temporale, la vista era un incanto. Ed era anche familiare. Mentre me ne stavo lì, con la pioggia che mi cadeva sugli occhi, mi resi conto che *questa* era la scena dipinta nella finestra in vetro colorato del mausoleo di Fond du Lac. Il signor Tiffany doveva essersi appropriato del panorama. Mi voltai a guardare il cancello. Non erano ancora in fiore, ma sì, i rami di rosa si intrecciavano alle sbarre di ferro, e i giaggioli stavano quasi per sbocciare. Feci i conti. Aveva costruito quella casa nel 1902. La data riportata sulla pietra angolare del mausoleo era 1905, quindi la finestra doveva risalire a quello stesso anno. Perché il signor Tiffany non me l'aveva detto quel mattino, mentre parlavamo della vetrata?

Aveva quasi smesso di piovere, ma ormai ero così bagnata che per me non faceva differenza. Spazzai via l'acqua da un gradino e mi sedetti a studiare la scena davanti ai miei occhi. Stavo guardando lo stesso paesaggio che per ore avevo fissato riprodotto nella finestra di un mausoleo nel cimitero di Weber Falls a Hamilton, in Ontario. Com'era possibile che avessi viaggiato così tanto solo per ritrovarmi di nuovo davanti alla stessa striscia d'acqua, la stessa linea costiera?

«Jenny, sei fradicia!», esclamò una voce, con un tono quasi intimo.

Abbassai lo sguardo. C'era Oliver Tiffany, con il costume da bagno e un asciugamano intorno alle spalle.

«Anche tu», risposi usando lo stesso tono confidenziale.

«Io stavo nuotando».

«Sotto la pioggia?»

«Be', avevo cominciato prima, poi sono stato colto di sorpresa. Hai intenzione di scendere?», mi chiese. «Ho altri asciugamani e un thermos di caffè nella rimessa».

Mi alzai e mi avviai giù per la scalinata, ripida e scivolosa. Inciampai, e sentii il piede sinistro che si torceva e perdeva l'appiglio. Prima che cadessi, Oliver allungò una mano, mi afferrò e mi tenne ferma.

«Stai bene? Questi gradini sono davvero pericolosi. Nessuno usa più quel sentiero, proprio per causa loro».

«Sto bene. Sto bene. Mi ero persa e ho vagato per…». Guardai l'orologio che portavo al polso, l'orologio della zia Grace. «Per quasi mezz'ora. Ma dov'è l'altro sentiero?».

Oliver indicò un punto alle mie spalle. «Dopo ti faccio vedere. Lascia che prima ti asciughi».

Mi portò verso la rimessa. L'ambiente principale era un misto tra soggiorno e sala da pranzo.

«C'è anche una cucina». Il giovane Tiffany indicò un'altra porta. «Quello è uno studio, con un divano abbastanza comodo da poterlo usare come letto quando ho bisogno di fuggire via dalla casa. Di là ci sono gli spogliatoi. Prenditi il tuo tempo. Io porto il caffè».

Trovai una pila di morbidi asciugamani nello spogliatoio e cominciai ad asciugarmi come meglio potevo.

Sulla banchina, sotto l'incerata, Oliver mi aspettava con un thermos e due tazze. Non appena uscii, versò il caffè. Quando mi passò una tazza le nostre dita si toccarono e, come il giorno prima, sentii la pelle che si scaldava a quel contatto. Ma non appena le dita si separarono, la sensazione svanì.

«In realtà ci sono diversi sentieri che portano qui. E dal momento che sembri così attratta dall'acqua, più tardi te li mostrerò. Ieri hai preso la via più diretta».

«Un colpo di fortuna». Bevvi un sorso dalla tazza. «È delizioso».

«Grazie. Quanto al colpo di fortuna, non esiste. Non credo nella sorte».

«E in cosa credi allora?», chiesi.

«Nell'intuito».

«Sì, tuo nonno mi ha detto qualcosa del genere stamattina».

«Mio nonno è amico di alcune persone in gamba che seguono un sacco di teorie assai affascinanti. Sono cresciuto ascoltando le loro conversazioni. Non mi spingerei a dire che condivido le idee di Arthur Conan Doyle, convinto che si possa entrare in contatto coi morti. Ma ho parlato con Nicola Tesla, Mark Twain e Thomas Edison, e tutti credono in una forma di percezione della quale ancora non sappiamo abbastanza. Il nostro cervello emette onde di energia. Gli scienziati l'hanno dimostrato. Come hanno dimostrato che anche la terra e ogni altra cosa sulla sua superficie emanano queste onde. A quanto pare, alcuni di noi sono più portati di altri a rilevarle, proprio come una radio che capta le onde sonore».

Rabbrividii ancora.

«Hai freddo?», mi chiese Oliver. «Posso prenderti un altro asciugamano».

«No, sto bene. Ma davvero sei andato a nuotare stamattina? Faceva molto freddo».

Riflettei sul fatto che era seduto lì con me, con il costume da bagno e la canottiera, ma a braccia e gambe scoperte. Di sicuro non era scandaloso che un uomo si mostrasse in costume, perché allora mi sembrava così strano? Diamine, durante le lezioni di disegno i modelli erano nudi, ma questo era completamente diverso. Davanti a me c'era un uomo con gli occhi lucenti come gemme e un sorriso che mi smuoveva qualcosa dentro. Quasi non sentii cosa stava dicendo, e mi costrinsi a concentrarmi.

«Lo faccio ogni mattina, e se posso vado anche in barca a vela. In pratica vivo quaggiù nella rimessa quando sono a Laurelton Hall. È il mio rifugio».

«Mi dispiace... allora ho invaso un tuo spazio privato».

«Non devi chiedermi scusa».

«Da cosa ti stai nascondendo?»

«Oh, non lo so... gli affari di famiglia? Pile di documenti e sfilze di numeri? E, se devo essere sincero fino in fondo, da tutti quei tizi. Gli associati. I docenti esterni. Gli ospiti di mio nonno. Con suo grande disappunto, sono più che altro un solitario».

«Be', posso capirlo».

«Sei anche tu una pellegrina sulla via della solitudine?»

«Sì, faccio una gran fatica qui. Infatti, stavo cercando di tornare verso la casa perché pensavo di andare via».

«Volevi lasciare Laurelton Hall per una giornata?»

«No, non solo per una giornata. Non sono sicura di poter reggere l'impatto di tanti sconosciuti e delle aspettative di tuo nonno».

«Oh, non te ne andare», disse Oliver. Si allungò a prendermi la mano. «Non ora che ti ho salvato da una brutta caduta. Sei in debito con me, devi farmi compagnia. E ho bisogno di un'altra solitaria con cui stare da soli. Siamo anime gemelle, io e te».

Mi lasciò la mano. Non sapevo come rispondere. Oliver diceva cose che pensavo anch'io, e non mi era mai successo con nessun altro. Mi portai la tazza alle labbra e bevvi un altro sorso. Lui rimase a guardare.

«Ah, starai pensando che ci siamo appena conosciuti, ed è un po' presuntuoso da parte mia parlare di anime gemelle. Ho ragione?»

«Be', sì, presuntuoso e sfacciato».

Oliver rise, un suono simile alla morbida superficie inferiore di colore verde-azzurro delle foglie di una pianta spontanea che cresceva nel cimitero della parrocchia.

«Non avrei detto nulla se non avessi pensato che tu avresti capito esattamente cosa intendevo».

«Non si dicono cose del genere agli sconosciuti, signor Tiffany».

«Per favore, chiamami Oliver. E non siamo sconosciuti. Non più. Ne vuoi ancora?». Annuii mentre mi versava altro caffè e continuava a parlare. «E ho visto la tua opera. Sì, soprattutto, ho visto la tua opera».

«Davvero? Come?»

«Mio nonno mi ha coinvolto nelle selezioni per questa sessione. Era davvero colpito dal modo in cui hai riprodotto la luce. E lo ero anch'io. E non è solo nel tuo quadro; anche nei tuoi occhi».

Mi sentii illuminare dall'interno.

«Quindi, per tutti questi motivi», proseguì lui, «ormai ci conosciamo più che bene. E prevedo che ci conosceremo sempre meglio, ma solo se rimani qui».

«Quindi non sei solo intuitivo, ma anche un sensitivo?»

«Non direi. L'argomento ti interessa?»

«Immagino di sì. A chi non interessa?».

Ero ritrosa, e mi sembrava di fare per certi versi un torto a Oliver, cosa piuttosto strana, dal momento che l'avevo conosciuto solo il giorno prima.

«Allora davvero non te ne puoi andare. Tra qualche settimana mio nonno organizzerà una delle sue feste, e Thomas Edison porterà qui il famoso telefono spiritico per una dimostrazione. Se ne parla da anni, ma questa sarà la prima volta in cui sarà possibile vederlo sul serio».

«Cos'è un telefono spiritico?»

«Edison crede che i defunti spariscono da *questo* mondo, ma esistono ancora in un'altra dimensione. E dal momento che le onde sonore, proprio come la luce, possono viaggiare, lui ritiene che lo strumento giusto potrebbe trasmettere ai vivi le parole dei morti grazie a queste onde».

«Direi che sembra impossibile che una cosa del genere possa funzionare. Ma, d'altronde, avevo una zia che spesso mi ricordava che nella vita e nella morte ci sono più cose che ignoriamo di quelle che conosciamo».

«Esattamente. Quindi dovrai mantenere una mentalità aperta anche a Laurelton. E dovrai rimanere per assistere alla dimostrazione di Edison, invece che startene nel tuo soggiorno a… da dove vieni?»

«Vivo a New York, al Greenwich Village».

«Ma non sei nata lì. Nell'istante in cui ho visto il tuo quadro ho capito che non eri una di queste giovani dell'alta società e dai nobili natali che si limitano a giocherellare con l'arte».

«Ne arrivano tante qui a Laurelton?»

«Il nonno e la commissione hanno occhi di falco, ma in molte fanno richiesta».

In lontananza, le campane cominciarono a suonare. Contai i rintocchi. Erano le nove e mezzo.

«Devo mettermi al lavoro», annunciò Oliver. «Puoi aspettarmi un minuto? Mi cambio in fretta, e potremo tornare insieme su allo studio».

Dissi di sì, e mentre era via mi concessi di soddisfare la mia curiosità. Oliver aveva visto il mio quadro, perciò non c'era niente di sbagliato se io vedevo il suo.

Doveva aver dipinto o disegnato prima di nuotare, perché tutto il materiale era sul tavolo accanto al thermos. Aprii la copertina del quaderno e guardai il suo acquerello.

Il paesaggio era luminoso: realizzato con il guazzo, era soffuso da una luce chiara che lo rendeva al tempo stesso accessibile, eppure appena al di là di ciò che era reale. Non c'erano tracce di impressionismo nel lavoro di Oliver; aveva piuttosto una precisione geometrica, e in questo risiedeva la sua bellezza.

Per certi versi mi ricordò i deliziosi paesaggi sullo sfondo dei quadri del primo Rinascimento che avevo visto al Metropolitan Museum. Le colline ondulate, i cipressi, i cieli azzurri, i torrenti e le montagne avevano la stessa profondità, le stesse tinte luminose. Ma il dipinto di Oliver era in tutto e per tutto moderno. Come se Piero della Francesca o Paolo Uccello fossero stati catapultati nel ventesimo secolo.

«Vedo che hai trovato i miei disegni», osservò Oliver mentre usciva dallo spogliatoio vestito con pantaloni marrone chiaro, camicia bianca, maglione abbinato ai pantaloni e una cravatta a strisce bianche, azzurre e marroni.

Volevo dire qualcosa di significativo sulle sue opere, perché meritavano più di un semplice "sì", ma ero ammutolita. Conoscevo molti artisti: alcuni erano bravi, altri eccezionali, ma di rado – e potevo contarli senza difficoltà – avevo visto opere in grado di ispirarmi davvero.

Sembrava che Oliver fosse riuscito a interpretare il mio silenzio, quasi avesse sentito la voce dei miei pensieri.

«Ne deduco che ti piacciono, giusto?», chiese.

Adesso lo guardavo con occhi diversi. Prima l'avevo considerato attraente, ma ora vedevo in lui ciò che lui aveva visto in me, un'anima gemella.

«Sì, giusto».

«Ne sono grato, perché altrimenti non avrei avuto le stesse probabilità di convincerti a restare e non andare via».

«Credi che la mia ammirazione per i tuoi quadri sia sufficiente?».

Ci fu una pausa, e quando mi rispose, Oliver sorrideva di nuovo. «Sì».

Capitolo 14

Quella sera, a cena, la conversazione fu più spontanea e rilassata, perché gli associati si conoscevano un po' meglio. Oliver si unì a noi e, malgrado fosse seduto al capo opposto del tavolo, le poche occhiate che ci scambiammo mi aiutarono a rilassarmi. Le palpitazioni che avvertivo nel petto ogni volta che i nostri sguardi si incrociavano mi rendevano in particolar modo felice di essere rimasta lì, malgrado il disagio. Provai a convincermi che la malevolenza che avevo avvertito nello studio fosse solo una sciocca invenzione dei miei nervi sovreccitati.

Dopo aver consumato un pasto a base di zuppa di aragosta, trota alla brace con mandorle e broccoli gratinati, arrivò il cameriere con il dessert: torta red velvet.

«Ho un'idea su come accompagnare brandy e sigarette», annunciò Minx al termine della cena. «Mettetevi pure comodi in biblioteca, mentre vado a prendere una cosa: torno tra qualche minuto». Venne verso di me. «Volevo...».

Ma poi arrivò Edward, accigliato, e la interruppe. «Non dovevamo andare a fare una passeggiata?», le chiese, con voce stizzita.

Essendo le sole due donne del gruppo, ricevevamo un bel po' di attenzioni. Soprattutto Minx, che flirtava sfacciatamente con tutti. Diverse volte, durante la cena, mi ero accorta che Edward pareva infastidito.

«Be', vorrà dire che verrai con me fino alla casa e poi torneremo qui insieme, sciocchino», gli rispose lei. «È comunque una passeggiata, no?»

«Vuoi un po' di brandy? Io ne prendo un bicchiere», disse Oliver, quando mi raggiunse.

Gli risposi di sì, e andammo verso la biblioteca. Mi fece accomodare su una poltrona, lo osservai mentre attraversava la sala verso il bar all'estremità: era slanciato ed elegante, a malapena ostacolato dalla zoppia.

Facevo bene a prendere sul serio le sue attenzioni? Dopo tutto, io e Minx eravamo davvero le sole donne presenti. Se Oliver desiderava una compagnia femminile, non aveva che me o lei, e la mia amica sembrava impegnata. Inoltre, dovevo pensare a Ben. Malgrado tra noi non ci fosse nulla di ufficiale, sapevo che lui lo avrebbe voluto.

Oliver tornò con due bicchierini e si sedette accanto a me. «Hai idea di cosa voglia fare Minx?»

«No. È sempre piena di sorprese. Tutti dicono che fa parte del suo fascino».

«A parte te, ovviamente, è con ogni probabilità l'artista di maggior talento di questa sessione». Abbassò la voce, per non farsi sentire dagli altri. «Avrà qualche rivale per quel primo premio, ma niente di che. È abbastanza decisa a farcela?».

Il suo complimento mi colse alla sprovvista, e ne fui lieta più di quanto avrei pensato. Nel corso degli anni avevo ricevuto una buona dose di elogi dai miei insegnanti, da mia madre e dalla zia Grace. Ma da quando mi ero iscritta all'accademia, mi arrivavano per lo più critiche dai docenti, oltre alle mie autocritiche. Avevo dimenticato quanto fosse bello ricevere ammirazione per le mie opere.

«A cosa ti riferisci? Al premio o alla carriera da artista?»

«Pensavo al premio, ma la tua domanda è intrigante. Credi che le manchi la passione necessaria?».

Mi strinsi nelle spalle. «Per lei è tutto così facile. Non so se è mai stata costretta a *volere* davvero qualcosa. Non credo che abbia mai desiderato cose che non ha già. Ancora non si rende conto di quanto può essere duro il mondo».

Oliver mi guardò, fisso, come se stesse cercando il significato recondito delle mie parole. La prima volta che l'aveva fatto, la cosa mi aveva inquietato, ma adesso sembrava più che altro un modo segreto per comunicare.

«Tu a che età hai scoperto quanto è duro il mondo?»

«Quattordici anni».

«E cosa ti è successo, a una così tenera età?». Si allungò verso di me per prendermi una mano.

«Questo non... io non posso...».

«Scusa, non volevo essere indiscreto. Bevi un sorso di brandy, ti riscalderà».

«E va bene, venite tutti qui», annunciò Minx quando tornò in biblioteca, portando con sé una scatola di cartone lunga e rettangolare. Per un istante non notai nulla di strano, e poi... no, doveva trattarsi di una coincidenza. Anche se la confezione che la mia amica reggeva tra le mani sembrava simile per forma e dimensioni a quella conservata sul ripiano in alto dell'armadio, nel corridoio del nostro appartamento sulla Nona Ovest – nascosta, credevo, dietro i contenitori da modista con i cappelli che Minx non indossava più – non poteva essere la stessa. Non l'avevo portata con me. Non aprivo quella scatola da quando avevo quattordici anni.

«Abbiamo quella autentica», disse Minx, mentre posava la logora scatola di cartone sul tavolo accanto al camino. «E tra noi c'è qualcuno», aggiunse, lanciandomi un'occhiata, «che di sicuro sa come usarla, dal momento che è sua».

Gli associati, alcuni col sigaro, altri con sigarette e bicchieri di brandy, cominciarono a raccogliersi intorno alla mia amica osservandola mentre apriva la scatola.

Trattenni il respiro quando lei tirò fuori un oggetto fin troppo familiare, anche se continuavo a sperare che la tavola fosse un'altra, solo molto simile alla mia. Poi Minx la aprì e la sistemò sul tavolo.

No, non era una comune tavola ouija venduta dalla Kennard Novelty Company. Certo, era nata così, ma aveva tutti i segni rivelatori di una tavola parlante personalizzata da Faith Fairburn. Sullo sfondo era stato dipinto un mistico cielo di mezzanotte con le costellazioni minute e perfette. Cumuli di nuvole, altre stelle e fulmini, tutti nelle sfumature di grigio, bianco e argento, riempivano ciascuno dei quattro angoli. Una lucente luna piena si affacciava dalle nubi a sinistra, a destra c'era invece una mezza luna. Al centro della tavola spiccava un brillante occhio demoniaco, dipinto di turchese, zaffiro e lavanda, con la parola "ouija" inscritta in un nastro che serpeggiava tra le ciglia. Il bordo esterno era decorato da altri simboli egizi: uno scarabeo, un gatto, una fenice, la chiave della vita e una piramide.

Mi coprii la bocca con una mano. Com'era possibile?

Minx prese dalla scatola un pezzo di legno ovale e tre piedini, e mise insieme lo strumento che doveva spostarsi lungo la tavola per indicare le lettere scelte dagli spiriti. La planchette era dipinta nelle stesse sfumature notturne di blu e porpora, e decorata con nuvole e stelle.

Sperando ancora che fosse solo una folle coincidenza, guardai l'angolo in basso a sinistra della tavola. Quello che mi auguravo di non vedere era una minuscola mano di Fatima, simbolo mistico di protezione, con al centro le iniziali di mia madre: FGF. Ma era lì.

Andai da Minx e le misi una mano sul braccio, costringendola a dare le spalle agli altri. «Perché l'hai portata qui?», sussurrai.

Lei mi guardò come se le avessi fatto una domanda insensata. «Credevo potesse essere divertente», rispose.

«Ma non me l'hai chiesto».

«Perché mai avrei dovuto chiederti se potevo portare con me un gioco da tavolo? Cosa c'è di male, Jenny?».

Non potevo certo parlargliene lì, in quel momento. Era colpa mia se l'avevo lasciata nell'armadio e non in camera mia. «Niente», dissi.

Minx si rivolse agli artisti raccolti nella sala. «Sapete tutti come funziona, vero?».

Si sentirono vari mormorii di assenso.

«Okay, ora ci organizziamo. Abbiamo bisogno di qualcuno che annoti ciascuna lettera indicata dalla planchette, perché può muoversi assai veloce e non ci sono spazi, quindi sembra tutto confuso e privo di senso finché uno non osserva bene ciò che ha trascritto». Guardò tra il pubblico. «Henry, te ne occuperai tu. Io e Jenny terremo le mani sulla planchette».

«No», risposi di scatto.

«Ma non dicevi che tuo nonno lavorava per la Kennard? E che sei cresciuta circondata da tavole ouija? Di sicuro sai…».

«Non posso farlo, Minx».

«Oh, e dai, Jenny, tutta la…».

Scossi il capo. Stavo tremando. Facevo una gran fatica a tenere a bada tutti i ricordi che cercavano di affiorare. Accanto a me, Oliver si tolse la giacca e me la mise sulle spalle. Fui avvolta da un refolo del suo profumo: cuoio, vaniglia e patchouli.

«Scegli qualcun altro, Minx», disse lui in tono leggero e giocoso, distogliendo l'attenzione da me.

Minx sembrava insieme offesa e confusa, ma lo accontentò. Guardò Edward.

«Lo faccio io con te», disse, strizzando l'occhio con aria complice.

Minx gli sorrise. «Va bene. Ora, ascoltatemi tutti. Ci sono delle regole. Bisogna fare sul serio. Alcuni dicono che questo è solo un giocattolo, ma credo che rappresenti un portale affacciato su un'altra dimensione, e ne ho avuto le prove. Gli scettici usano la teoria degli automatismi per spiegare ciò che succede, sostengono che, anche se io e Edward non ce ne rendiamo conto, siamo noi a muovere la planchette. Secondo loro, sono i nostri pensieri inconsci, tanto cari al professor Freud, a formulare le parole. Secondo un'altra teoria, che preferisco, in realtà fungiamo da veicolo per gli spiriti che hanno messaggi per tutti noi».

Mi strinsi addosso la giacca di Oliver. La vita che mi ero costruita con tanta fatica sembrava a un passo dalla collisione col mio passato, mentre Minx continuava a parlare di come la chiesa riteneva che entità maligne potessero camuffarsi da spiriti benigni ed entrare nel nostro mondo tramite la tavola, diffondendo dolore e perfino morte. Mi sembrava di sentire gli sproloqui del reverendo sotto il colore ramato della voce calma e gradevole di Minx.

«Ora evocheremo gli spiriti», proseguì la mia amica, «parleremo a chiunque si presenti e alla fine gli diremo addio. Questo è importante, altrimenti lasceremo aperto un varco dal quale potrebbe insinuarsi qualcosa di negativo. Cominciamo».

Minx spense tutte le luci della sala e accese le candele. Si assicurò che Henry avesse fogli di carta e matite temperate. Chiese a tutti gli altri di prendere da bere e da fumare perché, una volta avviata la seduta, non voleva che la distraessero muovendosi in giro per la biblioteca.

«Ora, chiunque voglia chiedere qualcosa a un suo caro

estinto dovrebbe concentrarsi sulla domanda. Quello che succede qui stasera sarà il risultato della serietà con cui prenderete l'argomento. Se per voi è solo una frivola sciocchezza, siamo destinati a fallire».

Il gruppo rimase immobile, in silenzio. Edward e Minx misero le dita sulla planchette.

Accanto a me, Oliver mi strinse una mano nella sua, assai più calda. Si sporse verso di me e sussurrò: «Non sei costretta a dirmi cos'hai, ma sei chiaramente sconvolta. Vuoi che ce ne andiamo?».

Era così, ma al contempo non volevo attirare l'attenzione su di me, non volevo essere l'unica che non riusciva a partecipare all'esperimento, perché sarebbe stato ancora peggio. Ma c'era anche un altro motivo per cui non volevo andarmene: mai prima di allora avevo desiderato con tanta forza che un uomo continuasse a tenermi la mano.

Scossi il capo. «No, sto bene. Come ha sottolineato Minx, nella casa in cui sono cresciuta ce n'era sempre qualcuna in giro. Sentivo spesso dire che c'è il rischio di usarle in modo sbagliato». Non era una bugia, ma neppure la verità. Non ero sicura che ci sarebbero mai stati un momento, un luogo o un motivo opportuno per raccontargli tutta la verità, ma di sicuro non l'avrei fatto adesso.

«C'è qualcuno?», chiese Minx.

La planchette rimase immobile.

«C'è uno spirito tra noi?».

Ancora niente. Sulla mensola del camino, la fiamma di una candela tremolò.

«C'è qualcuno?», provò lei una terza volta.

La planchette partì di scatto, come sospinta da un forte vento, e sfrecciò in alto verso l'angolo a sinistra, fermandosi sulla parola "Sì".

Minx passò quindi a porre una serie di domande sul sesso dello spirito, che era femminile, e l'anno in cui era morto. La planchette puntò i numeri 1-9-1-6.

«Hai un nome?», chiese lei.

La planchette non si mosse.

Minx ripeté la domanda. Ancora nulla. Allora la mia amica passò a un altro quesito. «Hai un messaggio per qualcuno dei presenti?».

La planchette tornò rapida verso la parola "Sì".

«E qual è il messaggio?».

La planchette saettò in giro per la tavola fin troppo velocemente perché riuscissi a mettere insieme le parole. Herny, che era più vicino a Edward e Minx, faticava a tenere il passo. Il movimento frenetico andò avanti per qualche istante ancora, poi la planchette si fermò sulla parola "Addio" in fondo alla tavola.

Minx fece altre domande, ma non ottenne risposta. Poi chiese se qualcuno voleva chiedere qualcosa agli spiriti. Paul domandò chi avrebbe vinto il premio della Tiffany Foundation. Luigi volle sapere se lo spirito conosceva suo nonno. La planchette non rispose a nessuno dei due.

«Credo che non otterremo altro», concluse Minx, prima di alzarsi e stiracchiarsi. Andò da Henry. «Puoi leggerci il messaggio?»

«Qualcosa si capisce, ma per lo più sembra solo un groviglio di lettere». Indicò ciò che aveva trascritto.

Minx abbassò lo sguardo sul foglio e fece una smorfia.

Edward si affacciò da sopra la sua spalla. «Ho un'idea» disse. «Se ci sono troppe consonanti una dietro l'altra, proviamo a sostituirle con una vocale. Come qui, dove dice S-F-G-R-E-T-I. Se metti una "e" al posto di quella "f", ottieni la parola SEGRETI».

«Ottimo lavoro, vecchio mio», disse Henry, e tornò a lavorare al rompicapo.

Mi spostai in modo da poter guardare anch'io il pezzo di carta.

I-S-F-G-R-E-T-I-M-O-M-R-E-S-T-F-R-A-N-N-O-N-A-S-C-O-S-T-I-Q-U-I-P-F-R-I-C-O-L-O-C-R-F-D-I-F-I-D-U-C-I-A-V-A-I.

Mentre a me risultava ancora tutto oscuro, Henry cominciò a declamare ciò che aveva decifrato: «I segreti non resteranno nascosti… qui… pericolo… credi… fiducia… vai».

«Ha senso per qualcuno?». Minx guardò tutti i volti sui quali si disegnavano le ombre proiettate dalle candele.

«Spero di no», mormorò Louis Pritchard. «Fa un po' paura, a mio parere».

Strinsi forte le mani, affondando le unghie nella carne dei palmi. A denti stretti, usai tutte le mie forze per non scappare dalla stanza e correre nella notte.

«Stai bene?», mi chiese Oliver.

«Ho bisogno…». Di cosa? Poiché, in effetti, non ero sicura di cosa avessi bisogno, feci un gesto impotente, mi strinsi nelle spalle e aprii le mani, coi palmi all'insù.

Oliver mi prese le mani e notò i segni profondi delle unghie. Da una delle piccole mezzelune usciva il sangue.

«Cosa ti sei fatta, Jenny?», domandò sussurrando, e con gran tenerezza asciugò il sangue col suo fazzoletto.

Avevo passato due anni a imparare a bastare a me stessa nel riformatorio, creando metodi per proteggermi sia fisicamente sia mentalmente. Non avevo un passato da criminale prima di arrivare lì. Nei sedici anni che avevo vissuto, le cose peggiori che avevo fatto erano state mentire sui compiti della scuola e prendere una fetta di torta dal mercatino della chiesa senza pagare. Ma, una volta entrata all'Andrew Mercer, se volevo sopravvivere dovevo saper reagire e non mostrare mai paura. Quindi, ogni volta che mi spaventavo, ogni volta che mi veniva da piangere, ogni volta che stavo per tremare, mi affondavo le unghie nei palmi. Un dolore fisico per mandare via le altre sofferenze.

Non avevo più fatto affidamento su queste vecchie tecniche una volta uscita dal riformatorio. Poi avevo visto la tavola ouija di mia madre. Avevo sentito il messaggio che Minx e Edward avevano carpito dall'etere, e avevo sentito tornare il solito panico al pensiero che non mi sarei mai più liberata dal passato e dalle macchie che mi aveva lasciato addosso.

Lo spirito aveva dichiarato di essere una donna morta nel 1916 e aveva avvisato qualcuno tra i presenti che i suoi segreti non sarebbero rimasti nascosti, che quel luogo era pericoloso, che bisognava credere, avere fiducia, e andare via.

Per quanto mi sarebbe piaciuto razionalizzare il messaggio, c'era un problema. Una parola, in particolare. Fiducia, Faith. Mia madre si chiamava Faith, ed era morta nel 1916. E io avevo più di un segreto da nascondere.

Da quando mi ero trasferita a New York, da quando ero arrivata a Laurelton Hall, non facevo altro che sfuggire al passato. Adesso sembrava che mi avesse raggiunto. Per quanto mi fossi sforzata di non guardarmi più indietro, mi trovavo comunque ad affrontarlo.

Capitolo 15

Oliver mi cinse le spalle con un braccio. «Forza, ti porto via da qui», disse, per poi accompagnarmi fuori dalla biblioteca, verso il tepore della notte. Non gli chiesi dove stavamo andando: non mi importava, purché fosse lontano dalla tavola.

Quando arrivammo alla loggia, c'erano poche luci accese. Il vetro colorato e i mosaici erano immersi nel buio. Oliver mi guidò su per le scale, ma invece di girare a destra verso i miei alloggi, andò a sinistra in fondo al corridoio, dove c'era un'altra scala. Al secondo piano, aprì una porta che dava su una grande stanza. Intravidi una fila di finestre ricurve che incorniciavano la luna piena, sospesa in basso nel cielo notturno sopra il Long Island Sound.

Prima che riuscissi a cogliere altri dettagli, varcammo un'altra soglia. Oliver accese la luce, che rischiarò una stanza da bagno spaziosa dalle piastrelle bianche. Sentii profumo di sapone e della sua acqua di colonia. Sul mobiletto erano impilati asciugamani morbidi. Pettini, spazzolini da denti e il necessaire per la barba erano appoggiati sul lavello.

«Siediti qui». Mi indicò il bordo della vasca di porcellana. «Voglio pulirti quella mano e fasciarla».

Dopo aver preso diversi articoli dall'armadietto a specchio, s'inginocchiò accanto a me.

«Allora, questo ti brucerà un po'», mi avvertì. Sentii le sue parole e, quasi all'unisono, come in sottofondo, c'era la voce color miele di mia madre che diceva la stessa identica cosa.

Oliver si chinò su di me e, con un batuffolo di ovatta, tamponò delicatamente i miei tagli; il dolore pungente di ciascuna piccola ferita mi riportò a un'epoca in cui mia madre si prendeva cura di me nel medesimo modo.

Dopo avermi pulito i tagli, Oliver ci spalmò un unguento. Mentre era concentrato su questo compito, gli ammirai i capelli neri e lucenti, le mani eleganti e le dita lunghe.

«Ci siamo quasi», annunciò, mentre prendeva garza e forbici; poi fissò la fasciatura con un cerotto. Quando ebbe finito, mi porse la mano e mi aiutò ad alzarmi dal bordo della vasca.

«Grazie», mormorai, e uscimmo dal bagno per tornare nella sua stanza, che prima non avevo quasi potuto guardare.

Era il doppio della mia: un insieme di biblioteca, stanza da letto e studio d'arte. Più lungo che largo, lo spazio pareva sgombro rispetto al resto della casa, come se chi viveva lì avesse bisogno di una tregua dalle tante decorazioni che affollavano ogni altro ambiente. Al posto della carta da parati, lo spazio che non era occupato da librerie o finestre era dipinto di un color giada liquido. Le lampade avevano semplici paralumi di vetro bianco opalescente. Non c'erano tende. Nei fregi sopra le finestre c'erano i soli vetri colorati di tutta la stanza. Grazie alla luna piena, riuscii a distinguere le viti color porpora e le foglie scure della clematide che incorniciavano la vista del mare. Davanti alle finestre c'erano due sofà, con un piccolo tavolo verde laccato in mezzo.

L'ultimo angolo era occupato da un pianoforte nero e lucido, con il panchetto scostato. Sull'apposito sostegno erano impilati dei logori spartiti.

«Suoni?», mi chiese Oliver, quando si accorse del mio interesse.

«No, mia zia suonava, e io adoravo ascoltare. Ho preso qualche lezione, ma non ho il senso del ritmo».

«Ne dubito», disse lui. «Semplicemente, non hai avuto il maestro giusto. Se vuoi, già che sei qui, posso provare a insegnarti un po'». Passò una mano sul coperchio scintillante.

«Da quanto tempo suoni?», gli chiesi.

«Sin dall'infanzia. È una delle mie passioni. Per un po' ho vissuto a Parigi e mi mantenevo, esibendomi nei club». La voce era scivolata nella malinconia e per un attimo lo sguardo si perse fuori dalle finestre, nell'oscurità. Poi, con una scrollata, Oliver scacciò quelle emozioni.

«Siediti». Indicò uno dei sofà. «Prendo qualcosa da bere». Andò verso le librerie. Non tutti i ripiani ospitavano libri; una conteneva un piccolo bar. Lui prese un decanter di cristallo e due bicchieri, e portò tutto verso il tavolo. Dopo aver versato due dita di liquido ambrato in ciascun bicchiere, me ne porse uno, lasciò il suo dov'era, poi andò alla finestra. Aprì uno spiraglio, lasciando entrare un'arietta frizzante. Alla fine si accomodò sul divano di fronte al mio, alzò il bicchiere verso di me e bevve un sorso. Seguii il suo esempio: ero nervosa e al contempo emozionata al pensiero di trovarmi da sola con lui nella sua stanza.

«La mano ti fa ancora male?»

«No. Grazie per avermi medicato». Abbassai lo sguardo sulla fasciatura. «Sembra molto professionale. Dove l'hai imparato?»

«Al fronte. Anche se eravamo un reparto di artisti, tutti dovevano conoscere le basi del pronto soccorso. A volte più delle basi». Aveva la fronte aggrottata, poi scosse il capo come a scacciare i ricordi. Aveva acceso una lampada, ma era la luna a risplendere sul suo viso.

All'improvviso fui sopraffatta dal desiderio di catturare il suo aspetto in quel preciso istante. Il modo in cui le ombre esaltavano gli zigomi aristocratici, il modo in cui si sporgeva verso di me, il collo proteso che sembrava ancora più lungo, la bocca increspata, pronta a parlare. Mi prudevano le mani per la voglia di realizzare un suo ritratto così, qualora fosse scomparso, almeno avrei potuto tenerlo con me per sempre.

«Perché ti sei torturata a quel modo la mano?», mi chiese.

«Una vecchia abitudine».

Stava chiaramente aspettando una spiegazione sincera, e così lo accontentai. «Da adolescente, quando ero troppo nervosa o sconvolta, chiudevo forte le mani e affondavo le unghie nei palmi per concentrarmi sul dolore. A volte non mi rendevo conto di spingere con troppa forza».

«Jenny, cosa ti è successo, cosa ti ha spinto a fare una cosa del genere?».

Scossi il capo. «Non posso…».

A eccezione di mia zia, non avevo mai parlato a nessuno del riformatorio Andrew Mercer. Non sapevo se avrei mai trovato le parole.

«E stasera? Perché mai hai preferito quel tipo di dolore a ciò che provavi?», indagò Oliver. «Si trattava della tavola ouija?».

Volevo *davvero* rispondergli, rivelargli tutto quello che mi tenevo dentro. Raccontargli la mia storia. Parlargli delle violenze del reverendo a mia madre, dell'incidente alla cascata, la morte di quell'uomo e la mia detenzione, ma era tutto troppo orribile. Ero stata giudicata colpevole di un delitto, ma solo due persone sapevano cosa fosse successo davvero quel giorno, ed erano entrambe passate a miglior vita.

Oliver si alzò dal sofà e venne a sedersi accanto a me. Per prima cosa, mi scostò i ricci dalla fronte col tocco gentile della punta delle dita. Poi, con le mani a coppa, mi prese il viso e lo tirò a sé. Chino in avanti, mi baciò sulla fronte, sulle labbra, e infine prese la mano sana e mi fece girare di spalle finché non mi trovai seduta contro di lui. Mi avvolse tra le braccia, come per proteggermi dalla notte, dal vento e dalle ombre. E mi sentivo davvero protetta. Sicura. Accudita.

«Dimmelo, Jenny Bell», mi sussurrò a un orecchio. «Cosa ti tormenta?».

E, per una o due ore – non seppi mai quanto ci volle – raccontai a Oliver ogni cosa. La storia della mia infanzia. Mia madre. La zia Grace. Il reverendo.

«Non mi ha neppure sfiorata», lo rassicurai. «Non ne ebbe mai l'occasione».

Andai avanti e gli parlai della morte del reverendo nella cascata e della promessa che imposi a mia madre. Gli parlai del processo e della comunità che si scagliò contro di me. Gli parlai dei giudici, dei giornalisti e dei fotografi, intenti a documentare quelli che reputavano i veri dettagli del delitto. Avevano un articolo da prima pagina per le mani, un ennesimo processo del secolo. Avevano abboccato subito alla storia che avevo inventato per salvare mia madre e mio fratello; scavare in cerca della verità non rientrava tra i loro interessi.

Descrissi a Oliver l'inferno dell'Andrew Mercer. Usai parole banali per formulare frasi che non pronunciavo da sei anni, da quando l'avevo raccontato alla zia Grace. Oliver mi strinse tra le braccia, mi accarezzò i capelli e mi cullò, e mi addormentai ascoltando il delicato sciabordio delle onde nella baia, lo stormire delle foglie e il battito del suo cuore.

Quando aprii gli occhi, vidi fasci di luce color rubino, ametista e smeraldo sul pavimento. Sulle mie mani. Sulla coperta che mi teneva calda. Ero stesa sul divano, con un cuscino sotto la testa. Fuori dalla finestra, il sole sorgeva sopra le acque. Mi tirai su per mettermi seduta.

«Buongiorno», disse Oliver.

Era in piedi vicino alla scrivania, versava caffè da una caraffa d'argento in due tazze di porcellana.

«Che ore sono?»

«Quasi le sei e mezzo. Sono appena rientrato con il vassoio. Scusa se ti ho svegliata. Ne vuoi un po'?»

«Sì, grazie. Ho dormito qui?»

«Hai parlato fino a sfiancarti, e non ti volevo svegliare. Non ti preoccupare, però. Nessuno sa che hai passato qui la notte e puoi fidarti di me, non infangherò il tuo onore». Fece un lieve sorriso per placare i miei timori e dissipare l'imbarazzo della situazione.

In realtà non ero preoccupata. L'unica che poteva passare a controllare nella mia stanza era Minx, e dopo aver vissuto con lei per quasi un anno sapevo che non lo faceva mai. Era troppo impegnata con i suoi rendez-vous notturni.

Oliver mi raggiunse con le due tazze, me ne diede una e si sedette vicino a me.

Bevvi un sorso. Poi un altro. Mentre mandavo giù il terzo, mi resi conto che dovevo avere un aspetto disastroso.

Quando uscii dal bagno, Oliver mi aveva di nuovo riempito la tazza. Bevvi un goccio di caffè, a un tratto nervosa. Come mi era venuto in mente di confidarmi con lui? Perché gli avevo raccontato tutto? Perché mi ero fidata di lui? Con ogni probabilità, non aveva neppure creduto alla mia innocenza. Avrebbe riferito tutto a suo nonno, e il signor Tiffany mi avrebbe chiesto di andare via.

"È la ragazza che ha ucciso il patrigno".

All'epoca della morte del reverendo, e poi durante il processo e persino alla Andrew Mercer, era quello che dicevano tutti. Marchiata dal delitto, sopportavo i pettegolezzi, gli insulti, le dita puntate addosso.

«La notte scorsa mi hai fatto un dono. Non dimenticherò

mai che ti sei fidata di me al punto da raccontarmi la tua storia. Non ti tradirò mai, Jenny, te lo giuro». Poi si chinò verso di me e premette le labbra sulle mie. Il bacio fu come il punto alla fine della sua dichiarazione. Dopo qualche istante, l'abbraccio da solenne si fece passionale.

Avevo già baciato un uomo – ovviamente, avevo baciato Ben – ma non mi ero mai lasciata trasportare a tal punto. Non mi ero mai aperta a nessuno, prima di quel mattino. Oliver dovette percepirlo perché si fermò, mi scostò dal suo corpo e rimase a fissarmi. Riuscendo così a vedere in me ciò che non aveva visto prima. Ciò che nessuno aveva mai visto.

Sussurrò: «Sicura di volerlo?».

Annuii.

Dietro di noi, il sole che sorgeva riversò la sua luce nella stanza di Oliver, filtrata dai pannelli di vetro colorato, proiettando colori vitali come le gemme che il signor Tiffany usava nelle sue creazioni. Oliver mi strinse di nuovo in un abbraccio.

Ci furono altri baci, ma io volevo di più. Per la prima volta nella mia vita, desideravo un uomo con ogni centimetro della mia pelle. Mi sbottonai la camicetta e mi tolsi gonna e biancheria sotto il suo sguardo. Oliver non staccò mai gli occhi dai miei. Ero fiera di potergli rivelare la mia verità e il mio desiderio. I giorni e le notti passati a ignorare i sentimenti, a nascondermi, a preoccuparmi, a pensare che non sarei mai riuscita a rivelare a qualcuno chi ero davvero, tutto svanì in quella luce. Oliver mi prese tra le braccia, nuda contro il suo corpo vestito, e mi baciò di nuovo. Partì dalla fronte e scese giù verso le guance, le labbra, il collo, le spalle, il ventre, le cosce, per poi risalire. A quel punto lo fermai per spogliarlo. Avevo visto tanti uomini nudi durante le lezioni di disegno, ma mai avevo sentito il calore della pelle sotto la mano, mai avevo sfiorato i muscoli del torace, i peli ispidi tra le gambe, l'erezione.

Per tutto il tempo il sole continuò a proiettare la sua luce attraverso la finestra, ammantando i nostri corpi nudi con foglie e petali di rubino, ametista e smeraldo.

Capitolo 16

Nella mia stanza, un'ora dopo, mi concessi un bagno bollente e fissai il mio corpo: sembrava lo stesso di sempre, ma lo *sentivo* tutto diverso. I seni pulsavano, le gambe erano stanche, e quando mi toccai dove Oliver mi aveva toccato, scoprii di essere dolorante.

Era parso sorpreso, ma felice, di scoprire che non avevo mai fatto l'amore. E, come già tante altre volte, mi aveva trattata con grande tenerezza. Quando era arrivato il momento di salutarci, mi aveva preso la mano ferita e aveva stampato un bacio sulla fasciatura.

Alle otto mi vestii e bussai alla porta di Minx, per andare alla sala da pranzo comune e fare colazione insieme. Lei non venne ad aprire, così mi avviai da sola, aspettandomi di trovarla lì. C'erano alcuni associati a tavola, ma non Minx. Né Edward. Mi preparai un piatto con uova, pancetta e pane tostato. Finalmente avevo ritrovato l'appetito, mi sentivo più leggera che mai e allo stesso tempo sazia. Stavo ancora mangiando quando arrivò Graves con la posta del mattino.

Mi diede un'altra lettera di Ben, che portai con me alla biblioteca una volta finita la colazione. Mentre aprivo la busta, paragonai i baci di Oliver a quelli che mi aveva dato Ben. Non mi sentivo in colpa, ma sapevo che il giornalista voleva ciò che io avevo donato a Oliver, e avvertii una fitta di tristezza per il mio amico. Apprezzavo la sua gentilezza, le sue cure. Forse

Ben sarebbe stato la scelta più saggia. Con lui sarei rimasta almeno in parte padrona dei miei sentimenti. A Oliver avevo donato tutto il cuore.

Distesi il foglio di carta e vidi la grafia pulita e ordinata di Ben. La prima parte della missiva conteneva aneddoti spassosi e interessanti relativi al processo per brogli elettorali che vedeva coinvolto il braccio destro del governatore. La lessi con gioia, finché non arrivai al terzo paragrafo, dal quale mi balzò addosso il nome di una città: Ithaca.

> Ieri sono andato a Ithaca, per incontrare un docente di giurisprudenza, nella speranza che mi chiarisse un passaggio controverso del processo. Potevo scegliere tra due college dove ottenere queste informazioni, e devo confessare di avere optato per quello della Cornell sapendo che eri cresciuta da quelle parti. Volevo vedere cosa vedevi tu quando andavi a scuola, in chiesa, a fare compere in città. Volevo sapere che odore ha l'aria, come tramonta il sole, che sensazione danno gli spruzzi delle famose cascate.

Le cascate? Gliene avevo mai parlato? Minx gli aveva raccontato la storia della nostra escursione a Central Park, quando avevo ammesso che mi facevano paura?

Scorsi rapidamente il resto della lettera per scoprire se si era limitato a guardarsi intorno. Era andato a cercare la famiglia Bell? Non che l'avrebbe trovata ma, d'altronde, anche questo poteva rivelarsi problematico.

Credevo che Ben fosse curioso del mio passato in modo innocuo, solo perché mi rifiutavo di parlarne. Eppure, ero comunque a disagio pensando che, anche se per valide ragioni, un giornalista del «New York Herald Tribune» specializzato in cronaca nera stesse ficcando il naso nella città in cui ero cresciuta.

Nella lettera non diceva di aver cercato la mia famiglia. Ma se l'avesse fatto e, non trovandola, si fosse insospettito ancora di più, me l'avrebbe confessato?

O mi stavo preoccupando per nulla? L'incidente con la tavola ouija della sera prima mi aveva messo in agitazione. Sì, Ben sapeva che ero riservata, ma ci vedeva un tratto della mia personalità, cosa in effetti vera. Di sicuro non credeva che celassi un passato sconvolgente come i processi dei quali scriveva. O forse sì?

Mi infilai la lettera in tasca e andai allo studio. Minx ancora non c'era. Presi le mie cose e andai a disegnare all'aperto. Volevo trovare un tema da approfondire a Laurelton Hall, non limitarmi alla scelta arbitraria di un'ambientazione da riprodurre. Volevo dedicare le otto settimane del mio soggiorno a una domanda alla quale i miei quadri potessero rispondere. Un rompicapo da risolvere.

Mi fermai alcune volte a osservare il panorama. Prima del riformatorio dipingevo tutto ciò che destava il mio interesse: cascate, boschi, campi in fiore, tramonti e albe, la splendida luce che passava attraverso la finestra di Tiffany per riflettersi sulla lucida pietra nel mausoleo di Fond du Lac. Ma dopo il riformatorio? Dai lavori in guazzo realizzati durante i corsi all'accademia ai ritratti degli angusti interni della tomba di Fond du Lac, da tutte le mie opere era stato prosciugato il colore: erano tristi studi nelle sfumature del grigio su come la luce e i suoi riflessi definivano lo spazio.

Laurelton era un'esplosione di colori, eppure mi sentivo ancora attratta dalle ombre. Trascorsi la giornata a esplorarne i terreni: ascoltavo le fontane scroscianti, seguivo il corso dei torrenti, guardavo i marinai del sabato che facevano vela sul Long Island Sound, scoprivo anfratti e specchi d'acqua.

Nel pomeriggio, trovai una pineta e mi sedetti su un tronco. Feci un disegno dettagliato delle forme che la luce, insinuandosi tra il fogliame, ricamava su un masso. E poi ritrassi le ombre che si avvolgevano intorno a un tronco. Con il passar del tempo, le ombre divennero più lunghe e ciascun oggetto assunse un'espressione diversa. Cominciai a immaginare una serie di tele dedicate a come si trasformava la pineta, man mano che luci e ombre continuavano a mutare nel corso della giornata.

Alle quattro del pomeriggio avevo già messo via le mie cose. Mentre tornavo verso la casa, m'imbattei in alcuni dei pavoni del signor Tiffany e mi fermai. Desideravo tanto vedere le code variopinte degli esemplari maschi. Ovunque, lì a Laurelton Hall, ero circondata da rappresentazioni di quegli uccelli, realizzate dal padrone di casa. Volevo scoprire se lo spettacolo, dal vivo, sarebbe stato magico come le versioni create dal signor Tiffany. Ma non era ancora il giorno giusto: i pavoni andarono via, lasciandomi alla mia passeggiata.

Rientrai intorno alle quattro e mezza e bussai alla porta di Minx, che però non venne ad aprire. Riesaminai il mio lavoro di quel pomeriggio, poi mi misi un po' a leggere. Circa due ore dopo provai di nuovo a bussare da Minx, ma lei ancora non rispose. Valutai le mie opzioni per la cena. Oliver mi aveva detto che quella sera avrebbe mangiato col nonno, e non mi andava più di tanto l'idea di andare in sala da pranzo senza Minx. Così chiamai la cameriera e chiesi che mi portasse qualcosa in camera.

Domenica mattina, trovai un biglietto infilato sotto la porta.

Cara Jenny,

non voglio bussare, nel caso tu stia dormendo. Ma se sei sveglia, ci vediamo al piano di sopra tra mezz'ora, così potremo bere insieme il bicchiere della staffa. Senza di te, la giornata si è trascinata con grande lentezza. Se dormi, spero che i tuoi sogni siano pieni di magia.

Domattina, alle dieci, ci sarà una funzione nella cappella. Che tu sia religiosa o meno, ti prego di venirci con me. Il piccolo santuario di mio nonno è una meraviglia, e voglio con tutto me stesso essere l'uomo che te lo mostrerà. Ti aspetto alle nove e mezzo sulla terrazza.

Oliver

La grafia era proprio come lui, elegante e aggraziata. Passai la punta delle dita sulle parole e sentii i brividi percorrermi le braccia.

Mi vestii, poi tornai a bussare alla porta di Minx.

«Mmm?», sentii farfugliare dalla sua voce assonnata.

Aprii la porta di uno spiraglio: era ancora a letto.

«Oh, non sei sveglia. A quanto pare, la cappella è notevole e mi chiedevo se ti facesse piacere andarci con me, ma se stai dormendo…».

«L'ho vista l'altro giorno e non mi sento affatto bene», gemette lei. «Ho i postumi della sbronza. Puoi portarmi un po' di aspirina in polvere?».

Presi il flacone marrone dalla mensola in bagno, e stavo per versarne un po' in un bicchiere quando mi cadde lo sguardo sull'etichetta. E per fortuna, visto che si trattava di sonnifero. Quello dell'aspirina era un altro, quasi identico. Preparai il bicchiere e lo portai a Minx.

«Spero tu stia presto meglio. Vuoi che ti porti del tè quando ritorno?»

«Sì, grazie».

Oliver e suo nonno erano in terrazza a finire la colazione. In quel momento pensai che la zia Grace avrebbe approvato quel ragazzo. Aveva un aspetto classico, con occhi che parevano guardare ben oltre la superficie delle cose. Com'era la sua vita, lontano da Laurelton? Era già legato a una ragazza? Come si sarebbe comportato se fossi andata da lui in quel momento? Sarebbe stato affettuoso anche in pubblico? Ero l'ennesima conquista di una lunga serie? Era un donnaiolo?

Mi stavo chiaramente torturando.

Quando si accorse della mia presenza, Oliver si alzò, mi venne incontro a metà strada e mi accompagnò dal signor Tiffany. Questi mi guardò in modo diverso? Cosa pensò quando vide il braccio del nipote intrecciato al mio?

«Jenny mi ha detto che vi siete già conosciuti», disse il giovane al nonno.

«È vero, ma non l'ho più vista in giro a disegnare, signorina Light», rispose il signor Tiffany.

«Domani ci sarò di nuovo, di sicuro».

«La aspetterò. Anche se vorrei vederla all'opera su un quadro. Non l'ho fatta venire qui perché si limitasse alle matite». Si alzò. «Ci vediamo alla cappella?», chiese poi al nipote. «Devo accompagnarci il signor Sanderson».

«Sì», rispose lui.

Poco tempo dopo, mentre andavamo verso la cappella, Oliver mi spiegò che la ditta di suo nonno aveva realizzato gli interni nel 1893, per esibirli alla World's Columbian Exposition di Chicago. Avevano progettato ogni cosa, dagli abiti talari alle vetrate all'altare, per poi installare tutta l'opera nel padiglione della Tiffany & Co. all'interno dell'edificio che gli organizzatori di quella mostra avevano riservato all'artigianato e alle materie umanistiche.

«Dopo l'evento, un cliente del nonno, la signora Celia Whipple Wallace, acquistò l'intera opera con l'intenzione di trasferirla all'interno della nuova cattedrale dedicata a san Giovanni il Divino, ma non successe mai. Venne invece posizionata dentro una cripta, dove restava nascosta o non veniva praticamente utilizzata. Alla fine nel 1911 chiusero la cappella per costruirci sopra un coro. Quando mio nonno venne a sapere che le infiltrazioni dell'acqua provenienti dal seminterrato stavano rovinando i mosaici, pagò perché la cappella venisse smontata e ricollocata qui. Ci vollero due anni e mezzo. Vetrate e mosaici sono composti da più di un milione di pezzi. Come imparerai, mio nonno è un perfezionista».

A giudicare dal suo tono, mi chiesi se il signor Tiffany non metteva troppa pressione sul nipote.

Eravamo arrivati a una piccola struttura in pietra, circondata da alti alberi di pino e cespugli di alloro. La porta di legno, con una croce rudimentale incisa al centro, era già aperta. Oliver fece un passo indietro affinché entrassi per prima.

Esitai sulla soglia. Sin da quando ero venuta via da Hamilton, evitavo di assistere a qualsiasi funzione ecclesiastica. Anche alla morte di mia zia, il funerale si tenne a Lakeview, il cimitero dove erano sepolti i miei nonni, mia madre e il mio fratellastro. Per me, la liturgia era una grande ipocrisia, ma mi ripetei che questa non era la chiesa del reverendo, bensì un'opera d'arte, realizzata da Louis Comfort Tiffany.

Ero a Laurelton da meno di una settimana e mi sentivo già sicura che non mi sarei mai abituata a tutta la sua bellezza, non sarei mai riuscita a entrare in un ambiente progettato dal signor Tiffany senza trattenere il respiro. Mai avrei dato per scontato un paesaggio, un edificio, un giardino. Da quel che avevo visto fino a quel momento, in quei terreni non c'era un centimetro lasciato al caso o dall'aspetto banale. E la cappella non faceva eccezione. Quel luogo mistico emanava un bagliore etereo. Ferma poco oltre la porta, fui colta da un capogiro quando la vista si abituò alla luce abbagliante.

Ne sapevo abbastanza di architettura da capire che l'edificio era di ispirazione bizantina. Ogni superficie, il soffitto, le colonne e le arcate risplendevano di una luce calda, burrosa.

«Guarda lì», disse Oliver, indicando verso l'alto. «Mio nonno lo definisce "lampadario elettrico"».

Fissai stupita il lampadario in vetro a forma di croce. Doveva essere lungo almeno tre metri.

Nella zona anteriore della cappella, l'altare in marmo e mosaici di vetro bianco scintillava sotto il soffitto a cupola. Il dossale era decorato da un paio di pavoni sotto una corona di vetro iridescente, e in ogni dove c'era quella che ormai chiamavo la "luce di Tiffany", che filtrava dalle finestre e si rifletteva su mosaici e superfici di vetro. Se mai esisteva qualcosa di sacro sulla terra, ce l'avevo ora davanti agli occhi.

Oliver mi accompagnò a un banco di legno. «Per fortuna la funzione è molto breve», mi disse. «Mio nonno vuole soprattutto che tutti possano conoscere la cappella. Per lui il rito potrebbe esser celebrato ugualmente da un prete, un rabbino o un monaco buddista».

Un uomo anziano, con uno completo nero e un bastone da passeggio, scese da una piattaforma rialzata e decorata da un mosaico e percorse la navata diretto verso di noi. Aveva il volto soffuso da un senso di pace.

«Chi è?», chiesi a Oliver.

«Il signor Sanderson, un pianista che suona con la Filarmonica. È un grande amico di mio nonno, e ogni volta che viene qui in visita ci concede l'onore di una sua esibizione».

Il musicista proseguì lungo la navata, poi si mise a sedere davanti all'organo ospitato in una nicchia assai vicina al nostro banco. Guardando le decorazioni, non avevo dubbi che il signor Tiffany ne avesse progettato la parte esterna. Oro, abalone e smeraldo riprendevano il bagliore del lampadario. Il signor Sanderson si mise comodo e guardò lo spartito. Poi posò le mani sui tasti e cominciò a suonare.

Note forti e sonore tuonarono dalle canne e riempirono la cappella. Per qualche sublime istante potei godere di quelle potenti tonalità, poi le note cominciarono a fondersi in una melodia.

La melodia si trasformò in un ricordo. Le parole, anche se non vennero cantate nella cappella di Tiffany, mi esplosero nella mente, ciascuna portando con sé la sua minaccia.

> Guidami Tu, Luce gentile,
> attraverso il buio che mi circonda,
> sii Tu a condurmi!
> La notte è oscura e sono lontano da casa,
> sii Tu a condurmi!
> Sostieni i miei piedi vacillanti:
> io non chiedo di vedere
> ciò che mi attende all'orizzonte,
> un passo solo mi sarà sufficiente.

Un inno adorato da tutti, tranne che da me. *Guidami Tu, Luce gentile* era stato l'inno prediletto del reverendo. Apriva ogni sua funzione. E, col passar del tempo, ero arrivata a disprezzarne ogni parola e ogni nota, nella stessa misura in cui detestavo l'ipocrita che se ne stava sul pulpito a predicare una gentilezza e una compassione di cui non era capace.

> Non mi sono mai sentito come mi sento ora,
> né ho pregato che fossi Tu a condurmi.
> Amavo scegliere e scrutare il mio cammino;
> ma ora sii Tu a condurmi!
> Amavo il giorno abbagliante, e malgrado la paura,
> il mio cuore era schiavo dell'orgoglio;
> non ricordare gli anni ormai passati.

Non potevo restarmene lì seduta per il resto del brano. Mi alzai e, calpestando almeno una persona, andai verso l'estremità del banco. Sentii Oliver pronunciare il mio nome come se fosse una domanda, ma non potevo fermarmi a dare spiegazioni: dovevo uscire da lì.

> Così a lungo la tua forza mi ha benedetto,
> e certo mi condurrà ancora,
> landa dopo landa, palude dopo palude,
> oltre rupi e torrenti, finché la notte scemerà;
> e con l'apparire del mattino
> rivedrò il sorriso di quei volti angelici
> che da tanto tempo amo
> e per poco avevo perduto!

Quei volti angelici... Il volto di mia madre. Del mio fratellastro, che non avevo mai visto. Il volto della zia Grace, del quale sentivo ogni giorno la mancanza. Superai di corsa il resto della navata, che pareva non finire mai malgrado le modeste dimensioni della cappella. Tutti si voltarono. L'ultima persona che vidi fu Edward Wren: mi guardò con un'espressione intensa che mi disorientò.

Capitolo 17

Continuai a camminare, ignorando ciò che mi circondava per la prima volta da quando ero arrivata a Laurelton. Non m'interessava dove sarei finita, l'importante era fuggire lontano dalla musica dell'organo.

In meno di una settimana, si erano verificati due strani eventi. Prima il messaggio della tavola ouija, ora l'inno del reverendo. Com'era possibile che fosse solo per una mera coincidenza che, tra tutti i brani dell'innario, il signor Sanderson avesse scelto proprio quello?

La zia Grace ripeteva sempre che le coincidenze non esistevano, erano solo messaggi. Come il padre, anche lei non aveva mai trovato la fede religiosa, ma credeva che la vita avesse molto da insegnarci.

E io in cosa credevo?

Non ero più sicura.

Dopo aver vagato per un po', tornai verso la casa. Salii al piano di sopra e bussai alla porta di Minx. La mia amica mi disse di entrare.

Dentro, le tende erano accostate, la stanza avvolta nell'oscurità. Minx era a letto, esattamente dove l'avevo lasciata un'ora e mezzo prima.

«Ti senti ancora male?», le chiesi. «Devi aver passato una nottata intensa. Dove sei stata?»

«Venerdì io e Edward siamo andati a New York per una festa. Siamo rimasti lì e ieri abbiamo cenato a Harelm, al

Connie's Inn. Abbiamo bevuto troppo, e siamo rientrati tardi».

Minx e io trascorremmo insieme il pomeriggio. Quando lei si sentì meglio, uscimmo a disegnare all'aperto. Al ritorno trovai un altro biglietto di Oliver, che mi chiedeva se stavo bene, preoccupato perché ero scappata dalla cappella di punto in bianco. Mi spiegava che era venuto a cercarmi, ma non mi aveva trovato. Si augurava che sarei scesa a cenare con lui e suo nonno.

Non avevo dimenticato che, la domenica sera, gli associati erano invitati nella casa. L'occasione di cenare con il signor Tiffany era un grande onore. Scrissi un messaggio frettoloso per confermargli la mia presenza e chiesi a Graves di consegnarglielo.

Per quella prima cena con il signor Tiffany indossai l'abito nero della zia Grace, ma quando Minx venne a bussare alla mia porta per vedere se ero pronta a scendere fece di no con la testa.

«Non puoi più mettere quel vestito. Te l'ho detto, sembra esattamente ciò che è, l'abito di una donna anziana di dieci anni fa. Non ci posso credere che l'hai portato con te. Vieni».

Dopo avermi trascinata nella sua stanza, tirò fuori l'abito scarlatto che mi aveva prestato per la festa alla galleria della signora Whitney. «Indossa questo. Anzi, prenditelo. Tienilo tu. In ogni caso ti sta meglio, si abbina al tuo colorito».

Poiché era la prima volta che sedevamo alla sua tavola, il signor Tiffany ci parlò a lungo della casa e di ciò che si aspettava da noi durante il soggiorno presso la sua fondazione.

La sala da pranzo era una delle stanze decorate con maggior semplicità. Per non distogliere l'attenzione dalla vista del giardino, spiegò il padrone di casa, aveva montato finestre in vetro trasparente, sormontate da vetrate colorate nei temi del glicine, per portare l'esterno all'interno. La moquette a riquadri color cobalto creava un forte contrasto con le pareti bianche. Sulla mensola del camino in marmo bianco facevano bella mostra di sé tre orologi decorati a mosaico, uno segnava il tempo e gli altri due la data, uno il giorno, uno il mese. Tutti gli elementi di decoro erano ispirati alla natura, ogni colore era il complemento di un altro. Per quanto buono fosse il cibo, a cominciare dalla zuppa di tartaruga, il vero centro di interesse era l'ambiente che ci circondava.

«La Corte delle Fontane, il soggiorno – o stanza della foresta, come preferisco chiamarlo – e la sala da pranzo non sono disposti secondo i canoni tradizionali, ma in modo da poter trarre vantaggio dalla bellezza di questa terra. Di sicuro avrete notato come ciascuna stanza è stata progettata per offrire due visuali, una sul porto e l'altra sul fianco della collina».

I camerieri portarono via la zuppa e misero in tavola la seconda portata: filetto di spigola alla mugnaia. Mentre mangiavamo, il signor Tiffany continuò a illustrarci i suoi obiettivi per Laurelton.

Feci del mio meglio per ascoltarlo con attenzione, e ci riuscii, malgrado le occhiate che mi scambiavo con Oliver. Avevo sempre immaginato che le descrizioni del desiderio che avevo letto nei libri fossero esagerate, eccessive. Ma anche lì, a tavola, circondata da altre persone, bramavo di nuovo la pelle dorata di Oliver, volevo toccarlo, sentire la sua bocca premuta sulla mia, le mani sulla schiena, sui seni, sul ventre, tra le gambe.

A giudicare dal modo in cui mi guardava, capii che provava le stesse sensazioni.

Gli associati fecero alcune domande al signor Tiffany. Paul Cadmus fu il più insistente, ma erano comunque tutti affascinati, tranne Minx e Edward. Lei appariva stordita, lui irrequieto.

Luigi chiese al padrone di casa di descrivere la sua filosofia architettonica.

«Tutte le grandi strutture sono composte di linee semplici, come accade in natura. Tutti i grandi schemi decorativi non si impongono forzatamente allo sguardo. Il fascino delle case più raffinate sta nella mescolanza di più arti che diviene apparente quando ogni cosa ha un suo posto e un suo scopo». Il signor Tiffany indicò la sala in cui ci trovavamo. «E quando ogni dettaglio contribuisce a creare qualcosa di unitario, perfetto e completo».

Mentre ci venivano servite le pietanze successive – agnello in salsa al rosmarino, cavolini di Bruxelles con castagne, patate novelle arrosto – il signor Tiffany ci rivelò le sue speranze nei nostri riguardi.

All'altro capo del tavolo, Oliver mi rivolse un sorriso complice e mi sforzai di concentrarmi sulla voce di suo nonno.

«Ho creato la fondazione perché fosse un luogo dove gli artisti potevano trovare stimoli nell'atmosfera e nell'ambiente...».

Il sorriso di Oliver si fece più ampio, e io arrossii.

«E grazie al contatto con gli altri artisti. Come sta andando, finora?»

«Già, come sta andando?», ripeté il nipote, con una nota di provocazione nella voce e gli occhi fissi su di me.

Quando arrivò il dessert – barrette di noce e crema pasticciera – i discorsi divennero più informali, poiché tutti ci sentivamo un po' più a nostro agio al cospetto del padrone di casa.

Dopo la cena, alcuni associati lasciarono la casa o andarono in città. Altri si spostarono in biblioteca, per sigari e brandy. Oliver e io ci allontanammo di nascosto, facemmo una passeggiata e scendemmo in spiaggia. Voleva portarmi in barca a vela. Mi spiegò come aiutarlo con albero e timone, e partimmo per un breve giro sotto la luna splendente e un cielo tempestato di stelle.

«Un giorno, voglio ritrarti alla luce della luna», disse. «Sei così pallida che la luna ti dona un bagliore quasi etereo».

Ci eravamo appena allontanati dalla riva, quando sentimmo qualcuno urlare il nome di Oliver. Graves era in cima alla scalinata di pietra e la sua voce viaggiava sopra le acque.

«Signor Oliver! Signor Oliver!».

Rimase ad aspettarci mentre tornavamo sulla terraferma.

«È successo qualcosa?», chiese il giovane Tiffany.

«Suo nonno desidera vederla», rispose il maggiordomo.

«Si sente male?»

«Non che mi risulti, signore. Lui e la signorina Hanley stavano soltanto ascoltando della musica. Non mi parevano in ambasce».

Oliver mi guardò, accigliato. «Immagino sia meglio se andiamo».

Risalimmo i gradini e tornammo alla casa, dove Oliver mi augurò la buona notte per poi dirigersi verso lo studio del nonno.

Di nuovo nella mia stanza, provai a leggere il romanzo che mi ero portata dietro, *L'età dell'innocenza*, di Edith Wharton, ma nonostante la trama avvincente non riuscivo a concentrarmi. Ero troppo impegnata a chiedermi cosa ci fosse di così importante da spingere il signor Tiffany a far convocare Oliver dal maggiordomo.

Chiusi il libro e valutai la possibilità di scendere a cercarne un altro. Sapevo che c'era una biblioteca nel fumoir, tra spade e armature giapponesi, ma Oliver era andato proprio in quella sala per vedere suo nonno.

Ancora non avevo risposto alla lettera di Ben e cominciavo a sentirmi in colpa, così mi sedetti alla scrivania e presi penna, carta e inchiostro, stupendomi ancora una volta perché, nel mondo del signor Tiffany, anche gli oggetti più semplici erano opere d'arte.

Passai le dita sui simboli in sbalzo che decoravano il foglio, aprii il calamaio di ottone e vetro verde, e pensai a cosa scrivere.

Ero irrevocabilmente cambiata da quando gli avevo spedito la lettera precedente. Ben era stato l'ultimo uomo che avevo baciato prima di arrivare a Laurelton Hall. L'unico che avevo accettato di frequentare da quando mi ero iscritta all'accademia. Lui credeva che per certi versi fossimo una coppia, e l'avevo creduto anch'io; ed era anche convinto che, una volta tornati – io da Laurelton e lui da Albany – avremmo continuato a vederci. Ma in una notte e due giorni era tutto cambiato.

Quindi, cosa dovevo dirgli? Non mi aveva chiesto nessun impegno, prima di partire. Gli volevo bene, ma non ci eravamo promessi nulla. Non gli dovevo delle scuse. D'altro canto, neanche Oliver e io avevamo parlato di quale sarebbe stato il nostro futuro. E anche se quando ero insieme a lui mi sentivo sicura che fosse quello il mio posto, lì da sola nella stanza, lo sguardo fisso sulla carta, mi resi conto che tale certezza era infondata.

Invece di fare confessioni sconsiderate sui moti del mio cuore, scrissi a Ben della casa, degli altri artisti e dei paesaggi. L'unica cosa che gli rivelai fu che ero confusa dal comportamento di Minx e incerta sul da farsi. Gli dissi che la signora Deering mi aveva chiesto di tenere d'occhio la figlia e, in particolare, il suo ex fidanzato Gerald, e gli spiegai che invece di lavorare a quadri e sculture Minx era sempre in giro con Edward, e temevo che quest'ultimo avesse una pessima influenza sulla mia amica.

In chiusura, dissi a Ben che il signor Tiffany non leggeva l'«Herald Tribune», ma avevo appreso che il giornale era venduto in città, e avevo deciso di andare a comprarne una copia al mattino e chiedere all'edicolante di conservarmene una ogni giorno, così da restare aggiornata sul suo processo.

E lo feci. Lunedì mattina andai in bici fino in città e comprai una copia del «New York Herald Tribune». Poi attraversai la strada, entrai nella caffetteria Laurel Hollow, ordinai una ciambella e una tazza di caffè e cominciai a leggere l'ultimo articolo di Ben su quello che veniva definito, ovviamente, il processo del secolo.

Quando girai la pagina per continuare, lanciai un'occhiata fuori dalla vetrina e vidi un tizio appoggiato alla parete del negozio di generi alimentari. Era all'ombra e portava un cappello, quindi non potei distinguere il viso, ma a giudicare dalla posizione pareva stesse guardando proprio me.

Ripresi a leggere e avevo quasi finito quando sentii suonare un campanello. Alzai lo sguardo mentre la porta si apriva e Oliver entrava nel locale.

«Ti dispiace se ti faccio compagnia?», chiese, pur avendo già preso una sedia per sé.

«Certo che no».

«Ero venuto in città a ritirare certi libri che avevo ordinato. Non mi aspettavo di incontrare nessuno della colonia, men che mai te, ma sono felicissimo».

Indicai il giornale. «Sto seguendo un processo, e volevo sapere com'era andato dal giorno della mia partenza».

Oliver diede un'occhiata. «L'"Herald Tribune" ha la nomea di eccedere con il sensazionalismo. Io leggo il "New York Times"».

«Io lavoro per l'"Herald Tribune"», gli risposi. «Come ritrattista in tribunale».

L'avevo già confessato a suo nonno, e non volevo che lui rimanesse stupito o imbarazzato quando l'avesse scoperto.

«Ti chiedo scusa. Sono stato incredibilmente scortese».

«Non lo sapevi. Non potevi saperlo, e ti capisco. Io stessa avevo delle perplessità riguardo all'idea di lavorare per questo giornale – per *qualsiasi* giornale, in realtà – ma un caro amico mi ha fatto cambiare idea».

A quel punto arrivò la cameriera e Oliver ordinò quello che avevo preso io.

«Ho le mie difficoltà con la carta stampata, con i giornalisti, con il modo in cui funziona l'intero settore», mi disse poi. «Credo non ci sia abbastanza oggettività, e che siamo tutti manipolati. Quel giornale è sempre stato uno dei peggiori, e nonostante abbia sentito dire che stavano cercando di ridargli una reputazione, non ne ho mai visto le prove».

«Oh, ma è ovvio che siamo tutti manipolati».

«Lo dici con grande convinzione. Parli per esperienza diretta?»

«Qualcuno che conosco», risposi, poi feci una risata ironica.

«Quando passi otto anni a nascondere la verità, a volte è difficile smettere».

«Esatto». Lo guardai. Come faceva a saperlo così bene? «Quando è successo a me, i giornali sono stati assai lesti a trarre conclusioni, a usare l'articolo per vendere più copie, a insistere sui dettagli più scabrosi».

«Sì». Oliver sospirò. «È quello che fanno. E al diavolo conseguenze e ripercussioni».

Guardai di nuovo fuori e vidi che il tizio di prima era ancora appostato lì, sulla strada di fronte.

In quel preciso istante tornò la cameriera, ostruendomi

la visuale, ma dopo che ebbe consegnato l'ordinazione di Oliver e riempito di nuovo la mia tazza, mi accorsi che quello strano tipo era sparito. Rabbrividii per l'agitazione: quell'uomo era rimasto nell'ombra, forse mi aveva addirittura osservato.

«Hai freddo?», chiese Oliver. «L'aria si è rinfrescata, in effetti. Bevi un sorso di caffè, ti scalderà».

Feci come mi suggeriva, mentre lui diede un morso alla sua ciambella.

«Tutto bene con tuo nonno ieri sera?», gli chiesi poi.

«Sì. Mi dispiace. Voleva… voleva parlarmi».

Oliver spostò la tazza di qualche centimetro a destra, poi la riportò dov'era, riflettendo su cos'altro dire.

«Va tutto bene, non devi raccontarmelo per forza», dissi.

«Sei davvero eccezionale. Sei diversa dalle altre ragazze, che vogliono sapere sempre tutto, fanno milioni di domande e hanno bisogno di infinite rassicurazioni».

«Si direbbe che hai fatto un sacco di esperienze».

«Abbastanza. Finché non ho incontrato Camille, poi ci siamo fidanzati e non c'era più nessun'altra».

«A Parigi?»

«Sì».

«E lei è ancora lì?».

Oliver scosse il capo. «Siamo stati insieme dall'ultimo anno della guerra fino a luglio scorso, quando lei è morta di influenza».

«Oh, mi dispiace!», esclamai, sconvolta. Oliver era così giovane. Non immaginavo che potesse aver affrontato una tale tragedia.

«Ero rimasto comunque a Parigi, ed ero convinto che ci sarei rimasto per sempre. Poi il nonno si è ammalato… ed eccomi qua».

«Ma ora il signor Tiffany sta bene?»

«È irascibile. Autoritario. Invadente e ostinato. Ma sta bene».

«Perché invadente?»

«Mio nonno è stato un ribelle, il pioniere di una nuova forma d'arte. Quello che ha realizzato con il vetro non era mai stato neanche tentato prima di lui, ma non è in grado di accettare i miei quadri o i miei gioielli. E più tempo passa, più insiste a dire che sto creando solo "spazzatura moderna", come la definisce lui. È convinto che il mio talento – il mio unico vero talento – riguardi il mondo degli affari, come per mio padre».

«Ma è terribile, Oliver. Non ho mai visto i tuoi gioielli, ma ho visto i quadri e sì, la tua arte è moderna, ed è proprio questo a renderla così emozionante. È diversa e unica, ed è tutto fuorché spazzatura. Perché non riesce a vedere la tua bravura?»

«Mi rimangio quello che ho detto».

«Cioè?»

«Che non fai troppe domande».

«Oh, scusami».

Oliver si allungò a prendermi la mano. «Stavo solo scherzando. In verità, adoro le tue domande: arrivano dritto al cuore dei problemi».

«Non avevo intenzione...».

All'esterno scoppiò un certo clamore. Un camion era finito contro un'automobile, e i passanti stavano arrivando di corsa sulla scena.

Oliver si alzò e uscì subito dal locale. Lo seguii.

Si fece largo tra la folla per arrivare al teatro dell'incidente.

«Si è fatto male qualcuno?», chiese alle persone ferme in piedi accanto al camion.

«No», rispose il conducente. «La macchina era vuota. Parcheggiata proprio lì, in mezzo alla strada, roba da non credere».

Oliver tornò indietro e mi prese per un braccio. «Devo rientrare a pagare il conto. Poi ti accompagno a Laurelton Hall».

«Sono venuta qui in bicicletta».

«Anch'io. È perfetto. Così possiamo tornare insieme».

Mentre attraversavamo la strada, gli dissi che ero felice che nessuno si fosse fatto male.

«Anch'io. So qualcosa di pronto soccorso, ma di sicuro non sono un dottore».

«Ma sei meraviglioso quando si tratta di curare tagli e lividi», risposi, e gli mostrai il palmo, ormai quasi guarito.

Lui mi prese la mano e la baciò appena sopra la ferita. Fui percorsa da un lampo di lussuria. Non avevo mai provato nulla del genere. Dunque era questo il desiderio. Mi chiesi come avrei fatto a sopravvivere.

Mentre Oliver pagava il conto, mi resi conto che non mi aveva ancora riferito cosa gli aveva detto suo nonno quando l'aveva convocato nel suo studio. Sapevo solo che l'aveva turbato. Mi dissi che comunque non erano affari miei. Uscendo dal locale rividi lo stesso uomo di prima, ma adesso se ne stava fuori dall'emporio, dove avevo comprato il giornale, ed entrò di corsa nel negozio.

«Che c'è?», chiese Oliver.

«Niente, un uomo… l'avevo già visto prima».

«Ma qualcosa ti turba. Di cosa si tratta?»

«Non ne sono sicura».

«Credi che ti stia seguendo?»

«Forse, ma perché dovrebbe?»

«Magari dovremmo andare a controllare».

Oliver mi prese a braccetto. Attraversammo la strada ed entrammo nell'emporio.

Il proprietario stava servendo una donna di mezza età, ma si girò al nostro ingresso.

«Arrivo subito», disse.

Ci guardammo intorno, tra gli espositori di giornali e riviste, dolciumi, ripiani dedicati alla cancelleria, inchiostri e tante altre merci, alla ricerca dell'uomo misterioso.

«Qui non c'è nessuno», dichiarò Oliver.

Stavo camminando tra gli scaffali quando notai una luce proveniente dal retro. «Oliver, guarda. C'è un'uscita posteriore». Andammo lì e vedemmo che era leggermente aperta.

La spalancai e uscii in un vicolo angusto e deserto. L'eco dei passi in corsa divenne più debole a ogni battito del mio cuore.

Capitolo 18

Mentre tornavamo in bici alla Tiffany Foundation, Oliver mi rivelò che prima del pranzo lui e il nonno sarebbero partiti per New York.

«Non resti tutta la settimana?», domandai cercando di celare la delusione nella voce.

«Avrei voluto, ma il nonno ha cambiato idea. Non torneremo prima di giovedì sera o venerdì a metà mattina. C'è in ballo la commissione per una finestra in vetro colorato piuttosto grande, e vuole che la supervisioni insieme a lui: fa tutto parte del mio addestramento. Ora che mi sono impegnato a imparare il mestiere, non posso mica sparire».

«No, non puoi».

«Sentirai la mia mancanza?», mi provocò Oliver.

La bici oscillava sull'acciottolato, e anch'io mi sentivo scossa. Come dovevo rispondere? Avevo bisogno di sentire le sue mani tra i capelli, sulla schiena, volevo che mi tirasse a sé. Dichiarargli il mio desiderio sarebbe stato eccessivo, ma non era solo questo a trattenermi: se l'avessi fatto, sarei stata vulnerabile. Oliver avrebbe saputo cosa provavo, e questo gli avrebbe dato potere su di me, oltre a distogliermi dal mio lavoro. In fin dei conti, mi trovavo a Laurelton per lavorare, non per farmi corteggiare dal fascinoso erede della dinastia.

«Oddio, Jenny. Non ti ho mica chiesto di scrivere un trattato sui tuoi sentimenti, mi bastava un "sì, mi mancherai"».

Oliver ridacchiò e mi girò intorno, tagliandomi la strada e costringendomi così a fermarmi.

Eravamo su un sentiero stretto da qualche parte all'interno della proprietà del signor Tiffany. Gli uccelli cantavano tra i rami sopra di noi. Dopo aver fatto un altro giro intorno a me, Oliver scese dalla bicicletta e la appoggiò a un albero. Poi mi aiutò a smontare dalla sella e sistemò la mia bici accanto alla sua.

«Da questa parte». Mi prese la mano, portandomi lontano dalle bici. Ci inoltrammo nel bosco, al riparo di torreggianti conifere. Mi tirò giù, accanto a lui. Il terreno era tutto coperto di aghi di pino: un tappeto comodo e odoroso. Oliver allungò una mano e mi passò le dita tra i capelli.

«Sei tutta scapigliata», disse, «e sconvolta. Mi piace. Ma per gran parte del tempo, non fai che trattenerti. Non ti farò del male, te lo prometto». Si sporse in avanti e mi baciò la fronte.

«Come fai a sapere esattamente a cosa stavo pensando?».

Lui mi accostò un dito alle labbra. «Te l'ho detto. Siamo legati, io e te. E lo saremo sempre più, ogni volta che faremo questo». Si chinò su di me per baciarmi. Prese il mio labbro inferiore tra i denti, tirò piano, morse con delicatezza, poi lo lasciò andare. Pressione, tregua. Pressione, tregua. Mi cedettero le gambe quando Oliver mi tirò ancor più vicino a sé. «O questo». Le dita si mossero lungo il mio collo, scesero sulle spalle, poi mi sbottonò la camicetta e insinuò le mani all'interno. Si lasciò sfuggire un gemito roco di piacere e si piegò a baciare il punto in cui si incontravano le clavicole, poi scese e scese ancora, fino a posare le labbra e la lingua sul mio seno. Mi sbottonò i pantaloni quel che bastava per infilarci dentro la mano, e subito i miei gemiti si unirono ai canti degli uccelli. Mi tolsi i pantaloni ed ebbi l'audacia di occuparmi dei suoi, affinché fossimo entrambi nudi nei boschi di Laurelton.

Poi giacemmo insieme, ancora avvinti, continuando a dondolare, a ondeggiare. Avevo il fiato corto, e non riuscivo a respirare a fondo o più lentamente.

«Stai bene?»

«Tra… un po'…».

«Dovrò cominciare a portarmi dietro delle protezioni per il resto dell'estate, se non imparo a controllarmi meglio di così».

«Minx conosce un dottore in città che vende contraccettivi». Ero stupita per aver superato la vergogna a tal punto da parlare di anticoncezionali con grande naturalezza.

«Non voglio che tu debba tornare in città e spezzare l'incantesimo di questo posto. Me ne occuperò io. Ora, basta con questi dettagli triviali. Mi mancherai quando sarò a New York, Jenny. E io ti mancherò?».

Feci un gran respiro e guardai l'uomo che avevo davanti, la pelle liscia e olivastra, i capelli come onde di seta nera, gli zigomi alti e il sorriso a volte diabolicamente dolce che saliva fino agli occhi azzurri come ghiaccio, e mi costrinsi a rispondere.

«Sì».

Una volta tornati alla casa, mi ricomposi e incontrai Oliver di sotto per un saluto più formale. Chiacchierammo mentre aspettavamo suo nonno, che arrivò poco dopo. Mi agitai, ripensando a quello che era appena successo: non volevo che mi vedesse come un'irresponsabile.

«Signorina Light, mi auguro che passi il tempo in modo produttivo, mentre noi siamo via. Mi aspetto di trovare un'opera che comprenda colori accesi, al mio ritorno».

Oliver parve perplesso. «Colori accesi?».

Il signor Tiffany rivolse al nipote un'occhiata stupita. «Hai visto il quadro col quale si è candidata la signorina Light. Be', tutte le sue opere sono così, perché svuota il mondo di colore nel tentativo di arrivare all'essenza della luce. Io sto provando a dimostrarle che non troverà mai la luce che sta cercando, se non supera la paura del colore».

Oliver mi guardò. «Credo che la signorina Bell non abbia paura di niente. Deve solo capirlo anche lei». Mi fece l'occhiolino, e mi augurai che il signor Tiffany non se ne fosse accorto.

«Andiamo, Oliver». Il tono era freddo. «Il treno ci attende». Si rivolse di nuovo a me. «Si assicuri di non sprecare il suo tempo qui, signorina Light. Questo posto è un dono. Se lo ricordi».

Ero agitata mentre li guardavo uscire dalla porta. L'ultimo commento del signor Tiffany era stato davvero pungente come sembrava? Mi aveva minacciata o si comportava solo come un vecchio zio?

Dopo essermi seduta accanto alla fontana di vetro, cercai di meditare come mi aveva insegnato la zia Grace. Controllai il respiro, concentrandomi sulla forma del vaso e su come l'acqua cambiava colore, verde, verde-azzurro, blu, porpora, rosso, arancione, giallo, di nuovo verde. Il signor Lothrop aveva spiegato a me e Minx che il signor Tiffany non solo trovava rasserenante il rumore dell'acqua, ma credeva anche che inducesse uno stato mistico. Spesso sedeva a contemplare in silenzio una delle fontane sparse per la proprietà, soprattutto questa, la più magica di tutte. Ma la musica dell'acqua che fluiva dalla fontana di vetro non mi cullava. I colori non mi placavano. Per quanto m'impegnassi, continuavo a sentirmi ansiosa e incerta.

Capitolo 19

Ero ossessionata dalle parole del signor Tiffany, quindi mi sforzai di trovare ispirazione nell'ambiente che mi circondava. Lunedì mattina, mi aggrappai all'idea di realizzare uno studio delle fontane con la tecnica del guazzo. Eppure passavo quasi più tempo a sognare Oliver a occhi aperti che a dipingere. Non ero abituata al mio corpo: le sue bramosie mi sconvolgevano. Intingevo il pennello nell'acqua e sparivo in un turbine di sensazioni, o mi perdevo nel ricordo di come appariva Oliver chino su di me, o rammentavo il profumo dell'acqua di colonia sulla sua pelle calda.

I primi giorni della seconda settimana a Laurelton Hall furono per me solitari e pieni di frustrazione. Oliver rimase a New York con suo nonno. Minx era via con Edward, e quando si presentavano a tavola erano sempre seduti insieme.

Mercoledì, a mezzogiorno, avevo terminato i quadri di quattro fontane ed ero sulla terrazza inferiore nel tentativo di riprodurre quella con i cristalli di rocca sulla quinta tela. Tutte quelle superfici di quarzo erano alte almeno mezzo metro. Il sole che splendeva sul getto d'acqua disegnava arcobaleni sopra la fontana. Stavo studiando i giochi di luce quando sentii la voce di Minx.

«Eccoti qua, finalmente. Ti ho cercata dappertutto. Una delle cameriere mi ha detto di averti vista qui. Vado a mangiare qualcosa per pranzo. Vieni con me?».

Aspettò mentre mettevo via le mie cose, poi mi prese a braccetto e ci avviammo insieme.

«Mi sembri di buon umore», dissi.

«Stavo lavorando. Dopo pranzo ti faccio vedere».

Mangiammo qualcosa, poi andammo allo studio. Nell'angolo riservato a Minx c'erano quattro foglie di diverse dimensioni fatte con argilla rossa. Erano scolpite con gran cura e talento, ricche di dettagli.

«Sono bellissime», dissi.

«Ci ho lavorato per qualche giorno», mi spiegò lei. «Credo di aver capito su cosa mi concentrerò finché sarò qui».

Di sicuro mi avrebbe impressionato di più, se non avessi saputo quanto lavorava in fretta. Quattro foglie in altrettanti giorni erano poca roba, per lei, ma forse faticava come me a trovare la concentrazione. A quel pensiero, mi girai verso la postazione di Edward Wren e fui stupita di vedere che ci stava osservando. Alle sue spalle c'era una grande tela. Pur lungi dall'essere completa, l'opera era impressionante: era lunga almeno due metri e mezzo, alta quasi due. E, nel guardarla, mi sembrò di essere appena entrata nella foresta. Potevo quasi sentire il profumo dei pini e l'aria fresca sul viso.

Avevo visto i lavori di Edward durante i corsi che frequentavamo insieme all'accademia. L'impazienza finiva sempre per rovinare la potenza delle sue tele: le abbandonava prima che fossero davvero complete. Si impegnava molto, ma a volte i suoi sforzi diventavano troppo palesi. Pensavo avesse quella scintilla che separa chi è bravo da chi è grandioso, ma che non l'avesse mai sfruttata pienamente. Lì alla fondazione, avevo visto la stessa scintilla in pieno sboccio nelle opere di Paul Cadmus. E di Luigi. E sapevo che caratterizzava anche il talento di Minx. Adesso la stavo guardando divampare nel quadro di Edward. Quel dipinto conteneva la promessa di qualcosa di maestoso.

«Sono davvero colpita», gli dissi.

«Questa volta non mi lascerò sfuggire l'occasione», rispose.

«Questa volta?». Non ero sicura di capire cosa intendesse: c'erano poche interazioni tra noi; e di sicuro mai riguardo a un dipinto.

«Scusa», mi disse lui, scuotendo il capo. «Pensavo ad altri tempi, altri posti».

Diedi un'altra occhiata alla sua tela. Era migliorato davvero tanto. Aveva fatto un enorme passo avanti.

«Ora, incantevoli signore, se volete scusarmi, devo mettermi al lavoro», annunciò Edward, ponendo fine al mio scrutinio.

«Be', che maleducato», lo rimproverò Minx. «Vieni, Jenny. Hai visto a cosa sto lavorando io, e cosa sta facendo Edward. Tu che combini?».

Tornammo alla mia postazione e tirai fuori il quaderno dei disegni. «Mi sento un po' persa. Sopraffatta, forse».

Minx sfogliò le pagine, guardando i disegni e le campiture. Sapevo che avrei dovuto darmi da fare durante quel soggiorno alla fondazione, spingermi oltre i limiti angusti di ciò che ero solita realizzare. Fare un passo indietro e guardare tutto da una prospettiva più ampia, espandere la scena, aggiungere i colori. Ma tutte le pagine che la mia amica girava erano piene di luci e ombre monocromatiche.

Si soffermò su una serie di alberi bruciati che avevo scoperto in un angolo remoto della proprietà. Per qualche motivo, i rami spogli e la cornice carbonizzata mi avevano affascinato.

«Sei così attratta dal gotico. Li adoro. Sei riuscita a farli sembrare belli eppure inquietanti. E se provassi a…». Prese una matita e la tenne sospesa sopra il quaderno. «Posso?»

«Certo».

«Se questo lo trasformassi in un quadro, trattandolo come un trittico…». Tracciò alcune linee lungo il disegno, separandolo in tre parti, e poi aggiunse qualche altro ramo.

Con appena qualche tratto aveva fatto una grande differenza. Aveva istinti assai sofisticati, un occhio capace di cogliere ogni sfumatura, e riconosceva subito il potenziale di un'opera. Mentre la guardavo, mi venne un'idea. Mi girai di nuovo verso la tela di Edward, che non stava lavorando, ma ci osservava. I nostri sguardi si incrociarono.

«Credo che così sia perfetto, non trovi?», mi chiese Minx.

«Non avevo pensato a una soluzione del genere».

«Questo posto è una miniera di ispirazioni».

«Lo è davvero. E non potrò mai ringraziarti abbastanza».

«Quindi mi perdoni per aver preso il tuo quadro senza chiedere il permesso?». La voce di Minx sembrava quella di una ragazzina spaventata dall'idea che i genitori la puniscano.

«Ma certo». Provai a dirlo come se lo pensassi davvero.

«E per aver portato qui la tavola ouija?».

Esitai. Un brivido mi percorse la schiena.

«Pensavo solo che sarebbe stato divertente», insisté lei.

«È un gioco pericoloso, Minx. Devi promettermi che non la userai più».

«Sembri mia madre».

«Perché lei sa cos'è lo spiritismo. Dovresti darle retta. Non c'è bisogno di crederci per rispettarlo».

La mia amica s'imbronciò, le tornava comodo mostrarsi offesa: era davvero impossibile avercela con lei.

«Sì, ti perdono».

Parve sollevata. «Prendiamo un tè, prima di tornare al lavoro».

Uscimmo dallo studio e andammo alla biblioteca, dove ogni pomeriggio dalle tre alle quattro viene servito il tè.

«Sei uscita all'alba», mi disse Minx. «Ti ho cercata per la colazione».

«Ti eri svegliata così presto?», chiesi, prendendola in giro. «Non ti ho vista a colazione per tutta la settimana».

«Sì, mammina. Allora, dov'eri andata?»

«In città, per prendere l'"Herald Tribune" e aggiornarmi sul processo di Ben».

Ci riempimmo le tazze e andammo a sederci vicino alla finestra.

«Va avanti da così tanto tempo... la fine è in vista?», chiese lei.

«Stanno ancora convocando i testimoni. Il "processo del secolo" è ancora lungi dal concludersi. Ma non temere, Ben mi ha assicurato che quando sarà finito ci sarà subito un altro "processo del secolo"».

«Ti scrive spesso?»

«Ho ricevuto tre lettere da quando siamo qui».

«E tu gli rispondi, vero?»

«Certo».

«Mi sembri distratta. C'entra qualcosa Oliver?».

Bevvi un sorso di tè.

«E non fare quella faccia stupita. Ho visto come ti guardava domenica sera. Hai intenzione di dirmelo, cosa sta succedendo tra voi due?».

Era stato facile raccontarle di Ben, ma adesso era diverso. Ciò che Oliver e io avevamo condiviso mi sembrava per certi versi sacro, non era l'argomento di chiacchiere tra ragazzine. Chissà se lui la pensava allo stesso modo. Aveva qualche amico a New York, con il quale magari si stava vantando proprio in quel momento? Non credevo proprio, ma avevo così poca esperienza con gli uomini da non poterne essere certa.

Minx sbadigliò.

«Stanca?»

«C'è un locale clandestino a Newport». Sembrava confusa. «Ci siamo andati ieri sera e ce la siamo spassata. È in un garage in fondo a un vicolo tra una taverna e una gelateria».

«Chi c'era?», chiesi, e lei elencò cinque ragazzi. La risposta mi parve in tutto e per tutto normale finché non fece il nome di Edward e colsi una strana nota nella sua voce. «Fino a che ora siete rimasti?»

«Fino a mezzanotte. La prossima volta devi venire anche tu. C'è una jazz band così brava che ti sembra di stare a Harlem, e il barista ha inventato una sua versione dell'Hanky Panky che fa impallidire quello che ho bevuto al Savoy di Londra».

Volevo chiedere se offrivano altro a parte i cocktail, ma mi aveva già paragonata alla madre due volte. Non volevo sembrare condiscendente, anche se prendevo sul serio la richiesta della signora Deering di tenerla d'occhio. E mi rendevo anche conto che non lo facevo solo per placare le ansie di una donna alla quale dovevo tanto. L'istinto mi diceva che la mia cara amica forse era nei guai. Ancora non erano apparse tracce del famigerato Gerald Tanner, ma qualcun altro stava gettando su di lei la sua ombra, qualcuno che rispondeva al nome di Edward Wren.

«La prossima volta ci verrò», risposi, e anche se non ne avevo voglia ero convinta che fosse necessario. Almeno per accertarmi che nessuno stesse tentando la mia amica perché tornasse sulla cattiva strada.

«Magari verrà anche Oliver», aggiunse lei.

Inarcai le sopracciglia. «E dai, Minx».

«Non hai ancora risposto alla mia domanda», ribatté.

«Su cosa?», chiesi, con ritrosia.

«Su cosa sta succedendo tra voi due».

«Oliver mi piace», risposi. «Non fingerò che non sia così. Ma è il nipote del signor Tiffany, e io sarò qui solo per la sessione estiva».

«Oh, non mi fare discorsi di classe, signorina Bell. Siamo nel 1924! Certe cose non importano più a nessuno. I nobili si mescolano ai plebei di questi tempi. Si sposano persino. O non te ne eri accorta?». La voce, leggera e gioviale all'inizio, si era fatta più dura.

«Che succede?», chiesi.

«Niente».

«Si tratta di me? O di te?», insistei. «Ha a che vedere con Edward?».

Questa volta fu lei a rimanere in silenzio.

«Sei preoccupata perché lui è di umili origini? La vostra storia è diventata così seria che pensi di parlarne ai tuoi genitori?»

«No». Minx prese la tazza e bevve un sorso, senza aggiungere altro.

Tornammo allo studio per lavorare un po'. C'erano Paul e Luigi. Nessuno dei due era particolarmente loquace, e così l'ambiente era tranquillo. Da quel che avevo visto, consideravo Paul uno dei pittori migliori, un serio candidato al premio della Tiffany Foundation. Per quanto mi sarebbe piaciuto vincere a mia volta, non credevo di avere alcuna possibilità.

Dopo circa mezz'ora, entrarono insieme Louis e Edward. Il primo andò alla sua postazione. Edward venne verso di noi, si avvicinò a Minx e le sussurrò qualcosa all'orecchio. Lei ridacchiò. Io osservai di nuovo il suo sguardo. Perché continuava a turbarmi? Tornai a concentrarmi su di lui.

Ma non mi ero accorta che lo stavo fissando finché non si girò e vide che lo tenevo d'occhio. Allora aggrottò la fronte, e mi sentii sulle spine. Forse era più simile a Gerald Tanner di quanto immaginassi. Aveva la pistola con sé anche lì alla Tiffany Foundation? Visto che contrabbandava alcol, era possibile che si occupasse anche di oppio?

Minx mise giù lo scalpello e disse: «Vado fuori a disegnare».

«Vuoi compagnia?», le proposi.

Lei non si girò neppure. «No, grazie. C'è Edward».

«Fai attenzione, Minx».

«A Edward?»

«Sì».

«Oh, non ti preoccupare. È un burbero solo all'apparenza. Ha conosciuto tempi duri».

«Dici sempre così, e lo so che lui ti piace, Minx, ma non esagerare con l'altruismo. Sei qui per l'arte».

Lei non ignorò il mio commento come faceva ogni volta, quando le facevo notare che si spendeva sempre troppo per aiutare qualcuno. «Questa volta è diverso. L'hanno distrutto. Ha visto cose orribili».

Le misi una mano su un braccio, trattenendola per un istante prima che andasse via. Volevo dirle qualcosa che lasciasse il segno. Volevo raccomandarle di andarci piano e stare attenta. Ma era così ostinata. Sapevo che se avessi insistito troppo, come faceva sua madre, Minx avrebbe fatto l'esatto opposto, andando incontro a quei pericoli dai quali volevamo tutti proteggerla.

Capitolo 20

Quella notte dormii con le finestre aperte, e forse fu la brezza salata a dare freschezza ai miei sogni, ma ero comunque grata che fossero tutti sul presente e non sul passato. Mi svegliai presto e passai la giornata a dipingere altre due fontane. Evitai gli altri associati. Volevo stare da sola con i miei pensieri dolci su Oliver. Vivere nel bozzolo di seta dei ricordi che avevamo cominciato a intessere con ogni bacio, ogni carezza e sussurro.

Tuttavia alla fine andai alla sala comune per la cena, e poi mi lasciai convincere da Minx a unirmi al gruppo diretto a Newport. Ci ritrovammo così in nove intorno a un grande tavolo circolare. Sette associati: io, Paul, Luigi, Minx, Edward, Henry e Tristam. Più Mabel Cantor, impiegata presso la banca di Oyster Bay, e sua sorella Edith, che lavorava in un negozio a Snouder. Avevano entrambe poco più di vent'anni, erano spensierate e vivaci, vestite con abiti succinti e audaci, azzurro quello di Edith e color panna quello della sorella.

Mabel mi raccontò che avevano imparato a conoscere meglio l'arte grazie ai borsisti della Tiffany Foundation la scorsa estate, ed erano stati proprio loro a scoprire quel locale clandestino. Edith disse che, da allora, lei e la sorella avevano visitato il Metropolitan Museum di New York.

«Crediamo che gli artisti siano davvero affascinanti», aggiunse.

La musica blues permeava la taverna fumosa, insieme all'odore di tabacco e marijuana. Osservai Minx, che però non si accostò mai alle labbra qualcosa di diverso dai suoi cocktail e dalle normali sigarette. Tuttavia, sapere che in quel locale circolavano droghe mi rendeva ansiosa.

Ripensai ai segnali che sua madre mi aveva detto di controllare. Dormiva effettivamente molto. E capitava spesso di non trovarla nella sua stanza o nello studio. E, nelle due settimane trascorse a Laurelton, aveva combinato davvero poco. Tutto questo poteva indicare che aveva ricominciato a drogarsi con l'oppio ma anche che, semplicemente, passava troppo tempo con Edward.

In quel momento i due si alzarono per ballare, e guardai i loro corpi che si muovevano in perfetta sincronia, così sensuali e allusivi da farmi arrossire.

Cosa ci trovava in lui? Certo, era affascinante, ma anche pericoloso. Mi sforzai di vederlo come l'artista esotico descritto dalla mia amica. Un uomo che aveva vissuto momenti difficili, che aveva una pistola e guidava un camion lungo strade buie, trasportando merci illegali, sfidando la legge e la sorte.

Mentre ascoltavamo musica jazz e sorseggiavamo Gin Fizz e Hanky Panky, vidi la mano di Hank insinuarsi sotto il tavolo e notai la reazione di Mabel. L'artista era riuscito con perizia a tenere la ragazza appollaiata sul bordo della sedia. Tristam e Edith raggiunsero Edward e Minx in pista, dove danzarono anche loro, avvinghiati, come se nessuno li stesse guardando, con la lussuria che tracimava a ogni passo sensuale.

Quando la band fece una pausa, tornarono tutti al tavolo. Un cameriere prese le nostre ordinazioni, un altro giro di cocktail. Minx aprì l'astuccio d'argento e tirò fuori una sigaretta. Edward le prese l'accendino, e lei gli tenne la mano mentre accostava la punta della sigaretta alla fiamma. Poi, prima che lui spegnesse l'accendino, Minx soffiò sulla fiamma rivolgendogli un'occhiata molto esplicita. Edward si leccò il labbro inferiore. La mia amica gli fece l'occhiolino.

«Sapete della festa di questo fine settimana, vero?», ci chiese Tristam.

«Quale festa?». Minx scattò sull'attenti. «È proprio quello di cui abbiamo bisogno. Laurelton è stupenda, ma anche un po' noiosa, non vi pare?».

Luigi e Paul si scambiarono uno sguardo: probabilmente non condividevano quel parere.

«Noiosa?», chiese Edward, offeso. «Non ti intrattengo abbastanza?»

«Non dicevo in quel senso», rispose Minx.

«Ho visto i camion che risalivano lungo il viale per portare provviste stamattina, e ho ficcato un po' il naso in giro», raccontò Tristam. «Lothrop mi ha detto che il signor Tiffany organizza sempre un ricevimento all'inizio di ogni nuova stagione della colonia. Siamo tutti invitati, insieme ad altri protagonisti della scena artistica, oltre a collezionisti e personaggi di spicco provenienti dalla città e dai dintorni. L'evento speciale della festa sarà la partecipazione di Thomas Edison».

«Ho sentito dire che Tiffany è un buon amico dell'inventore», intervenni, rivelando a tutti ciò che mi aveva detto Oliver. «Si conoscono da più di cinquant'anni. Le creazioni elettriche di Edison hanno cambiato le opere in vetro del signor Tiffany, dando nuova vita a finestre e paralumi».

«Be', questo fine settimana il signor Edison porterà una nuova invenzione», annunciò Tristam.

«Davvero?», chiese Paul. «Sai di cosa si tratta?»

«A sentire Lothrop, verrà qui a provare il suo telefono spiritico».

«Va bene, abbocco all'esca», dichiarò Minx. «Qualcuno di voi sa cos'è?».

Tristam rispose prima che potessi farlo io, e ne fui lieta, perché preferivo non parlarne. «Il signor Edison è convinto di aver inventato un telefono in grado di spingersi oltre questa dimensione per contattare chi l'ha abbandonata».

«Be', sembra più semplice da usare di una tavola ouija, questo è poco ma sicuro» disse la mia amica, lanciandomi un'occhiata.

«Noi ce l'abbiamo, una tavola ouija», si inserì Mabel. «È strano quando quella cosina si muove in giro a grande velocità, e giureresti che non la stai spingendo, vero?».

Minx annuì.

«Tu credi nei fantasmi?», le domandò l'altra.

«Siamo *tutti* affascinati dal mondo degli spiriti, no?», fece Minx altezzosa.

Era vero. Sin da prima della guerra, c'era stato un grande interesse per certi fenomeni paranormali, ma dopo il conflitto era aumentato a dismisura. La perdita di milioni di vite umane spingeva madri, padri, sorelle, mogli, amanti, figli e figlie a cercare disperatamente una forma di consolazione. L'idea che fosse possibile imbrigliare l'energia psichica portava alla speranza di poter scoprire altri segreti, prima reputati inaccessibili. La Rivoluzione industriale, con la sua enfasi sulla scienza, aveva alimentato una tipologia opposta di interesse per ciò che era impossibile conoscere o quantificare.

«Credete davvero che il signor Edison abbia creato un telefono che può chiamare i morti?», chiese Edith, rabbrividendo in maniera fin troppo teatrale.

Io bevvi un lungo sorso del mio cocktail.

«Non vedo come abbia potuto», rispose Henry.

«Secondo me è tutta una farsa». Tristam ci guardò tutti. «Scommettiamo su quello che succederà sabato. Chi pensa che il telefono del signor Edison funzionerà?»

«Io sono indeciso», rispose Paul. «Non ho mai prestato grande attenzione allo spiritismo, anche se ci sono sicuramente entrato in contatto».

«Mia madre è una convinta sostenitrice» disse Minx. «Conosce a menadito le migliori chiromanti e fattucchiere di New York. Scommetto che il telefono del signor Edison funzionerà».

«Anche io», si accodò Edward. «C'è qualcosa di eccitante nell'idea di poter comunicare con lo spirito di chi non è più tra noi. Questi spiriti conoscono tanti segreti, e potrebbero rivelarceli». Stava parlando con tutti, guardando soprattutto Minx, ma per un istante puntò gli occhi su di me.

Ormai non c'erano più dubbi: Edward era stranamente concentrato su di me, in un modo fastidioso, e proprio non ne capivo la ragione.

Capitolo 21

Venerdì mattina esplorai un sentiero diverso, superando il bivio per la spiaggia, e m'inoltrai nei boschi. Non avevo più paura di perdermi. Avevo studiato una mappa della proprietà che mi aveva dato Graves, e grazie alla legenda scoprii che c'erano dei segni sugli alberi, difficili da scorgere se non ne eri a conoscenza, che ti indicavano la strada.

Stavo camminando da un quarto d'ora quando raggiunsi un muro in pietra, con un arco al centro: sbirciando da quel varco vidi altri degli alberi a destra, e a sinistra un pendio, sormontato da una costruzione che scintillava alla luce del sole.

Andai a sinistra.

Ero a metà della salita, a circa ottocento metri, quando l'edificio divenne perfettamente visibile: era un gazebo bianco, ottagonale e riccamente decorato, con un tetto di tegole verdi a forma di pagoda. Otto colonne, ricoperte di mosaici, brillavano di blu e violetto iridescenti. I viticci del glicine s'intrecciavano al graticcio ricadendo sul cornicione. Quando mi avvicinai, fui accolta dalla dolcezza pungente dei fiori.

C'era un uomo a destra della pagoda, che stava dipingendo quella follia architettonica. Era il signor Tiffany, che avevano riconosciuto persino da lontano per via dell'altezza e del completo bianco. Se era rientrato a Laurelton Hall, quindi c'era anche Oliver?

«Buongiorno, signorina Light. Che bello avere compagnia

così presto». Abbassò lo sguardo sulla sua terrier. «Funny, abbiamo visite. Di' ciao».

Funny alzò la testa, mi guardò e si avvicinò per un po' di coccole.

Il signor Tiffany stava accanto al cavalletto, con la tavolozza in mano. Il suo dipinto della pagoda, con la cascata di glicine, era di una precisione impressionante. Adesso che mi ero avvicinata al gazebo, vidi che si trovava in condizioni decrepite: i quattro scalini che conducevano all'interno erano stati smantellati e il pavimento nuovo era stato installato a metà.

«Spero di non disturbarla», dissi.

«Niente affatto. Stavo giusto finendo, sono qui dall'alba nel tentativo di catturare sulla tela i colori del mattino. Ma qualsiasi cosa faccia, non riesco a riprodurre alla perfezione la loro luminosità. Con il vetro me la cavo molto meglio, ma con la pittura è dura, anche se non smetto di riprovarci. Sono un po' come Sisifo, che faticosamente fa rotolare il suo masso in cima alla collina, soltanto per vederlo ruzzolare giù ogni volta. Perché, secondo lei, facciamo così, signorina Light? Cosa ci spinge a ricreare ciò che vediamo, pur sapendo che non saremo mai in grado di rendere giustizia alla natura?»

«Anch'io me lo sono chiesto. Quando ero...», ebbi un attimo di esitazione, «in collegio, insistevano che studiassi le materie accademiche e non quelle artistiche. In quei due anni non usai mai gli acquerelli o i colori a olio. Avevo a disposizione soltanto le matite e la carta per scrivere. Mi sentivo deprivata, come se mancasse una parte di me. Cercai razionalmente di liberarmi da quella sensazione, invano».

«È stato allora che ha deciso di risolvere il problema catturando la luce in bianco e nero?», chiese.

«Penso di sì. Iniziai una ricerca».

«Ah, già, la ricerca. Azzarderei che alcuni di noi nascono

con il desiderio di scoprire o creare, mentre altri semplicemente non ce l'hanno. Nessuna delle mie mogli ce l'aveva. E, con mia grande costernazione, solo alcuni dei miei figli hanno questo anelito».

«Costernazione, perché?»

«Perché se riconsidero la mia vita dalla prospettiva privilegiata dei miei settanta e passa anni, mi rendo conto che tutte le cose che mi hanno dato maggiore piacere le ho trovate durante la mia ricerca della bellezza». Gli scintillavano gli occhi. «Direi che è stato il fulcro della mia vita; di sicuro è il tema della proprietà e della colonia di artisti. Lei è una beneficiaria di quella ricerca».

«Il che mi rende molto fortunata».

«Ma è anche una maledizione profonda», notò con tristezza.

«Perché?»

«Perché, anche se riesce a catturare la bellezza, è effimera». Usò il pennello per indicare l'immagine sulla tela.

«La bellezza è una sorta di menzogna», sussurrai.

Nei suoi occhi balenò la compassione. «È troppo giovane per essere così cinica».

«Non è forse una menzogna?», replicai. «È soltanto un'interpretazione di cos'è reale, una falsa impressione creata dai trucchi del mestiere: trompe-l'oeil, chiaroscuro, scorcio…».

«Be', forse non è la realtà, ma è la mia verità», disse.

Per un momento, nessuno di noi due parlò.

«Allora, ha dei bozzetti da farmi vedere?». Allungò la mano verso di me.

Non me la sentii di rifiutare e gli porsi l'album.

Passò i dieci minuti successivi a studiare i miei disegni e i miei guazzi.

«Sono colpito, ma non sorpreso. Il suo talento è superiore,

e ha un grande occhio per i dettagli. Che abbia capito come si ripetono gli schemi nella natura e come li utilizza nei disegni è una cosa raffinata e intrigante. Eppure questi sono ancora in bianco e nero, e grigio. È stata qui due settimane, e ancora niente colori? Mi ha promesso al laghetto con le ninfee che avrebbe dipinto, e non con il vetro e la pietra. È arrivato il momento che dipinga con i colori. I colori sono ovunque, intorno a lei. Non può catturare la luce, se ha paura del suo arcobaleno».

Tacque per un istante.

«Prima di accettare qualcuno, chiediamo le referenze. Lo sa, perché ce le ha fatte arrivare assieme ai suoi dipinti».

Ma cosa stava dicendo? Referenze? Cosa sapeva?

«A dire il vero, non ne sapevo nulla, signor Tiffany. Minx Deering ha fatto domanda per me a mia insaputa».

«Ah, sapevo che eravate amiche, ma non che aveva fatto domanda per lei».

«Chi ha scritto le mie lettere di referenze?»

«La sua domanda è giunta con due lettere dei suoi maestri dell'accademia. Il signor Sloan e il signor Pannell».

Provai un gran sollievo. Per un folle momento, avevo temuto che avesse comunicato con i miei insegnanti all'Andrew Mercer.

«Ovviamente, erano entrambe lettere lusinghiere», continuò. «Il signor Sloan, che conosco piuttosto bene, ha scritto che questo soggiorno alla colonia avrebbe potuto aiutarla a dipingere soggetti diversi da quelli che raffigura di solito».

«Capisco».

«Signorina Light», parlava a bassa voce, e la brezza quasi soffocò le sue parole, «perché ha paura di andare oltre il mausoleo che dipinge con tanta insistenza?».

Decisi di dirgli la verità. «A essere sincera, non lo so».

«Mia figlia Dorothy studia con il grande dottor Freud da anni, e grazie a lei ho conosciuto le sue teorie affascinanti. Lei ne sa qualcosa?»

«Sì». Da quando era scoppiata la guerra, le teorie del dottore avevano raggiunto una certa notorietà nelle cerchie di intellettuali e di artisti, e tutti si erano trasformati in quelli che il padre di Minx definiva "psichiatri da poltrona".

«Non posso fingermi esperto, ma dovrebbe innanzitutto capire quando ha iniziato, in assoluto, a dipingere la luce che filtrava dalla finestra del mausoleo».

Quando non risposi, cominciò a mettere via i suoi attrezzi. Era ancora in attesa di una risposta quando terminò, ma non insistette e mi suggerì piuttosto di ritornare verso casa, così ci incamminammo con Funny che ci faceva strada.

«A quattordici anni», risposi infine.

«E cosa le successe a quattordici anni?».

C'erano pezzi della storia che potevo raccontare, senza farmi male.

«Mia madre si risposò».

«Sì, ha accennato al fatto che si fosse risposata l'ultima volta che abbiamo parlato. Ma quel matrimonio non funzionò. Creò problemi anche a lei? Non le piaceva il suo patrigno?»

«No, per niente».

«Era crudele con lei?»

«Non all'inizio, ma era crudele con mia madre. Quando beveva, diventava cattivo. Penso che lui avrebbe... penso che la situazione sarebbe peggiorata».

«Sarebbe? Cosa gli accadde?».

Cominciai a mentire. «Mia madre divorziò da lui».

Il signor Tiffany si voltò verso di me e mi scrutò in viso. Mi aspettavo che mi dicesse che stavo mentendo, ma non lo fece. «Buon per lei. Tutto questo successe a Ithaca?».

Un'altra bugia: «Sì».

«E mi ha detto che poi sua madre morì?»

«Sì».

«E lei, quanti anni aveva?»

«Sedici».

Il signor Tiffany era silenzioso. Pensava, camminava. «E quando vide il mausoleo per la prima volta aveva quattordici anni?»

«Sì».

«E all'epoca dipingeva a colori?»

«Sì».

«E mi raccontava che quando stava in collegio non le permettevano di usare i colori per dipingere, ma solo le matite».

«Giusto».

«E all'epoca, quanti anni aveva?»

«Sedici. Avevo iniziato la scuola cinque mesi prima che mia madre morisse».

«Quando ha terminato gli studi poteva riprendere a dipingere a colori, non c'era niente che glielo impedisse. Perciò, chiaramente, la morte di sua madre, avvenuta mentre si trovava in collegio, fu una disgrazia cruciale per lei. Deve analizzare quel periodo, per capire cosa rappresenta il colore per lei e quale fatica le costerebbe ricominciare a usarlo. Potrebbe chiedere a sua zia se ricorda degli episodi significativi della sua infanzia e della sua adolescenza. Forse, sua zia ha visto qualcosa che potrebbe aiutarla. Mia figlia mi ha spiegato che a volte affrontiamo delle crisi devastanti, e siamo in grado di sopportarle perché il nostro inconscio le blocca nella memoria per proteggerci. I ricordi di quei momenti difficili sono così dannosi che la mente ci rende ciechi alla realtà».

«Non posso chiederglielo. Mia zia è morta l'anno scorso, proprio prima che mi trasferissi a New York».

«Mi dispiace», disse. «Ho affrontato spesso la morte, ma ho avuto una vita lunga. Lei ha affrontato spesso la morte, ma la sua vita è ancora breve. Non avevo ancora superato la morte della mia prima moglie che morì anche la mia seconda consorte… penso spesso che sia la morte la ragione per cui dipingiamo, facciamo sculture, scriviamo musica e libri. Non per lasciarci qualcosa dietro, come pensa gran parte della gente, ma per distrarci dalla verità di cosa ci attende, da ciò che è inevitabile».

Tutt'intorno a noi nel bosco risuonavano i cinguettii degli uccellini: era quasi un sacrilegio parlare di argomenti così seri in mezzo a quei canti gioiosi.

«Immagino che avrà saputo che domani sera ci sarà una festa».

«Sì», risposi, senza capire perché avesse cambiato argomento.

«E sa anche che verrà il mio amico, il signor Edison, e farà una dimostrazione con il suo telefono per comunicare con gli spiriti».

«Sì, diverse persone ne parlavano ieri sera. È un aggeggio molto sperimentale e bizzarro».

«Ho sempre desiderato credere nella vita dopo la morte, nella possibilità di avere diverse opportunità per comportarci correttamente di vita in vita. Ho studiato le teorie mistiche e le religioni orientali, alla ricerca di prove, ma le considero al pari della fortuna: mi piacerebbe essere colpito dalla fortuna, ma rimango realista».

«Anch'io credo di essere realista».

«Il signor Edison non è realista, e pensa di aver trovato finalmente un modo per mettersi in contatto con l'aldilà. Dovrebbe offrirsi come volontaria domani, così può usare il telefono del mio amico – che magari ha ragione, e sono io ad aver torto – per comunicare con sua madre o con sua zia e chiedere cos'è successo che l'ha privata del colore, cosa l'ha spaventata».

Rabbrividii.

«Tutto bene?», mi domandò.

Come molti artisti, il signor Tiffany era un osservatore acuto, e aveva appena visto qualcosa che avrei preferito nascondergli.

«Sto bene, è solo questo vento freddo», mi giustificai, ma sospettai con terrore che, perspicace com'era, non mi avesse creduto.

Capitolo 22

Dopo esserci salutati, presi una delle bici e pedalai fino in città. Non avevo voglia di disegnare o dipingere. Il signor Tiffany aveva ragione, ma che razza di artista ero se non usavo il colore? Eccomi qua, circondata dalla natura, ravvivata dalla primavera inoltrata e dall'abbondanza dei colori, eppure continuavo a usare i miei carboncini e una tavolozza di neri, bianchi e grigi. Studiavo la luce, ma mi rifiutavo di dipingerla in tutta la sua gloria.

Alla libreria mi misi a cercare tra gli scaffali per mezz'ora, e poiché avevo finito *L'età dell'innocenza* di Edith Wharton decisi di prendere il suo ultimo libro, *La collezione Raycie*. Feci un salto negli altri negozi, poi mi fermai alla caffetteria e ordinai un sandwich con le uova, e aprii il mio libro.

La collezione Raycie era ambientato negli anni Quaranta dell'Ottocento, ed era la storia di un giovanotto mandato in Europa per comprare opere d'arte per conto del padre, una figura dominante. I personaggi mi riportarono alla mente il signor Tiffany e Oliver, e ancora una volta mi sentii frustrata. Avevo sperato in un po' di sollievo, e non in qualcosa che me li ricordasse.

Dopo aver esaurito le mie distrazioni in città, inforcai la bicicletta per tornare a Laurelton. La casa era un fermento di attività, mentre il personale si occupava dei preparativi della festa. L'idea dei festeggiamenti imminenti mi deprimeva. Non avevo voglia di assistere a un ennesimo tentativo di contattare i morti, trasformando ciò che per mia zia era sacro in puro divertimento.

Mi sedetti accanto alla fontana con gli alambicchi di vetro nel cortile centrale e osservai i colori che mutavano; mi sforzai di concentrarmi sul suono rilassante dell'acqua, ma c'era troppo trambusto intorno a me.

Il signor Tiffany aveva progettato Laurelton in modo che l'acqua della fontana principale nel cortile centrale scorresse attraverso un piccolo canale e arrivasse anche fuori, dove continuava a fluire attraverso una serie di fontane, piscinette e laghetti, giù fino al canale. Un fiotto regolare usciva dalla bocca di un vaso e si riversava nella bocca di un dragone verde di smalto e mosaico, poi in un laghetto di cristallo per riemergere ancora più in basso in un giardino pensile, dove si svuotava nella scultura di una conchiglia in pietra, sormontata da una statua di Venere, per sgocciolare infine in una pozza circondata dal fogliame.

Seguii il corso dell'acqua dall'interno della casa fino ai laghi gemelli, e giunta lì mi sedetti su una panchina di pietra e osservai il panorama, ma nemmeno quella vista pacifica mi calmò.

Irrequieta, camminai fino all'edificio della Tiffany Foundation, sperando che Minx o Paul o Luigi fossero lì, ma lo studio era vuoto. Passai l'ora successiva a tirar fuori tutti i disegni e gli scorci che avevo fatto da quando ero arrivata a Laurelton. Insoddisfatta delle mie opere, le scalciai in un mucchio ai miei piedi.

«Qualsiasi cosa sia, non te la prendere con i disegni».

Mi voltai, sorridendo al suono della voce di Oliver. Fui travolta da un'ondata di sollievo e di eccitazione.

«Ciao», dissi.

«Ti ho cercato dappertutto, là fuori. Non pensavo di trovarti qui dentro in una giornata così bella», osservò Oliver.

«Sono uscita prima, ma... Sei appena tornato? Com'era New York? Mi sei mancato», gli dissi di getto.

«Anche tu mi sei mancata». Si avvicinò, mi avvolse in un abbraccio e mi baciò.

Qualche secondo dopo, staccandosi da me, disse: «Così va meglio. Devo ammettere che ti ho pensato spesso, spessissimo, mentre ero via. Come è andata qui?».

Piegai la testa, su e giù. «Bene, direi». Poi feci un cenno ai disegni per terra. «No, per niente bene».

«Cosa c'è?».

Feci spallucce.

«Prendi le tue cose, andiamo».

«Dove?»

«A tirarti fuori da questo malumore».

Oliver aspettò mentre radunai i miei scorci, un blocco di carta a grana grossa per gli acquerelli, i pennelli. Con una mano prese il mio cavalletto portatile, e con l'altra afferrò la mia mano libera.

Mezz'ora dopo eravamo sulla sua barca a vela, al riparo in una baia, con l'ancora gettata. Sistemammo entrambi i cavalletti e i colori.

«Non ho portato dell'acqua con me», dissi, rendendomi conto dell'errore.

«Io non porto mai l'acqua», replicò.

Sporgendosi dall'altra parte della barca, che era uno *sloop*, Oliver immerse un secchio e poi lo tirò su, sciabordante.

«Quando sono qui, niente mi sembra terribile». Riempì due tazze dal secchio e me ne passò una. «Dipingi con questa, Jenny. È magica».

«Con l'acqua del mare?»

«Lo faccio sempre, quando sono sulla barca. Prova. Ti giuro che migliora il mio lavoro».

Preparammo le tavolozze. Vidi Oliver spremere i tubetti di blu rilassanti, verdi profondi, gialli caldi, e confrontarli con le mie scelte monocromatiche.

Piccole onde s'infrangevano contro la fiancata della barca, schiaffeggiandola. Il sole che tramontava colorò l'acqua di una sfumatura dorata. Sopra di noi, i gabbiani urlavano e si tuffavano in mare, per procurarsi la cena. Il pennello di Oliver danzava, s'immergeva nei colori, dipingeva, si rimmergeva, danzava...

Immersi appena la punta del mio pennello nella tazza d'acqua marina, e poi lo feci affondare nel colore nero. Guardai il paesaggio: il mare, la sponda lontana, il cielo, le nuvole, Oliver; e le sue mani, il suo pennello, il suo dipinto, un miscuglio colorato che prendeva vita.

Mi venne voglia di infrangere le regole. A Laurelton Hall non dovevamo mai dipingere usando dei modelli, ma il paesaggio era troppo pittoresco, troppo serafico, troppo bucolico per il mio umore. Iniziai a disegnare il braccio di Oliver, sperando di rappresentare sia la sua forza e la sua grazia, sia il bisogno primitivo e feroce che cresceva dentro di me, il bisogno di toccarlo e di farmi toccare da lui.

Avevo dipinto soltanto un paio di indecifrabili linee nere, e Oliver non poteva sapere che gli stavo facendo il ritratto, quando mi tolse il pennello di mano.

«No, Jenny, non nero. Non grigio. Guardati attorno. Sei qui per una ragione. Ovunque guardi c'è bellezza, ed è tutto a colori».

«Ma tu e tuo nonno avete cospirato per prendermi di mira, oggi?»

«Cospirato? No, ma abbiamo parlato del tuo lavoro mentre eravamo sul treno. Abbiamo deciso di darti un posto qui sperando che espandessi la tua tavolozza di colori; non vogliamo vederti sprecare questa opportunità».

«Se dipingo in bianco e nero, non sono affari vostri». Odiavo il fatto che avessero parlato di me, alludendo al fatto che c'era qualcosa di sbagliato nei miei comportamenti. Ed ero preoccupata che, durante quella conversazione, Oliver avesse raccontato troppo del mio passato, più di quanto volessi.

Oliver mi fissò come se l'avessi schiaffeggiato. «No, il perché non ci riguarda, ma aiutarti a uscire dalla tua prigione priva di colori sì».

Aveva una voce tenera, nel tentativo di rabbonirmi. Ma riuscivo a pensare soltanto a ciò che aveva potuto raccontare a suo nonno, a quali confidenze gli aveva fatto.

Mi ripresi il pennello con forza. «Bene, allora. Non farò il tuo ritratto. Non dipingerò più niente. Ne ho abbastanza di voi due che indagate nella mia mente».

Oliver volse lo sguardo al mio cavalletto. «Va bene, ma se hai intenzione di farmi il ritratto, devi acconsentire a farmi veramente un ritratto, Jenny. Capito?».

Non dissi niente.

«Guardami, Jenny».

Mi girai a guardarlo. «Non capisco perché me lo stai chiedendo».

«Prima devi dire di sì».

Come facevo a dire sì, se non sapevo a cosa stavo acconsentendo?

«Va bene, sì».

Oliver prese la mia valigetta dei colori e vi frugò dentro, rovistando tra i tubetti, finché non trovò il colore nero. Lo prese, tirò indietro il braccio e lo lanciò lontano.

«No!», gridai precipitandomi sul bordo della barca nel tentativo di afferrarlo, ma era troppo tardi. Con uno spruzzo rumoroso, il mio tubetto del colore nero finì in mare e ben presto affondò.

«Cosa stai facendo?», strillai.

Lui non rispose, poi prese un tubetto di blu cobalto dalla mia scatola, ne spremette un po' sulla mia tavolozza pulita. Poi un tocco di giallo ossido, e di porpora dioxazina, seguito dall'arancio cadmio... terra d'ombra bruciata... blu ftalo... blu ceruleo... verde ftalo... terra di Siena... e infine, rosso cadmio.

Mi cacciò in mano la tavolozza con i colori e mi restituì il pennello. Poi si alzò e si sfilò il maglione di maglia intrecciata con il collo a V, tirandoselo sulla testa, e lo gettò sul ponte. Si sbottonò la camicia e lanciò anche quella per terra. A petto nudo nell'aria fredda, si scalciò i mocassini da vela, si slacciò la cinta, si sbottonò i pantaloni e si abbassò la cerniera, e si tolse anche quelli. Infine toccò alla biancheria intima.

Poi, mettendosi di fronte a me, nudo, con il sole che gli rendeva la pelle d'ambra e che splendeva tra i riflessi ramati dei capelli neri, indicò la mia tavolozza.

«Volevi farmi il ritratto? Fai pure, ma dipingimi con i colori dei vivi, e non di quei maledetti morti».

La barca oscillò, l'acqua ne lambiva le fiancate, e i gabbiani facevano dei versi striduli per chiamarsi. Soffiava la brezza. Fissai le gambe e le braccia lunghe di Oliver, i muscoli lisci, così simili alle statue greche di marmo nel museo che avevo raffigurato così tante volte. Ma erano statue di marmo bianco, fredde, invece Oliver era di carne: arancioni e rossi, colori pesca e colori bruni.

«Provaci, almeno», sussurrò. «Prova a dipingermi, Jenny».

Guardai prima la tavolozza, poi lui. Non mi mossi. Non riuscivo. Buttai il pennello per terra.

Oliver si avvicinò e si mise accanto a me. Sentii il calore che s'irradiava dalla sua pelle. Allungandosi, prese uno dei miei pennelli e me lo mise in mano, avvolgendo le mie dita attorno a esso, e il suo tocco mi trasmise cascate di sensazioni fino alle braccia, giù per il petto, e ancora più giù. Sensazioni intense che si posarono dentro di me, nel profondo.

Sempre stringendo la mia mano, intinse il pennello nel rosso ricco e poi nel bianco e nel giallo, e mescolò un colore per me. Osservai i piccoli vortici trasformarsi in un colore selvaggio di carne: non rappresentava il suo incarnato reale, ma il colore della sua pelle nella luce morente del sole. Spinse la mia mano così il pennello s'impregnò di quel colore, poi mi forzò a passare sul blocco di carta e con una pennellata tracciò un braccio d'uomo.

Il suo tocco, di solito così delicato, fu brutale mentre dipingeva per me, e con me, senza darmi scelta; e intanto i colori prendevano forma e la forma diventava umana. La sagoma di un uomo. La sua.

Infine Oliver mi liberò la mano, che restò sospesa sul foglio. Senza staccarmi gli occhi di dosso, indietreggiò.

«Fammi il dipinto, Jenny». La sua voce era un ordine e, al contempo, una promessa. «Fallo, prendi il colore col pennello...».

Guardai i colori, il foglio, il suo corpo. Poi di nuovo i colori.

«Scegli i colori che esprimono i tuoi sentimenti. Colori che mi diranno cosa vuoi farmi, cosa vuoi fare con me, una volta finito il dipinto. Quando potremo stare insieme. Quando ti spoglierò e sarai nuda con me qui sulla barca. Dipingimi vivo, Jenny. Dipingimi pieno di desiderio per te, mentre tu sei piena di desiderio per me».

Smisi di pensare.

Feci una striscia gialla sul foglio: era il suo braccio, e poi un'altra pennellata rosso-arancio per il petto e ocra per il torso. Il collo era cadmio, le cosce erano viola scuro, il pene magenta. Ero scossa da brividi mentre dipingevo, come se mi stessi dissolvendo nei colori, diventando i colori, aprendomi a essi, lasciandomi riempire da tutti quei colori.

Le sensazioni schiaccianti di desiderio e tensione e paura e gioia, tutte in una volta, mi travolsero mentre dipingevo. Aggiunsi colori, e poi altri colori, il mio pennello danzava con loro, diffondendosi rapido sulla pagina assieme ai colori, mentre mi concedevo quei colori, esultavo dentro il colore. E poi, senza rendermene conto, terminai la mia opera, come se la musica fosse finita e il ballo terminato.

Oliver si avvicinò a dare un'occhiata. Senza dire una parola, mi prese il pennello dalla mano, lo mise giù e mi spogliò in fretta, finché non fui nuda come lui. Mi aspettai che mi abbracciasse, invece prese la mia tavolozza e con le dita mi dipinse cerchi porpora attorno ai capezzoli, onde cobalto sulla pancia, petali rosa scuro tra le cosce.

«L'amore non è bianco e nero, e tutto quel grigio, Jenny. È turchese». Dipinse uno svolazzo blu sulla spalla. «Ed è color lavanda...». Un altro svolazzo sull'altra spalla. «E giallo limone e malva e cobalto e verde chiaro e arancio e scarlatto...». Mi baciò mentre le sue dita mi affrescavano la schiena e i fianchi, e poi mi sollevò con le braccia, le dita delle mani erano rosso fiamma e arancio bruciante, e mi portò di sotto. Mentre lo spazio tra di noi si dissolveva, iniziammo a dondolare al ritmo della barca che beccheggiava e ondeggiava nel mare blu e nel caldo tramonto dorato.

Capitolo 23

C*olore.*

Oliver mi aveva svegliato, sul serio. Sabato mattina, saltai fuori dal letto e con la valigetta dei colori in mano andai in cerca del signor Tiffany per dipingere con lui. Come promesso, si era piazzato col cavalletto vicino al laghetto delle ninfee. Aprii il mio cavalletto.

«Buongiorno, signorina Light», disse, accogliendomi con grazia.

Funny si alzò e si diresse verso di me. Le accarezzai la testa e le diedi una grattatina dietro le orecchie.

«Ha un po' di vernice blu sul collo», mi fece notare il signor Tiffany.

Mi ero fatta il bagno controvoglia, perché non volevo lavarmi di dosso l'opera d'arte di Oliver e il suo odore. Mi era sfuggita una macchia di colore? Mi augurai di non arrossire, allungando la mano sul punto indicato dal signor Tiffany per sfregarmi la pelle.

«Quel blu indica che ha iniziato ad abbracciare l'ispirazione dei nostri dintorni?», mi domandò.

«Sì».

«Allora è proprio una bella giornata, questa».

Dipingemmo in silenzio per un'ora. Mi sentii avvampare, ricordando la gita in barca a vela con Oliver. Quando gli squarci del suo viso, una parola, un tocco, un bacio, mi balenavano in mente. "Ho un amante". Un uomo che mi aveva accarezzato i capelli, scompigliandoli, e mi aveva dipinto i seni e aveva affondato la bocca tra le mie cosce.

«Be', non sono sorpreso, ma sono colpito», osservò il signor Tiffany. Stava dietro di me, ed esaminò il mio scorcio. «Ha catturato alla perfezione la luce che brilla sull'acqua. È evidente che ha già usato il colore in precedenza, e piuttosto bene. Sono contento che abbia deciso di ritornare ai colori, e che la nostra chiacchierata di ieri abbia sortito un tale effetto».

"La nostra chiacchierata e suo nipote", immaginai di rispondere, ma naturalmente non lo feci. «Sono ancora esitante: quando immergo il pennello nei colori, sono così intensi che quasi mi feriscono gli occhi».

«Non si lasci spaventare dai colori. Ha il controllo, sono suoi strumenti».

Più tardi, ci rincamminammo insieme. Neanche a farlo apposta, un pavone e una femmina di pavone passarono lì vicino. Il signor Tiffany mi chiese se ne avevo già visto uno fare la ruota, e gli risposi che non mi era ancora capitato.

«Aspetti un momento, allora. È spettacolare, e di solito fanno la ruota se attendo», disse con gli occhi che gli scintillavano.

Avrei aspettato finché lo desiderava il signor Tiffany, ma i pavoni si allontanarono nel bosco.

«Le capiterà di vederli, e quando succederà, le prometto che comincerà a credere nella bellezza, esattamente come alcune persone credono in Dio», disse.

Arrivammo a casa e prima di separarci, menzionò la festa che si sarebbe tenuta quella sera e mi ripeté che sperava che mi offrissi come volontaria per provare il telefono degli spiriti del signor Edison. Non solo non avevo intenzione di provare quell'aggeggio, ma non volevo nemmeno partecipare alla festa proprio per quella ragione.

Quella sera ero in camera quando Minx bussò alla mia porta: voleva sapere cosa avrei indossato alla festa e voleva anche mostrarmi le sue scelte. La raggiunsi nella sua stanza, dove aveva messo sul letto diversi capi. Si provò tre vestiti e i relativi accessori, facendo da modella e posando per me. Decidemmo per un abito color limone pallido, ricamato col filo dorato, orecchini di citrino, un copricapo di piume verdi e giallo canarino, e scarpe dorate con un cinturino sul collo del piede. Insisté affinché indossassi uno degli abiti restanti e selezionati da lei: una sottoveste grigio lavanda fatta da Jean Patou e un paio di sandali color argento.

«Non andrò alla festa», le comunicai. «Non me la sento di stare in una stanza piena di persone, ieri notte sono andata a letto tardissimo e stamattina mi sono alzata troppo presto». Non era una bugia; mi sentivo davvero stanca. «Inoltre, tutta questa agitazione per il telefono spiritico del signor Edison, tutti che sono concentrati sul fatto di contattare i cari defunti, mi mette a disagio. Te l'ho detto, no».

Non volevo che nella mia voce ci fosse una punta di rimprovero, ma fu così.

«Sei ancora arrabbiata con me per la tavola Oujia, vero?», chiese con voce davvero dispiaciuta.

«No, non ce l'ho più con te».

«Lascia che ti porti una tazza di tè con latte e zucchero e qualche focaccina con l'uvetta, così ti sentirai meglio. Dai, Jenny, devi assolutamente venire. Ci sarà Thomas Alva Edison! Stiamo parlando di una festa grandiosa a casa di Louis Comfort Tiffany! Persino mio padre è rimasto colpito quando gli ho detto chi sarebbe venuto alla festa».

Come mi aveva promesso, mi portò il tè e ci versò dentro

un goccio di brandy, che prese dalla sua fiaschetta d'argento decorata con le sue iniziali. Mi aiutò a recuperare le energie, ma non mi fece cambiare idea sulla festa.

Alle sette di quella sera indossavo il pigiama di seta che mi aveva regalato Minx per il compleanno quando venne in camera Oliver per accompagnarmi di sotto.

«Non sei pronta?», mi chiese quando vide cosa indossavo.

«No, non vengo alla festa».

«Ma perché?»

«Ieri mi hai stremato».

«Ho visto Minx di sotto, e mi ha detto che ti ha dato un tè ricostituente. Stai meglio?», domandò speranzoso.

«Vacci senza di me. Forse scendo più tardi».

«Ma non ti sei riposata?»

«Sì, ma...».

Oliver andò verso le finestre. Dietro di lui, il tramonto illuminava i contorni della finestra col vetro colorato proiettandogli raggi rosa, blu e lavanda sulle mani e sul viso.

«Cosa c'è?»

«I colori...», gli indicai.

Abbassò lo sguardo e poi, senza dire una parola, mi prese la mano e mi attirò a sé, così i colori ora si riflettevano anche sulla mia pelle. Insieme, eravamo inondati da quella luce eterea di cui mi ero innamorata nel mausoleo. All'epoca mi ero sentita abbracciata dalla luce. Immersa nella luce. Avevo sempre creduto che non poteva succedermi nulla di male, che tutto ciò che era brutto e crudele era rimasto fuori della cripta di marmo, e che all'ombra di quei vetri colorati c'era soltanto bellezza.

Quando Oliver si chinò per baciarmi, il mio corpo reagì all'istante. Scintille rubino e cobalto mi accesero la pelle.

«Devi assolutamente venire alla festa», disse quando si staccò da me.

«E perché?», feci io. Mi aveva lasciato senza fiato, e per la prima volta nella mia vita compresi appieno il significato dell'espressione "con le ginocchia molli".

«Perché una volta che la sala sarà affollata, nessuno ci noterà e potremo svignarcela in camera mia, dove nessuno ci disturberà, e potremo continuare quello che abbiamo cominciato a fare qui».

Mi sentii arrossire.

Mi sistemò una ciocca di capelli dietro l'orecchio e mi prese la mano.

«Oh, Jenny», disse sospirando. «Non voglio perderti, mai».

Sapevo che in quel momento stava rivivendo il dolore per aver perso la sua amante parigina per colpa dell'influenza.

«Persino dopo così tanti anni, quando mia madre mi raccontava di mio padre, piangeva», gli dissi. «Le ho chiesto come facesse a sopportarlo, quel sentimento».

«E lei cosa ti ha detto?»

«Che la sofferenza è il prezzo che paghiamo per l'amore. E per lei, era stato un piccolo prezzo da pagare in confronto a ciò che aveva trovato con mio padre».

Oliver mi alzò il mento, guardandomi dritto negli occhi. I suoi luccicavano per l'emozione. Facendo un cenno con il capo, disse: «È vero ciò che ha detto tua madre sull'amore e sul dolore. Ma io voglio solo amarti, non voglio provare dolore per te».

Mi azzittì gli occhi con un altro bacio pieno di colori, un arancio profondo che sfumò nel rosso scarlatto. Certo, se le voci avevano un colore, era così anche per gli abbracci. Non l'avevo mai considerato prima.

«Qui non posso farti le cose che vorrei farti», disse scostandosi da me. «Questa zona della casa non è abbastanza appartata. Perciò, ti prego, vieni alla festa. Ci staremo giusto un po' e poi ci potremo dileguare». Mi baciò ancora una volta, poi se ne andò.

Restai là, sul davanzale della finestra, in attesa che le mie guance sfiammassero, e di recuperare l'equilibrio.

Com'era possibile che una persona, sfiorando solo qualche centimetro di pelle, scatenasse una reazione così complessa e profonda? Anche Ben mi aveva baciato, e anche se era stato piacevole e delizioso, non era assolutamente come il turbinio che provavo adesso.

Ben mi piaceva molto, ma sapevo bene che non avrei mai potuto raccontare a lui, né a nessun altro, il mio segreto senza che mettesse in dubbio le mie parole. Ero stata accusata pubblicamente di essere un'assassina. Soltanto mia madre aveva assistito al processo, dopo aver acconsentito al mio piano. Ora che mia madre non c'era più, nessun altro poteva confermare la mia innocenza. Persino la zia Grace sapeva soltanto ciò che le avevamo raccontato. Quando Minx mi aveva chiesto ripetutamente perché ero così esitante a uscire con gli uomini, le avevo risposto che stavo aspettando. E lei mi aveva chiesto cosa stessi aspettando, allora le avevo spiegato che prima volevo affermarmi come pittrice. Ma non era la verità, perché a trattenermi era qualcosa che ancora non conoscevo.

Ora invece sapevo cosa avevo aspettato per tutto quel tempo. Perché l'avevo trovata.

Capitolo 24

Feci il bagno e indossai il vestito che Minx aveva scelto per me: la sottoveste era quasi peccaminosa sulla mia pelle e luccicava alla luce; con le spalline sottili e la scollatura profonda copriva ben poco, rivelando molto più di quanto avrei voluto. Stavo quasi per togliermela, ma poi pensai a Oliver e decisi di tenerla. M'infilai i sandali e poi mi occupai dei capelli, lasciandoli al naturale. Mi misi il rossetto, il belletto e il mascara, e infine mi spruzzai qualche goccia del profumo Jicky, che la zia Grace mi aveva regalato per il mio ventunesimo compleanno, dietro le orecchie e sui polsi. All'ultimo minuto, ne misi qualche goccia anche dietro le ginocchia, come faceva Minx.

La sala da pranzo e la stanza adiacente a essa, che il signor Tiffany chiamava la terrazza delle giunchiglie, traboccavano di invitati che mangiavano e bevevano da almeno un'ora prima del mio arrivo.

Fu come entrare in un cofanetto pieno di gioielli: ogni cosa splendeva, scintillava e brillava con le tonalità delle gemme. Le lampade e le finestre del signor Tiffany, illuminate dall'esterno con le luci elettriche, luccicavano e diffondevano riflessi cobalto, ametista, rubino, smeraldo e topazio in centinaia di sfumature.

Uomini con eleganti abiti da sera di colore bianco o smoking neri intrattenevano donne ingioiellate e agghindate con oro e platino, diamanti, perle, rubini e smeraldi sulla pelle nuda, incastonati nei copricapi o appuntati sui vestiti fatti di seta, raso e lustrini. I profumi esotici si mescolavano alle fragranze dei fiori freschi, appena tagliati, e al fumo di sigari e sigarette. Il tintinnio dei bicchieri e il brusio delle conversazioni sfumava nelle note delicate di un quartetto blues. I camerieri passavano tra la folla con vassoi di antipasti: cocktail di gamberetti, ostriche a mezzo guscio, uova alla diavola, tartine di salmone affumicato, crostini con carciofini e olive. Altri camerieri offrivano invece coppe di cristallo piene di champagne, ma c'era anche un bar nell'angolo della sala che proponeva cocktail alcolici di diverso tipo.

Scelsi lo champagne e mangiai una deliziosa ostrica salmastra mentre mi muovevo per la sala affollata in cerca di Minx o Oliver.

Notai il signor Tiffany vicino alla fontana, che teneva banco con un gruppo di ospiti, parlava e gesticolava con entusiasmo. Quando mi vide, mi fece cenno di avvicinarmi e io obbedii.

Mi accorsi che teneva in mano una scatolina di pelle color tè blu, proveniente dal suo emporio.

«Signorina Light, è arrivata giusto in tempo per la dimostrazione», disse premendo un bottoncino dorato che serviva ad aprire il cofanetto. Il coperchio scattò verso l'alto rivelando un interno di seta bianca su cui era adagiata una parure di gioielli.

Una delle signore si lasciò sfuggire un gemito soffocato. Un'altra restò semplicemente a bocca aperta, mentre tutti si strinsero intorno al signor Tiffany.

In ogni pezzo erano incastonate le pietre più incredibili che avessi mai visto, di una delicata sfumatura lavanda blu. La collana era foggiata a piuma di pavone: l'occhio era rappresentato da un'enorme pietra blu, circondata da altre pietre preziose, sempre dello stesso blu, assieme a opali, ametiste e peridoti. Le diramazioni della piuma formavano un piccolo cerchio con le pietre color indaco elettrico che si alternavano alle gocce tondeggianti di opale di fuoco. Il bracciale e gli orecchini erano fatti allo stesso modo, con una grossa pietra blu solitaria al centro.

«Vi presento le Tiffany Blu», annunciò il signor Tiffany.

«Louis, dove diavolo le hai scovate queste pietre?», chiese uno degli uomini.

«Le trovò George D. Louderback nel 1907, in una miniera in California. Le chiamò "benitoiti" perché le aveva scoperte nei pressi delle sorgenti del fiume San Benito. Sono molto rare, finora abbiamo realizzato solo questa parure. E ora, chi di voi, graziose signore, convincerà il proprio marito che non potrà più vivere senza questi gioielli?».

Scoppiarono tutti a ridere, con le signore che cinguettavano «Io, io!».

«Credo che il modo migliore di sfoggiarle sia farle indossare a una delle nostre borsiste. Signorina Light? Mi farebbe l'onore? Queste pietre s'intonano ai suoi occhi, venga, mi consenta di farle indossare questi gioielli».

Timidamente indietreggiai, ma Minx – della cui presenza alle mie spalle non mi ero nemmeno accorta – mi spinse in avanti con un po' troppa forza. Andai a sbattere contro una di quelle signore ingioiellate, e lo champagne nel suo calice si riversò fuori finendo sulla mia mano.

«Oh, sono così desolata», mormorai.

«Nessun problema. Louis stasera ha una scorta di champagne così grande che potremmo farci tutti il bagno».

Non indossavo alcun gioiello, e gli unici pezzi che possedevo erano i due anelli nuziali di mia madre, l'orologio da polso di mia zia, più bigiotteria varia che non era di mio gusto.

Il signor Tiffany mi adagiò la collana attorno al collo e chiuse il gancetto, poi delicatamente mi mise gli orecchini, con la disinvoltura di un uomo che aveva passato tutta la sua vita a ingioiellare le donne. Quindi mi chiese di porgergli la mano e mi chiuse il bracciale attorno al polso.

Fissai la decorazione del bracciale che toglieva letteralmente il fiato. Tutti i peridoti e le ametiste e le grosse pietre blu erano stati tagliati a briolette, così le sfaccettature erano rivolte verso l'alto, invece di restare nascoste: in questo modo brillavano di blu, proprio come faceva una piuma di pavone al sole.

«Ti sei superato, Tiffany», osservò uno degli uomini.

Il signor Tiffany fece un mezzo inchino.

«E quanto costano queste cianfrusaglie?», chiese un altro.

«Harold, lo sai che non si parla di prezzi in pubblico, non è elegante», lo rimbrottò sua moglie.

«Non essere ridicolo, Helene. Louis è un uomo d'affari».

«Tutto a suo tempo, Harold», lo riprese il signor Tiffany. «C'è una festa in corso. Queste sono pietre rare, le decorazioni sono straordinarie, ma facciamo i nostri gioielli per venderli, quindi se ti interessano possiamo parlarne nel fumoir con un buon cognac e dei sigari, dopo la dimostrazione di Thomas».

«Intendi dire che i gioielli non sono l'unico spettacolo di stasera?», scherzò una donna del gruppo.

Il signor Tiffany spostò l'attenzione su di me. «Queste pietre le donano, come avevo immaginato. Le Tiffany Blu hanno quasi lo stesso colore dei suoi occhi. Credo che dovrebbe indossare la parure per il resto della serata. È una modella perfetta per i miei gioielli, e se riusciremo a venderli, forse si guadagnerà una percentuale».

«Sarei onorata di indossarli, ma sono inestimabili, quindi non è una buona idea...».

«Non credo che scapperà con i gioielli, signorina Light. Si goda le nostre Tiffany Blu».

Si materializzò Oliver accanto a me. «Mio nonno ha ragione. Sono le pietre perfette per te, non dovresti mai indossare altro».

«Be', non sarà così difficile. Sono un'artista che patisce la fame, ricordi? Quindi non credo che acquisterò dei gioielli a breve».

«Dai, andiamo a prenderci una coppa di champagne. Avevo intenzione di rapirti, ma adesso che stai facendo la modella con i gioielli devo mostrarti un po' in giro».

Oliver si procurò due calici, poi uscimmo in cortile: la fontana zampillava, scintillando al chiaro di luna, mentre la brezza diffondeva stralci di musica.

Oliver mi prese a braccetto e scendemmo insieme i cinque gradini di pietra che conducevano al piano successivo del giardino, dove un'altra fontana si riversava in una pozza decorata con le piastrelle blu che rappresentavano uno dei simboli della proprietà. Ci accomodammo su una panchina affacciata sulla baia: lo sciabordio dell'acqua nella fontana si mescolava alla musica dal vivo proveniente dalla villa.

«Che serata magica», disse Oliver, indicando il cielo. «Persino il cielo sfoggia la sfumatura blu delle nuove pietre di mio nonno». Mi prese la mano e tenne il polso sollevato verso il cielo: le pietre del bracciale e la volta celeste avevano effettivamente lo stesso colore. Si portò la mia mano alle labbra, la rigirò e baciò la cicatrice appena visibile sul mio palmo.

«Avevo disegnato dei gioielli per incastonare queste pietre, ma mio nonno li ha reputati troppo moderni». Scosse la testa. «Mi sarebbe piaciuto vedere le mie creazioni su di te».

«Perché non ti sei battuto per realizzare il tuo progetto?».

Mi guardò. «Me lo sono chiesto così tante volte», disse facendo spallucce. «Tra la guerra e la perdita di Camille, ho perso la battaglia. E mio nonno ha ragione, ci sono tanti disegnatori di gioielli ma ce ne sono davvero pochi veramente fidati a cui affidare l'azienda».

«Ma se desideri fare quel mestiere con tutto il cuore… e comunque, nessuno torna dal fronte senza ferite. Ferite al corpo o all'anima, o entrambi. Ho letto che dopo aver visto la disumanità bestiale di cui siamo capaci, è inevitabile tornare cambiati dalla guerra. Ma ciò non significa che non si può mai più cambiare. Tuo nonno ha dedicato la sua vita a creare la bellezza, come fa quindi a negarti la stessa possibilità?»

«Occuparsi di un'azienda è una causa nobile come altre», replicò Oliver.

«Ma abbiamo bisogno della bellezza per respirare. Se non avessi avuto un posto pieno di bellezza in cui rifugiarmi quando…». Non terminai la frase, sopraffatta dall'emozione.

«Jenny, lo sai che con me puoi sempre parlare di ciò che è successo. Ogni volta che hai bisogno di farlo, perché non metto in dubbio una sola parola di ciò che mi hai confidato».

Mio malgrado, sospirai.

«Tu e io abbiamo i nostri dèmoni, ma stasera li mettiamo al bando, va bene?». Oliver mi cinse con un braccio, mi attirò a sé sulla curva del suo petto, e poi si chinò per baciarmi. Si levò una folata di brezza che ci avvolse con la sua aria calda. Aveva ragione. Perché parlare del mio passato squallido e rovinoso, quando era così piacevole stare sulla terrazza, mentre ero vestita come una principessa e stavo baciando un principe?

«Devi promettermi una cosa», disse quando ci staccammo. «Ci sono delle questioni che devo sistemare, mi aspetterai finché non me ne sarò occupato? Per metà luglio, avrò sistemato tutto. E poi potremo parlare del nostro futuro».

«Sei molto criptico».

«Scusa, ma non devi preoccuparti di niente. Questa è l'unica cosa che conta...».

E poi mi baciò di nuovo, con le pietre blu che scintillavano sul mio polso.

«Dovremmo rientrare», disse infine Oliver. «Ho una gran voglia di stare qui fuori con te, ma non possiamo perderci la dimostrazione del signor Edison. Staremo insieme dopo: abbiamo il resto della serata tutto per noi, e tutto il mese di giugno».

«E tutto il mese di giugno», ripetei quando dall'acqua si levò una folata gelida, facendomi rabbrividire.

Quando il signor Tiffany mi vide ritornare in sala, si avvicinò e mi accompagnò verso un nuovo gruppo di invitati per mostrargli i gioielli. Stava ancora parlando della scoperta nella miniera e di quanto fossero rare le pietre, quando si fece avanti il maggiordomo per comunicargli che il signor Edison aveva finito di allestire l'attrezzatura in sala da pranzo.

Era una scena molto teatrale: la stanza era immersa nell'oscurità, a eccezione del candelabro che illuminava tetro l'inventore e il telefono accanto a lui, che era stato posizionato su un plinto, come una scultura.

L'aggeggio di metallo nero aveva un aspetto semplice, per niente magico: era solo il piedistallo a conferirgli una certa importanza.

Il signor Edison si alzò e attese con pazienza che il pubblico si accomodasse. Il mago di Menlo Park, com'era conosciuto da tutti, aveva quasi ottant'anni, con i capelli bianchi, le guance grosse e una fronte corrucciata che gli conferiva un'aria seria. Ma lo scintillio negli occhi grigi apparteneva a un uomo molto più giovane.

Infine, quando la gente si era ormai seduta e il chiacchiericcio si ridusse a silenzio, lui parlò.

«Credo, a torto o ragione, che la vita sia indistruttibile. Credo anche che su questa terra ci sia una quantità fissa di vita, che non può essere in alcun modo aumentata o diminuita. Sono propenso a credere che la nostra personalità post mortem sarà in grado di influenzare la materia. Se questo ragionamento è corretto, siamo in grado di creare uno strumento tanto delicato da essere influenzato, mosso o manipolato – comunque lo si voglia dire – dalla nostra personalità così come sopravvive nell'altra vita; tale strumento, se reso disponibile, dovrebbe registrare qualcosa. Ho lavorato per qualche tempo alla costruzione di un apparecchio per verificare se è possibile che le persone che hanno lasciato questa terra comunichino con noi. Se morendo non scompariamo dall'universo, ma i nostri spiriti si trasferiscono da questo piano a un altro, dovremmo essere in grado di contattarli, di comunicare con i nostri defunti. Viviamo in un momento sorprendentemente ricco per la ricerca. A circa trenta chilometri da qui, c'è un istituto a New York in cui si studiano i fenomeni psichici. Alcune delle nostre menti più grandi, da Sir Arthur Conan Doyle al rettore di Harvard, credono che ci sia qualcosa che trascende il mondo e la nostra esistenza così come li conosciamo.

«La domanda su cui ho riflettuto è: dove vanno le nostre anime? E se siamo capaci di sfruttare le onde sonore e trasmettere le nostre voci attraverso la radio e il telefono, perché non catturare onde sonore che si trovano all'esterno di questa realtà? Ci sono numerosi avvistamenti di fantasmi, spiriti che non sono pronti ad andarsene. Proprio di recente, durante la guerra in Francia, un'intera unità di soldati ha visto gli angeli, spiriti che sono scesi dal cielo per proteggerli. Non si tratta di un solo uomo con le allucinazioni, stiamo parlando di un intero battaglione di soldati che ha visto la stessa cosa.

E abbiamo ancora dei dubbi? Ma ora basta parlare. Lavoro a questo apparecchio da dieci anni, nel tentativo di contattare l'aldilà, e credo di esserci finalmente riuscito».

Il pubblico era rapito. Tutti volevano credere all'idea di un telefono che riusciva a contattare i morti. Anche se i fantasmi erano personaggi che incutevano paura nei racconti, quasi tutti avevano perso un proprio caro in guerra o a causa di una malattia. La morte era sempre intorno a noi. La possibilità di poter fare un'ultima conversazione, di poter passare un'altra ora con loro era molto allettante. Mi voltai per dire qualcosa a Oliver, ma non era più accanto a me.

«E adesso vi dimostrerò come funziona il mio telefono. C'è un volontario nel pubblico?».

Tra gli spettatori si diffuse un brusio e il signor Tiffany mi lanciò un'occhiata: sapevo cosa voleva, cosa si aspettava, ma scrollai la testa.

«C'è un volontario?», ripeté il signor Edison.

Vidi Minx e Edward che parlottavano sottovoce, poi Edward si fece avanti battendo sul tempo qualsiasi altro spettatore che voleva proporsi come volontario.

«Sissignore. Il capitano Edward Wren a rapporto, signore».

Tutti scoppiarono a ridere, anche perché si sentivano sollevati che qualcuno si fosse offerto volontario.

«Molto bene, giovanotto. Ciò che dovrai fare, sarà telefonare a qualcuno usando quest'apparecchio. Qualcuno che amavi profondamente. Qualcuno che non è più tra noi. Chiedigli di comunicare con te, di mandarti un messaggio».

Il signor Edison gli porse una sedia e Edward si accomodò al tavolo, di fronte a un telefono dall'aspetto normalissimo. Dei cavi lo collegavano a una scatola nera sul pavimento, sotto il tavolo.

«È tutto pronto, ed è collegato», spiegò il signor Edison.

«Solleva la cornetta e parla, come faresti con un telefono qualsiasi».

Edward si portò la cornetta all'orecchio e si sporse in avanti. «Ci sei?». Si mise in ascolto, poi si rivolse al signor Edison. «Non sento nulla».

«Provaci ancora, figliolo. Dagli almeno trenta secondi», disse il signor Edison.

«Sì, il paradiso è parecchio lontano», urlò uno spettatore.

Qualcuno nel pubblico rise.

«Ci sei?», chiese Edward, e si mise ad ascoltare con un'espressione molto concentrata. Per dieci o venti secondi, non ebbe alcuna reazione. Poi inarcò un sopracciglio e guardò il signor Edison, mise una mano sulla cornetta ed esclamò: «Riesco a sentirla!».

«Bene, allora parla con lei, ragazzo. Chiedile se ha un messaggio».

Edward s'incurvò ancora di più sulla cornetta, come se la stesse baciando. «Hai un messaggio per me? Darei qualsiasi cosa per un tuo messaggio».

Sentii la sua voce incrinarsi e restai sorpresa da quell'insolita emozione da parte sua.

Edward attese, poi cominciò a parlare lentamente, a scatti. «Qualcuno qui… qualcuno qui nel pubblico ha un segreto, e sta nascondendo il suo passato… Faith vi avverte… Faith vi avverte… che questa *donna* non dovrebbe restare qui… potrebbe essere pericoloso».

Dal pubblico si levarono delle esclamazioni di stupore. La gente si guardava, credendo che Edward stesse davvero ricevendo quel messaggio al telefono.

Non mi voltai né a destra né a sinistra, imponendomi di restare imperturbabile. Nella stanza c'erano almeno una dozzina di donne che calzavano la descrizione che lo spirito aveva riferito a Edward. Una donna con un segreto? Quante donne presenti alla festa non ne avevano uno? La zia Grace mi aveva insegnato tutto su come leggere i pensieri. Non c'entrava affatto l'energia psichica. Né si trattava di comunicare con gli spiriti. Alcune persone, semplicemente, erano capaci di intuire i pensieri degli altri. E come aveva spiegato Oliver, il cervello emetteva onde di energia. Alcune persone erano come radio e captavano quelle onde. Edward forse era una di quelle radio e aveva intercettato i pensieri di qualcun altro. Ma se ciò era vero, chi aveva concepito un messaggio del genere? Perché qualcuno voleva spaventarmi e mandarmi via da Laurelton? Oppure era davvero una voce proveniente dall'oltretomba che stava usando il telefono spiritico del signor Edison per mandarmi un avvertimento?

Paralizzata, incapace di muovermi, restai a guardare la folla che si radunava attorno al signor Edison per discutere del suo marchingegno paranormale. Persino la signorina Hanley, che di solito era così calma, con il suo abito da sera di seta gialla, stava in testa alla fila di persone che smaniavano per quell'invenzione prodigiosa. Volevo scappare, ma non potevo. Non prima di aver parlato con l'inventore. Dovevo capire qualcosa di più di quell'apparecchio. Scoprire se poteva essere facilmente manipolato.

Mi passò davanti un cameriere con lo champagne, e ne accettai avidamente una coppa. Osservai la stanza immensa, guardai tutti gli invitati, amici del signor Tiffany, e i borsisti della colonia, sia di questa stagione sia di quelle precedenti. C'era circa un centinaio di persone.

Passò un altro cameriere e gli restituii il mio bicchiere vuoto.

Prima la tavola Oujia, poi l'inno e quel tizio losco e inquietante in città che pareva spiarmi; e adesso il telefono per comunicare con i morti. Dovevo trovare una spiegazione logica per ognuno di questi episodi; altrimenti, dovevo accettare il fatto che mia madre mi stava mandando dei messaggi. Oh, quanto desiderai che la zia fosse ancora viva. Era pragmatica, ma anche aperta all'impossibile. Mi avrebbe detto se stavo davvero correndo un pericolo o se stavo prendendo troppo sul serio una serie di banali coincidenze. In fin dei conti, Faith era un nome comune, non soltanto quello di mia madre. Nel 1916 erano morte milioni di persone. E *Guidami tu, Luce gentile* non era un inno così oscuro, tutt'altro.

«Mi sembri stupita», osservò Minx avvicinandosi con due coppe di champagne. Me ne mise una in mano, esortandomi: «Bevi un sorso».

Gli occhi di Minx erano di nuovo assonnati. Era la terza o la quarta volta che la vedevo così da quando eravamo arrivate alla colonia. Sua madre mi aveva avvisato dei sintomi da cercare.

Siccome era un contrabbandiere, Edward di sicuro aveva accesso all'oppio. Per quanto non avessi voglia di parlargli, mi toccava farlo. Dovevo fargli sapere che Minx era vulnerabile e che aveva avuto problemi in passato. Che non doveva tentarla, ma non potevo parlargli alla festa. Non in quel momento, perché ero sconvolta e stavo saltando a conclusioni affrettate.

Minx fece un cenno a Edward, che era bloccato in mezzo alla folla. «Andiamo a salvarlo da tutta quella gente».

Stavo aspettando che il signor Edison si liberasse ma quando diedi un'occhiata mi accorsi che, come Edward, era attorniato da una massa di gente.

Minx tirò via Edward, e tutti e tre ce la svignammo in terrazza, tra le ombre.

Ci sedemmo a una tavola decorata con i fiori e le candele che tremolavano nella brezza serale, che era piacevolmente fresca sulla pelle. Ingurgitai un altro sorso del liquido giallo pallido e sentii le bollicine arrivarmi dritte in testa. Non avevo mangiato granché ed ero già al secondo, o al terzo, bicchiere di champagne.

«Edward, sei stato fantastico. Vero, Jenny?», mi chiese Minx.

«Sì».

Sporgendosi verso di lui e sussurrandogli all'orecchio in modo che nessun altro invitato potessi sentirli, chiese: «Edward, ora ci siamo solo noi. Com'è stato sentire la voce? Era vecchia? Giovane? Sembrava umana?»

«Non capisco cos'è successo, credo di essere ancora sotto shock». Sollevò la coppa di champagne e se la scolò in due sorsate. Poi l'appoggiò sul tavolo urtandomi un braccio e il mio bicchiere cadde per terra, spaccandosi e spargendo lo champagne ovunque.

«Oh, no, è finito sulle tue scarpe dorate», dissi a Minx.

«Non preoccuparti, sciocchina», mi rassicurò lei.

«Lascia che te ne prenda un altro», si offrì Edward allontanando i pezzi di vetro con un piede. «Tanto ne voglio un altro anch'io. Minx, sei pronta per un altro bicchiere?».

Minx rispose di sì, e Edward andò in cerca di champagne. Lo seguì con lo sguardo mentre si allontanava per poi scomparire in casa, e a quel punto si voltò verso di me.

«Sta lavorando duramente al suo quadro. Non ho mai visto nessuno desiderare qualcosa così ardentemente come fa lui con il premio».

«Sì, ma lo stile… hai notato quanto assomiglia al tuo?»

«Cosa stai dicendo?», mi aggredì Minx, stizzita.

Vedendo la sua reazione, capii che avevo sbagliato a dirglielo.

«Stai cercando dei motivi per non fartelo piacere, eh?», protestò lei.

«Ma certo che no. Mi piace, ma sono solo preoccupata che si stia approfittando di te, e…».

Prima che potessi aggiungere altro, ritornò Edward con lo champagne. Minx si voltò dall'altra parte per prendere il suo bicchiere.

«Facciamo un brindisi!», esclamò. «Al fantasma nel telefono!».

Rabbrividii.

«Tu non bevi?», mi chiese Minx, con un pizzico di nervosismo nella voce.

Mi portai il bicchiere alle labbra e trangugiai lo champagne.

«Tutto bene, ragazze?», domandò Edward, percependo la tensione tra di noi.

«Certo», rispose Minx.

Sorseggiai un altro po' di champagne.

Cambiando argomento, Minx indicò il bracciale della collezione Tiffany Blu che portavo ancora al polso. «Era tutta la sera che volevo dargli un'occhiata da vicino», disse allungando la mano verso di me e rigirandomi il polso. «Ma non è un colore assolutamente glorioso, Eddie?», domandò, porgendogli il mio braccio affinché guardasse anche lui.

Edward ispezionò il bracciale, e mentre lo voltava per posizionarlo sotto la luce della candela, mi sfiorò la pelle con le dita che erano ghiacciate; pensai dipendesse dal fatto che aveva stretto la coppa dello champagne.

Mentre parlavamo della combinazione dei colori e del modello dei gioielli, cominciò a venirmi mal di testa. Non dovevo esserne sorpresa, considerato quanto avevo bevuto. Mi alzai per andarmene in camera mia.

«Stai bene, Jenny?», mi domandò Minx, sorreggendomi con un braccio quando mi vide barcollare.

«Lo champagne mi ha fatto venire un mal di testa fastidioso. Voglio andare di sopra...», dissi aggrappandomi a Minx perché non mi reggevo in piedi.

«Faremmo meglio ad aiutarti», si offrì Edward, prendendomi per l'altro braccio. «Andiamo sul retro, così non rovineremo la festa».

«Sì, sul retro», mormorai. «Non vogliamo disturbare la festa di gala del signor Tiffany».

Ci allontanammo dalla terrazza, imboccammo il sentiero per la cucina e da lì entrammo usando le scale della servitù.

Edward aprì la porta della mia stanza, e Minx mi aiutò a mettermi a letto, dove mi sdraiai, sollevata di essere lontana dal rumore e dal rischio di cacciarmi in situazioni imbarazzanti con gli invitati.

«Mi scoppia la testa, e mi fanno male gli occhi».

«Minx, hai della polvere di aspirina? Penso che Jenny ne abbia proprio bisogno», fece Edward.

«Sì, l'aspirina è un'ottima idea», concordò lei.

Chiusi gli occhi. Sentii delle mani delicate che mi sfilarono le scarpe di Minx dai piedi, e una coperta che mi veniva adagiata sopra. Ero troppo stanca per aprire gli occhi, ma ringraziai Minx perché si stava prendendo cura di me. Ma era Minx? Perché sentii un profumo agrumato mischiato al tabacco: l'odore di Edward.

Dovevo essermi addormentata, perché a un certo punto Minx mi cinse la spalla con un braccio e mi rimise a sedere.

«Ecco», disse mentre mi sorreggeva e mi teneva il bicchiere alle labbra per farmi bere. Ne svuotai il contenuto, e Minx mi adagiò di nuovo sul letto.

Il mattino seguente mi svegliai con la luce del sole che filtrava dalle finestre. Stavo male, avevo la gola riarsa e mi sentivo intontita. All'inizio non riuscivo nemmeno a ricordarmi cos'era successo, e poi lentamente mi ritornarono alla mente le scene della sera prima, fuori sequenza. Facendo attenzione, mi tolsi il copriletto di dosso e mi misi a sedere sul letto, notando che, scarpe a parte, ero ancora completamente vestita.

Mi spogliai, posando sul letto il grazioso abito da sera di Minx, e m'incamminai in bagno, nuda. Aprii il rubinetto della vasca e ci aggiunsi una bella dose di sali profumati alla rosa, e mentre riempivo l'acqua andai al lavandino per lavarmi i denti. Mi sembrava di avere la bocca piena di cotone.

Quando mi guardai allo specchio, mi accorsi di avere gli occhi impiastricciati di mascara e sbaffi di rossetto attorno alla bocca. La pelle era mortalmente pallida, e i capelli erano appicciati su un lato della testa, mentre dall'altro erano tutti scompigliati. Indossavo ancora gli splendidi orecchini del signor Tiffany, che facevano risaltare terribilmente il mio stato pietoso. Allungai una mano verso l'orecchio e mi sganciai il primo orecchino, poi il secondo, e li posai sul banco di marmo.

Poi mi guardai il collo, e infine il polso: erano entrambi nudi, senza più la collana e il bracciale. Forse me li aveva tolti di dosso Minx la sera prima. Dopo il bagno, avrei messo via anche gli orecchini.

Mi lavai i capelli e restai a mollo nell'acqua calda, sperando che il calore e i sali minerali mi aiutassero a riprendermi. Dopo un quarto d'ora circa, uscii dalla vasca e mi avvolsi con l'asciugamano: non ero ancora io, ma mi sentivo decisamente meglio.

Riportai gli orecchini in camera per metterli assieme agli altri gioielli sulla scrivania, ma non li vidi. Né li vidi sulla cassettiera o sul comodino. E nemmeno sulla mensola del caminetto. Nella stanza non c'erano altre superfici su cui potevano averli appoggiati.

Poi pensai che forse Minx non aveva voluto lasciarli in giro, così aprii l'armadio e frugai in ogni cassetto. Non c'erano. Forse Minx non me li aveva tolti di dosso e li avevo persi nel sonno, dovevano essere scivolati da qualche parte. Scostai la coperta e le lenzuola, tolsi tutto dal letto. Il panico cominciò ad attanagliarmi lo stomaco. Li avevo persi? E poi, con mio grande sollievo, mi resi conto di cos'era successo. Di sicuro Minx me li aveva sfilati per proteggerli e li aveva restituiti subito al signor Tiffany, ma doveva essersi dimenticata degli orecchini.

Dopo essermi vestita, misi gli orecchini in una delle grosse buste color crema che facevano parte della cancelleria omaggio che avevo trovato sulla scrivania.

Uscii dalla mia camera e bussai a quella di Minx. Quando non ottenni risposta, scesi a fare colazione.

Minx, il signor Tiffany e diversi degli altri ospiti che si erano trattenuti per la notte erano già seduti ai tavoli e stavano mangiando. Dopo esserci scambiati i convenevoli d'obbligo, mi avvicinai a Minx e le chiesi, sussurrandole all'orecchio, se aveva restituito il bracciale e la collana al signor Tiffany.

Si voltò per guardarmi in faccia. «No, non te li ho tolti di dosso, Jenny. Ti ho solo sfilato le scarpe. I gioielli non li ho toccati».

«Devi avermeli tolti tu, solo che non ti ricordi perché hai bevuto un sacco di champagne ieri sera».

«Non ho bevuto poi tanto. Mi ricordo di averti tolto le scarpe e di averti messo la coperta addosso, e sì, ho notato il bracciale che portavi al polso e ho pensato di togliertelo, ma poi ti sei addormentata».

«Allora è stato Edward».

«Se n'è già andato. Ma sei sicura che i gioielli non siano finiti nel tuo letto?»

«No, non sono nel letto, né da nessun'altra parte. Ho rivoltato tutta la stanza».

Diedi un'occhiata all'altro capo del tavolo, dov'era seduto il signor Tiffany. In qualche modo gli dovevo dire che avevo perso i suoi gioielli preziosi. Orecchini a parte, mancavano gli altri pezzi della collezione Tiffany Blu.

Ma non feci in tempo a capire come gliel'avrei detto, perché lui si era già alzato e veniva verso di me. Di colpo mi sentii male, ancora peggio di quanto non fossi stata la sera prima.

«Tutto bene, signorina Light? La signorina Deering mi ha detto che non si è sentita bene ieri sera e che è andata a letto presto, spero non sia stato qualcosa che ha mangiato».

«Penso che sia stato un bicchiere di champagne di troppo, ma ho bisogno di parlarle… io…».

«Sì?»

«Non qui».

«Perché non fa prima colazione? Non ho ancora finito la mia; e di qualsiasi cosa si tratti, sono sicuro che può aspettare».

Non avevo scelta. Mi sedetti poco distante da Minx, accanto a un'esponente dell'alta società newyorkese e a suo marito che erano stati alla festa. Mentre attendevo il signor Tiffany, bevvi due tazze di caffè nero e feci a pezzettini una fetta di pane tostato, senza però mangiarla.

Quando infine terminò di fare colazione, il signor Tiffany si alzò e venne da me.

«Ora ho qualche minuto», disse e mi fece cenno di spostarci nel fumoir.

La stanza ottagonale, con quel grado enorme raffigurante la fumeria di oppio e il samurai giapponese sull'attenti, era vuota. Il signor Tiffany chiuse la porta e si rivolse a me.

«Sediamoci. Ma cosa c'è, signorina Light? Sta tremando».

Gli porsi la busta. «Gli orecchini della collezione Tiffany Blu sono qui…».

La prese.

«Ma il resto dei gioielli…». Soffocai un singhiozzo. «La collana e il bracciale sono spariti».

Il signor Tiffany non si scompose. «Probabilmente li avrà messi nel posto sbagliato, ma ora accomodiamoci e cerchiamo di capire dove possono essere».

Mi fece diverse domande, e gli spiegai che non avevo mangiato nulla ma avevo bevuto troppo champagne. Gli raccontai del mal di testa e del fatto che non riuscissi a tenere gli occhi aperti, oltre alla sensazione di nausea e vertigini. Gli raccontai anche che mi ero addormentata vestita e che quando infine mi ero svegliata al mattino non mi sentivo completamente a posto.

Il signor Tiffany mi rassicurò nuovamente e disse di non preoccuparmi. Senza scomporsi, disse a Graves di radunare diversi membri dello staff e di rovistare a fondo le stanze in cui si era tenuta la festa, le terrazze, i corridoi e le scale.

Poi, il signor Tiffany e Graves mi accompagnarono in camera per "dare un'occhiata in giro", così dissero.

Mi sedetti vicino alla finestra: mi sentivo male e avevo paura, osservandoli mentre frugavano dappertutto. Cercarono sopra e sotto ogni superficie, scostarono il letto e la scrivania dal muro, arrotolarono persino il tappeto.

Prima di andarsene per continuare la ricerca, il signor Tiffany mi rassicurò che i gioielli sarebbero venuti fuori, ma ora non mi sembrava più così sicuro.

Qualche minuto dopo, bussò alla porta Oliver.

«Ti ho cercato ieri dopo l'esperimento di Edison e non sono riuscito a trovarti, poi ho incontrato Edward che mi ha detto che ti eri sentita male e che eri andata a dormire…».

Mi lisciò i capelli. «Ma stai piangendo, perché? Cosa c'è che non va?».

Ci sedemmo sul sedile della finestra e gli raccontai tutto. Per la prima volta mi accorsi che era una giornata tempestosa, e che c'erano piccole creste spumose nel canale. Senza la luce del sole, i vetri colorati delle finestre non proiettavano riflessi.

Dopo che gli ebbi spiegato l'accaduto, Oliver mi prese tra le braccia cercando di rassicurarmi ma non ci riuscì; allora ordinò tè e focaccine dolci nel tentativo di farmi mangiare qualcosa, ma proprio non ce la facevo.

«Devi calmarti, Jenny, altrimenti rischi di ammalarti. Sì, quelle pietre sono preziose, ma anche se è successo qualcosa ai gioielli non sarà un colpo insostenibile per il nonno o il negozio».

«Ma cosa penserà di me? Mi caccerà via dalla fondazione. Si fidava di me, Oliver. Tu cosa penseresti?».

Nonostante le sue rassicurazioni, ero ancora sconvolta.

Quando più tardi quella mattina qualcuno bussò nuovamente alla porta, andò Oliver ad aprire, perché era ancora in camera con me. Era Graves, che gli comunicò che erano arrivati i poliziotti e il signor Tiffany voleva che parlassi con loro.

Oliver mi riaccompagnò nel fumoir ottagonale, dove c'erano due uomini vestiti di scuro sotto il quadro intitolato *The Opium Dream*.

Il signor Tiffany mi presentò al detective Logan e al detective Marsh. Poi mi prese la mano e mi parlò con voce gentile, e con pazienza.

«Ho riferito ogni cosa che mi ha raccontato agli investigatori, cosa è accaduto ieri sera alla festa, il malessere che l'ha costretta a ritirarsi in camera. Esaminando tutti i particolari, gli investigatori credono che qualcuno l'abbia drogata per rubarle i gioielli. Abbiamo sentito di situazioni simili, perciò se è veramente successo questo, non voglio che si senta in colpa. Lei è la parte lesa, esattamente quanto me. Non sospetto assolutamente di lei, ma i detective vorrebbero parlare con lei e ricostruire gli avvenimenti della serata di ieri. Le dispiacerebbe?».

Soffocai le mie emozioni, dicendo che non mi dispiaceva, assolutamente, anche se mi sentivo tutta in subbuglio. L'ultima volta che ero stata interrogata da un investigatore era stato a Hamilton, otto anni fa, la sera del giorno in cui il reverendo incontrò la morte, cadendo dal ponte. Nonostante ciò che mi aveva detto il signor Tiffany, cosa sarebbe successo se i poliziotti si insospettivano e cominciavano a scavare nel mio passato? E se Oliver non avesse creduto alla mia storia e avesse raccontato tutto a suo nonno, e magari avesse già avvisato la polizia? E se avessero scoperto il mio vero nome, venendo così a sapere che mi ero dichiarata colpevole di omicidio colposo ed ero stata mandata in riformatorio? Avrebbero pensato il peggio? Perché, se avevo commesso un crimine una volta, ne potevo commettere altri, no?

Quando cominciò l'interrogatorio, strinsi le mani per farle smettere di tremare.

Fu il detective Marsh a farmi la maggior parte delle domande. Nell'ora successiva – due, tre volte – spiegai in dettaglio ogni momento della serata, da quando il signor Tiffany mi aveva messo i gioielli a quando mi ero svegliata la mattina, rendendomi conto che la collana e il bracciale erano spariti.

Risposi con sincerità a ogni domanda, ma quando mi chiesero cos'era successo una volta arrivata in camera da letto, mi si offuscò la memoria.

«Ho cominciato a stare male in camera mia», risposi. «Mi scoppiava la testa, avevo le vertigini e non riuscivo a tenere gli occhi aperti. Mi ricordo che Minx si è presa cura di me, ma tutto il resto è sfocato».

Dopo un altro quarto d'ora, il detective Logan chiese al signor Tiffany se poteva parlare con la signorina Deering. Minx doveva essere stata già convocata, perché Graves l'accompagnò da noi dopo solo qualche minuto.

La mia amica mi rivolse uno sguardo coraggioso e si accomodò con un gesto plateale. A differenza di me, non era per niente nervosa. Anzi, sembrava quasi eccitata. Quando il signor Tiffany la presentò ai detective, disse che era contenta di conoscerli, come se lo fosse veramente.

«Era con la signorina Bell al termine della dimostrazione del signor Edison?»

«Sì».

«E anche sulla terrazza a bere champagne?»

«Sì».

«E l'ha accompagnata di sopra quando si è sentita male?»

«Sì».

«Ed era da sola?»

«No, Edward Wren mi ha aiutato a portare Jenny di sopra».

«E il signor Wren è entrato in camera di Jenny con lei?»

«Sì, ma solo per aiutarmi a metterla a letto, poi se n'è andato».

«E indossava i gioielli quando lui se n'è andato?».

Minx annuì. «Sì».

«Indossava ancora i gioielli dopo che Edward se n'è andato?»

«Sì. Si è trattenuto giusto un minuto o due, non era il caso che restasse con noi in camera».

Se non fossi stata così ansiosa, sarei scoppiata a ridere per l'improvviso senso del decoro di Minx.

«Anche lei ha bevuto champagne?», le domandò il detective Marsh.

«Sì».

«Quanti bicchieri?»

«Solo uno».

Minx non aveva mai bevuto solo un bicchiere di champagne in vita sua, ma non avrei fatto la spia. Sapevo che non aveva rubato i gioielli, e volevo soltanto che l'interrogatorio finisse.

«E quindi si sarebbe accorta della mancanza dei gioielli?»

«Be', ero preoccupata perché Jenny non si sentiva bene, e non stavo certo pensando a cosa indossava, ma sì, quando l'ho coperta, ho visto i gioielli. Era difficile non vederli».

«Aveva già visto quei gioielli durante la festa, quindi è sicura che fossero gli stessi?», domandò il detective Marsh.

«Sì».

«Può descriverli?».

Minx lo fece.

Il detective le chiese di ripensare a tutto ciò che aveva fatto da quando eravamo andati di sopra finché non avevo bevuto la medicina in polvere per il mal di testa.

«E dopo che la signorina Bell ha bevuto l'aspirina, quanto ci ha messo a addormentarsi?»

«Non appena l'abbiamo messa a letto, si è assopita e l'ho dovuto svegliare per darle l'aspirina in polvere».

«E poi, quanto ci ha impiegato a addormentarsi?»

«Direi quasi immediatamente».

«E a quel punto, lei cosa ha fatto, signorina Deering?»

«Mi sono spogliata e sono andata a dormire».

«E ha sentito qualcosa durante la notte?»

«No».

«Pensa che l'avrebbe sentito, se fosse successo qualcosa?»

«Solo il bagno separa le nostre camere. Immagino che se si fosse messa a gridare, l'avrei sentita».

«Lei tiene anche il sonnifero in polvere in bagno, assieme all'aspirina?»

«Sì, è così».

Il detective Logan si rivolse al signor Tiffany. «Possiamo andare di sopra e ispezionare il bagno?»

«Ma certo, se questo va... Signore», si rivolse a noi il signor Tiffany, «potete acconsentire?»

«Sì, ma perché?», chiese Minx, più incuriosita che preoccupata.

L'investigatore non rispose.

«Credete sul serio che qualcuno sia entrato in camera della signorina Bell durante la notte e abbia rubato i gioielli?», domandò il signor Tiffany al detective.

Ancora una volta, non rispose.

«Bene, andiamo di sopra», annunciò il signor Tiffany.

Assieme agli investigatori, Minx, Oliver, il signor Tiffany e io salimmo le scale. Mi misi vicino alla finestra e guardai fuori mentre Minx mostrava ai poliziotti le sue pozioni e le polveri.

«Come ho potuto permetterlo?», dissi a Oliver.

«Non sei stata tu a permetterlo, sono sicuro di questo, ma qualcuno ha approfittato di te e ti ha dato qualcosa per farti dormire», rispose.

Avevo paura di parlare con la polizia. Paura di essere interrogata. Di essere coinvolta in qualche modo in un crimine. Immaginai che mi sarei messa a urlare. Non avevo fatto niente. Ancora una volta ero innocente, ma adesso non mi sarei presa la colpa.

Minx era nel bagno con i detective. Sentii la sua voce così calma, prodiga d'aiuto. Aveva mentito con una tale facilità agli investigatori riguardo allo champagne...

Il signor Tiffany osservava i detective dalla porta del bagno, ma poi si girò e venne da noi alla finestra. Mi guardò con gentilezza. «Lo so che è sconvolta, proprio come lo sono io. Ma nessuno di noi crede che sia colpa sua».

«Devo andarmene da Laurelton. Ho causato così tanti guai».

«Assolutamente no. Non sono ancora riuscito a farle dipingere il nostro laghetto con le ninfee», disse per rassicurarmi. «Signorina Light, qualcuno si è approfittato di lei. E noi scopriremo chi è stato, e perché. In un modo o nell'altro, andremo fino in fondo alla questione».

«Perché è così buono e gentile con me?».

Resto zitto per un momento, poi rispose con un tono ancora più delicato: «Perché so che altri non lo sono stati».

Capitolo 25

Non dormii bene domenica notte, e quasi non mi sorprese. E lunedì, non lavorai bene. Avevo portato il materiale giù in spiaggia per provare a fare qualche studio dal vero del mare. Era una giornata calda e assolata, ma i miei disegni erano scuri. Stavo per mollare tutto e andarmene, quando scese Oliver dagli scalini. A vederlo provai un guizzo di eccitazione, ma considerate le mie preoccupazioni si spense in fretta, diventando scuro come i miei dipinti.

«Non ti ho visto a colazione».

«Non avevo fame».

«Non avevi fame o volevi evitare tutti?»

«Non capisco proprio come sia successo. Com'è possibile che non mi sia accorta che qualcuno mi stava sfilando un bracciale dal polso o una collana dal collo?»

«Facile se sei stata drogata». Mi prese la mano. «Mi dispiace essere foriero di brutte notizie, Jenny, ma il nonno mi ha chiesto di cercarti perché stanno arrivando gli investigatori e vogliono di nuovo parlare con te».

Mi feci piccola piccola. Ogni volta che dovevo parlare con la polizia temevo di rivelare inavvertitamente un indizio del mio passato che potevano usare contro di me.

«So quanto dev'essere dura, dev'essere terribilmente dura per te», disse prendendomi per mano e accompagnandomi verso un grosso masso piatto.

Saltò sullo scoglio con me, e ci sedemmo di fronte al mare

calmo a osservare i gabbiani che si libravano nell'aria e poi si lanciavano in picchiata, mentre le nuvole correvano veloci in cielo. Oliver mi cinse con un braccio, mi attirò a sé e mi accarezzò i capelli.

«A cosa stai pensando?», mi domandò.

«Sono riuscita a tenere sepolto il mio passato per così tanto tempo, senza che nessuno lo scoprisse. Se adesso verrà fuori, rovinerà tutto».

«La gente capirà. Io capisco».

Scrollai la testa. «Tu sei diverso».

«Stai forse insinuando che sono di parte, perché penso che tu sia la ragazza più meravigliosa del mondo?». Mi baciò la fronte.

In altre circostanze le sue parole mi avrebbero fatto sciogliere il cuore, ma ero paralizzata dalla paura.

«Anche mio nonno è convinto che sei fantastica».

«Solo perché non sa... Non lo sa, vero? Non gliel'hai detto, no? Ho avuto l'impressione che sapesse qualcosa, da come si è rivolto a me ieri».

«No, te l'ho promesso».

«Io me ne andrei, ma così facendo attirerei ancora di più i sospetti su di me».

«Il nonno non nutre alcun sospetto nei tuoi confronti. E nemmeno io».

Oliver rimase in silenzio per un attimo, come se soppesasse ciò che stava per dirmi.

«Jenny, non voglio che tu ci rimanga male per ciò che sto per dirti, ma voglio che sia preparata».

Trattenni il fiato. L'espressione sul volto di Oliver mi fece impaurire ancora di più. Strinsi le mani e mi conficcai le unghie nei palmi.

«Cosa c'è?»

«Se la polizia sta tornando qui è perché hanno ricevuto una lettera». Fece una pausa.

«Una lettera?», chiesi con voce inespressiva.

«Che ti accusa di aver rubato i gioielli, rivelando anche dove si trovano i pezzi mancanti».

Cominciai a tremare e Oliver mi tenne ancora più stretta.

«Forza, ora dobbiamo tornare a casa».

Insieme radunammo le mie cose e iniziammo a salire i gradini di pietra. A metà strada, Oliver mi fermò.

«Jenny, qualsiasi cosa scopriranno, sappi che ci credo che non c'entri niente con tutta questa storia».

«Secondo te, cosa succederà?».

Scosse la testa. «Non ne ho idea, ma se grazie a quel biglietto trovano i gioielli, è ovvio che qualcuno sta cercando di incastrarti».

«Ma perché?»

«Questo proprio non lo so».

Continuammo a camminare, cercando di capirlo.

«Hai fatto uno sgarbo, anche minimo, a qualcuna delle persone che hai incontrato qui?».

Feci no con la testa. «No, a pensarci proprio no».

«C'è qualcuno con cui sei ancora in contatto in Canada che vorrebbe cacciarti nei guai?»

«No, non sono più in contatto con nessuno da quando mi hanno mandato all'Andrew Mercer. Nemmeno con le mie amiche Martha e Sarah. Non ce l'ho con loro, le capisco, ero stata condannata per un crimine. Immagino che ci siano dei membri della congrega del reverendo che ancora mi disprezzano, ma sono passati sei anni da quando ho lasciato Hamilton. Come fanno a sapere che mi trovo qui? Non sono più Jenny Fairbun dal 1918».

Oliver mi attirò a se sussurrandomi: «Se ti viene in mente

qualcosa, promettimi che me lo dirai perché voglio aiutarti, e sai che di me ti puoi fidare».

"Non posso fidarmi di nessuno!" avrei voluto gridare, e la mia vita me l'aveva immancabilmente dimostrato, ma non dissi niente e mi lasciai cullare dal suo abbraccio, fingendo che fossimo una coppia normale a passeggio sulla spiaggia in una bella giornata di giugno.

«Non temere, io sarò con te».

«Grazie», mormorai.

Quando ci avvicinammo al prato, vidi un pavone che passeggiava lungo il sentiero. Ogni volta che ne vedevo uno mi fermavo ad aspettare, ma finora nessun pavone aveva fatto la ruota per me. Quella mattina però andò diversamente, perché dopo averlo superato e aver percorso una decina di metri, mi voltai e lo vidi in lontananza all'ombra degli alberi, che apriva la coda. Ma, ovviamente, non era abbastanza vicino da poter ammirare i suoi colori splendenti: era solo una sagoma nell'ombra.

Ancora una volta, i detective Logan e Marsh erano seduti nel fumoir assieme al signor Tiffany. Le nuvole correvano in cielo, proiettando ombre sulle sei armature giapponesi, a grandezza naturale, che se ne stavano una accanto all'altra come una giuria in attesa di un verdetto.

Questa volta ci furono meno convenevoli. Il detective Marsh andò dritto al punto. «Signorina Bell, vorrei chiederle ancora una volta se sa dove potrebbero essere i gioielli mancanti. Le cose per lei si metteranno molto meglio se ce lo dirà, ma non sarà così se invece li troviamo noi senza il suo aiuto».

Non riuscii a trattenermi, mi conficcai le unghie nei palmi delle mani: il dolore era l'unica cosa che mi aiutava a mantenermi lucida e mentalmente sana. «No, ve l'ho detto, non me li sono mai tolti. Sono andata a letto con i gioielli addosso sabato sera, e mi sono svegliata che non li avevo più».

«Ci sono giunte informazioni per cui dobbiamo perquisire di nuovo la sua stanza. Immagino che per lei non sia un problema».

Volevo rifiutarmi di farli entrare in camera. Conoscevo i poliziotti e i detective: come per i giornalisti, era il loro lavoro risolvere i casi ed essere efficienti. E non davano importanza alle sfumature, se queste interferivano con l'archiviazione di un caso, o con l'incarcerazione di un sospettato.

«Certo, nessun problema», dissi.

Uscimmo dal fumoir e salimmo sulle scale in fila: il signor Tiffany, Oliver, i detective Logan e Marsh, e io. Ci fermammo davanti alla mia porta.

«Di solito la chiude a chiave la porta, signorina Bell?», domandò il detective Marsh.

«No, non ho niente di valore».

Aprii la porta, e gli altri mi seguirono all'interno.

«E questo è l'armadio?», mi chiese indicandolo.

«Sì».

L'aprì: il mio guardaroba minuscolo era appeso alle grucce, occupando circa un quarto dello spazio. Due paia di scarpe e le ciabatte erano allineate in ordine sul fondo dell'armadio. Marsh spinse via le grucce e tastò la parete posteriore dell'armadio, poi guardò sopra la mensola.

«Immagino che sia la sua valigia», disse, sempre puntando il dito.

Gli risposi di sì.

«Possiamo dare un'occhiata all'interno?»

«Ma certo».

Marsh sollevò la valigia dallo scaffale e la poggiò per terra. Lui e Logan si accovacciarono e ne ispezionarono ogni angolo, anche la tasca, ma non trovarono nulla.

Il detective Logan si voltò verso di me. «Ha un'altra valigia?»

«No, ho solo questa».

Tirò fuori un taccuino dalla tasca posteriore: grande quanto il palmo della sua mano, aveva una copertina di pelle nera spiegazzata. Quando l'aprì, scorse alcune pagine di appunti.

«Ha qualcos'altro che può essere considerata una sorta di valigia?».

Ci riflettei un attimo. «La mia valigetta dei colori?»

«Forse. Dove ce l'ha?», chiese l'ispettore Logan.

«Nello studio».

Logan guardò il signor Tiffany. «Immagino che non ci siano problemi se andiamo là a dare un'occhiata».

«Assolutamente, come vi ho già detto prima, fate il necessario per trovare i gioielli e chiudere questo caso».

Uscimmo dalla villa e ci incamminammo verso lo studio. Inciampai due volte, e ogni volta Oliver allungò una mano per aiutarmi. La seconda volta notai che il signor Tiffany ci stava guardando con un'espressione lievemente accigliata.

Nello studio c'erano otto dei borsisti all'opera, che dipingevano o scolpivano. Minx non c'era, ma vidi Paul Cadmus, e anche Edward.

Il detective Marsh si rivolse ai miei colleghi: «Mi dispiace disturbarvi, ma potete lasciarci qualche minuto da soli qui dentro?»

«Perché, cos'è che manca adesso?», fece Edward in tono stizzito.

«Come dice, signore?», replicò il detective Marsh.

«Sono nel bel mezzo di un dipinto…».

«Ci vorranno solo pochi minuti».

Edward si allontanò controvoglia, e io ne approfittai per sbirciare il suo quadro: stava per finirlo, ed era ancora più impressionante e potente di due giorni prima. E lo stile mi sembrava addirittura più familiare, anche se non riuscivo a capire perché. Ma cosa mi ricordava?

«Ci può mostrare dov'è la sua valigetta dei colori?».

Giunta alla mia postazione, tirai fuori la mia logora valigetta dei colori: era di legno, ed era stato il regalo della zia per i miei diciannove anni. Con mano tremante, la consegnai al detective Marsh.

La prese, la mise sulla scrivania e l'aprì: dentro c'erano i miei colori.

A uno a uno, Logan rimosse i tubetti riponendoli sul tavolo. A destra, allineò sedici tubetti di colore, tutti avvolti dalla stessa etichetta: "Sam Flax New York"; a sinistra, poggiò altri due tubi, sui quali invece c'era scritto "Windsor Newton", una marca più costosa, importata dall'Inghilterra, che usava Minx.

Logan lanciò uno sguardo al suo collega, che non riuscii a decifrare. Marsh prese il tubetto della Windsor Newton color verde iris e lo ispezionò da vicino. Poi controllò il blu di Prussia e infine mi guardò.

«Non sono miei», sbottai. «Si capisce che non è la marca che uso io».

«Allora, non le dispiace se gli do un'occhiata?».

Scrollai il capo.

Marsh strappò l'involucro di carta da uno dei primi tubetti, rivelando l'alluminio sottostante: al centro, c'era un taglio come una ferita che mostrava l'interno del tubo. Ci infilò dentro la matita, muovendola, ed estrasse un groviglio verde scuro, simile alla parte fibrosa di una pianta.

«Cosa diavolo?», fece Oliver.

«Qualcuno ha uno straccio?», chiese Marsh.

Senza pensare, allungai la mano verso uno degli stracci che usavo per pulire i miei pennelli e glielo passai.

Logan asciugò la vernice dall'oggetto misterioso: era il bracciale che indossavo sabato sera.

«Ma come...», non terminai la frase.

Logan continuò ad asciugare la vernice, e ormai era ovvio che il bracciale non era più integro.

«La decorazione è incompleta», osservò il signor Tiffany con voce greve. «I pavé di pietre sono intatti, ma la Tiffany Blu è stato rimossa».

«Non capisco», dissi di getto. «Perché qualcuno dovrebbe rimuoverla?»

«Perché è la pietra più preziosa», rispose Oliver.

Mi sentii sprofondare, accasciandomi a terra. Avevano ritrovato il bracciale in un tubetto nella mia valigetta dei colori. Non ci fu bisogno di guardare Logan che ispezionava il tubetto di blu di Prussia, perché sapevamo cosa avremmo trovato. Nessuno si stupì, infatti, quando estrasse la collana priva della Tiffany Blu incastonata al centro.

Oliver si sporse verso di me e mi tese la mano per farmi alzare.

«Jenny, è troppo ovvio. Nessuno crederà che tu c'entri qualcosa».

Quando non afferrai la sua mano, si sedette accanto a me.

«Nessuno farebbe una cosa del genere lasciando le prove nella propria valigetta dei colori, di certo non una persona intelligente. E tu sei intelligente. È evidente che qualcuno ti vuole incastrare, e sono sicura che nessuno crederà che sei stata tu».

Lo guardai. Lo guardai negli occhi, così avrei saputo per certo che diceva sul serio. Che quella scoperta non aveva cambiato i suoi sentimenti nei miei confronti. Aveva gli occhi trasparenti come acquamarina, e la sua espressione mi donò un barlume di speranza.

Lasciai che Oliver mi aiutasse a tirarmi su.

«Ciò che mio nipote ha detto è vero, signorina Light. Nessuno crederà che è stata lei a fare questo e lasciare le prove in un posto così ovvio».

Persino il detective Logan mi guardò con un'espressione di solidarietà. «C'è qualcuno qui che potrebbe avercela con lei?», chiese.

Scrollai il capo. «Non lo so». Il peso delle ultime quarant'otto ore mi crollò addosso. Il telefono per parlare con gli spiriti, l'inno, la tavola ouija e il furto: ogni cosa portava a una persona, ma perché doveva avercela con me? Perché Minx voleva spingermi a lasciare la fondazione, se era stata proprio lei a fare domanda per me, affinché venissi qui?

Capitolo 26

E se… no, era impossibile… ma non c'erano altre spiegazioni plausibili. E se avevo ragione e Minx aveva ricominciato a drogarsi? Se temeva che potessi andare da sua madre a raccontare tutto rovinandole quest'estate di divertimento? E se Minx stesse dipingendo il quadro di Edward al posto suo e in cambio dell'aiuto si facesse rifornire d'oppio? Fino a che punto era disposta ad arrivare per liberarsi di me? Forse aveva manipolato la tavola Oujia per spaventarmi. Poi aveva inscenato la storia dell'inno, e infine quando niente di ciò aveva funzionato aveva detto a Edward di far finta di ascoltare quel messaggio nel telefono spiritico di Edison. Li avevo visti bisbigliare tra di loro, prima che lui si offrisse volontario. E poi, per sbarazzarsi di me per sempre, aveva rubato i gioielli, nascondendoli nella mia valigetta dei colori per poi allertare gli investigatori.

Ma era tutto assurdo. Minx non sapeva abbastanza della mia vita per architettare un piano così complicato contro di me. Non le avevo mai raccontato di mia madre, o dell'anno in cui era morta, e di sicuro Minx non sapeva niente del reverendo, e ancor meno del suo inno preferito. Ed ero sicurissima che Oliver non le aveva raccontato niente. Inoltre, sia l'incidente della tavola ouija sia quello dell'inno si erano verificati prima che confessassi ogni cosa a Oliver.

No, sapevo che quella linea di pensiero non mi avrebbe portato da nessuna parte, né aveva senso ventilare i miei sospetti.

Se mi sbagliavo, rischiavo di cacciare Minx in un brutto guaio e fare la figura della sciocca.

Però un paio di volte Minx mi aveva stuzzicato per la mia riluttanza a "svelarle" il mio passato. Aveva sempre cercato di estorcermi i segreti. Non riuscivo a dimenticare il messaggio della tavola ouija, quella nostra prima sera a Laurelton: «I segreti non resteranno nascosti… qui pericolo… credi… fiducia … vai». Oppure voleva semplicemente dire: «Credi, vai».

Gli investigatori si trattennero diverse ore, e solo in seguito scoprii che avevano chiesto di vedere i dipinti di ogni studente. Minx era l'unica che usava i colori Windsor Newton.

Ci rifugiammo in camera sua quel pomeriggio, a bere tè corretto con il brandy della sua fiaschetta d'argento e a fumare sigarette, e l'ascoltai mentre ricostruiva ogni particolare del suo "interrogatorio", come lo definì lei.

«È durato quasi un'ora», mi disse Minx. «A dire il vero, mi mancavano quei due tubetti di colore, verde iris e blu di Prussia, ma sai che qui non dipingo, ma faccio solo sculture, ed è quello che ho riferito alla polizia: non ho mai aperto la mia valigetta dei colori da quando sono arrivata alla colonia».

Almeno quella parte era vera, perché non dipingeva, per quanto ne sapessi io.

«E ho detto a quei due poliziotti che era ridicolo pensare che avevo rubato i gioielli, li avevo rovinati e poi avevo infilato ciò che restava di quei pezzi preziosi nella valigetta dei colori della mia migliore amica. Mi hanno chiesto se avevo qualche motivo di farti andare via da Laurelton. Credo proprio di aver fatto un sorrisetto al detective Logan quando mi ha fatto quella domanda. Perché mai dovrei mandarti via? Sono stata io a fare l'impossibile per farti arrivare qui».

Volevo bene a Minx. Non aveva mai dimostrato altro nei

miei confronti, se non compassione e generosità. Eppure… eppure… non riuscivo a fare a meno di chiedermelo. Era cambiata da quando era arrivata a Laurelton. Era meno concentrata sul suo lavoro, e più distante e distratta quando le parlavo. Avevo attribuito questo suo cambiamento all'inizio della relazione con Edward. Non avendola mai vista ignorare il suo stuolo di ammiratori per un unico uomo, avevo concluso che doveva essersi proprio innamorata di lui. O, come temevo, si era innamorata di ciò che lui le poteva dare.

Oliver e il signor Tiffany ritornarono a New York quella sera stessa, e Minx andò a cercare Edward. Quando rimasi da sola, mi rintanai in camera a cercare di farmi venire qualcosa in mente.

Il giorno dopo, a colazione, Graves mi consegnò una lettera. Era di Ben, che prevedeva di essere a New York a luglio ed era ansioso di vedermi e di ricominciare da dove ci eravamo fermati. Mi scrisse che più stavamo lontani, più si rendeva conto di quanto fossi importante per lui.

Mi scrisse anche di aver letto del furto nella villa dei Tiffany, ed era preoccupato, perciò mi chiedeva di rispondergli al più presto e dirgli che stavo bene. E poi concluse con un paragrafo che aggiungeva ulteriore ansia a quella che provavo già.

So che in passato hai vissuto dei momenti difficili e non te la senti di condividere i tuoi problemi con me, e adesso credo di capire perché, e voglio che tu sappia che quando sarai pronta a raccontarmi la tua verità, ci crederò. Ho visto quanto possono essere egoiste, spietate, spaventate le persone; possono essere crudeli, e come a volte persino le migliori prendono le decisioni peggiori. Jenny, voglio aiutarti a uscire dall'ombra e a stare al tuo fianco nella luce.

La lessi più volte. Cos'aveva scoperto Ben? Si stava riferendo al mio vero passato, o era la sua immaginazione eccessiva che riempiva i vuoti? Aveva scoperto cos'era successo a Hamilton? Era stato lui a raccontarlo a Minx? Se gliel'aveva riferito e adesso lei conosceva il nome di mia madre, la data della sua morte e le informazioni sul reverendo, si spiegava tutto. Avevo solo dovuto manipolare la planchette durante la seduta spiritica, poi mettere quell'inno sull'organo e infine dire a Edward quale messaggio riferire dopo aver usato il telefono spiritico per comunicare con i defunti.

Ma come avrei fatto a scoprirlo? Non potevo certo rispondere alla lettera di Ben chiedendogli una spiegazione, senza confessargli i segreti che forse non aveva nemmeno scoperto.

Oliver mi telefonò giovedì per assicurarmi che suo nonno aveva convinto la polizia che ero una vittima, esattamente come lui.

«Finché non troveranno le pietre o un altro indizio, non si placheranno, ma non voglio che ti preoccupi pensando che verranno ad arrestarti, chiaro?»

«Ci proverò, ma finché non scoprono chi è stato, il caso resta aperto, e sono ancora un'indiziata».

Lui tentò di rassicurarmi. E io finsi di tranquillizzarmi.

«Ascolta, suonerò in uno jazz club di Harlem sabato. È la distrazione di cui ho bisogno. Sabato pomeriggio vengo a prenderti e ti riporto in città con me. Perché non lo dici anche agli altri borsisti? Sono sicuro che una pausa gioverà a tutti».

Quando giunse sabato, la polizia non aveva fatto progressi nel furto delle Tiffany Blu. Temetti che Oliver avesse cambiato idea e avesse anche cominciato a sospettare di me, ma quando arrivò a Laurelton a prendermi era così preoccupato e premuroso che conclusi che stavo esagerando.

Alle otto e mezzo di sera, la carovana si mise in viaggio: Oliver e io nella sua spider; Minx, Edward, Paul e Luigi nel catorcio di Luigi. E Henry nella sua Ford, con un ultimo gruppetto che includeva Mabel e Edith.

Quando oltrepassammo il ponte, diretti in città – che in alcuni punti era annerita in altri scintillanti – mi venne una gran tristezza. Nel giro di tre settimane avrei lasciato la fondazione per sempre. Ero lì da quasi un mese, e a parte fare qualche salto sporadico in città, era la prima volta che me ne andavo. Se non me l'avesse chiesto Oliver, non ci sarei nemmeno andata. Nonostante gli ultimi avvenimenti a Laurelton Hall, non volevo ritornare al traffico e agli estranei, a quegli edifici orribili, ai barboni. Volevo essere protetta dal mondo, cullata dalla bellezza nella proprietà dei Tiffany.

«Sei pensierosa», disse Oliver prendendomi per mano.

«Stavo pensando che il mio periodo a Laurelton sta per terminare, e ciò mi rende triste».

«Mio nonno mi sembra molto interessato a te. Potrei chiedergli se ti fa restare per un'altra sessione».

«Non posso permettermelo, devo rientrare al lavoro. E se il signor Tiffany credeva nelle mie capacità prima del furto, non penso che adesso voglia più avere niente a che fare con una come me».

«Sono così dispiaciuto che gli investigatori non abbiano trovato il colpevole. So quanto deve essere brutto per te. Siamo entrambi sicuri che scopriranno chi è stato, e tu sarai completamente assolta».

«Pensano che Minx possa essere colpevole?»

«No, e tu?»

«No, non riesco nemmeno a immaginare che possa farmi una cosa del genere...».

«Sento un "ma" nella tua voce».

«Non può essere lei». Tutti i miei sospetti mi vorticavano in testa, freneticamente. Sospirai. «Oliver, non ne parliamo più. Parliamo della tua musica, mi hai detto che a Parigi ti occupavi solo di musica, vero?»

«Sì, così mi pagavo le bollette. Dipingevo di giorno e suonavo il piano di notte, per quasi quattro anni».

«Ma se fossi rimasto là, alla fine non ti sarebbe dispiaciuto mollare la Tiffany & Company?»

«Se mio nonno credesse nelle mie capacità di disegnare i gioielli, forse sì. Ma ora sono io a intristirmi…».

«Da quale sogno è stato più difficile allontanarsi, dalla Tiffany o dalla Francia?».

Si concentrò sulla strada. «Hai mai rinunciato a un sogno?»

«No, ho rinunciato alla realtà. Sono stati i sogni a tenermi in vita. Ho accettato il lavoro più spaventoso che potessi immaginare così avrei avuto più tempo per dipingere e risparmiare i soldi per andare a studiare a Parigi».

«Deve essere stata molto dura entrare in un'aula di tribunale a New York per la prima volta».

«Già. Gli avvocati, i giudici, la giuria… ascoltare le testimonianze, osservare la faccia di chi accusava… ricordare… ricordare… e poi, durante uno dei miei primi processi, c'è stata una sparatoria in aula». Gli dissi cos'era successo, e che avevo accompagnato la figlia della vittima a casa.

«L'ho letto sui giornali», disse Oliver. «I giornalisti l'hanno definito un crimine passionale».

«Sì, la passione», feci io, e quella parola aveva un sapore terribile in bocca.

«Stai pensando al reverendo?».

Mi sentii attraversata da un'ondata di nausea. Erano anni che qualcuno non pronunciava quel nome ad alta voce. La zia Grace e io avevamo fatto il patto di non nominarlo mai.

«Non… non nominarlo, mai. Per favore, promettimelo».

Oliver mi prese per mano. «Scusa».

«Promettimelo», lo supplicai.

«Te lo prometto», disse Oliver solennemente. «Jenny, voglio continuare a vederti quando tornerai a New York. Ma devo andare a Newport a luglio».

«Non mi aspetto di vederti tutti i giorni. Ho il lavoro e la scuola...».

«Non devi però pensare che non sono serio».

Scoppiai a ridere. «Impossibile. Sei una delle persone più serie che abbia mai incontrato».

«Ed è una brutta cosa?»

«Può esserlo, se poi ti fa preoccupare troppo».

Ora fu lui a ridere. «Oh, sì, mi fa preoccupare».

«Non dovresti preoccuparti troppo».

«Senti chi parla».

«Lo so. So anche quanto le preoccupazioni ti impediscono di essere felice. La zia Grace mi ha insegnato un esercizio che è davvero utile. Mi ha detto che ogni mattina mi dovevo concedere quindici minuti di preoccupazioni. Dovevo stipare tutte le mie paure e le mie ansie in quel lasso di tempo, così per il resto della giornata, ogni volta che sentivo riaffiorare in modo subdolo le preoccupazioni, potevo fermarle, sapendo che me ne sarei occupata il mattino seguente. È incredibile come si plachi l'ansia con questa tecnica».

«Quindi lo fai?»

«Tutti i giorni.»

«E funziona?»

«Il più delle volte, sì. Ma questa settimana mica tanto».

Adesso eravamo fermi a un semaforo. Oliver si avvicinò, mi scostò i capelli dal viso, e poi si chinò su di me per baciarmi. Fu un bacio dolce, lento. E il suo tocco mi diede la scossa.

«Se potessi, prenderei tutte le tue preoccupazioni le appallottolerei e le lancerei in mare, il più lontano possibile», disse.

«Ci scommetto. E io prenderei le tue e farei lo stesso».

«Bene, stasera niente preoccupazioni, va bene?»

«Perfetto».

«Ora», disse, «ho un regalo per te».

«Davvero?»

«Qualcosa che ho fatto io».

«Davvero? Quando me lo darai?»

«Ce l'ho in tasca, prendilo».

Mentre infilavo la mano nella tasca della giacca di Oliver, mi resi conto che non avevo mai ricevuto un regalo da un uomo prima di allora.

Riconobbi all'istante la scatola. Per un attimo, mi venne di nuovo l'ansia. Il signor Tiffany aveva presentato le sue pietre nella stessa scatola di pelle color tè blu, con il gancetto a scatto dorato.

Come se mi avesse letto nel pensiero, Oliver ripeté il mantra della serata.

«Stasera niente preoccupazioni, ricordi?»

«Sì, va bene».

Accostò e parcheggiò la macchina tra la Centotrentunesima Strada e la Settima Avenue, di fronte a Connie's Inn, una rivendita clandestina di alcolici, dove Minx mi aveva portato diverse volte a sentire i suoi musicisti preferiti, che ben presto erano diventati anche i miei: Louis Armstrong, Fats Waller e Fletcher Henderson.

Una pozza di luce gialla proveniente da un lampione splendeva sulla nostra auto.

«Dai», mi disse Oliver, «apri il tuo regalo».

Sollevai il coperchio della scatola. All'interno, su un letto di raso bianco, c'era una semplice catenina, un bracciale dalle maglie quadrate e moderne, decorato con un ciondolo con due cuori di platino, uno dentro l'altro. Era un design molto moderno. Qualcosa per il futuro, che non proveniva dal passato: non assomigliava a nessun gioiello di Tiffany che avessi visto nel negozio o a Laurelton Hall.

Il cuore esterno aveva un pavé di diamanti, quello interno di pietre blu lavanda, le stesse del bracciale che mi era stato sottratto dal polso. Rigirai il ciondolo e lessi le parole che erano incise sul bordo.

A Jenny da Oliver: cuori e anime uniti 16/6/24

Lo alzai verso la luce. I cuori oscillarono, danzando.

«Ti piace?»

«Oh, sì».

«Volevo donarti la conchiglia di abalone che abbiamo trovato al forte la prima volta che ci siamo incontrati, ma si è spezzata quando ho provato a incastonarla. Spero che questo sia un degno sostituto».

Armeggiai col gancetto.

«Te lo metto io».

Gli passai il bracciale e chiesi: «Hai detto che l'hai fatto tu?»

«Ho disegnato le maglie e poi le ho commissionate a uno degli orafi dell'emporio, ma poi ho preparato io lo stampo per i cuori, ho scelto le pietre da abbinare e le ho incastonate, e infine ho inciso la scritta».

Mi mise il bracciale attorno al polso e chiuse il gancetto.

«Non me lo toglierò mai».

Si chinò a baciarmi il polso, nel punto in cui c'era il gancetto.

Sapevo, persino mentre stava succedendo, che quel momento sarebbe rimasto eternamente senza tempo. Perché in quella manciata di secondi, tutto era possibile. Niente era in grado di impedircelo.

Un paio di minuti più tardi entrammo nel locale, dove stava suonando una blues band, riempiendo il posto di musica. L'aria era fumosa e azzurrina per le sigarette. C'erano delle donne, con abiti da sera scintillanti e coi bocchini decorati con i gioielli, in compagnia di uomini in eleganti abiti da sera, con i capelli impomatati con la brillantina, seduti ai tavoli neri con il piano a specchio. Ci facemmo strada tra i camerieri che tenevano i vassoi in equilibrio e i clienti sulla pista da ballo, e infine raggiungemmo un gruppo di tre tavoli accanto al palco, riservati per Oliver.

Minx, Edward e il resto della compagnia arrivarono subito dopo di noi. Oliver ordinò champagne, ostriche e caviale. Uno dei proprietari del locale, Conrad Immermam, si avvicinò al nostro tavolo, salutando Oliver e poi Minx, che conosceva.

Lo champagne scorreva a fiumi e la band suonava, mentre noi ballavamo.

«Stasera è qui presente uno dei nostri musicisti preferiti», disse il leader del gruppo al microfono. «E ci piacerebbe invitarlo sul palco, a suonare con noi. Oliver T.».

«Oliver T.?», gli domandai.

«Non uso il mio cognome, la conoscono in troppi la mia famiglia», mi spiegò, alzandosi.

Oliver s'incamminò verso il piano e si sedette. I riflettori erano puntati sulla giacca nera dello smoking e i capelli color ebano. Posizionò le lunghe dita eleganti sui tasti del pianoforte.

Oliver aveva suonato per me a Laurelton la prima volta che ero andata in camera sua ed ero rimasta impressionata, e mi ero anche commossa. Ma con la folla e gli altri musicisti che gli facevano da spalla e lo champagne, non era lo stesso Oliver che aveva gettato via il mio tubetto di colore nero e che mi aveva baciato sulla barca a vela. Che mi aveva tenuto la mano mentre attraversavamo il bosco insieme e che aveva fatto l'amore con me sul suo letto. La sua voce era velluto blu, ma ancora più profonda, e stava incantando tutti nel club, soprattutto me, con una malinconica canzone d'amore.

Se tu fossi l'unica ragazza al mondo
E io l'unico ragazzo
Nient'altro importerebbe oggi al mondo
E continueremmo ad amarci come sempre.

Mi aggrappai a ogni nota, a ogni parola. Desideravo soltanto chiudere gli occhi e fluttuare sulla sua voce, ma non volevo smettere di guardarlo: stava suonando con gli occhi socchiusi e i capelli folti gli ricadevano sulla fronte, mentre le dita facevano l'amore con la tastiera del pianoforte. Ogni nota, ogni parola, mi dava i brividi. Brividi che risalivano lungo le braccia, poi scivolavano giù sulla schiena: dentro di me, pulsavo al ritmo della sua canzone.

Come aveva potuto rinunciare alla sua arte e alla musica per gestire l'azienda dei Tiffany? Da quello che avevo capito, il padre di Oliver non si era mai interessato al lato artistico dell'attività di famiglia, ma Oliver sì. Allo stesso tempo, voleva bene a suo nonno e voleva fare la cosa giusta per lui e per il suo lascito. Ma Oliver era veramente un artista. Aveva bisogno di creare, e l'avrebbe distrutto se avesse represso la sua passione, la sua anima soltanto perché suo nonno non gradiva la competizione. P,erché così doveva essere, no? Il signor Tiffany era stato il ribelle e il rinnegato, e voleva tenersi quella fama, senza cederla al nipote più giovane e moderno.

Oliver suonò diverse canzoni e spessò mi cercò con lo sguardo. E poi, nel bel mezzo di un brano abbastanza allegro, la sua espressione s'incupì. Mentre con una mano continuava a suonare, con l'altra mi fece cenno di avvicinarmi. Mi sentivo goffa e insicura, ma il suo sguardo era insistente. Accanto a me c'erano Minx e Edward avvinghiati, e non stavano prestando attenzione a Oliver, perciò non potevo chiedere alla mia amica cosa volesse dirmi Oliver secondo lei; così feci ciò che voleva: mi alzai e mi sedetti accanto a lui sulla panca del pianoforte.

«Canta con me», sussurrò.

«Ma non so cantare», gli bisbigliai in risposta.

«Fallo e basta, Jenny», disse con impazienza. «Canta».

E così cantai, dolcemente, seguendo le sue note e osservando le dita di Oliver che volavano sulla tastiera.

«Correte!», gridò qualcuno nel pubblico.

Guardai Oliver, che stava sbirciando in sala, concentrandosi sul retro della sala. Seguii il suo sguardo e vidi che almeno sei, o forse otto uomini corpulenti e vestiti di scuro si stavano spingendo tra la folla.

«La polizia!», urlò un'altra voce. «È una retata!».

Mi voltai verso Oliver, in preda al panico.

Continuò a suonare, ma smise di cantare e mi sussurrò: «Non temere, continua a cantare. Sì, è una retata, ma se resti qui seduta con me a cantare, non succede niente».

La gente gridava e strillava nel tentativo di sfuggire ai poliziotti, ma non sembrava che ci fossero vie d'uscita: due poliziotti stavano bloccando l'ingresso, altri due l'uscita del palco. Nella confusione, persi di vista Minx e Edward e gli altri borsisti.

«Cosa ci succederà?», bisbigliai.

«Probabilmente ci interrogheranno, ma non ci arresteranno», rispose Oliver.

«Ci porteranno via», dissi afferrandogli il braccio.

«Jenny, ascoltami. Non ci porteranno via. Ricorda, niente

preoccupazioni stasera. Non arrestano mai i musicisti, di solito prendono i proprietari, qualche volta gli spettatori».

«Minx?», chiesi con voce tremante.

«Non possiamo fare ancora niente, ti prometto che non ti succederà niente, e anche loro se la caveranno».

Restai al fianco di Oliver mentre lui continuò a suonare.

Quando la sala si svuotò del tutto, e rimanemmo soltanto noi e il trio jazz, si avvicinò uno dei poliziotti.

«Qualcuno di voi sta bevendo?»

«No, signore», rispose Oliver. «Siamo solo i musicisti».

«Be', potete andarvene tutti a casa, lo spettacolo è decisamente finito».

Oliver mi afferrò per un braccio e mi aiutò a scendere dalla panca del piano, poi mi accompagnò verso l'uscita.

«La borsa», dissi fermandomi, e lanciai uno sguardo al tavolo dov'eravamo seduti. «Devo andare a prendere la mia borsa».

«No, non ci andrai. Se tornerai indietro, il poliziotto capirà che eri una spettatrice, e non una della band. Dimenticati la borsa, te ne regalerò un'altra».

«Ma è un regalo di mia zia, non posso perderla».

Ma Oliver non mi mollò il braccio mentre attraversavamo la cucina del locale e uscivamo fuori nella sera frizzante. Giù nell'isolato, restammo sotto un cielo nero e privo di luna, a osservare la confusione sul marciapiede, mentre gli avventori del locale venivano spinti nelle camionette della polizia in attesa.

«Dobbiamo trovare Minx», dissi. «I suoi genitori la manderanno via se si caccia un'altra volta nei guai».

«No, dobbiamo andare alla macchina, in questo momento dobbiamo pensare a noi. Non possiamo fare niente per Minx finché non viene arrestata, poi ti prometto che la tireremo fuori».

Oliver continuò a stringermi forte il braccio finché non arrivammo alla macchina, e mi sedetti all'interno. Dopodiché si unì a me, togliendosi la giacca e mettendomela sulle spalle.

«Stai tremando», disse.

Vidi l'ultima volante della polizia scomparire giù in strada.

«Jenny?».

Non smettevo di tremare.

«Parlami, Jenny. So a grandi linee cos'è successo a Hamilton, ma non conosco i dettagli. Sono venuti a prenderti i poliziotti? Cos'è accaduto dopo che ti hanno arrestato, prima che cominciasse il processo? Ti hanno fatto del male? Forse ti sentiresti meglio se me lo raccontassi, invece di tenerti tutto dentro».

Perché mi stava spingendo a raccontargli di più? Cos'altro voleva?

Aprii la portiera dell'auto e cominciai a correre, per allontanarmi dalle domande, dalla notte, dal luogo del reato, dal caos, e da lui.

Oliver mi corse dietro urlando, ma non mi fermavo, non riuscivo a fermarmi. Un isolato, poi un altro, non sentii cosa stava dicendo perché avevo il fiato grosso, e allora continuai a correre. Non avevo idea di dove mi trovassi o dove stessi andando: sapevo solo che dovevo correre via.

Capitolo 27

Il tacco della scarpa s'infilò in una crepa nel marciapiede, e inciampai. Cadendo, sentii il vestito strapparsi e poi una fitta alla spalla, e il ginocchio che pulsava di dolore.

«Ma sei pazza?», disse Oliver, quando mi raggiunse. «Sono le due del mattino, questa zona è dannatamente pericolosa, figuriamoci per una donna sola che indossa seta, platino e diamanti».

«Non indosso il platino», cominciai a dire, poi mi fermai. Mi ero dimenticata del bracciale, che era il primo vero gioiello che avessi mai posseduto.

«Ma certo che sì!», urlò: non l'avevo mai visto arrabbiato. Gli pulsava una vena in fronte, aveva gli occhi ridotti a due fessure e le labbra strette.

«Riesci a camminare?», domandò.

«Non sono sicura», dissi provando a poggiare il piede per terra: mi faceva male, ma era sopportabile. «Sto bene».

Oliver un po' mi sorreggeva, un po' mi tirava, e nessuno di noi diceva una parola mentre ripercorremmo i dieci isolati fino all'auto.

«Sicura che non ti sei fatta male?», mi chiese ancora una volta quando salimmo a bordo della sua spider e mise in moto. «Stai zoppicando».

«Sto bene».

Si allontanò dal bordo del marciapiede.

«Dove stiamo andando?»

«Dalla polizia, a far uscire tutti su cauzione».

«Minx verrà arrestata? Avrà la fedina penale sporca?»

«No, retate del genere servono solo a fare pubblicità ai poliziotti sui giornali, a far vedere che non sono corrotti».

Nessuno di noi due parlò di nuovo finché Oliver non svoltò nella Centoventicinquesima Strada. «Ci siamo quasi».

«Non posso entrare, nemmeno per Minx», dissi.

E se le avevano chiesto con chi era andata al concerto, e Minx aveva fatto il mio nome? Se mi riconoscevano perché mi avevano vista al club? E se volevano interrogarmi? E magari avevano anche parlato con gli investigatori di Long Island?

«Mi puoi lasciare un isolato prima della stazione di polizia?»

«Perché? Dove stai andando?»

«Chiamerò un taxi e andrò nel nostro appartamento nel Village...». Poi mi fermai. «No, non posso, non ho le chiavi, sono rimaste a Laurelton. E la padrona di casa è sorda, non si sveglia mai nel mezzo della notte, nemmeno se c'è un gran frastuono».

Oliver mi prese la mano, con gentilezza questa volta, e la tenne stretta, guidando con l'altra.

«Perché non resti semplicemente in macchina, Jenny? Non avrai problemi».

Oliver parcheggiò di fronte alla polizia e, dopo soli cinque minuti, ritornò.

«Abbiamo un'ora prima che completino la procedura ufficiale», disse. «Andiamo a trovare un posto dove mangiare, poi tornerò qui e li tirerò fuori su cauzione».

A due isolati di distanza, trovammo una tavola calda aperta tutta la notte. Ci sedemmo a un tavolo con le panche di pelle logora, e una cameriera con un grembiule macchiato ci diede i menu. Ordinammo uova con pancetta e pane tostato, ma quando arrivò il cibo, mi limitai a spiluccarlo.

«Mi dispiace», disse Oliver. «La prima retata è un'esperienza terrificante».

Bevvi un sorso del tè forte e zuccherato che, su insistenza di Oliver, avevo ordinato. La pesante tazza bianca aveva il manico sbeccato. Tutta l'ultima settimana era stata terrificante. Con le dita toccai il bracciale che lui mi aveva agganciato al polso, e giocai col ciondolo con i cuori.

Provai il bisogno di raccontargli di più del mio passato, perché adesso mi sembrava inevitabile: dovevo dire tutto a Oliver.

«No, i poliziotti non mi hanno fatto niente, nessuno mi ha mai messo una mano addosso finché non sono finita all'Andrew Mercer. Dopo essermi costituita, sono stata arrestata e rinchiusa nella prigione della contea e sono rimasta là da sola per due giorni e due notti finché non è arrivata la zia Grace da Ithaca e ha assunto un avvocato che mi ha liberato su cauzione. Sono rimasta con lei in una pensione fino al processo, mentre mia madre stava nella canonica, come avevamo pianificato. La zia Grace mi ha implorato di dirle la verità, e per un secondo fugace ho pensato di farlo. Sono stata quasi sul punto di raccontarle tutto, così potevo andare avanti e fare una vita normale, come una ragazza qualsiasi». Mi si riempirono gli occhi di lacrime. «Ma non potevo tornare indietro, avevo visto mia madre in condizioni disperate alla cascata, e io ero la figlia caparbia e determinata, pronta finalmente a salvarla.

«Quando mi hanno messo sul banco degli imputati e ho visto mia madre seduta nel pubblico, con le mani incrociate in grembo, che piangeva, ho capito che a qualsiasi costo le avrei impedito di finire in prigione per colpa di un incidente:

non potevo condannarla, né privare il mio fratellastro e la mia sorellastra di una madre. Anche se la nostra famiglia era piccola, eravamo molto uniti. Avevo visto la mamma e la zia Grace vivere insieme per allevarmi quando ero piccola. Ero disposta a fare qualsiasi cosa per loro, incluso mantenere un segreto che avrebbe rovinato il loro legame.

«Così mi sono dichiarata colpevole e mi sono seduta, limitandomi a osservare il processo che si stava svolgendo contro di me, e che mi ha condannata all'inferno.

«Per quattro mesi, dopo che mi hanno mandato al riformatorio Andrew Mercer, ho ricevuto le lettere di mia madre. Brevi comunicazioni sul suo stato di salute, l'amore che provava per me e il nostro futuro insieme. Promesse dolci e semplici, come servirmi un sacco di pane tostato alla cannella a colazione ogni giorno, e portarmi a fare picnic e andare all'emporio a comprare gli scampoli di stoffa che mi piacevano per cucirmi un abito nuovo. Ma recavano tutte il timbro di posti diversi: Burlington, Amherst, Boston, New York, che è dove lei e il bambino sono morti. A quel punto, ogni cosa che avevo fatto diventava vana; era troppo tardi per salvarmi, perché non avevo prove. Ed era ovviamente tardi per salvare mia madre».

Feci una pausa e guardai la nostra immagine riflessa nel vetro lercio di quella tavola calda.

«Devi smettere di torturare te stessa, pensando a ciò che avresti potuto fare».

«Lo so, ma...».

«C'è qualcos'altro, però, vero? Un altro dubbio, forse?», mi domandò.

Quando pronunciai quelle parole, erano esitanti, conquistate a fatica. «A volte non posso fare a meno di riflettere sul valore del mio sacrificio. Dopo tutto, mia madre e mio fratello non sono sopravvissuti, e dopo otto anni mi tormenta ancora un crimine che non ho commesso, e sono così spaventata che adesso sto scappando dalla polizia».

Feci un gran respiro perché c'era dell'altro, ma non ero nemmeno sicura di riuscire a spiegarlo.

«Se me ne parlerai, starai meglio. Se invece lo terrai dentro, questo segreto continuerà a tormentarti».

Gli dissi della lettera anonima che aveva ricevuto la zia Grace, e dello sconosciuto con il quale era fuggita mia madre.

«È solo che adesso, soprattutto con la morte della zia Grace, non mi rimane altro che questa sensazione enorme di tradimento che non riesco a definire con precisione, perché mia madre significava tanto per me. Era il mio mondo, e mi ha dato così tanto. Voleva che avessi una vita piena e ricca, ma come faceva a guardarmi, a guardare sua figlia rovinarsi la vita per colpa di un uomo? Soprattutto, dopo tutto quello che era successo? Come faceva ad amarmi, se mi aveva abbandonata? Ecco il mistero che non sono ancora riuscita a risolvere, ecco cosa ho bisogno disperatamente di sapere».

Oliver allungò la mano e mi scostò un ricciolo dalla fronte. «Deve essere stata molto spaventata e scioccata, incapace di pensare. A dire il vero, non riesco a immaginarlo. E non posso nemmeno immaginare come ti sei sentita tu. Sei stata molto coraggiosa, Jenny, davvero». Toccò il ciondolo del bracciale. «Hai un cuore così bello. Sono sicura che tua madre ti amava. È stato proprio l'amore di tua madre a ispirarti a fare ciò che hai fatto per lei. Se ci sono dei segreti che dobbiamo confessare, se ci sono piani da modificare, lo faremo. Adesso che ci siamo trovati, tutto si sistemerà».

Gli credetti. Per la prima volta da quando era morta la zia Grace sentii che c'era qualcuno che sarebbe stato al mio fianco e mi avrebbe aiutato a districare la matassa ingarbugliata del mio passato. Adesso che erano tutti morti, e non c'erano cuori da proteggere, avevo cominciato a chiedermi se c'era un modo di provare la mia innocenza. Non sapevo nemmeno da dove iniziare, ma forse Oliver mi poteva aiutare a farlo, per essere finalmente in pace con me stessa e con il mondo.

Quando ritornammo alla stazione di polizia, aspettai in macchina mentre Oliver pagava la cauzione di cinque dollari ciascuno per ognuno dei borsisti che era venuto con noi al club, e così furono tutti scarcerati.

Minx corse verso di me. «Che serata pazzesca, per me è stata la prima volta. Finalmente mi hanno rinchiuso in cella!». Era eccitata, come se fosse stata un'avventura, mentre io rabbrividii. Si voltò verso Oliver. «Grazie, apprezzo che tu sia venuto a salvarci».

Poi comparve Edward dietro di lei, che non era per niente contento, anzi, si accigliò come se gli scocciasse che Minx stesse ringraziando Oliver.

«Non devi ringraziarmi», replicò Oliver. «Potevo finirci io in prigione se avessero fatto la retata un quarto d'ora prima».

Mi sentii stringere lo stomaco. Quindici minuti erano tutto quello che mi separavano dalla stazione di polizia, la cella, le domande. Anche se non avevano alcuna intenzione di processare gli avventori del club, sarei stata imprigionata per la seconda volta nella mia vita, e per me sarebbe stato intollerabile. Non ero sicura che l'avrei retto, nemmeno con Oliver al mio fianco.

Capitolo 28

Tornammo a Laurelton allo spuntare dell'alba e ci ritirammo tutti nelle nostre stanze, per dormire un po' prima che cominciasse la giornata. Tre ore più tardi, bussai alla camera di Minx per portarla giù a fare colazione con me, ma quando non rispose aprii la porta e vidi che non c'era, e che non aveva neanche dormito nel suo letto.

Ma ero salita con lei al piano di sopra, poche ero prima. Perché non era rimasta in camera sua? Dov'era andata?

Andai a fare colazione da sola e trovai il signor Tiffany, che di sicuro era arrivato la sera prima, a tavola con due ospiti. Stavano conversando animatamente della prima di una commedia a Broadway, intitolata *She Stoops to Conquer*. Non avendola vista, e siccome ero ancora stanca, rimasi in silenzio e mangiai il mio pane tostato.

Il signor Tiffany notò la mia presenza. «Com'è andata la sua settimana, signorina Light? Ha completato qualche bel dipinto?»

«Ci ho provato», risposi con un mezzo sorriso.

Scrutò il mio viso. «Non mi sembra affatto lei. Non sarà ancora sconvolta per il furto dei gioielli, vero? Non voglio che lo sia».

«La ringrazio, ma non riesco a non esserlo». "Sconvolta per quello, e per così tante altre cose", quasi gli dissi.

«Sono sicuro che Oliver gliel'ha detto, nessuno di noi pensa che possa essere stata così sciocca da nascondere i gioielli nei tubetti dei colori, nella sua valigetta».

«Apprezzo molto la sua fiducia in me», dissi.

«Per il resto del mese, voglio che si concentri sul suo lavoro, e nient'altro. Conto su di lei per il concorso», aggiunse con dolcezza, «ma questo dev'essere il nostro segreto».

«Grazie».

«Verrà a dipingere con me domani mattina?»

«Sì», risposi rallegrandomi. «Mi piacerebbe».

Parlare con il signor Tiffany mi aveva ricordato che, indipendentemente da ciò che succedeva, sarebbe stato un crimine sprecare l'opportunità che mi era stata offerta a Laurelton Hall. Scesi nello studio con il cuore un po' meno pesante.

Fui la prima ad arrivare. Considerato che eravamo rientrati all'alba, immaginai che gli altri stessero tutti dormendo. Era domenica, in fin dei conti, e il signor Tiffany ci incoraggiava sempre a tenercela libera per esplorare i dintorni e fare esperienze che potevano essere utili per i nostri dipinti. La messa nella cappella sarebbe iniziata tra mezz'ora, ma non avevo voglia di partecipare, né volevo passeggiare nei boschi o giù in spiaggia, né fare un giro in città. Volevo dipingere. Avevo bisogno di dipingere.

Prima di mettermi alla mia postazione, superai quella di Edward. Era sempre molto disordinato, con il materiale sparso in giro, i tubetti di colore senza il tappo, i pennelli ancora sporchi, le tele impilate una sull'altra, senza nemmeno dar loro il tempo di asciugare. Ma non era la sua confusione a interessarmi, bensì la sua tela. Dovevo essere sicura: esaminai il paesaggio, la vista attraverso un gruppo di alberi, mentre stava per scoppiare un temporale su Oyster Bay. Il dipinto era straordinario: riuscivo a sentire il vento, l'aria gelida, la pioggia pronta a invadere e soverchiare ogni cosa. La scena rappresentata non era un semplice orpello, ma un messaggio significativo sulla natura.

Mi sporsi in avanti sui gomiti per osservare meglio. Indubbiamente, il dipinto superava di gran lunga le sue opere alla Art Students League. Era fine, sottile, ed era un'opera di una bellezza viva, senza filtri.

«Cosa c'è, non ti piace?».

Sussultai. «No, assolutamente», mi voltai. «Lo stavo solo ammirando, è davvero bello, Edward».

Grugnì. «Mi sembri sorpresa».

«Non volevo…».

«Hai un problema con me, vero, Jenny Bell?», chiese, pronunciando il mio cognome con disprezzo.

«Niente affatto».

«Bugiardo».

Ero scioccata dalla sfumatura di cattiveria nella sua voce, e da come mi aveva aggredito.

«Non pensi che sia a bravo a dipingere quanto te», continuò. «Credi che sia arrivato qui perché ho avuto un colpo di fortuna. Sei preoccupata che possa avere una cattiva influenza su Minx, ma ti sbagli di grosso. E tu e il tuo amico che siete venuti a salvarci ieri notte, così arroganti nella sua auto sportiva. E quel nuovo bracciale scintillante che sfoggi con tanta tracotanza».

«Edward, Oliver voleva solo aiutarvi».

«Voleva mettersi in mostra, così come fai tu con il signor Tiffany. Ma non stai facendo un gran lavoro, no? Sei così timorosa con i colori. Perché?». Fece un cenno verso il mio angolo. «Perché tutti quei disegni, Jenny? Perché tutto quel bianco e nero, e il grigio? Siamo in paradiso, e continui a dipingere come se fossi in prigione e non riuscissi a evadere». Arricciò le labbra, compiaciuto.

Ero sicura che il suo commento si riferisse alla notte scorsa. Non poteva sapere nulla del mio passato, ma l'espressione nei suoi occhi mi lasciò col dubbio. Se Minx avesse scoperto qualcosa, gliel'avrebbe detto?

«Cosa c'è, Jenny? Ti hanno tagliato la lingua? Tutti si chiedono perché fai quegli strani disegni privi di colore, comportandoti come una lecchina, ingraziandoti il signor Tiffany e suo nipote. Tutti si chiedono a che razza di gioco stai giocando».

«Edward, la stai prendendo in giro?», disse Minx entrando. Chiaramente non aveva sentito tutto, ma solo l'ultima parte di ciò che mi aveva detto lui. Aveva un'aria rilassata e riposata, e quando si avvicinò prese Edward sottobraccio. «Andiamo a fare un giro in macchina fino all'oceano, così ci divertiamo un po'. Vieni con noi, dai. Non puoi passare la domenica chiusa nello studio».

«Il divertimento di ieri sera mi è bastato. Ho bisogno di lavorare».

Minx mi mise una mano sul braccio. «Jenny, non racconterai a mia madre di ieri notte, vero?»

«Certo che no».

Si sporse verso di me e mi baciò una guancia, sussurrandomi contemporaneamente all'orecchio: «E nemmeno ciò che fa Edward per vivere, no?».

Scrollai il capo. «No, non dirò niente».

Mi lasciò andare e indietreggiò. «Sei sicura di non voler venire?»

«Sicura».

«Va bene. Allora, Edward, andiamo».

Una volta che se ne furono andati, restai nuovamente da sola nello studio, ancora di fronte al dipinto di Edward. Finalmente avevo capito cosa aveva di strano: possedeva la magnificenza scultorea delle opere di Minx. La sua esecuzione, unita all'interpretazione delle cose. La sua spontaneità. Il suo senso del colore era impressionante, più di quello di Edward, che invece aveva una solennità nel dipingere e un'energia pura, viva.

Ma perché Minx avrebbe dovuto fare una cosa del genere? Anche se lo adorava alla follia, e ciò era innegabile, per quale ragione doveva dipingere al suo posto, imbrogliando tutti? Eravamo tutti in competizione qui. Il premio della Tiffany Foundation sarebbe stato una grossa fortuna per chiunque l'avesse vinto. Persino per Minx che, nonostante la ricchezza e le conoscenze altolocate, aveva un gran desiderio di eccellere.

Non riuscivo proprio a capire. Tornai alla mia postazione e mi misi a lavorare al mio trittico, ma non andai da nessuna parte. Ancora non mi ero abituata al colore, e desideravo tanto tornare ai miei neri, ai bianchi e ai grigi. Il signor Tiffany aveva ragione. Non potevo permettere a tutte le cose che stavano accadendo di distrarmi e sprecare quest'opportunità. Non doveva distrarmi il legame sublime che avevo forgiato con Oliver, né l'incubo con la collana e il bracciale o nessun episodio bizzarro con la tavola ouija e il telefono spiritico o l'inno, né il comportamento e le tele di Edward.

Presi la mia tavolozza e aprii la mia valigetta dei colori. Oliver mi aveva gettato via il guazzo nero, ma non il colore a olio nero che mi attirò immediatamente, e ne spremetti fuori un po'. Poi feci lo stesso con il bianco e mi sarei potuta fermare lì, sarebbe stato molto più facile. E volevo fermarmi, invece feci un bel respiro e andai avanti, preparando la tavolozza.

Spremetti piccole quantità di blu di cadmio e blu ceruleo, porpora reale, verde chiaro, ocra, seppia… tutti i colori dell'acqua e del bosco.

Esitante, presi il pennello. Era stato difficile con Oliver al mio fianco, ma adesso era ancora peggio. Perché era così?

«Qualcosa dentro di lei si è rotto tanto tempo fa, vero?».

Mi girai.

C'era il signor Tiffany nell'ombra, che mi osservava. C'era Funny al suo fianco.

«Sono preoccupato per lei», disse rivolgendosi a me. «Se non le avessi fatto indossare quei gioielli, non sarebbe successo niente di tutto questo». Si avvicinò al mio dipinto per dare un'occhiata, poi mi guardò. «Non ho bisogno di sapere cosa le è successo, figliola, ma deve metterlo sulla tela. Altrimenti non lo supererà mai, né raggiungerà il suo potenziale. Siamo tutti rotti, in un modo o nell'altro, ma è attraverso le crepe della nostra anima che entra la luce. E la luce, Jenny, è la nostra arte. Ora, dipinga. Dipinga come se la sua vita dipendesse da quello».

Si voltò e se ne andò, con le parole che echeggiavano nello studio spazioso.

"Dipinga come se la sua vita dipendesse da quello".

Capitolo 29

«Ti piace questo?», mi chiese Minx, più tardi. Eravamo in camera sua, e stava provando dei vestiti per la cena di domenica sera con il signor Tiffany.

«Sì».

Si tolse una sottoveste di seta arancione, se ne provò una color pesca e si mise in posa davanti allo specchio. «Che ne pensi? Mi sta meglio questa?»

«Preferisco quella arancione», risposi. «Oggi hai preso un po' di colore in spiaggia».

Aprì il cassetto e tirò fuori due collane diverse, mostrandomi prima una e poi l'altra.

«Ambra o corallo?»

«Corallo».

Lasciò la collana di corallo sulla cassettiera e cercò gli orecchini da abbinare.

«Perché hai voluto tenere quella tavola ouija, se non la usi mai?»

«Per motivi sentimentali. Persino tua madre lo capisce, non è un gioco, Minx».

«Non penso che sia un gioco. Edward e io crediamo che sia un sentiero diretto che conduce al regno spirituale dei morti. Vogliamo riprovarci. Da quando abbiamo assistito alla dimostrazione del telefono spiritico, siamo entrambi curiosi di vedere chi altro c'è nell'aldilà. Cos'hanno da dirci».

«Ce l'hai una lima?», le chiesi, mostrandole l'indice che aveva l'unghia rovinata. Non ci badavo quasi mai a quelle cose, ma avevo bisogno di fare qualcosa per distrarmi dall'ansia.

Minx aprì un altro cassetto, ci frugò dentro e poi mi passò una lima di cartone.

«Non ti ho mai sentito parlare di spiritismo prima di arrivare qui, perché proprio adesso?»

«Non mi hai nemmeno mai visto nuotare o andare in barca a vela prima di arrivare qui», ribatté.

«E non ti ho mai visto drogata».

Si mise le mani sui fianchi e si voltò verso di me. «Cosa stai insinuando?»

«Non sto insinuando niente. Non sei tu. Sei sempre stanca. Non stai mai in camera tua. Edward è un contrabbandiere che porta una pistola. Sono sicura che è in contatto con gente che spaccia droghe. Vedo tutto questo accadere, e non so cosa fare per fermarlo. Minx, sono preoccupata».

Si sfilò la sottoveste color pesca dalla testa, la lasciò cadere per terra e si rimise i pantaloni e la blusa che indossava prima di quella piccola sfilata di moda.

«Non c'è niente di cui preoccuparsi», replicò. «Ti sbagli». Scosse la testa, triste. «Edward mi ha detto che saresti stata così, ma non volevo crederci».

«Così come?»

«Gelosa della nostra relazione, e mi aveva anche avvertito che avresti provato a metterti tra di noi. Mi ha raccontato che praticamente gli hai fatto delle avances a New York, e che eri sconvolta perché lui aveva preferito me a te. Che dovevo stare attenta».

La presi per le braccia. «Minx, ma cosa dici, è assurdo. Pensi veramente che farei mai una cosa del genere?»

«Be', Edward è molto affascinante, e...».

«Ed è per questo che hai fatto il giochetto della tavola

ouija, poi l'inno e infine il telefono del signor Edison? Per costringermi ad andare via, perché credevi che andassi dietro a Edward?».

Mi guardò con un'espressione totalmente sconcertata.

«Cosa c'entra tutto questo con la tavola ouija o il telefono? E di quale inno stai parlando?».

Credetti quasi che fosse veramente confusa, ma non avevo intenzione di cascarci e così dubitare della mia stessa sanità mentale.

«È stato Edward a convincerti a farlo, in modo che io me ne andassi, così non avrei capito cosa stava succedendo tra voi due?»

«Jenny, di cosa diavolo stai parlando?»

«Non sono interessata a Edward, non lo sono mai stata. Ti sta solo raccontando delle bugie».

«E perché dovrebbe?»

«Per mettersi tra di noi».

«Ma perché dovrebbe fare una cosa del genere, Jenny?».

Ci misi soltanto un secondo. Stava facendo tutto questo per il concorso dei quadri. Lui aveva bisogno di lei perché Minx era ricca, aveva i contatti giusti e aveva talento, così l'aveva sedotta con la sua aria pericolosa, e perché riusciva a procurarle l'oppio. L'aveva conquistata, era così evidente: lei era pazza di lui, e non c'era niente che potessi dire per convincerla della doppiezza di Edward. Dovevo telefonare alla signora Deering? Avevo forse scelta? Però non avevo visto Minx dipingere la tela di Edward. Né l'avevo vista assumere droghe. Non ne ero sicura, e dovevo esserne certa prima di avvisare la madre di Minx, altrimenti la mia amica non mi avrebbe mai perdonata. E non me lo sarei mai perdonato.

«Te lo giuro, non ci ho mai provato con Edward. Forse ha frainteso qualcosa, anche se non riesco a immaginare cosa.

Non sono mai rimasta sola in una stanza con lui prima di venire a Laurelton. Anche se avessi voluto sedurlo, e non è assolutamente così, non ne ho mai avuto l'occasione. Minx, tu sei la mia più cara amica. Te lo giuro, non ti farei mai una cosa simile».

Scosse la testa. «No, non ci ho mai veramente creduto. È che sono pazza di lui, e a volte perdo il senso della realtà». Mi abbracciò, e ricambiai la stretta. Da quando era arrivata a Laurelton, era dimagrita. Attraverso la stoffa sottile del suo abito, sentii la sua colonna vertebrale e questo mi preoccupò. La perdita di peso non era un altro sintomo associato all'uso di droga?

«Allora, cosa indosserai stasera?», mi chiese, ritornando a essere la vecchia Minx.

Dopo cena quella sera, Oliver e io andammo a fare una passeggiata e gli raccontai dei miei sospetti. Lui e suo nonno se ne sarebbero andati l'indomani mattina, e mi fece promettere di non fare nulla fino a giovedì, quando sarebbe ritornato a Laurelton Hall.

«Dipingi e basta, Jenny. Sei qui per questo. Stai lontana da Edward il più possibile e pensa a dipingere, va bene?».

Acconsentii, e per il resto della serata non parlammo più del furto dei gioielli o di Minx o di Edward o della retata al club. Salimmo in camera di Oliver, e là dentro ci baciammo fino a consumarci le labbra, e facemmo l'amore finché i primi raggi dell'alba non mi avvertirono di tornare in camera mia.

Nonostante ciò che Oliver mi aveva detto di fare, nei quattro giorni e nelle tre notti seguenti divenni il fantasma di Laurelton. Non avevo spiato nessuno dai tempi di Hamilton quando mi appostavo nella canonica, preoccupata per mia madre, chiedendomi quando il reverendo avrebbe sfogato di nuovo la sua rabbia su di lei. Adesso facevo lo stesso con Minx, cercando di seguirla ovunque andasse, perché avevo assolutamente bisogno di capire se aveva intenzione di rovinarmi o se era nei guai o se non stesse accadendo proprio nulla.

Osservai lei e Edward durante i pasti, e nello studio. Restai con gli altri borsisti dopo cena ogni sera, invece di tornare in camera mia. Quando Minx mi augurava la buonanotte sulle porte delle nostre camere, restavo a lungo sveglia per sentire se poi usciva dalla sua stanza per andare a incontrare Edward. Quella si dimostrò la parte più dura della mia "sorveglianza", perché era così silenziosa quando se la svignava che spesso mi perdevo le occasioni di seguirla.

Giovedì pomeriggio eravamo tutti nello studio, quando notai che Edward a un certo punto uscì, e circa dieci minuti dopo se ne andò anche Minx. Misi giù pennello e tavolozza e senza dare troppo nell'occhio lasciai pure io lo studio. Esitai sull'uscio per mettere distanza sufficiente tra di noi, così lei non avrebbe avvertito la mia presenza alle spalle.

Minx mi condusse attraverso i boschi, fino alla cappella: fu una lunga passeggiata. Oliver mi aveva detto che il santuario restava aperto durante la settimana per i borsisti o il personale della villa, nel caso volessero usarlo per pregare o meditare. Ma Minx non era religiosa: i suoi genitori andavano in chiesa ma soltanto perché era un obbligo sociale, così mi aveva detto una volta. E non l'avevo mai vista in un silenzio meditativo: era una trottola che si muoveva da un'attività all'altra.

Nascosta dietro un cedro, osservai Minx che apriva la porta della cappella e scompariva all'interno, e così aspettai dieci, forse quindici minuti, pensando a cosa fare. Tutte le finestre del santuario erano di vetro colorato, perciò non c'era modo di sbirciare all'interno, ma se c'era una serratura con lucchetto potevo sbirciare dalla toppa, o addirittura provare ad aprire la porta di uno spiraglio.

Il più silenziosamente possibile mi incamminai verso la cappella, muovendomi con attenzione sulla roccia del fiume, che era irregolare. Mi avvicinai alla porta, ma non c'era il buco della serratura per sbirciare, anche se era leggermente accostata. Minx non l'aveva richiusa alle sue spalle, perciò mi misi ad ascoltare, con l'orecchio poggiato alla porta.

Sentii dei mormorii: la voce di Minx, e quella di un uomo. Edward, senza ombra di dubbio.

Avevo paura di aprire ulteriormente la porta perché poteva scricchiolare e metterli in allerta, ma dovevo sapere cosa stava succedendo e non c'era altro modo di scoprirlo. Con l'indice, allargai lo spiraglio. Nessuno scricchiolio. Allora lo allargai un altro po'. Ancora nessuno scricchiolio. L'avevo aperta a sufficienza per entrare. In fretta me la richiusi alle spalle, per impedire alla luce di filtrare.

L'interno del santuario brillava di luce dorata e smeraldo. Uno strano odore riempiva il santuario: non era l'incenso, tipico di un luogo di culto. No, l'atmosfera nella cappella era contaminata dal tanfo e dal fumo di un'altra sostanza.

Riuscii a sentire i sussurri di Minx e di Edward, ma non a vederli. Mi inoltrai più a fondo nella cappella, muovendomi con estrema attenzione lungo il muro occidentale, superando gli archi, arrivando fino al presbiterio.

Erano supini su una coperta, dietro l'altare, e si passavano una pipa d'oppio accesa. La camicetta di Minx era sbottonata, rivelando il seno nudo. I riflessi magenta e arancio, limone e verde, rubino e lavanda e cobalto inondavano di luce Minx e Edward.

Edward allungò una mano e accarezzò i seni di Minx, languidamente. Lei gettò la testa indietro, godendosi quelle carezze.

La mano di Edward si fermò, con le dita a coppa sul seno. I due parevano assonnati. Mi avvicinai di un passo, e osservai l'attrezzatura ai suoi piedi. Fiammiferi, la pipa, una lattina di alluminio e altri oggetti che non riconobbi, ma riconobbi l'odore, come avrebbe fatto chiunque frequentasse i locali notturni di New York.

Uscii dalla cappella, chiudendomi la porta alle spalle. Mi incamminai verso casa, senza riuscire a togliermi dalla testa l'immagine della mano di Edward che accarezzava il seno di Minx. L'avevo già visto muovere la mano in quel modo, la sera della mostra di Jock nello studio della signora Whitney.

All'improvviso, mi ricordai perché mi era sembrata così familiare.

Era l'ultimo anno che vivevamo a Hamilton. Mia madre e io stavamo rincasando dal centro. Lei si era fermata a chiacchierare con un vicino, ma io avevo proseguito. Un giovane uomo – io all'epoca avevo quindici anni e lui doveva averne venti o giù di lì – era seduto sui nostri gradini e stava accarezzando la gatta della canonica. Non vidi nemmeno il suo viso, incantata com'ero dalla sua mano che si muoveva avanti e indietro sul pelo della gatta a un ritmo ipnotico.

Quando mi vide, chiese di mia madre. Gli risposi che stava arrivando ed entrai in casa, ma qualche minuto più tardi sentii delle urla e mi affacciai. Mia madre se ne stava sul portico, e il giovane uomo sul vialetto di casa, come se avesse cominciato ad allontanarsi e poi si fosse fermato. Strillò qualcosa e, furibondo, se ne andò.

Mia madre entrò in casa, con le guance in fiamme. Quando le chiesi cos'era successo, mi spiegò che era il fratello di una delle sue studentesse al centro dei volontari, ed era sconvolto perché mia madre aveva criticato le opere di sua sorella.

Ma non potevo indugiare su un ricordo dimenticato da tempo, e privo di significato, quando dovevo risolvere un mistero più importante.

Cosa stava succedendo? Ero confusa. C'erano così tanti pezzi che non si incastravano. La prova che Minx facesse uso di droga spiegava forse i suoi tentativi di spaventarmi per farmi andare via da Laurelton Hall? Perché di sicuro i messaggi non provenivano dall'"aldilà". Troppe coincidenze. Aveva dovuto manipolare la realtà per far sembrare che mia madre mi stesse mandando degli avvertimenti; in modo da farmi allontanare e non scoprire proprio ciò che avevo scoperto.

Minx stava di nuovo fumando l'oppio. E stava aiutando Edward con l'imbroglio, dipingendo al posto suo. Se me ne fossi andata, lei gli avrebbe fatto vincere il premio della Tiffany Foundation. Ma adesso cosa dovevo fare? Se il signor Tiffany avesse scoperto cosa stava succedendo, sarebbe andato dritto da sua madre, e i Deering avrebbero mandato via Minx ancora una volta. E allora Minx mi avrebbe odiato, sul serio. E per sempre.

Capitolo 30

Dormii male, e quando giunse la mattina del venerdì non sapevo ancora cosa fare. Bussai alla porta di Minx per chiedere se voleva scendere di sotto a fare colazione con me, e lei mi urlò che era andata a dormire tardi e di cominciare senza di lei.

La sala da pranzo era vuota, ma la credenza era rifornita. Presi uova e pancetta, e mi accomodai a mangiare da sola. Quando spuntò Graves a chiedermi se avevo tutto ciò di cui avevo bisogno – gli risposi di sì – gli domandai se il signor Tiffany era ritornato da New York. Mi informò che non era ancora rientrato, ma che era atteso prima di cena.

Graves mi consegnò anche una lettera da parte di Ben. Iniziai ad aprirla, ma poi mi fermai. Nella sua ultima lettera aveva accennato che aveva intuito qualcosa del mio passato. Se aveva scavato davvero a fondo e aveva trovato un indizio da seguire, non volevo scoprirlo in sala da pranzo, perché c'era il rischio che arrivasse Minx.

Non arrivò. Mi portai la lettera in camera e l'aprii, sollevata di leggere del processo di cui si stava occupando Ben, e che gli era venuta un'idea per il suo romanzo di cui era molto contento, senza menzionare il mio passato.

Non vidi Minx neanche a pranzo. Né per tutto il pomeriggio. Alle cinque salii in camera mia, ma prima bussai alla sua porta, senza ricevere risposta. Ma dov'era? Nella cappella con Edward?

Avevo bisogno di parlare con Edward, ma non sapevo se era ritornato. Dovevo andare in camera sua a cercarlo? E se poi mi imbattevo nel signor Tiffany in corridoio? Anche se aveva notato che si stava formando un legame tra Oliver e me, non era il caso che vedesse che mi intrufolavo in camera del nipote. Non potevo rischiare di andare di sopra.

Alle sei, quando bussai di nuovo alla porta di Minx, finalmente mi rispose. Mi disse che stava facendo un sonnellino, ma che se l'aspettavo si sarebbe lavata la faccia e potevamo scendere insieme per la cena. Si comportava come se tra di noi non fosse successo niente, e forse per quanto la riguardava, era così. Alla fine, ci incamminammo di sotto insieme.

La conversazione a cena fu incentrata sul concorso ormai imminente. Si parlò dei vincitori precedenti, sforzandosi di capire se i giudici di solito sceglievano un pittore o cercavano opere di un'altra disciplina. Da come parlava Edward, credeva che il suo dipinto – suo e di Minx – avrebbe vinto. Anch'io lo pensavo. Quella tela spiccava su tutte le altre. E perché non doveva? Era l'unico dipinto che aveva le virtù di due pittori.

Minx non pareva interessata all'argomento. Non che si fosse mai dimostrata interessata, ma sapevo che lo era stata. La prima settimana che avevamo passato là, era stata ambiziosa come tutti noi. Adesso mi resi conto che a stento mangiava, ed era come se fluttuasse sulle conversazioni: ovviamente, era di nuovo sotto l'effetto dell'oppio, si vedeva dagli occhi, si sentiva dalla voce.

«Jenny, credo che tu abbia buone probabilità di vincere», disse Paul.

Anche Luigi, seduto al suo fianco, era dello stesso parere.

«Abbiamo notato che di recente hai aggiunto i colori ai tuoi dipinti», aggiunse Tristam. «È come se ti fossi risvegliata».

Paul sembrava contento per me.

Nei miei confronti si stavano comportando in maniera molto diversa da come me li aveva descritti Edward. Mi girai verso di lui, per vedere come reagiva, ma lui e Minx erano immersi in una fitta conversazione, e nessuno dei due era consapevole di ciò che li circondava.

Alcuni borsisti avevano intenzione di andare in città quella sera per un concerto nella tribuna coperta, e ci chiesero se avevamo intenzione di unirci a loro. Sia Minx sia io rifiutammo. Speravo di trovare Oliver e di parlargli. Edward disse che sarebbe rimasto a casa a lavorare al suo quadro. Si prese una bella dose di insulti affettuosi dagli altri, che dicevano che stava esagerando, ma in realtà li stava solo facendo riflettere sulla serietà del concorso.

Se ne andarono tutti, così restammo solo Edward, Minx e io seduti al tavolo, e non volendo far parte di quel trio imbarazzante, annunciai che avrei fatto un salto dai Tiffany.

Oliver e suo nonno erano rientrati da New York e stavano intrattenendo degli ospiti sulla terrazza. Quando Oliver mi vide arrivare dal cortile centrale, mi invitò a unirmi alla festa.

«Non sono vestita per l'occasione, e sono stanca».

«Tutto bene?»

«Sì, ho solo lavorato tanto, forse troppo. Però devo parlarti di una cosa».

«Mi sei mancata questa settimana». Mi prese la mano e cominciò a giocare col bracciale che mi aveva regalato. Quando mi sfiorò la pelle con la punta di un dito, mi sentii implodere: avvertii dei brividi lungo il braccio, giù per la schiena. E di sicuro, ero arrossita.

«Anch'io mi sento così», sussurrò. «Una volta che si saranno ritirati tutti, verrò su da te a prenderti, e faremo una passeggiata e parleremo, e poi dopo… dopo non parleremo più. Va bene?»

«Sì, va benissimo».

Si chinò a baciarmi. Avevo paura che gli ospiti potessero vederci, perciò mi divincolai dal suo abbraccio.

«Non m'importa se qualcuno ci vede, Jenny. Sono pazzo di te. Ma non lo sai che mi sono innamorato di te?».

Trattenni il fiato. Volevo ingoiare ogni sua parola, per tenerla dentro di me per sempre. Provai a dirgli le stesse cose, ma non sapevo come. Non ancora. Non con tutta quella gente attorno, così bisbigliai: «Mi sento come te, esattamente come te».

Nella mia stanza aprii la finestra e vidi la mezzaluna che scintillava sulla baia, brillando sugli ospiti del signor Tiffany. Le candele tremolavano, i diamanti scintillavano. Ascoltai la musica trasportata dal vento, sentii le bottiglie di champagne che venivano stappate con uno schiocco, il profumo delle donne nell'aria.

Aspettai Oliver, senza quasi muovermi, perché non volevo disturbare il fuoco che bruciava lento dentro di me. Non avevo mai provato un dolore così delizioso. Sapendo cosa sarebbe successo, anticipando il piacere. Volevo restare perfettamente immobile come una statua, finché non veniva a prendermi. Finché non mi toccava, ancora una volta, anche soltanto con la punta di un dito che mi sfiorava l'incavo del polso.

La festa terminò intorno a mezzanotte, e poco dopo sentii bussare alla mia porta. L'aprii per trovare Oliver con due coppe di champagne.

Scendemmo di sotto e poi uscimmo in terrazza, dove la luna giocava con lo zampillio della fontana e il profumo delle rose era così intenso.

«Mi vuoi dire cosa c'è che non va?», mi domandò.

«Sì, ma non mentre siamo ancora così vicini a casa. Camminiamo un altro po'».

Scendemmo una rampa di gradini di pietra, fino al piano successivo. Da ogni lato della scala, il fogliame fitto nascondeva la vista della terrazza più in basso. Sentivamo il gorgoglio dell'acqua nella fontana.

«Cosa c'è che ti turba?»

«Minx», risposi, quando scendemmo l'ultimo gradino. «Sono preoccupata per lei».

«Non c'è bisogno che ti preoccupi per Minx», disse una voce incorporea, proveniente dall'oscurità sotto di noi.

Oliver e io sussultammo, e guardammo in basso verso la terrazza.

C'era Minx seduta sulla panchina di pietra di fronte alla fontana di quarzo. Accanto a lei vidi una bottiglia di champagne in un secchiello d'argento e due bicchieri di cristallo. C'era anche Edward in piedi, che ci aspettava con un'espressione accigliata e i muscoli del collo tesi.

Annusai e sentii l'odore dolciastro dell'oppio, mescolato al profumo delle siepi di bosso.

Anche se non avessi sentito quell'odore, l'espressione sognante di Minx l'avrebbe tradita. Erano stati così sfrontati da fumare l'oppio proprio sotto le finestre del signor Tiffany?

«Dovresti farti gli affari tuoi, signorina Bell», disse Edward, pronunciando il mio cognome – ancora una volta – con un po' troppa enfasi.

«Minx è affar mio, eccome», replicai avanzando verso di lui, mentre Oliver mi teneva per un braccio, nel tentativo di trattenermi, ma mi divincolai dalla sua stretta.

«Jenny, lascia stare», disse Oliver.

Ignorandolo, mi avvicinai a Edward, che indietreggiò verso la fontana sino a sfiorarne il bordo con le gambe.

«E lei non sta bene, tu lo sai, perché è imbottita di droga, e devi smettere di darle l'oppio».

Scioccato, Edward sgranò gli occhi. «Io non le sto dando niente, ma da dove te la sei tirata fuori quest'idea?».

Mi feci ancora più vicina, sussurrando la parte successiva, perché non volevo che Minx o Oliver sentissero: «Non dirò niente del dipinto, ma devi smettere di offrire droghe a Minx».

«Ti stai sbagliando», disse fingendosi innocente.

«Non mi prendi in giro, conosco Minx, vivo con lei».

«Be', ti sbagli».

Oliver si avvicinò e si mise al mio fianco. «Jenny...».

Mi voltai verso di lui. «Ho bisogno di farlo». Guardai di nuovo Edward. «Non mi sbaglio, vi ho visto nella cappella, vi ho osservato».

«Jenny, mi hai spiato?», disse Minx con una voce così dolce e ferita che volevo solo piangere.

«Ci tengo a te, Minx, e lui sta... lui si sta approfittando di te. Non vedi che usa le droghe, che sfrutta la tua dipendenza per farti dipingere il suo...».

«Ora basta», m'interruppe Edward. «Quello che facciamo Minx e io non ti riguarda».

«Sono sua amica!», gridai. «La sua unica amica qui, e tu la stai solo usando».

Minx si alzò dalla panchina e s'incamminò verso di noi ma scivolò sulle lastre di pietra, bagnate dallo zampillio della fontana. Edward si chinò per aiutarla, ma mi misi tra di loro.

«L'aiuterò io», dissi tendendo una mano alla mia amica.

«No, sta' lontana da lei», ringhiò Edward.

A quel punto intervenne Oliver che si chinò su Minx. «Ti sei fatta male?»

«Il piede...».

«Aggrappati al mio braccio», disse.

Non appena mise giù il piede sinistro, gemette di dolore. Oliver la sorresse, e Minx zoppicò assieme a lui fino alla panchina di pietra.

«Hai visto cosa hai fatto?», mi rimproverò Edward.

«La devi lasciare stare», lo supplicai.

«Altrimenti?», mi schernì.

Non m'importava più se mi sentivano Minx oppure Oliver. «O andrò dal signor Tiffany e gli dirò chi ha dipinto il tuo quadro».

«Va bene». Si stava sfregando il braccio sinistro con la mano destra, quasi nello stesso modo ipnotico con cui stava accarezzando il seno di Minx nella cappella, quando li avevo spiati. «Se lo farai, gli rivelerò il tuo vero cognome, e gli dirò anche chi era tua madre e che hai passato due anni in riformatorio per avere ucciso il tuo patrigno».

Quelle parole furono un pugno.

«Come fai a saperlo...», riuscii a dire.

«So chi sei da più di un anno, da quando hai cominciato a frequentare l'accademia. Non ti avevo quasi riconosciuto, grazie al cambio di cognome, e al fatto che sei cresciuta. Ma non sei così diversa, non per chi ti ha osservato ogni giorno al processo. E poi...». Esitò. «Adesso assomigli a tua madre». Edward quasi sussurrò le ultime parole, come se gli procurassero sofferenza.

«Chi sei? Perché hai partecipato al mio processo? Non capisco».

«C'ero», riprese a raccontare Edward. «Ho seguito tutto il processo, sapevo tutto del reverendo e di te». Si stava ancora accarezzando il braccio sinistro. «Sei andata alla scuola della parrocchia, mentre io frequentavo quella pubblica, e tua madre era la mia insegnante d'arte. Non avevo niente, nessuno s'interessava a me, a parte Faith. Credeva che fossi speciale e mi aiutava. Per me, niente è mai stato importante come quelle lezioni d'arte, perché tua madre mi stava aprendo gli occhi, stava aprendo il mio mondo».

Per un attimo dimenticai la paura, pensando a come doveva essersi sentito quel ragazzo ad avere qualcuno come mia madre nella sua vita.

«Per tre anni mi insegnò, mostrandomi cos'ero in grado di fare, e non cosa dovevo fare. E poi sposò il reverendo e smise di insegnare.

«La rividi solo dopo un anno, o forse due, quando cominciò a fare la volontaria con i figli degli operai della fabbrica. Mia sorella era una delle sue studentesse, e così un giorno andai a prenderla e m'imbattei nuovamente in Faith. Quando si avvicinò per salutarmi e mi strinse la mano, la manica della sua camicia si alzò rivelando dei segni neri e bluastri sul braccio. Sapevo cos'erano, e siccome lei era sempre stata così buona con me quando ero stato suo studente, mi sentii in dovere di chiederle se stava bene. In seguito mi disse che nessuno gliel'aveva mai chiesto. Tutti porgevano l'altra guancia, e tua madre era così spaventata. Così smarrita. Quel giorno mi spezzò il cuore.

«Dopodiché cominciammo a vederci. Lavorava con me ai miei dipinti. Io l'ascoltavo mentre si lamentava dei suoi problemi. E così ci innamorammo. Per me, che ero un ragazzino, era un sogno: avevo una maestra così bella e brava nell'arte pittorica e in quella amatoria. E per lei? Ero un dolce sollievo dalla violenza che le infliggeva il reverendo».

Quella frase, "dolce sollievo", me la ricordavo dalla lettera anonima che aveva ricevuto la zia Grace poco dopo la morte della mamma.

Dal mio sguardo, Edward capì che ora sapevo.

«L'hai scritta tu quella lettera a mia zia?», chiesi, perché volevo esserne sicura.

Fece un sorrisetto. «Sì, sono stato io. Un giorno ci hai persino visti insieme, quando sono venuto a casa vostra. Lei era infuriata perché stavamo sfidando il fato; era preoccupata che il reverendo ci vedesse. Le dissi che poteva raccontargli che ero il fratello di una delle sue studentesse, ma discutemmo, e mi accorsi che ci stavi osservando dalla finestra. Ci spiavi sempre. Stavi sempre tra i piedi.

«Faith voleva che diventassi un artista affermato. Non faceva altro che parlare di questo. Dopo che è morta, esaudire il suo desiderio è diventata la mia ossessione, lo dovevo fare a qualsiasi costo. Prima mi arruolai, e al termine della guerra guidavo il furgone delle consegne per la Coca-Cola finché non mi sono ritrovato a trasportare qualcos'altro, oltre alle bibite gassate». Fece spallucce, con un'espressione di scherno. «Ma così ho trovato i soldi per trasferirmi a New York e frequentare l'accademia, dove ho incontrato la mia piccola Minx, e sapevo che lei finalmente mi avrebbe fatto arrivare dove volevo io. Quando, l'anno scorso, hai fatto la tua comparsa all'accademia, non riuscivo a crederci. Ero sul punto di rivoltare la mia vita, dopo aver perso la prima e unica donna che avevo veramente amato, dopo aver perso l'unica persona che credeva in me. Stavo per avere finalmente il successo che meritavo, anche se ciò stava accadendo grazie a una ragazza viziata dell'alta società che era oppiomane, e a quel punto entra in scena Jenny Fairburn – oh, perdonami, Jenny Bell – con lo stesso fuoco negli occhi che aveva Faith. E con la stessa tristezza, anche». Mentre continuava a parlare, anche i suoi occhi divennero tristi. «Non potevo rischiare che scoprissi chi ero, dovevo farti sparire dalla mia vita, così sarei potuto andare avanti. Invece, eccoti qua, che diventavi la migliore amica di Minx, che andavi a vivere con lei e frequentavi le nostre stesse lezioni finché poi non sei stata ammessa qui, alla fondazione».

In quel mentre alzai lo sguardo e vidi Minx che stava fissando Edward, con un'espressione atterrita che le deformava il viso. Nonostante l'oppio, era in grado di capire cosa stava dicendo lui.

«Ti sei intromessa nella mia vita», continuò Edward: non stava parlando con me, perché il suo era un monologo che non mi lasciava spazio. «La stavi complicando in modi che nemmeno potevi immaginare, ma quello non era un mio problema. Il mio problema era toglierti di mezzo».

A un certo punto, mentre Edward continuava a parlare, si avvicinò Oliver che mi cinse con un braccio. «Tutto bene?», mi domandò.

«Non lo so».

Ero così confusa. Edward Wren era l'amante di mia madre? Era con lui che voleva scappare e così abbandonarmi? Mia madre era una donna appassionata, una presenza che ispirava gli altri. Aveva sempre desiderato essere amata, ma nelle braccia di quest'uomo? Perché? Cosa ci vedeva in lui?

Non l'avrei mai saputo. Per me e Edward, la prova delle nostre storie tragiche era stata persa per sempre, nella tomba dov'era seppellita mia madre.

«Pensavo di aver finito con te», ripeté Edward. «E invece sei ricomparsa qui, e in un baleno, sei diventata la cocca del signor Tiffany, competendo con me per il premio. E non pensare di andare dal signor Tiffany e rivelargli la verità sul mio quadro, perché verrò con te e gli racconterò la mia versione della storia. Come pensi che finirà? A chi crederà, secondo te? A me o a un'assassina, che è stata condannata e imprigionata?»

«Minx non c'entra niente», dissi, quando all'improvviso

cominciai a capire. «Sei stato tu a manipolare la planchette della tavola ouija. Tu sapevi che mia madre si chiamava Faith, e conoscevi l'anno della sua morte. Tu conoscevi l'inno preferito del reverendo. L'hai inventato tu il messaggio nel telefono spiritico di Edison. Volevi spaventarmi e farmi andare via da qui, così non avrei capito nulla».

«Certo, sono stato io, sperando di sbarazzarmi di te. Ma tu continuavi a stare sempre tra i piedi».

A quel punto Minx si alzò, sussultando. «Le hai fatte tu, tutte queste cose? A Jenny? E le Tiffany Blu? Hai rubato anche quelle?».

Non le rispose.

«Sei stato tu?». Zoppicando, fece un passo, poi un altro verso Edward, ma prima di raggiungerlo, inciampò e cadde.

Oliver si staccò da me per andare ad aiutarla, ma quando si rimise in piedi e lui provò a trattenerla, lei scosse la testa e gli fece cenno di lasciarla stare. Continuò a dirigersi verso Edward con i pugni stretti lungo i fianchi, forse per il dolore o forse per la furia. E poi, proprio quando stava per arrivare, scivolò e cadde di nuovo, ma stavolta urlò di dolore.

Osservai Edward che andò a soccorrerla.

«Sta' lontano da lei», dissi, mettendomi davanti a lui, per aiutare Minx.

Edward cercò di spingermi via, ma mi allontanai di scatto e lui scivolò. Per non cadere, si aggrappò all'unico sostegno disponibile: il mio braccio.

Mi divincolai dalla sua stretta, facendogli perdere l'equilibrio, e così cadde all'indietro.

Il rumore della sua testa che sbatteva contro la fontana di cristallo di quarzo mi sembrò più forte dello zampillio dell'acqua, più forte dell'urlo di Minx quando si alzò sulle ginocchia sul bordo della vasca. Oliver si precipitò alla fontana ed entrò nella vasca, dove giaceva Edward. Mettendogli le mani sotto le spalle, lo sollevò, spruzzando acqua ovunque mentre trascinava via il corpo inerte di Edward dal bordo della fontana per poi adagiarlo sulle pietre. Sporgendosi su di lui, Oliver avvicinò un orecchio al petto di Edward.

Sotto la testa gli si era formata una pozza di sangue, che si allargava sempre più. Sangue scuro, rosso-nero al chiaro di luna. "Un bel colore", pensai irrazionalmente. La stessa sfumatura delle rose che si arrampicavano sul traliccio e che profumavano la mia stanza ogni notte.

Minx restò inginocchiata davanti alla fontana, singhiozzava. Andai da lei e mi accucciai alle sue spalle per cingerla: la strinsi forte e le accarezzai i capelli.

No, non era possibile che stesse succedendo ancora, ancora una volta. Cosa aveva detto il signor Tiffany a proposito degli schemi che si ripetevano? Faceva parte della natura umana? Ma non era la stessa cosa, non proprio, stavolta era peggio. Questa volta, non erano state le azioni di mia madre a causare l'incidente. Questa volta, era tutta colpa mia. E adesso, cosa mi sarebbe successo?

Capitolo 31

Per quella che mi sembrò un'eternità, nessuno di noi fece niente. Restammo seduti sulla terrazza al buio, con il corpo di Edward steso sulle pietre. Dopo che le fu passata l'euforia indotta dall'oppio, Minx si strinse a me, senza smettere di singhiozzare.

Le sfregai la schiena, sussurrandole parole dolci per calmarla, ma non ebbero grande effetto.

«Pensavo che gli importasse di me», disse infine. «Perché sono stata così sciocca?»

«No, non sei stata sciocca, lui era così diabolico, Minx, e ha preso in giro tutti».

Gli lanciò un'occhiata. «Sembra solo addormentato, no?»

«Già». La abbracciai più forte.

«Dobbiamo andare a casa di mio zio, chiamare la polizia», disse Oliver.

«No», fece Minx scrollando il capo. «Non possiamo. Non possiamo raccontare a nessuno cos'è successo».

«Non mi aspetto che nessuno di voi due racconti delle menzogne per proteggermi».

Mi fissò, confusa. «Proteggerti? Perché? Cosa hai fatto?».

"Giusto", mi resi conto. Minx non sapeva dell'incidente con il reverendo, a parte quegli oscuri riferimenti che aveva fatto Edward nel suo discorso farneticante. Ma allora, se non lo sapeva…

«Minx, perché non vuoi che Oliver chiami la polizia?», domandai.

«Se chiamiamo i poliziotti verranno a sapere dell'oppio, e non posso permettere che accada perché i miei genitori mi spediranno di nuovo in quell'orribile sanatorio».

A quel punto capii. «Ma cos'altro possiamo fare?»

«Forse... forse possiamo semplicemente seppellirlo qui», propose.

«No, non possiamo», intervenne Oliver. «La sua famiglia sentirà la sua mancanza, e poi comincerà a preoccuparsi e quindi chiameranno comunque la polizia, e noi ci ritroveremo in un guaio ancora più grosso».

«I suoi genitori sono morti, ed è figlio unico. Possiamo seppellirlo senza problemi», ribadì Minx.

La fissai, sorpresa che riuscisse a essere così pragmatica in un momento di grande tragedia. O avevo sopravvalutato i suoi sentimenti per Edward, o avevo sottovalutato il suo istinto di sopravvivenza.

«Ci sarà qualcuno che noterà la sua assenza», insistette Oliver.

«Non aveva nessun altro, non aveva dei veri amici», disse Minx. «È un contrabbandiere; tutti quelli che lo conoscono penseranno che si sarà cacciato nei guai e...». Indietreggiò per guardarmi. «Jenny, ma di cosa stava parlando Edward? Di cosa ti stava minacciando? Cosa aveva intenzione di riferire al signor Tiffany?».

Le raccontai una breve versione di ciò che era successo otto anni prima. Era giunto il momento della verità, ero stanca delle bugie. Sapevo che ci volevamo bene come sorelle, e che potevo fidarmi di lei. Non mi avrebbe mai tradito, come io non avrei mai tradito lei.

«Ma come ha potuto tua madre permettere che fossi tu a prenderti la colpa?», mi chiese quando terminai.

«Se fosse andata in prigione e avesse partorito là dentro, le avrebbero tolto il bambino; invece io avevo sedici anni e lei sapeva che il peggio che poteva succedermi erano due anni in riformatorio».

«Ma non poteva spiegare che si era trattato di autodifesa?»

«Minx, lui era un ministro di culto; la giuria non avrebbe creduto che il reverendo era un orco, e mia madre non poteva correre rischi. Lui era un uomo di Dio, amato dal suo gregge. Un uomo che cercava di soffocare la moglie che dipingeva ed era una donna passionale; stava solo cercando di esercitare il suo diritto legale», sospirai. «Mia mamma, in fin dei conti, era solo una donna, chi le avrebbe mai creduto?»

«E così tu hai preso il suo posto e sei stata condannata?».

Era ancora così difficile parlarne. Lo sarebbe sempre stato? «E poi mia madre è morta dando alla luce mio fratello. È morta lei, e lui è nato morto, ed era l'unica, oltre a me, a sapere la verità. Tutti gli altri conoscevano solo la mia bugia: avevo confessato di aver lottato con il reverendo, e di essere stata io a spingerlo. Io. L'ho confessato a tutti; e adesso…», mi voltai per includere Oliver nel mio sguardo, «se chiamate la polizia, e ci interrogano… sono già stata accusata di omicidio una volta».

«Ma Minx e io riferiremo solo ciò che abbiamo visto», insistette Oliver.

«Dopo che avranno scoperto chi sono, e lo scopriranno, non vi crederanno. Il mio amico galantuomo e la mia migliore amica? Senza ulteriori motivi, già non siete dei testimoni imparziali».

«E poi scopriranno che faccio uso di droga», disse Minx con il panico nella voce. «Oliver, dobbiamo nascondere il cadavere».

«Sì, dobbiamo farlo». Avevo lo stesso tono isterico di Minx.

«No, è sbagliato, non possiamo», disse Oliver.

«Non dobbiamo niente a Edward», lo implorai. «Da parte sua è stato ignobile dare l'oppio a Minx, che ne è diventata di nuovo dipendente, e usarlo come esca così lei avrebbe dipinto il quadro del concorso per lui. Ed è stato crudele a farmi credere che mia madre tentasse di contattarmi dall'aldilà, avvertendomi di lasciare Laurelton. E quando ciò non ha funzionato, ha messo la mia vita in pericolo, dando a Minx il sonnifero in polvere invece dell'aspirina, così è riuscito a intrufolarsi in camera mia nella notte e rubare le Tiffany Blu e incastrarmi, perché sarebbe stata tutta colpa mia e mi avrebbero cacciato via dalla fondazione».

Passò un minuto, poi un altro. Oliver si alzò e si allontanò pensieroso, raggiungendo il bordo della terrazza. Là in fondo, da solo, guardò il cielo impreziosito dalle stelle.

Il silenzio era squarciato soltanto dalle cicale e da un gufo solitario che bubolò. Finalmente, dopo diversi minuti, Oliver ritornò da noi. «È sbagliato, l'unica cosa giusta da fare è contattare le autorità. Sappiamo tutti che non l'hai spinto tu, Jenny, ma è stato un incidente: è caduto da solo, e ti assicuro che la polizia ti crederà».

Scrollai il capo. «Non puoi farmi questa promessa, perché non puoi esserne sicuro».

«Oliver, hai pensato a tuo nonno?», chiese Minx, e quella domanda fu così scaltra che quasi mi sentii male per Oliver che, ovviamente, non si sarebbe opposto. «Ha settantasei anni», continuò lei. «Laurelton è il suo santuario, adesso diventerà il centro del crimine e dello scandalo. Ha idea di come starà?»

«Minx ha ragione», dissi. «Sarà capace di reggere la pressione? Vuoi mettere a repentaglio la sua vita?».

Non era corretto usare il signor Tiffany per mettere in crisi Oliver, ma nessuna di noi due pensava alla correttezza in quel momento. Eravamo solo due giovani donne spaventate, concentrate sul loro futuro e sul loro passato.

Oliver infine acconsentì, e il nostro incubo s'intensificò. L'ora seguente fu la più raccapricciante della mia vita. Né io né Minx riuscivamo a tollerare l'idea di toccare il cadavere, ma Oliver non era in grado di spostarlo dalla terrazza da solo. Ci provammo due volte. La prima, Minx non ci riuscì, e la seconda non ci riuscii io. Infine, la terza volta superammo entrambe il nostro terrore e aiutammo Oliver. Facemmo del nostro meglio per evitare che il corpo toccasse la terra, ma dopo solo pochi passi il braccio destro di Edward si abbassò e le dita strisciarono nel fango.

Mettemmo giù il corpo: Oliver risistemò gambe e braccia, e con rinnovata attenzione lo sollevammo e arrancammo giù per il sentiero che conduceva al gazebo, che era ancora incompleto.

Il pavimento nuovo era stato installato, ma Oliver durante la guerra aveva imparato qualcosa sulle costruzioni, perciò ci mostrò come far leva sulle assi di legno per smontarle e ci mettemmo al lavoro. Una volta terminato quel lavoro, cominciammo a scavare nel fango.

Dopo due ore, arrivò il momento di seppellire il cadavere nella fossa. Oliver non ci chiese nemmeno di aiutarlo. Minx e io ci abbracciamo e lo osservammo mentre faceva delicatamente rotolare giù Edward nella buca del suo eterno riposo. Cadde a faccia in giù, e così lo lasciammo.

Poi Oliver e io ricoprimmo il cadavere di terra. Minx distolse lo sguardo.

Quando il cielo della notte cominciò a colorarsi di malva, avevamo ormai finito di rimettere a posto le assi del pavimento. Avevamo i vestiti tutti sporchi, le dita piene di ferite, le unghie spezzate, ma Edward non c'era più. O c'era ancora? Mi chiedevo se ciò in cui credeva mia zia era vero, che quelli che se ne vanno nell'aldilà, non se ne vanno mai veramente.

Tornammo alla villa, con Oliver che ci faceva strada. Minx zoppicava, e io mi stavo sfregando il polso, che mi faceva ancora male per la stretta di Edward. Eravamo arrivati a metà strada quando mi accorsi di aver perso il bracciale.

Ci affrettammo verso la terrazza, mentre iniziava a sorgere il sole, cercando in ogni centimetro del patio di pietra e dentro la fontana, ma il mio braccialetto era proprio sparito.

«Te ne farò un altro», mi promise Oliver.

«Ma se gli fosse rimasto in mano? Se l'avessimo seppellito con lui?».

Ripercorremmo i nostri passi dalla terrazza giù fino al gazebo, e al contrario, sperando che il bracciale mi fosse semplicemente caduto. Ma poi Oliver disse che dovevamo smettere di cercarlo. Dovevamo tornare nelle nostre camere a lavarci prima che gli altri si svegliassero e ci vedessero. Oliver disse che avrebbe svuotato la fontana dall'acqua insanguinata, e l'avrebbe nuovamente riempita. Poi sarebbe andato in camera di Edward, avrebbe fatto la sua valigia e tolto le sue cose, in modo da far sembrare che se ne fosse andato di nascosto, e all'improvviso.

Mi feci il bagno e mi vestii, poi mi sedetti accanto alla finestra, senza sapere cosa fare. Ancora una volta, dimostrandosi più resiliente di quanto pensassi, Minx prese in mano la situazione. Pensavo che tra noi due sarebbe stata lei la più sconvolta, considerati i sentimenti che provava per Edward, invece no. Andò di sotto, prese la colazione per entrambe e me la portò di sopra su un vassoio, costringendomi a mangiare pane tostato e marmellata e a bere il tè che aveva zuccherato.

Poi provai a scusarmi. «Mi dispiace, so che lo amavi e...».

Fece di no con la testa, poi parlò inizialmente titubante, ma infine diventò sempre più sicura. «Era folle, era diverso, pericoloso, e tutto ciò mi sembrava eccitante, ma a volte, mi spaventava anche...». Le si riempirono gli occhi di lacrime. «Non so se lo amavo veramente», disse sussurrando le ultime parole così piano che quasi non la sentii. «Di sicuro non lo amavo come tu ami Oliver, e come ti ama lui. Dopo ciò che ha fatto per te stasera, non c'è alcun dubbio che ti ami».

Oliver venne a prenderci alle dieci di quella mattina e ci portò a fare un giro sulla barca a vela. La presentò come un'escursione divertente a chiunque ci avesse visto o ci avesse sentito uscire o tornare, ma in realtà voleva che ci allontanassimo dalla villa e dallo studio per prepararci e decidere cosa dire quando gli altri ci avrebbero chiesto di Edward.

A mezzogiorno, Minx stava già male: aveva avuto una crisi di astinenza in passato, così ci disse, e non credeva che questa sarebbe stata così tremenda, perché fumava solo una volta o due al giorno, e l'aveva fatto per poco più di un mese.

Oliver invertì la rotta, ma non prima che Minx vomitasse in mare, mentre io la sorreggevo. Quando rientrò in camera, i sudori freddi, i crampi allo stomaco e la nausea peggiorarono. Le portai degli asciugamani bagnati e dell'acqua, e le tenni la testa quando vomitò di nuovo.

Verso le sei salì Oliver a controllare come stava Minx. Stava ancora male, allora lui andò in cucina a prendere dei piatti per tutti e tre, ma lui e io ci limitammo a spiluccare il cibo, mentre lei non riuscì a mangiare niente, perché stava troppo male.

Quella notte dormii in camera di Minx, e al mattino sembrava stare decisamente meglio. Ci facemmo il bagno e ci vestimmo per scendere insieme a colazione.

«Come faremo a scendere di sotto e fingere che vada tutto bene? Sono così nervosa», dissi, e fu un'affermazione ridicola, perché rischiavo di essere accusata di omicidio se scoprivano che Edward era morto.

«È stato un incidente, Jenny», ribadì Minx, mentre si spruzzava il profumo. «Dobbiamo fare finta che sia tutto normale. Tu hai me, e io ho te». Con mano tremante si mise il rossetto e poi me lo passò. «Hai una brutta cera, forse peggio di me: mettiti un po' di rossetto».

Prima di uscire dalla stanza, qualcuno bussò alla porta. Minx aprì e si ritrovò davanti a Graves: il signor Tiffany reclamava la nostra presenza al piano di sotto.

Trovammo il nostro ospite nel fumoir, seduto sul divano sotto l'enorme quadro della fumeria d'oppio. Quel dipinto conferiva una nota surreale al nostro incontro, e non riuscivo a non guardarlo: quel giorno, il soggetto decadente era ancora più inquietante del solito.

Il signor Tiffany ci disse di accomodarci, ringraziò Graves e attese finché il maggiordomo non ebbe richiuso la porta dietro di sé. Quando infine parlò, la sua voce era fredda e priva di emozioni, e non incrociò il mio sguardo.

«Considerata la tragedia che si è verificata qui due sere fa, penso che sia meglio per noi tutti e per la reputazione della fondazione che voi due ve ne andiate stamattina», annunciò. «Ho già organizzato tutto. Salperete per la Francia, domani mattina, a bordo della *Queen Mary*. Quando arriverete a Parigi, lei signorina», disse rivolgendosi a Minx, «vedrà un dottore specializzato in dipendenze da droga. Se sarà il caso, verrà ricoverata nella sua clinica per tutto il tempo necessario. Altrimenti, si unirà a Miss Li...». Si trattenne dal chiamarmi col nomignolo che mi aveva affettuosamente affibbiato, Miss Light, "la signorina Luce", e si schiarì la gola, per poi continuare: «Si unirà alla signorina Bell e insieme frequenterete l'Académie Julian». Sempre guardando Minx, disse: «Poiché sua cugina sta usando l'appartamento, sua madre e io vi abbiamo trovato un altro alloggio». Girò lievemente la testa verso di me, evitando però di guardarmi negli occhi. «E una borsa di studio per lei, signorina Bell. Se fosse rimasta qui per il resto della sessione, sono sicuro che avrebbe vinto il premio della Tiffany Foundation, perciò le darò i soldi corrispondenti».

Poi spostò lo sguardo su Minx. «C'è qui sua madre, nel cortile centrale. Ho fatto servire il tè e potete incontrarvi là e parlare. Le ho solo detto che abbiamo avuto un problema con uno dei nostri borsisti, che con l'inganno l'ha fatta ripiombare nella sua vecchia abitudine. Quando ho suggerito a sua madre che potevate andare a Parigi tutte e due per frequentare l'accademia francese, ha acconsentito al mio piano. Non ho fatto il nome del signor Wren, né ho accennato al fatto che sia scomparso». Il signor Tiffany si schiarì nuovamente la voce. «Penso, signorina Deering, che si accorgerà che sua madre è molto grata per la mia intromissione, ed è molto solidale con la sua sofferenza. Lei ha un gran talento, e il vero crimine sarebbe sprecarlo. Sfrutti Parigi, s'impegni duramente. Mi aspetto grandi cose da lei».

In pratica l'aveva congedata, perciò Minx si alzò e fece qualche passo, aiutandosi con la gamba destra, poi si voltò verso di me, ma il signor Tiffany la liquidò con un cenno della mano. «È meglio che prima veda sua madre da sola, poi la signorina Bell vi raggiungerà».

Una volta chiusa la porta, il signor Tiffany allungò la mano verso un tavolino e prese un cilindro di legno. Lo tenne tra le mani e rigirò il coperchio più volte.

«Mio nipote è fidanzato con una giovane donna molto graziosa, da ormai sei mesi», annunciò senza alzare lo sguardo da quell'oggetto di legno.

Non sentii cosa disse dopo. Com'era possibile che Oliver fosse fidanzato? Non capivo.

Il signor Tiffany stava ancora parlando. «... e il matrimonio è fissato per quest'inverno, dopodiché sarà a capo della Tiffany & Company. Per quanto io l'abbia ammirata, signorina Light, per quanto con il passare dei giorni mi sia affezionato a lei...», disse con voce roca, quasi burbera. «L'unica cosa di cui m'importa è mio nipote, e adesso devo proteggerlo. Riconosco che è stato molto coraggioso, e molto stupido, a proteggerla. È già da un po' che conosco la sua storia...».

«La mia storia?».

Finalmente mi guardò negli occhi. «Sì, a Hamilton, in Ontario. E all'Andrew Mercer».

Rimasi senza parole. «Ma come?»

«La prima volta che abbiamo parlato, mi raccontò di quella finestra col vetro colorato che l'aveva ispirata. Mi ricordo esattamente la finestra che mi aveva descritto, e dove si trovava. Quello che non ho capito è perché mi abbia mentito al riguardo. Conosco un investigatore privato che aveva lavorato per me in passato, e quando gli ho detto dove si trovava la finestra, riferendogli quel poco che lei mi aveva raccontato sulla sua famiglia, non ha faticato a scoprire il resto».

«Ma lei non mi ha mai detto niente».

«E cosa c'era da dire?». Il signor Tiffany guardò nuovamente il cilindro che teneva in mano. «Ha passato un periodo molto brutto per colpa di un crudele scherzo del destino che l'ha scaraventata fuori rotta. Ma mentre era qui, l'ho osservata e ho potuto constatare che continuava a raddrizzare le vele. Ha cominciato a evolvere nella pittrice che un giorno diventerà, ne sono sicuro. Mi piacerebbe tanto farle ancora da mentore, ma per il bene di Oliver, deve andarsene. Non posso permetterle di rovinare il futuro di mio nipote, più di quanto non sia già rovinato. Gli si è spezzato il cuore dopo la guerra, e una volta è sufficiente. Se qualcuno dovesse scoprire cos'è successo venerdì sera...».

«Come...».

Sapeva cosa stavo per domandargli. «Ho visto abbastanza dalla mia finestra da chiedere a Oliver cos'era successo, e lui non poteva mentire fino a quel punto. Se qualcuno dovesse mettere tutti i pezzi insieme, la sua reputazione verrebbe seriamente compromessa. So bene che lei è innocente, ma dall'esterno potrebbe sembrare molto diverso. Considerato il suo passato, cosa le succederebbe? E cosa succederebbe a mio nipote, che verrebbe giudicato suo complice?».

Volevo tapparmi le orecchie e smettere di ascoltare. Non volevo lasciare Laurelton. Non volevo lasciare il signor Tiffany. Oddio, non volevo lasciare Oliver, non ora che l'avevo trovato.

«Se le importa veramente di lui, come credo che sia, mi darà ragione. Dopo tutto, vogliamo entrambi la stessa cosa per lui, Jenny. Vogliamo il meglio per lui, giusto?»

«No», risposi con una voce piena di tristezza, rabbia e delusione. «Secondo lei, Oliver dovrebbe diventare un uomo d'affari, e non è certo il meglio che può augurargli. È un disegnatore di gioielli così talentuoso...». Mi sfiorai il polso, dove prima c'era il bracciale. «Non dovrebbe occuparsi di numeri e produzione. Così la sua anima appassirà, soffocando».

Il signor Tiffany mi fissò, sbigottito. Non so se era perché nessuno l'aveva mai contraddetto, o perché era semplicemente sconvolto dalla mia accusa.

«Farò un patto con lei», dissi. «Seguirò il suo piano, uscirò dalla vita di suo nipote a una condizione: dovrà incoraggiarlo a realizzare ciò che è nato per fare, dovrà prendere il suo posto come direttore creativo e disegnare gioielli. Perché ha il suo stesso talento, signor Tiffany. Lasci che diventi l'artista che è destinato a essere. È tutto ciò che vuole. Oliver asseconda i suoi piani soltanto per compiacerla, ma non sono i progetti giusti per lui. Se lo piazzerà dietro una scrivania, invece di metterlo a un tavolo da disegno, lo priverà della gioia».

Per un attimo, nella stanza si udì soltanto lo spruzzo infernale della fontana che giungeva dalla finestra aperta. Il signor Tiffany si alzò, camminò fino alla finestra e guardò fuori, rivolgendomi le spalle. Restammo in silenzio per un minuto abbondante.

Quando si girò verso di me, stringeva ancora in mano il cilindro di legno e continuava a far girare il coperchio.

«Progettavo finestre già da un po' quando morì la mia giovane moglie. Ero a pezzi, terribilmente abbattuto. Poco dopo, ricevetti un incarico molto importante, che aveva il potenziale di accrescere notevolmente la mia reputazione. Non credevo di poter creare qualcosa di bello, non più. Pensai di rifiutare l'offerta. Pensai persino di chiudere la vetreria e abbandonare la ricerca della bellezza. Ma senza quello, cosa mi restava? Mi forzai di lavorare alla finestra, e presto scoprii che potevo incanalare il mio dolore e la disperazione nella mia arte. Passai mesi a progettare quella finestra e poi supervisionai la manifattura del vetro, e ogni singolo aspetto dell'assemblaggio. Il prodotto finito era spettacolare, una finestra come mai ne avevo fatte. Infine fu pronta per essere consegnata al cliente e insistetti per aiutare i miei operai a imballarla, perché era diventata come un talismano per me. Quella finestra mi aveva mostrato che ero capace di sopravvivere al dolore più grande che avessi mai sperimentato; non solo ero sopravvissuto, ma avevo anche creato, nonostante tutto quel dolore.

«Avevamo quasi finito di imballare la finestra, quando si verificò un incidente. Forse c'era un difetto nella cornice o nella piombatura, non ho mai saputo cosa successe ma, come risultato, la finestra si spaccò e il vetro s'infranse ai miei piedi.

«Cacciai tutti dalla stanza, e restai là seduto da solo, con la mia finestra rotta. Era come se mia moglie fosse morta un'altra volta. L'idea che tutto il mio duro lavoro fosse stato sprecato in quel modo era intollerabile. Restai seduto per ore, a fissare i pezzi di vetro. Ed ero ancora là quando, alla fine della giornata, arrivò la donna delle pulizie, come faceva sempre.

«Usando la scopa spazzò i pezzi di vetro, che cozzavano tintinnando l'uno contro l'altro. Quando finì, la signora guardò il mucchio di frantumi, si mise le mani sui fianchi e disse: "Be', guarda un po', posso farci un bel dipinto con tutto questo vetro".

«Allora mi alzai e mi avvicinai a lei. Il sole stava tramontando e si rifletteva sullo specchio nell'angolo, e i pezzi di vetro ammucchiati per terra sembrarono prendere fuoco. Era uno spettacolo incredibilmente bello. Riempii una paletta di cocci e poi li usai per fare questo». Il signor Tiffany mi passò il cilindro di legno. «Lo sollevi verso la luce».

Lo feci, e dentro il caleidoscopio ammirai un bellissimo disegno che incorporava tutti i colori di Laurelton. Tutte le sfumature del blu dei pavoni, del verde, del porpora e della lavanda. Lo girai e vidi il disegno infrangersi e trasformarsi in un altro disegno ugualmente bello, ma diverso.

«L'ho fatto, così non avrei mai dimenticato che c'è bellezza persino nelle cose rotte. Ed è proprio attraverso le crepe che splende ancora la luce».

Rivoltai il caleidoscopio ancora una volta, e osservai i pezzi di vetro ricomporsi e poi sfocarsi, mentre piangevo, e le lacrime resero i colori ancora più brillanti.

«So che quello che le è successo l'ha spezzata dentro, so che quello che sta succedendo ora riaprirà le vecchie crepe. Ma voglio darle questo, lo tenga sempre con sé e quando pensa che sta perdendo la speranza, lo guardi controluce e si ricordi le mie parole, signorina Light: c'è bellezza anche nelle cose rotte».

Epilogo

13 marzo 1957
Laurelton Hall, Laurel Hollow
Oyster Bay, New York

Il mio bracciale con i ciondoli s'impigliò nel ramo di un arbusto bruciacchiato e mi fermai per districarlo, perciò quando lui mi raggiunse guardavo in basso. Vidi i suoi piedi piantati sul terreno arso dal fuoco. Vidi le sue mani, tese verso di me per aiutarmi. Udii la sua voce pronunciare il mio nome, con una tale dolcezza che forse lo stavo solo immaginando, ma non era un sogno.

«Jenny», sussurrò.

E poi mi prese il viso tra le mani, e mi guardò.

Erano passati trentatré anni e si vedevano tutti sul suo viso, così com'ero consapevole che erano evidenti anche sul mio. Avevo cinquantasette anni, la fronte solcata dalle rughe, i muscoli meno tesi e una vita meno sottile. Lui ne aveva sessanta, e ora i suoi capelli erano color argento e gli ricadevano sulla fronte accigliata. Ma quando guardai Oliver dritto negli occhi, mi accorsi che erano dello stesso blu acquamarina di un tempo.

Mi toccò il bracciale. «Lo porti ancora?»

«Sempre. L'ho indossato tutti i giorni, da quando mi è arrivato per posta».

Avevo guardato il pacco che era giunto per il mio ventottesimo compleanno, cominciando a piangere quando avevo visto chi me l'aveva spedito. E piansi ancora più forte quando riconobbi la scatolina di pelle, contenente il braccialetto. Quando lo tirai fuori, le lacrime erano ormai un fiume incontenibile, e lo indossai ricordando quella notte: Oliver mi aveva agganciato al polso il primo bracciale, quattro anni prima. E infine, con gratitudine, piansi le mie ultime lacrime perché compresi che il signor Tiffany aveva acconsentito alla mia proposta, e Oliver era infine diventato il creatore di gioielli che era destinato a essere.

Ben, naturalmente, aveva notato il bracciale e mi aveva chiesto spiegazioni. Al nostro matrimonio, dopo aver recitato a voce alta le promesse solenni al giudice, avevo giurato a me stessa che non avrei mai mentito a mio marito. E nei primi cinque anni del nostro matrimonio, ero riuscita a rispettare il mio voto nuziale. Fino a quel giorno, quando dissi a Ben che avevo comprato il bracciale per farmi un regalo. Un'ultima bugia, dopo una vita intera di bugie; ma Oliver era qualcosa di separato e lontano dal mio matrimonio con Ben. Qualcosa di prezioso a cui non avrei mai rinunciato, anche se potevo custodirlo soltanto nella memoria e nei sogni.

Oliver toccò uno dei ciondoli.

«Non me lo sono mai tolto, a parte quando l'ho dato al gioielliere per far aggiungere i nuovi ciondoli che mi avevi spedito», dissi.

Diede un buffetto a ogni ciondolo, e tutti i pendenti oscillarono, scintillando alla luce del sole.

Nei ventinove anni seguenti, Oliver mi aveva spedito cinque ciondoli. Senza mai accompagnarli con una lettera, perché bastavano i pendenti a parlare per lui: ognuno era un chiaro ricordo del tempo che avevamo passato insieme. Una chiave di violino, una mezzaluna, la tavolozza di un pittore con una pietra diversa per ogni tocco di colore, una barca a vela, e un bouquet di fiori con quarzo citrino e rubino, come quelli che crescevano in tutta la proprietà.

«Tutti i fiori», dissi, indicando i boschi anneriti, la proprietà devastata dall'incendio. «Tutti gli alberi. Laurelton, che era così bella». Sospirai. «Tutto distrutto».

«Ormai non era più così bella», osservò con voce infinitamente triste. «Era rimasto ben poco, soltanto un guscio vuoto che attendeva di essere distrutto».

«Ma si sa cos'è successo?».

Scosse il capo. «No, non si sa. Qualcuno ha detto di aver visto dei ragazzi, degli adolescenti, che si sono allontanati di corsa dall'ingresso la sera che è scoppiato l'incendio».

«Allora è stato un incidente? Stavano fumando?»

«Quei ragazzi non c'entrano niente».

«Come fai a saperlo?»

«Andiamo a fare una passeggiata. Il sentiero che conduce al canale è ancora percorribile. Mi sono trasferito nella casa sulla spiaggia, dopo l'incendio».

«Ed è così che hai saputo che ero qui?».

Indicò il crinale. «Ti ho visto lassù e ti ho riconosciuto all'istante. Mi sono chiesto se l'avevi saputo, ma non pensavo che saresti venuta».

«Dovevo. Volevo venire».

Oliver mi prese a braccetto e il suo tocco, mio malgrado, mi turbò. Mi accompagnò giù per i gradini che conducevano alla terrazza, ormai distrutta, per poi passare alla successiva. Mi aspettavo di vedere la fontana di quarzo, ma anche quella era scomparsa. Ora restava solo una vasca rovinata e ricoperta di cenere, e così rabbrividii.

Poi arrivammo al piano successivo. A qualche centinaio di metri c'era un pavone al sole, e mentre lo osservavo incredula, fece la ruota mostrando le piume magiche e meravigliose. Tutte le sfumature incantevoli di blu, dal cobalto al turchese, e del verde, dallo smeraldo al pino, e della lavanda e del viola: tutti i colori, le sfumature, i toni scintillanti che il signor Tiffany aveva cercato di immortalare per tutta la sua vita nei mosaici, e nei vetri delle finestre, e infine nei gioielli. Tutta la magnificenza e lo splendore che avevano ispirato un solo uomo a creare una villa e un impero, presentando una visione al mondo che era rimasta impareggiabile.

Né Oliver né io parlammo mentre il pavone si metteva in mostra, avanzando impettito e sfoggiando le piume incantevoli. Trattenni il fiato e aspettai, mentre i ricordi del periodo trascorso a Laurelton, circondata dalla bellezza altrettanto grandiosa, si aprirono come la ruota di un pavone nella mia mente.

Dopo qualche minuto, il pavone richiuse la coda. Noi restammo a guardarlo quando s'incamminò e poi sparì nei boschi. Come l'estate. Come la casa e i giardini e il gazebo e la cappella, e ogni singola cosa a Laurelton. Come il signor Tiffany, che era morto ventiquattro anni prima.

E all'improvviso provai una sensazione molto reale, la consapevolezza che infine discese su di me dopo tutto quel tempo: i morti erano in pace; mio padre, mia madre, la zia Grace, persino Edward e il reverendo; i fantasmi del passato ormai non mi tormentavano più.

Oliver si allontanò a grandi passi nel punto in cui prima c'era stato il pavone. Si chinò per raccogliere qualcosa e poi tornò da me, stringendo l'unica piuma che l'uccello si era lasciato dietro.

«Un ultimo dono di Laurelton Hall», disse.

Guardai l'occhio al centro della piuma, ricordando i gioielli con cui il signor Tiffany mi aveva adornato la sera della festa, quando Edward aveva finto di mettersi in contatto con mia madre con il telefono degli spiriti. Per quanto quella parure di gioielli fosse stata magnifica, non aveva catturato fino in fondo la gloria dei colori del pavone.

«Per tutto il tempo che ho passato qui, ho desiderato vedere un pavone che faceva la ruota. Tuo nonno diceva che quando finalmente l'avrei vista, quello spettacolo mi avrebbe fatto credere nella bellezza».

«Ed è stato così?».

Volevo dire a Oliver che era stato *lui* a farmi credere nella bellezza, ma non mi sembrava più così appropriato dopo tutto quel tempo, anche se era vero. Oliver mi aveva donato i colori e la premura amorevole e la passione con i suoi bei pensieri e i gioielli, e la sua sensibilità. Lui e questo posto incredibile mi avevano fatto vedere, e capire, che non tutta la bellezza era una menzogna, e che c'era anche verità nella bellezza, come aveva scritto Keats.

Arrivammo in spiaggia, dove il fumo dell'incendio era meno forte, e ci sedemmo allo stesso tavolo al quale ci eravamo accomodati la mattina in cui ci eravamo incontrati per la prima volta.

«Mi dispiace per tuo marito», disse Oliver.

«Grazie. Era un brav'uomo e uno scrittore meraviglioso».

«Ho letto i suoi libri, si meritava le lodi e i riconoscimenti».

Ben aveva seguito Minx e me a Parigi dopo quella tragica estate del 1924, ed era andato a lavorare per uno dei giornali di famiglia, l'«International Herald Tribune». Lui era stato un dono del cielo, e mi aveva aiutato a riprendermi. Infine completò il suo primo romanzo, il primo di sei, uno dei quali vinse un Pulitzer e lo catapultò nella fama, nell'élite letteraria. Non avemmo figli, ma avevamo le nostre carriere. E anche se non amai mai Ben come avevo amato Oliver, il nostro fu un matrimonio solido. Lui era il mio migliore amico, e io ero la sua migliore amica, fino a quando nel 1955 morì di emorragia cerebrale.

Anche Minx era rimasta a Parigi ed era diventata famosa per le sue sculture in bronzo, nonché per i suoi cinque matrimoni e rispettivi divorzi. Riuscì infine a liberarsi per sempre dalla dipendenza dall'oppio, e durante la seconda guerra mondiale fu molto impegnata nella Resistenza e creò una rete per comunicare clandestinamente attraverso le opere d'arte. Ben e io lavorammo insieme a lei durante quei tempi burrascosi.

«Ho seguito la tua carriera», disse Oliver. «Ero così contento quando ti ho visto diventare un'artista di successo, ed è buffo che tu sia diventata famosa proprio per l'uso del colore». Rise, e per un attimo rividi un Oliver più giovane, sulla barca a vela, che mi cacciava in mano una tavolozza di colori.

Ci avevo messo un po' a superare ciò che era successo a Laurelton, e fui tormentata per anni dalla confessione di Edward, la sua morte e il tradimento di Oliver. Ero risentita e arrabbiata con lui, perché non mi aveva mai detto nulla del suo fidanzamento, e poi quando mi era arrivato il bracciale, mi ricordai che una volta la zia Grace mi aveva detto di dipingere per liberare la rabbia dentro di me. E io l'avevo fatto. Avevo dipinto ogni emozione per liberarmene, e aveva funzionato.

«Sono venuto all'inaugurazione di una delle tue mostre. A Parigi, nel quarantotto», disse Oliver.

Restai di stucco. «Non ti ho visto».

«Eri circondata dai tuoi ammiratori. C'erano Ben e Minx, e ho pensato che era meglio se me la svignavo senza farmi vedere, però ho comprato un tuo quadro».

«Davvero?».

Annuì. «Raffigurava un bel giardino, l'ho tenuto appeso in ufficio, per tutto questo tempo».

Ero sbalordita e mi azzittii. Dovevo cambiare argomento, perché temevo di farmi prendere dalle emozioni. «E tu... tu sei diventato un disegnatore di gioielli famoso in tutto il mondo», dissi. «A volte andavo da Tiffany a Parigi a vedere le tue creazioni, ed ero così orgogliosa di te. Volevo scriverti e ringraziarti per i ciondoli, ma non mi sembrava il caso».

«La mia carriera è andata bene, molto bene, ma non posso dire lo stesso del mio matrimonio. Adesso sono da solo, anch'io», mormorò Oliver. «Ho divorziato cinque anni fa».

«Adesso tocca a me dire che mi dispiace».

Scrollò il capo. «Non ce n'è bisogno. Abbiamo tre figli meravigliosi, ma non siamo mai stati fatti l'uno per l'altra, e la madre dei miei figli si è felicemente risposata».

«E tu?», gli chiesi.

«Non ho mai incontrato nessun'altra», rispose francamente Oliver.

Dopo così tanto tempo, non sapevo cosa dire. Non volevo continuare a conversare delle nostre rispettive vite. Quest'incontro, avvenuto dopo tanti anni, era troppo importante per limitarci a quelle scarne parole. Volevo dirgli quanto erano stati fondamentali i suoi ciondoli per me. Come, in tutti quegli anni, non avessi mai dimenticato la passione che avevamo condiviso. Ma all'improvviso mi sentii timida, mi sentivo di nuovo quella ragazza di ventiquattro anni, incerta su come iniziare una conversazione.

«Hai mai trovato le Tiffany Blu?», indagai. Almeno quello era un argomento più tranquillo. «Minx e io ce lo siamo sempre chieste».

«Sì. Nella stanza di Edward. Erano nascoste nel suo cuscino, pensa un po'. Il nonno poi le mise nel caveau, e sono ancora custodite là dentro. Ogni tanto le tiro fuori e penso di incastonarle di nuovo, ma non ne ho mai avuto la forza. Adesso però potrei farlo».

Le sue parole mi turbarono, risvegliando così tanti sentimenti in me che non sapevo come rispondere. Allora gli feci una domanda che mi augurai fosse meno pericolosa, dal punto di vista emotivo. «Mi dovevi raccontare dell'incendio».

«Già, l'incendio. La coppia che ha comprato la proprietà del nonno inizialmente voleva lasciare le cose più o meno intatte e restaurare ciò che c'era già. Ma hanno aspettato troppo, e la casa è caduta in uno stato di sfacelo irrecuperabile. Il mese scorso ho scoperto, grazie a un amico architetto, che non solo volevano abbattere tutto, ma anche dividere la terra e costruire altri due edifici nella proprietà. Ero già dispiaciuto di non aver impedito all'agenzia immobiliare di vendere la casa del nonno, tanto per cominciare, ma la mia ex moglie voleva vivere a Newport, e io...». Fece spallucce. «Adesso non ha importanza, comunque. Non riuscivo a smettere di pensare a cosa avrebbero fatto i nuovi proprietari, una volta demolito tutto. E se poi l'avessero trovato? E se aveva con sé il tuo bracciale? Non potevo correre rischi, se c'erano delle prove era giunto il momento di distruggerle una volta per tutte. Così, il mio agente ha offerto alla coppia molto più di quanto avevano investito, e adesso la casa e la terra – o ciò che ne resta – appartengono a me».

«Oliver, stai dicendo che l'hai ricomprata per ridurla in cenere?».

Si limitò ad abbassare la testa, come se fosse troppo rispondere ad alta voce.

Mi alzai, mi voltai e portai lo sguardo verso il punto in cui un tempo si ergeva la villa, e dove ora non c'erano altro che gli scheletri del passato, dei ricordi, di chi eravamo stati e di cosa avevamo sognato insieme.

Stavo ancora guardando il fantasma della casa, pensando all'estate che avevamo passato insieme tanto tempo fa, quando Oliver era venuto da me e mi aveva avvolto in un abbraccio e mi aveva tenuto stretta.

«Non ti ho seguito a Parigi, e invece avrei dovuto farlo. Sono stato volutamente lontano da te, e ti ho lasciato andare, perdendoti. Ho spezzato quello che eravamo. Non volevo, Jenny, ma l'ho fatto».

Mi fece girare, così adesso lo stavo guardando. Stavo guardando lo stesso uomo bello e affascinante che avevo incontrato su questa stessa spiaggia così tanti anni fa, che mi aveva custodito nel suo cuore per così tanti anni, l'uomo che avevo amato apertamente, con tutta me stessa, sin dal primo momento che mi aveva rivolto la parola.

Dietro di lui, l'acqua blu scintillava con le sfumature rosa e porpora del sole morente, e le nuvole risplendevano di rosa e pesca, come se fosse stato il signor Tiffany in persona a ideare e creare quella scena.

«All'inizio credevo che fosse stato tuo nonno a spezzarci». E per un minuto, odiai di nuovo il signor Tiffany, con tutta me stessa. Odiavo come ci aveva manipolato. Odiavo ciò che aveva rubato a me e a Oliver. Poi abbassai lo sguardo sulla piuma di pavone che Oliver aveva posato sul tavolo, e infine lo guardai dritto negli occhi. «Ma alla fine ho capito che non era stato lui. Tuo nonno ha preso l'unica decisione possibile, aveva ragione su tutti i fronti; inoltre, ha dato a me e a Minx la possibilità di ricominciare, di realizzare il nostro sogno di Parigi e le nostre carriere. No, non è stato il signor Tiffany a spezzarci, e non sei stato nemmeno tu. È stata la mia paura del passato, la mia riluttanza a fidarmi e credere nell'amore. In te avevo trovato l'amore, così come sapevo che mia madre l'aveva trovato in mio padre, e forse in un certo senso anche con Edward. Aveva sofferto così tanto, mia madre; lo sapevo già all'epoca, ma adesso che sono passati tutti questi anni, lo capisco. Non ho più dubbi sul fatto che mia madre mi amasse, né sull'angoscia che deve aver provato durante il calvario con il reverendo, il processo, e tutto il resto. Era solo una donna, in fin dei conti. Con i suoi difetti, certo, ma era anche appassionata, vulnerabile e piena d'amore».

Fissai il canale sulla sponda opposta. Ricordai il mio primo giorno a Laurelton. Ricordai la prima volta che incontrai il signor Tiffany.

«Tuo nonno mi ha insegnato qualcosa il giorno che mi ha mandato via da qui, e quell'insegnamento mi ha permesso di iniziare a guarire ed è rimasto sempre con me».

«E qual è?»

«Che c'è bellezza, persino nelle cose rotte».

Oliver chinò il capo, come se gli avessi dato una benedizione. Si sporse in avanti per baciarmi, ma prima di sfiorarmi le labbra con le sue, disse: «E aveva ragione, Jenny, vero? Conosceva la verità. La bellezza… la luce… riesce sempre a splendere attraverso le crepe».

Alla fine, non sopravvissero solo i sogni all'incendio devastante che distrusse Laurelton Hall. Qualcosa di prezioso rimase. E tra le ceneri, sotto i frammenti di vetro colorato, nei boschi anneriti e bruciacchiati, mi capitò di ritrovare il mio cuore.

Ringraziamenti

Gli scrittori sono creature solitarie, ma anche se scriviamo in solitudine, tantissime persone partecipano a trasformare un manoscritto nel libro che poi i lettori stringono in mano.

Innanzitutto, grazie al mio editor, Rakesh Satyal, che mi ha consigliato di allontanarmi, giusto un po', dalla mia comfort zone. Gli sono grata per il consiglio e per il suo editing accurato: se questo libro splende, è grazie ai suoi sforzi.

Al mio fantastico editore che, con mia grande fortuna, è anche un'amica: Judith Curr, non riesco a esprimere a parole quanto ti apprezzo.

A Lisa Sciambra, Ann Pryor, Suzanne Donahue, Loan Le, Milena Brown e a tutti coloro che lavorano dietro le quinte di Atria Books: grazie infinite per il vostro duro lavoro e il pensiero creativo.

Ad Alan Dingman, per le copertine che sono sempre più belle a ogni libro; non potrei chiedere di più.

A Dan Conaway, il mio incredibile agente e cavaliere con l'armatura scintillante! Anche a Taylor Templeton, per essere instancabile e per la gentilezza, e a tutto il gruppo di Writers House per l'aiuto incommensurabile.

Un ringraziamento speciale alla Thomas Watson Library del Metropolitan Museum of Art e alla New York Society Library.

Voglio anche ringraziare Lauren Willig, collega scrittrice e cara amica, che è stata così generosa ad aiutarmi a far decollare quest'idea. Poi gli amici, cassa di risonanza, e il gruppo di esperti: Liz e Steve Berry, Doug Clegg, Alyson Richman, Randy Susan Meyers, Sarah Branham e C.W. Gortner.

E grazie a Natalie White, che mi ha mantenuto sana di mente, occupandosi egregiamente di AuthorBuzz.

A ogni libraio e bibliotecario, senza i quali il mondo sarebbe un posto molto più triste.

E poi un mega ringraziamento ai miei lettori, che rendono il mondo più bello. Per cortesia, andate su MJRose.com se volete un ex-libris firmato, e iscrivetevi alla mia newsletter a MJEmail.me.

Infine, come sempre, sono molto grata alla mia famiglia e, soprattutto, a Doug.

Indice

p. 9 *Nota dell'autrice*

13 Prologo
19 Capitolo 1
27 Capitolo 2
40 Capitolo 3
50 Capitolo 4
69 Capitolo 5
79 Capitolo 6
99 Capitolo 7
111 Capitolo 8
122 Capitolo 9
130 Capitolo 10
146 Capitolo 11
159 Capitolo 12
181 Capitolo 13
197 Capitolo 14
207 Capitolo 15
215 Capitolo 16
225 Capitolo 17
237 Capitolo 18
241 Capitolo 19
249 Capitolo 20
254 Capitolo 21
262 Capitolo 22

p. 270 Capitolo 23
276 Capitolo 24
301 Capitolo 25
310 Capitolo 26
324 Capitolo 27
330 Capitolo 28
336 Capitolo 29
344 Capitolo 30
356 Capitolo 31
370 Epilogo

380 *Ringraziamenti*